MAYA RODALE

Von der Liebe verführt

Buch

Annabelle Swift ist Ratgeberkolumnistin der London Weekly und nie um einen guten Ratschlag verlegen. Nur sich selbst weiß sie nicht zu helfen: Seit Jahren schon schlägt ihr Herz für Derek Knightly, den Herausgeber des Blatts. Um endlich seine Aufmerksamkeit zu erregen, dreht sie den Spieß einmal um und fragt ihre Leser um Rat. Mit durchschlagendem Erfolg!

Derek hat seiner schüchternen Kolumnistin bisher kaum einen Blick gegönnt, doch plötzlich hat sie sich in eine wahre Schönheit verwandelt … und geht ihm kaum noch aus dem Kopf. Doch Derek darf seinen Gefühlen für Annabelle nicht nachgeben, denn die London Weekly steht auf dem Spiel – der rachsüchtige Lord Marsden will Dereks Lebenswerk zerstören. Es gibt nur einen Ausweg: Derek muss um die Hand von Lord Marsdens Schwester anhalten …

Autorin

Maya Rodale begann – auf Anraten ihrer Mutter – bereits auf dem College, historische Liebesromane zu lesen, und es dauerte nicht lange, bis sie anfing, selbst welche zu schreiben. Inzwischen hat sie zahlreiche Romane veröffentlicht. Maya Rodale lebt mit ihrem Hund und ihrem ganz persönlichen Helden – ihrem Mann – in New York.

Außerdem von Maya Rodale bei Blanvalet

Rivalen der Liebe (38179)

Geheimes Spiel der Liebe (38180)

Maya Rodale

Von der Liebe verführt

Roman

Deutsch
von Juliane Korelski

blanvalet

Die amerikanische Originalausgabe erschien 2012
unter dem Titel »Seducing Mr. Knightly« bei Avon Books,
an Imprint of HarperCollins*Publishers*, New York.

Verlagsgruppe Random House FSC® N001967
Das FSC®-zertifizierte Papier *Holmen Book Cream*
für dieses Buch liefert Holmen Paper, Hallstavik, Schweden.

1. Auflage
Deutsche Erstausgabe Oktober 2015
im Blanvalet Verlag, einem Unternehmen der
Verlagsgruppe Random House GmbH, München

Umschlaggestaltung: Johannes Wiebel | punchdesign
Umschlagmotiv: © Chris Cocozza
Redaktion: Carina Heer
ue · Herstellung: sam
Satz: DTP Service Apel, Hannover
Druck und Einband: GGP Media GmbH, Pößneck
Printed in Germany
ISBN: 978-3-7341-0157-1

Für meine Schwester Eve
Mögest du immer den Mumm haben, das zu tun, was du willst.

Für meine Leser
Danke, dass ihr diesen Traumjob als Liebesromanautorin ermöglicht.

Für Tony
Weil du mich immer wahrnimmst, obwohl ich außerhalb deines Sichtfelds bin.

Prolog

Ein Lausebengel verdirbt die Beerdigung eines Earls

NACHRUF

Heute betrauert England den Verlust von Lord Charles Peregrine Fincher, 6. Earl of Harrowby und einer der angesehensten Bürger der Stadt.

THE MORNING POST

St. George's
London 1808

Derek Knightly war nicht zur Beerdigung seines Vaters eingeladen worden. Trotzdem ritt er, als wäre der Teufel hinter ihm her, nach dem ersten Semester in Cambridge nach London. Die Trauerfeier hatte bereits begonnen, als er über die Schwelle trat. Er trug unbeugsames Schwarz, das von Straßenstaub bedeckt war. Wollte man ihn fortschicken, würde das eine Szene auslösen. Und wenn es eines gab, das die Familie seines Vaters verabscheute – mal abgesehen von Derek selbst –, dann war es eine Szene.

Der verstorbene Earl of Harrowby war überraschend einem Schlaganfall erlegen und hinterließ seine Countess, seinen Erben und eine Tochter. Er wurde zudem von seiner geliebten Mätresse, der er zwanzig Jahre treu gewesen war, und dem gemeinsamen Sohn überlebt.

Delilah Knightly hatte sich geweigert zu kommen. Ihr Sohn hatte versucht, sie vom Gegenteil zu überzeugen.

»Wir haben jedes Recht, dort zu sein«, insistierte er. Er war zwar nicht der Erbe seines Vaters, trug nicht mal seinen Namen, doch Derek Knightly war der Erstgeborene des Earls. Sein geliebter Sohn.

»Meine Trauer soll nicht Gegenstand des Tratsches sein, Derek. Wenn wir hingehen, provozieren wir damit eine gewaltige Szene. Außerdem wird die Familie wütend auf uns werden. Wir sollten sein Dahinscheiden in aller Stille betrauern, nur wir zwei«, sagte sie und tätschelte seine Hand, was ihn kaum zu trösten vermochte. Delilah Knightly wurde auf der Bühne überschwänglich von ganz London gefeiert und war doch nach dem Verlust nur noch die verlorene Hülle ihrer selbst.

In seiner Trauer fand Derek nicht die passenden Worte, um zu erklären, wie sehr er sich danach verzehrte, die Choräle zu hören, die leise von der Trauergemeinde gesungen wurden. Oder eine Handvoll kalte Erde auf den Sarg zu werfen, nachdem er in die Erde herabgelassen worden war. Diese Rituale erst würden den Verlust greifbar machen. Sonst müsste er für immer mit der schwachen Hoffnung leben, sein Vater könnte jeden Augenblick durch die Tür kommen.

Er musste sich verabschieden.

Vor allem sehnte Derek sich verzweifelt danach, ein Band zum anderen Leben seines Vaters zu knüpfen – und damit zur besseren Gesellschaft, wo der Earl seine Tage und manche Nächte verbracht hatte, zu dem jüngeren Bruder, mit dem Derek nie Abenteuer hatte erleben dürfen, und zur jüngeren Schwester, die er nie hatte necken dürfen. Das gäbe ihm vielleicht das Gefühl, dieser Mann sei nicht für alle Ewigkeit von ihm gegangen.

Als der junge Knightly Fragen nach der anderen Familie gestellt hatte, hatte der Earl nur spärlich Auskunft erteilt. Vom anderen Sohn hatte er erzählt, der seinem Unterricht folgte und sonst nicht viel anderes tat, von der Schwester, die am liebsten mit ihrer großen Puppensammlung Teepartys veranstaltete. Es gab das Anwesen in Kent, das Knightly aus den lebhaften Geschichten, die ihm vor dem Schlafengehen erzählt wurden, so vertraut war, als wäre er selbst dort gewesen. Sein Vater erklärte ihm die Arbeit des Parlaments beim Frühstück. Aber vor allem wünschte der Earl, seine Rolle und das öffentliche Leben hinter sich zu lassen, um die Zeit mit der Frau, die er liebte, zu genießen – und seinem liebsten Kind. Den Rest wollte er vergessen.

Knightly ging zu der Beerdigung. Allein.

Die Türen waren verschlossen. Er öffnete sie.

Der Gottesdienst hatte begonnen, und er störte ihn. Hunderte traurig gebeugte Häupter drehten sich zu dem Eindringling um. Er richtete sich auf und forderte sie heraus. Mit seiner Gegenwart und einem stechenden Blick aus strahlend blauen Augen.

Er hatte jedes Recht, hier zu sein. Er gehörte hierher.

Derek bemerkte den Blick des Neuen Earls, hielt ihm stand und wurde von einer rasenden Wut gepackt. Daniel Peregrine Fincher, jetzt Lord Harrowby, war erst sechzehn Jahre alt und damit zwei Jahre jünger als sein Bastardbruder, der es wagte, sich in die höfische Gesellschaft zu drängen. Er erhob sich, baute sich zu voller Größe auf, womit er immer noch fünfzehn Zentimeter kleiner als Derek war, und erklärte mit lauter, greller Stimme:

»Werft den Bastard raus! Er gehört nicht hierher.«

Kapitel 1

Ein schreibendes Fräulein steckt in der Klemme

Liebe Annabelle,
ich brauche dringend Ihren Rat …
Mit besten Grüßen
»Allein in London«
THE LONDON WEEKLY

Miss Annabelle Swifts Dachkammer
London, 1825

Manche Dinge stimmen einfach: Die Erde dreht sich um die Sonne, auf Sonntag folgt Montag, und Miss Annabelle Swift liebt Mr. Derek Knightly mit einer Reinheit und Leidenschaft, die atemberaubend wäre, gäbe es da nicht noch eine unumstößliche Wahrheit: Mr. Derek Knightly schenkt Miss Annabelle Swift absolut keine Beachtung.

Es war vor genau drei Jahren, sechs Monaten, drei Wochen und zwei Tagen Liebe auf den ersten Blick bei Annabelles erstem Gang durch die Redaktionsräume der *London Weekly*. Sie war die neue Ratgeberkolumnistin – das glückliche Mädchen, das einen Wettbewerb gewonnen hatte und jetzt schreibendes Fräulein Nummer 4 war. Sie war eine schüchterne, bescheidene Miss – und daran hatte sich ehrlich gesagt bis zum gegenwärtigen Tag nichts geändert.

Er war damals der schneidige und unverschämt gut aussehende Herausgeber und Besitzer der Zeitung. Und das war er auch heute noch.

In diesen drei Jahren, sechs Monaten, drei Wochen und zwei Tagen schien Knightly von Annabelles unsterblicher Zuneigung vollkommen unbeeindruckt zu sein. Sie seufzte jedes Mal, wenn er den Raum betrat. Schmachtete ihn an. Errötete heftig, falls er mal das Wort an sie richtete. Die Liebe zeigte sich auf ihrem Gesicht in jedweder möglichen Form, und soweit sie es beurteilen konnte, bemerkte er nichts von alledem.

Es schien jedoch ein ungeschriebenes Naturgesetz zu sein, dass Mr. Derek Knightly nicht einen Gedanken an Miss Annabelle Swift verschwendete. Niemals. Nicht einen einzigen.

Und doch hoffte sie.

Warum liebte sie ihn bloß so sehr?

Um ehrlich zu sein, stellte sie sich diese Frage von Zeit zu Zeit auch selbst immer wieder.

Knightly sah natürlich umwerfend aus, und er raubte ihr immer wieder den Atem. Sein Haar war dunkel wie die Mitternachtsstunde, und er hatte die Angewohnheit, beiläufig mit der Hand durch den Schopf zu fahren. Danach sah er immer ein kleines bisschen verrucht aus. Seine Augen waren von einem strahlenden Blau und musterten die Welt mit einem intelligenten, brutal ehrlichen Blick. Die hohen, schrägen Wangenknochen waren wie Klippen, von denen sich ein Mädchen im Zustand höchster Verzweiflung stürzen wollte.

Der Mann war zudem äußerst zielstrebig, rastlos und geradezu besessen, wenn es um seine Zeitung ging. Er konnte durchaus charmant sein, wenn er fand, dass der Aufwand dafür lohnte. Und er war reicher, als man sich vorzustellen vermochte.

Als eifrige Leserin von Liebesromanen erkannte Annabelle einen Helden, wenn er vor ihr stand. Das düstere, gute Aussehen. Die Macht. Der Reichtum. Die Intensität, mit der er eine Frau – sie! – lieben konnte. Wenn er denn wollte.

Aber der wahre Grund für ihre tiefe und beständige Liebe hatte nichts mit dem Reichtum, der Macht, seinem Aussehen oder gar der Art zu tun, wie er sich gegen einen Tisch lehnte oder voller Energie einen Raum betrat. Doch wer hätte gedacht, dass ein Mann sich so … ja, so inspirierend gegen einen Tisch lehnen oder einen Raum betreten konnte?

Derek Knightly war ein Mann, der einer jungen, bedeutungslosen Frau die Chance bot, etwas zu *sein*. Etwas Großes. Etwas Besonderes. *Mehr*. Es verstand sich von selbst, dass die Möglichkeiten für Frauen nicht besonders zahlreich waren. Insbesondere für Frauen ohne Kontakte wie Annabelle. Wenn es Knightly nicht gäbe, wäre sie bloß eine einfache, alte Jungfer oder sie wäre vielleicht mit Mr. Nathan Smythe verheiratet, dem die Bäckerei am Ende der Straße gehörte.

Knightly bot ihr eine Chance. Er glaubte an sie, als sie das selbst nicht konnte. Darum liebte sie ihn.

So vergingen Jahre, Wochen und Tage. Und Annabelle wartete, dass er sie endlich wahrnahm, obwohl die Tatsachen zunehmend darauf hindeuteten, dass er einen blinden Fleck hatte, wenn es um sie ging.

Oder war es noch schlimmer? Vielleicht bemerkte er sie ja und erwiderte ihre Zuneigung gar nicht?

Eine andere Frau hätte längst aufgegeben und den ersten vernünftigen Kerl geheiratet, der um ihre Hand anhielt.

Und ehrlich gesagt hatte Annabelle ernsthaft darüber nachgedacht, den jungen Mr. Nathan Smythe aus der Bäckerei zu ermutigen. Sie hätte zumindest ein Leben lang frische Pasteten und warmes Brot genießen können.

Aber sie hatte sich entschieden, auf die wahre Liebe zu warten. Und so konnte sie unmöglich Mr. Nathan Smythe und seine gebackenen Köstlichkeiten heiraten, solange sie bis spät in der Nacht aufblieb und Romane über große Leidenschaften, Abenteuer und die wahre Liebe las, die über alles siegte. Sie konnte sich nicht mit weniger zufrieden geben. Sie konnte nicht Mr. Nathan Smythe oder irgendeinen anderen Mann als Derek Knightly heiraten, weil sie ihm ihr Herz vor drei Jahren, sechs Monaten, drei Wochen und zwei Tagen geschenkt hatte.

Und jetzt ging es für sie ans Sterben. Ungeliebt. Eine alte Jungfer. Eine *Jungfrau*. Ihre Wangen brannten. War es die Demütigung? Reue? Oder das Fieber?

Sie lag im Haus ihres Bruders im Stadtteil Bloomsbury. Unten verkroch sich ihr Bruder Thomas kleinlaut in seiner Bibliothek (es war eine traurige Tatsache, dass die Swifts nicht für ihr Rückgrat bekannt waren), während seine Frau Blanche die Kinder Watson, Mason und Fleur anschrie. Keiner von ihnen war zu ihr gekommen und hatte sich nach ihrem Zustand erkundigt. Watson kam nur hoch, um sie zu bitten, ihm beim Rechnen zu helfen, Mason fragte, wo sie sein Lateinlehrbuch hingelegt hatte, und Fleur hatte Annabelle aus dem Schlaf gerissen, um sich ein Haarband zu leihen.

Annabelle lag in ihrem Bett. Sterbend! Ein neues Opfer unerwiderter Liebe. Es war tragisch, so tragisch! Ihre schlanken Finger hielten einen Brief von Knightly umklammert, der von ihren Tränen durchnässt war.

Also gut, sie stand nicht an der Schwelle zum Tod. Sie litt lediglich an einem üblen Schnupfen. Sie hatte einen Brief von Knightly bekommen, aber der Inhalt entsprach so gar nicht dem Wunschtraum einer jungen Frau. Er schrieb:

Miss Swift, …

Annabelle hielt hier bereits inne und runzelte die Stirn. *Jeder* schrieb in den Briefen an sie »Liebe Annabelle«, weil so auch ihre Ratgeberkolumne hieß. Darum erhielt sie jede Woche Dutzende, wenn nicht sogar Hunderte Briefe, die allesamt mit »Liebe Annabelle« begannen. Etwas vorlaut, aber nicht minder amüsant, hatte alle Welt diese Anrede inzwischen übernommen. Händler überschrieben ihre Rechnungen inzwischen ebenfalls mit dieser Anrede. Aber nicht Mr. Knightly! Miss Swift also. Der Rest war knapp gehalten und noch schlimmer.

Miss Swift,

Ihre Kolumne ist zu spät. Bitte reichen Sie sie möglichst schnell nach.

D.K.

Annabelle verfügte über die Gabe einer immensen Vorstellungskraft. (Oder war das ein Fluch? Manchmal fühlte es sich so an.) Aber selbst sie konnte diesem Brief nichts Magisches abgewinnen.

Sie gab ihre Kolumne sonst nie zu spät ab, weil sie wusste, wie viel Ungemach sie damit Knightly, den anderen Redakteuren, den Druckern, den Auslieferern, den Zeitungsverkäufern und den vielen treuen Lesern der *London Weekly* bereitete.

Sie verabscheute es, anderen zur Last zu fallen. Das war schon so, seit sie dreizehn Jahre alt war und Blanche an ihrem Hochzeitstag Thomas erklärte, sie »könnten seine verwaiste Schwester aufnehmen, solange sie nicht lästig wird«.

Entsetzt von der Vorstellung, eines Tages ins Armenhaus gesteckt oder auf die Straße gesetzt zu werden, hatte Annabelle sich den Rücken krummgearbeitet, um zu helfen. Sie hatte auf die Kinder ihres Bruders aufgepasst, half der Köchin in der Küche und war zu jedem Gefallen bereit, wenn man sie darum bat.

Aber jetzt war sie krank! Zum ersten Mal hatte sie einfach nicht die Kraft, sich mit den Sorgen und Nöten anderer zu befassen. Die Erschöpfung ging bis in die Knochen. Vielleicht noch tiefer. Vielleicht erreichte sie sogar ihre Seele.

Ein Stapel Briefe lag auf ihrem Schreibtisch am anderen Ende des Raums, und all die Absender dieser Briefe baten sie um Hilfe.

Belinda aus High Holborn wollte wissen, wie sie einen Duke ansprechen sollte, falls sie mal einem begegnete. Marcus wünschte zu erfahren, wie schnell man von London nach Gretna Green kam – »aus Gründen, die ich nicht näher ausführen kann«. Susie bat um ein Mittel für einen blassen Teint, Nigel wollte einen Rat, wie er um die Hand der einen Schwester anhalten konnte, nachdem er bereits sechs Monate zuvor um die andere geworben hatte.

»Annabelle!«, schrie Blanche von unten die Treppe zu deren Schlafzimmer unterm Dach empor.

Annabelle krümmte sich zusammen und zog die Decke über den Kopf.

»Annabelle, Mason hat ein Glas zerdeppert, Watson hat sich geschnitten und braucht einen Verband, und Fleur möchte ihre Haare gekraust bekommen. Komm sofort runter und lieg nicht den ganzen Tag faul im Bett rum!«

»Ja, Blanche«, sagte sie schwach.

Annabelle nieste, und dann brannten die Tränen in ihren Augen. Sie war gerade in der richtigen Stimmung, um ordentlich zu weinen. Aber da war immer noch der Brief von Knightly. Miss Swift, also wirklich! Und die Probleme von Belinda, Marcus, Susie und Nigel. Und Mason, Watson und Fleur. Alle brauchten ihre Hilfe.

Und was ist mit mir?

Diese selbstsüchtige Frage kam ihr völlig ungebeten in den Sinn. Doch solange sie ans Bett gefesselt war, konnte sie ihr nicht entkommen. Sie konnte nichts abstauben, konnte nicht wischen oder ihre Haarbänder sortieren, konnte keinen Roman lesen oder sich in eine andere Tätigkeit vertiefen, wie sie es sonst immer tat, wenn sie nicht über etwas Unangenehmes nachdenken wollte.

Diese bohrende Frage war erstaunlich hartnäckig und würde ihr nicht aus dem Kopf gehen, solange sie keine Antwort fand.

Sie dachte darüber nach. *Was ist mit mir?*

»Was ist mit mir?« Heiser wispernd sprach sie den Gedanken aus.

Sie war ein guter Mensch. Freundlich, großzügig, rücksichtsvoll und hilfsbereit. Aber hier lag sie, allein und krank, vergessen von der Welt starb sie an unerwiderter Liebe als Jungfrau …

Nun, vielleicht war es an der Zeit, dass die anderen der »lieben Annabelle« bei ihren Problemen halfen!

»Hmmm«, machte sie.

Die Swifts waren nicht für ihre Willenskraft oder für ihre Tatkraft bekannt. Als ihr nun dieser ganz neue Gedanke kam, machte sie sich sofort daran, ihn in die Tat umzusetzen, bevor ihr auch nur der geringste Zweifel kommen konnte. Natürlich metaphorisch gesprochen, denn sie war ja krank ans Bett gefesselt.

Wie im Rausch schrieb Annabelle die nächste Kolumne,

damit sie in der beliebtesten Zeitung der Stadt folgendermaßen abgedruckt würde:

An die Leser der London Weekly,
seit fast vier Jahren habe ich treu ergeben all Ihre Fragen zu großen und kleinen Problemen beantwortet. Ich habe im Rahmen meiner Möglichkeiten und aus tiefstem Herzen ehrlich geantwortet.
Doch jetzt brauche ich Ihre Hilfe. In den vergangenen Jahren habe ich einen Mann aus der Ferne geliebt, und ich fürchte, er hat bisher keine Notiz von mir genommen. Ich weiß nicht, wie ich seine Aufmerksamkeit und seine Zuneigung erringen kann. Liebe Leser, bitte helfen Sie mir!
Ihre treu ergebene Dienerin
»Liebe Annabelle«

Bevor sie ein zweites Mal darüber nachdenken konnte, verschloss sie den Brief und adressierte ihn an:

Mr. Derek Knightly
c/o *London Weekly*
Fleet Street 57
London, England

Kapitel 2

Liebeskranke Frau setzt sich als Ziel, einen Helden zu gewinnen

EINER, DER SICH AUSKENNT

Niemand weiß mehr über London als Mr. Derek Knightly, wohingegen niemand in London auch nur ein bisschen über ihn weiß.

LONDON TIMES

Redaktionsräume der London Weekly
Fleet Street 57, London

Derek Knightly vertraute auf drei Wahrheiten. Die erste lautete: *Skandale bringen Verkäufe.*

Dieses Prinzip hatte ihn geleitet, als er seine Erbschaft dazu genutzt hatte, ein zweitklassiges Schmierblatt aufzukaufen, das er in der Folge zur beliebtesten, einflussreichsten Zeitung in London machte, die sowohl von den Hochwohlgeborenen als auch von jenen von niedriger Geburt gleichermaßen verschlungen wurde.

Die zweite: *Dramen gehören in die Zeitung.* Insbesondere in die ordentlich besteuerte Zeitung *London Weekly,* die bis zum Rand mit köstlichem Klatsch aus der besseren Gesellschaft, Theaterkritiken, heimischen und ausländischen Geheimdienstberichten und der üblichen Mischung aus

Artikeln und Werbung gefüllt war. Er selbst jedoch nahm an diesen bereits erwähnten Skandalen oder Dramen keinen Anteil. Es gab Tage, an denen er kein Leben jenseits der Zeitungsseiten führte, die er überprüfte und veröffentlichte.

Die dritte Regel lautete: *Fühle dich niemandem verpflichtet.* Egal, ob es ums Geschäft oder ums Vergnügen ging – Knightly besaß, er wurde nicht besessen. Anders als viele andere Zeitungen wurde die *London Weekly* nicht vom Parlament oder von einer politischen Partei finanziell unterstützt. Theater konnten nicht für wohlwollende Kritiken bezahlen. Er war sich jedoch nicht zu schade, Bestechungsgelder anzunehmen, um Klatschgeschichten nicht zu bringen – je nachdem, wie die Nachrichtenlage war. Er verteidigte die *Weekly* in Duellen, als wäre sie eine geschmähte Frau. Einmal hatte er sich bereits für seine geliebte Zeitung eine Kugel eingefangen und würde es immer wieder tun.

Wenn es um Frauen ging – nun, unnötig zu erwähnen, dass sein Herz der Zeitung gehörte. Für ihn kam es nicht in Frage, eine Frau daneben zu haben, die sein Herz für sich einforderte.

Diese drei Grundregeln hatten den unehelich geborenen Sohn eines Earls und seiner Schauspielerinnenmätresse zu einem von Londons berüchtigtsten, einflussreichsten und reichsten Männern gemacht. Also ungefähr die Hälfte all dessen, was er im Leben erreichen wollte.

Für eine winzige Sekunde nur zögerte Knightly. Die Hand ruhte auf dem polierten Messingtürknauf. Auf der anderen Seite der Holztür warteten seine Autoren auf die wöchentliche Redaktionssitzung, in der sie über die Artikel für die kommende Ausgabe diskutierten. Er dachte an Skandale und Verkäufe, an die Dramen der Anderen. Denn wenn stimmte, was er soeben erfahren hatte … Ein Reporter der *London Times* war erwischt worden. An einem Ort, wo er nicht sein durfte. Der Stadt stand der Skandal des Jahres bevor … ein Skandal, der drohte, die ganze Zeitungsindustrie in ihren Grundfesten zu erschüttern. Und damit auch die *London Weekly*.

Wo andere oft nur Katastrophen sahen, erkannte Knightly Gelegenheiten. Aber die ersten Informationen, die er erhielt, ließen ihn innehalten, da er Unheil heraufziehen spürte. Die Opfer waren in diesem Fall zu wichtig, die Betrügerei jenseits alles bisher Dagewesenen. Jemand musste dafür bezahlen.

Er atmete ein letztes Mal aus, straffte die Schultern und stieß die Tür auf. Er trat vor die Gruppe seiner Reporter.

»Zuerst die Damen«, sagte er und grinste. Alles wie immer.

Die schreibenden Fräulein. Seine zweitgrößte Erfindung. Es war eine spontane Entscheidung gewesen, als er ganz am Anfang Sophie und Julianna eingestellt hatte, denen später Eliza und Annabelle folgten. Aber auch da ließ er sich von seinen Regeln rational leiten: *Skandale bringen Verkäufe.*

Schreibende Frauen waren ein Skandal.

Also …

Seine Vermutung war richtig. Er hatte seinen damaligen Einsatz um ein Vielfaches wieder reingeholt.

Die *London Weekly* war eine Zeitung, die von Intellektuellen und Armen gleichermaßen gelesen wurde. Doch die schreibenden Fräulein setzten sie von allen anderen Gazetten ab, denn sein Blatt zog vor allem die Frauen Londons an. Und auch die Männer konnten sich dem Reiz des Skandalösen kaum verschließen.

Zu seiner Linken seufzte Annabelle Swift, die Ratgeberkolumnistin. Neben ihr warf Eliza – inzwischen die Duchess of Wycliff – ihm einen kecken Blick zu. Sophie, die Duchess of Brandon, legte das Kinn in die Hand und lächelte ihn an. Als er sie kennengelernt hatte, war sie noch ein in Ungnade gefallenes Mädchen vom Land. Und Lady Roxbury musterte ihn herausfordernd mit ihrem klaren, konzentrierten Blick.

»Was gibt's diese Woche Neues?«, fragte er.

Lady Julianna Roxbury, die in der Presse als »Lady mit Klasse« bekannt war und die anzügliche Kolumne »Geheimnisse der Gesellschaft« verfasst, wusste definitiv etwas Neues. »Es gibt Gerüchte«, begann sie aufgeregt. »Über Lady Lydia Marsdens verlängerte Abwesenheit in der Gesellschaft. Lady Marsden ist erst kürzlich in die Stadt zurückgekehrt, nachdem sie ihre zweite Saison verpasst hat. Ich ermittle bereits.«

Mit Ermitteln meinte sie vermutlich, dass sie überall auf der Suche nach Gerüchten herumschlich. Also das tat, was die *Weekly*-Reporter nun mal taten. Wie auch die Autoren bei der *Times*. Nur ohne sich dabei erwischen zu lassen.

Niemand im Raum schien sich darum zu scheren, warum eine Debütantin so lange der Gesellschaft fernblieb. Knightly ging es genauso, aber er wusste auch, dass sich diese Nachricht in den besseren Kreisen gut verkaufen ließ. Wenn es um einen der Ihren ging, sprachen sie darüber noch mehr – und das bedeutete mehr Verkäufe, denn die Leute wollten bei den Partys mitreden können.

Zu seiner Rechten knurrte der gute alte Grenville. Seinen Ärger über die schreibenden Fräulein konnte er kaum verhehlen. Wenn es nicht um die dunklen Machenschaften und großen Geheimnisse der Parlamentsarbeit ging, war Grenville nicht interessiert.

»Annabelle hat eine wichtige Mitteilung zu machen«, mischte sich Sophie aufgeregt ein. »Jedenfalls viel interessanter als meine üblichen Nachrichten über Hochzeiten.«

Knightly widmete seine Aufmerksamkeit Annabelle. Sie war die ruhigste der vier.

»Meine Kolumne hat diese Woche mehr Zuschriften bekommen als jede andere«, sagte sie leise. Sie hielt seinem Blick nur kurz stand, ehe sie auf den großen Stapel Korrespondenz schaute, der sich vor ihr auf dem Tisch stapelte. Neben ihren Füßen stand außerdem ein ganzer Sack Briefe.

Er zerbrach sich den Kopf, doch konnte er sich nicht erinnern, was sie eingereicht hatte – ach ja, die Kolumne kam so spät, dass er sie nur rasch nach Grammatik- und Rechtschreibfehlern überflog, bevor er sie in die Druckerei gab. Ihre Arbeit erforderte nie viel Redaktion. Nicht wie die Epen, die Grenville einreichte. Oder die Verleumdungen, die Lady Roxbury allzu oft abgab.

»Könnten Sie mich noch einmal an das Thema erinnern?«, fragte er. Offenbar hatte die Kolumne die Leser erreicht, deshalb wüsste er gern Bescheid.

Sie blinzelte ein paar Mal mit ihren großen blauen Augen. Offenbar war sie verwirrt.

Einen Moment lang herrschte Stille im Raum. Als hätte er etwas Falsches gesagt. Also warf er allen Anwesenden seinen typischen Blick zu, Strenge gepaart mit Ungeduld, um sie daran zu erinnern, dass er ein überaus beschäftigter Mann war und niemand von ihm erwarten durfte, den Inhalt jedes einzelnen Artikels zu kennen, der in der vergangenen Woche für eine Zeitung mit immerhin sechzehn Seiten eingereicht worden war. Doch er spürte die Blicke seiner Mannschaft, die sich in ihn bohrten. Damien Owens schüttelte den Kopf, und Juliannas Augenbrauen hoben sich deutlich. Selbst Grenville runzelte die Stirn.

Annabelle richtete ihren Blick auf ihn und sagte: »Wie man die Aufmerksamkeit eines Mannes weckt.«

Das war so ein Thema, das die Leser der *Weekly* liebten und zu einer regen Diskussion führen konnte. Darum nickte Knightly nur knapp, sagte »Gut« und erkundigte sich dann nach Owens Polizeiberichten und anderen Neuigkeiten aus dem Inland. Das Gespräch ging weiter.

»Bevor wir gehen«, sagte Knightly am Ende der Sitzung, »möchte ich von einem Gerücht berichten. Demnach wurde ein Reporter der *London Times* festgenommen, nachdem man ihn dabei erwischt hatte, wie er sich bei der Aristokratie als Arzt ausgab.«

Entsetztes Luftschnappen rings um den Tisch. Jeder Autor wusste, was das hieß. Das Wissen, das dieser Gauner von einem Reporter in den Schlafzimmern von Londons mächtigsten Menschen gesammelt hatte ... Das Vermögen, das er mit Erpressung gemacht haben musste ... Wenn Wissen Macht war, hielten dieser Reporter und seine Zeitung alle Trümpfe in der Hand. Unter keinen Umständen würde die Gesellschaft derlei dulden.

»Das könnte so vieles erklären ...«, murmelte Julianna nachdenklich. Sie runzelte konzentriert die Stirn. »Die gelöste Verlobung der Dawkins, Miss Bradleys Rückzug in ein Konvent in Frankreich ...«

Das stützte nur Knightlys Befürchtung, dass ihnen das dicke Ende noch bevorstand. Nicht nur der *London Times*.

»Warum seht ihr mich denn alle so an?«, wollte Eliza Fielding, die Duchess of Wycliff, wissen.

»Weil Sie erst kürzlich für Schlagzeilen gesorgt haben, weil Sie sich als Dienerin im Haushalt eines Dukes eingeschlichen haben«, sagte der Theaterkritiker Alistair Grey mit sichtlichem Vergnügen. Eliza grinste frech.

»Ich bin jetzt mit ihm verheiratet, das sollte mir also eine gewisse Immunität verschaffen. Und ich bin nicht die einzige Reporterin an diesem Tisch, die für eine gute Story verdeckt ermittelt hat. Was ist mit Mr. Owens' Bericht über die Bürgerwehr?«

»Das ist schon Wochen her«, meinte Owens wegwerfend.

»Sie haben sich als ein Offizier ausgegeben«, beharrte Eliza.

»Und hat schon mal jemand Grenville gefragt, wie er Zugang zum Parlament bekommt?«, fragte Owens hitzig. Alle Köpfe fuhren zu dem griesgrämigen, alten Autor mit dem Hundegesicht herum.

»Ich gebe jedenfalls nicht vor, ein anderer zu sein, wenn Sie das damit sagen wollen«, protestierte Grenville steif. »Ich sitze oben auf der Galerie wie die anderen Journalisten.«

»Und danach?«, fragte Owens. »Gehen Sie in den Gängen und Korridoren ›verloren‹ wie ein alter, seniler Mann? Oder zahlen Sie Schmiergeld, um Zugang zu den Parlamentsmitgliedern zu bekommen?«

»Wir alle tun, was für eine Story nötig ist«, warf Lady Roxbury ein. Sie hatte sich selbst einmal als Mann verkleidet, um sich Zutritt zu White's zu verschaffen – einer exklusiven Enklave, die nur *Männern* vorbehalten war. »Wir stehen alle in der Schusslinie, sollten die Behörden sich des Falls annehmen. Aber das können sie nicht durchziehen, denn dann könnte keine Zeitung weitermachen und wir müssten alle eingesperrt werden.«

»Bis auf Miss Swift. Sie wäre in Sicherheit, denn sie

stellt nie was an«, fügte Owens hinzu. Alle lachten. Sogar Knightly. Er würde jede Wette eingehen, dass die »liebe Annabelle« die letzte Frau auf Erden war, die irgendwelche Probleme machte.

Kapitel 3

Was soll man tragen, um einen Mann zu gewinnen

BRIEF AN DEN HERAUSGEBER

Ich missbillige die heutige Mode für Frauen, die nur die niederen Instinkte der Männer anspricht. Die Herren scheinen meine Abscheu nicht zu teilen.
Ich fürchte um die zivilisierte Welt.
Gezeichnet: eine Lady

LONDON WEEKLY

Wenn auch nur der *geringste* Zweifel bestanden hatte, wie dringend es war, aktiv zu werden, um endlich Knightlys Aufmerksamkeit zu wecken, hatten die Ereignisse dieses Nachmittags ihn ausgeräumt. Auch wenn sie, weil sie diesen verrückten Plan ausgeheckt hatte, vor Reue zitterte, von Zweifeln geplagt wurde und vor Panik fast erneut Fieber bekam, so hatte sich der kurze Wortwechsel doch klärend auf ihren Verstand ausgewirkt. Sie wusste jetzt, was sie zu tun hatte.

Mission: Knightly gewinnen musste nun eingeleitet werden, mit allen nur erdenklichen Mitteln. Entweder das oder sie war zu lebenslanger Jungfernschaft verdammt. Die Aussicht war nicht besonders reizvoll.

Der Rest der Mitarbeiter hatte den Raum verlassen; die schreibenden Fräulein jedoch blieben. Annabelle saß wie paralysiert auf ihrem Platz.

»Er hat meine Kolumne nicht gelesen«, sagte sie schockiert. Immer noch.

Sie musste diese quälende Wahrheit einfach laut aussprechen. Wenn sie überhaupt einen Beleg dafür brauchte, was Knightly über sie dachte – oder nicht dachte –, dann war dies alles, was sie brauchte. Ihr eigener Herausgeber, *der Mann, der dafür bezahlt wurde, ihre Arbeit zu prüfen,* las sie nicht mal. Wenn nicht der große Stapel Briefe von ihren Lesern wäre, hätte sie sich am liebsten von der London Bridge gestürzt. So einsam fühlte sie sich gerade.

Herr im Himmel, es war so entsetzlich peinlich! Jeder wusste doch, warum sie seufzte, sobald Knightly den Raum betrat. Sie war sicher, dass jeder von ihrem Herzschmerz wusste. Wie konnte das Knightly bloß nicht merken?

Er hatte ihre Kolumne nicht gelesen, dabei ging es darin um ihn!

»Annabelle. So schlimm war es gar nicht. Ich bin sicher, er liest auch nicht all unsere Artikel«, tröstete Sophie sie. »Jedenfalls nicht meine Berichte über Hochzeiten.«

»Es geht nicht nur darum«, sagte Annabelle niedergeschlagen. »Niemand glaubt, ich sei verdorben.«

Julianna, die sehr dreist und gemein sein konnte, grinste breit. »Dann werden alle erst recht sprachlos sein, wenn sie erfahren, dass du es doch bist! Ich habe deine Kolumne letzten Samstag genossen. Knightly hat sie vielleicht nicht gelesen, aber die ganze Stadt hat das. Dein nächster Schritt wird in den Salons der Stadt heiß diskutiert werden.«

»Wirklich?« Ihr kam die Vorstellung absurd vor, wie Fremde ihre tiefsten Qualen diskutierten.

»Es scheinen sich im Moment zwei Denkschulen herauszubilden«, sagte Sophie. »Die einen schlagen vor, du sollst ihm einfach deine Gefühle gestehen.«

»Allein den Gedanken finde ich beängstigend«, antwortete Annabelle.

»Dann könntest du an der anderen Methode interessiert sein …« Sophie machte eine dramatische Pause. »Verführung!«

»Das kann ich unmöglich machen«, spottete Annabelle. »Das wäre schließlich gottlos, und du hast doch Owens gehört. Ich stelle nie etwas an.«

»Er ist ein Arsch«, erwiderte Julianna.

Normalerweise hätte Annabelle die vulgäre Wortwahl ihrer Freundin kritisiert. Stattdessen erklärte sie: »Nein, er hat ja recht. Ich bin die Gute. Daher bin ich an Verführung nicht interessiert. Warum sollte Knightly mich bemerken? Es gibt nichts Bemerkenswertes an mir!«

War das nicht die alte, schlichte Wahrheit?

Der Spiegel, in den sie morgens schaute, wollte gern einwenden, sie sei hübsch. Aber alles, was Annabelle sah, war eine wilde Lockenmähne, die sie am besten zu einem altjüngferlichen, festen Knoten am Hinterkopf aufsteckte. Sie hatte wirklich hübsche blaue Augen, aber sie hielt den Blick meistens gesenkt, um keine Aufmerksamkeit auf sich zu ziehen. Außerdem bestand ihre Garderobe nur aus bräunlichgrauen Kleidern. Die Behauptung, die Schnitte seien modisch oder schmeichelten ihr, wäre schlicht eine Lüge.

Sie würde gerne glauben, dass die Leute nicht ihre katastrophalen Haare und die abscheulichen Kleider sahen. Doch meist gelang ihr das nicht.

»Ach, Annabelle. Du bist wirklich hübsch. So hübsch, dass er dich wie jeder andere heißblütige Mann einfach bemerken muss. Es sei denn, er ist …«

»Siehst du, allein bei der Andeutung werde ich rot!«, quiekte Annabelle.

»Wir müssen unsere Arbeit machen«, murmelte Julianna.

»Was steht denn in den Zuschriften?«, fragte Sophie und nahm einen Brief zur Hand.

Annabelle runzelte die Stirn und griff zum nächstbesten. Sie las ihn vor.

»›Liebe Annabelle, meiner bescheidenen Meinung nach ist ein tiefer Ausschnitt nie verkehrt, um den Blick eines Mannes zu fesseln. Er spricht ihre niederen Instinkte an, und wir alle wissen doch, dass sie diesen Instinkten hilflos ausgeliefert sind ... Betsy aus Bloomsbury.‹«

»Ein Ausflug zum Schneider! Das gefällt mir.« Sophie klatschte begeistert in die Hände. Aber Annabelle runzelte die Stirn. Bittsteller durften wohl nicht wählerisch sein, jedoch ...

»Ich will, dass er mich um *meinetwillen* wahrnimmt. *Mich* als Person. Nicht nur Teile von mir.«

»Du wirst eben mit bestimmten Teilen anfangen müssen. Dann wird er auch den Rest sehen«, erwiderte Julianna. »Komm, wir kaufen dir ein neues Kleid.«

»Du musst es zu meiner Party Ende dieser Woche tragen«, sagte Sophie und fügte als unschlagbares Argument hinzu: »Knightly wurde auch eingeladen.«

Die Möglichkeit hing vor ihr wie die Karotte vor dem Esel. Es kümmerte sie nicht, dass sie dabei der Esel war. Die Sachlage war schließlich eindeutig.

Es gab etwas, das sie versuchen konnte (vielen Dank übrigens, Betsy aus Bloomsbury), und eine Gelegenheit, um den Plan in die Tat umzusetzen (vielen Dank Sophie, du außergewöhnliche Gastgeberin).

Sie hatte ihren Lesern ein Versprechen gegeben, und es wäre schrecklich, sie jetzt hängen zu lassen. Sie enttäuschte so ungern andere Leute.

Annabelle wickelte eine einzelne Locke um ihren Finger und dachte darüber nach (die Swifts waren nicht für ihre raschen Entscheidungen bekannt). Sie vermutete, dass es wohl Schlimmeres gab als ein neues Kleid und ein fetziger Ball. Für ihre Leser wollte sie es tun.

Keine Stunde später stand Annabelle im Ankleidezimmer in Madame Auteuils Atelier. Eine andere Kundin hatte ein hübsches pinkes Kleid zurückgegeben, nachdem sie es sich anders überlegt hatte, und jetzt trug es Annabelle, während die Schneiderinnen für ein paar Änderungen Maß nahmen.

»Ich finde, es passt nicht besonders gut«, sagte sie. Es ging ihr dabei gar nicht mal um die Größe, da sie wusste, dass man es ihren Maßen anpassen konnte. Es war das Kleid selbst.

Es war aus Seide. Sie trug sonst nie Seide.

Es war pink. Wie eine Päonie oder eine Rosenknospe. Oder ihre Wangen, wenn Knightly das Wort an sie richtete. Sie trug nie Pink.

Die pinke Seide war gerüscht und so drapiert und festgenäht, dass das Kleid jede ihrer Kurven zu betonen schien. Aus einem schlaksigen Mädchen wurde plötzlich eine sinnliche Frau.

Annabelle trug einfach geschnittene Kleider aus langweiliger alter Wolle oder Baumwolle. Meist in verschiedenen Braun- und Grautönen. Taupe war für sie der Gipfel der Extravaganz.

Familie Swift gehörte ein Stoffimport, der allerdings nur mit einfachen und nützlichen Baumwollstoffen und Wolle handelte, weil jeder solche Stoffe brauchte und nur die Wenigsten sich den Luxus von Seide und Satin gönnten. Blanche war so großzügig, Annabelle immer die Reste der letzten Saison zu überlassen, aus denen sie sich ihre Garderobe nähen konnte.

Und dieses Seidenkleid nun … es war wunderhübsch. Eine rote Seidenschleife umschloss ihre Taille und betonte eine Figur, die man wohl als sanduhrförmig bezeichnen durfte. Dieses Rot war ein verruchter Farbton.

Madame Auteuil trat zurück, verschränkte die Arme und musterte ihre Kundin mit gerunzelter Stirn und gespitzten Lippen. Sie hatte Nadeln im Mund, und Annabelle machte sich sofort Sorgen, wenn sie so guckte.

»Sie braucht ein anständiges Korsett«, erklärte die Modistin schließlich. »Ich kann so nicht arbeiten, wenn die Dame keine anständige Wäsche trägt.«

»Ein gutes Korsett bringt alles in Ordnung«, pflichtete Sophie ihr bei.

»Und hübsche Unterwäsche …« Julianna lächelte. Ihre Augen blitzten dabei ziemlich unanständig.

Annabelle begann im Kopf zu rechnen. Das Leben als bessere Haushaltshilfe für ihren Bruder und dessen Frau bedeutete, dass sie von ihrem Lohn von der *Weekly* nur ihr Abonnement in der Leihbücherei und ein paar andere belanglose Kinkerlitzchen bezahlen musste. Den Rest zahlte sie auf ein geheimes Konto ein, bei dessen Einrichtung ihr Sophies Ehemann geholfen hatte. Das war ihr einziger Akt der Rebellion, den sie sich leistete.

»Ich weiß nicht, ob Unterwäsche so notwendig ist«, wollte Annabelle protestieren. Seidenunterwäsche klang teuer, und niemand bekam sie zu Gesicht. Wie konnte sie vor sich selbst diese Ausgabe rechtfertigen, wenn sie sich stattdessen ein paar spannende Liebesromane kaufen konnte?

»Hast du das Geld?«, fragte Eliza leise. Sie war inzwischen Duchess, aber sie hatte einst weder eine adlige Erziehung noch passende Verbindungen besessen. Sie verstand es, wenn jemand mit jedem Penny rechnete.

»Also, schon. Aber ich hab das Gefühl, ich sollte es lieber sparen«, sagte Annabelle ehrlich.

»Wofür?«, fragte Eliza.

»Irgendwas«, sagte Annabelle. Irgendwas, eines Tages. Sie wartete immer und bereitete sich auf ein Ereignis vor, das nie kam. Oder hatte sie es einfach verpasst, da sie ja nicht wusste, worauf sie wartete?

»Annabelle, das hier ist dieses Irgendwas«, verkündete Sophie feierlich. »Du willst doch von Knightly bemerkt werden, oder nicht?«

»Und du hast eine Gelegenheit, es zu tragen«, fügte Eliza praktisch hinzu.

»Aber er wird meine Unterwäsche gar nicht sehen. Sie müssen doch gar nicht ...«

»Nun, vielleicht sieht er sie ja doch mit etwas Glück«, sagte Julianna freimütig. Himmel, allein bei der Vorstellung brannten Annabelles Wangen! Ihr ganzer Körper fühlte sich fiebrig an, allerdings auf eine gar nicht so unangenehme Art.

»Annabelle«, begann Sophie. »Du musst Mode als eine Investition in dein zukünftiges Glück begreifen. Das ist nicht irgendein Seidenkleid, sondern ein Manifest. Es zeigt, dass du eine neue Frau bist. Eine junge, wunderschöne Frau, die am Leben interessiert ist. Und an der Liebe!«

»Aber die Unterwäsche?«, fragte Annabelle zweifelnd.

»Ich verspreche dir, du wirst sie lieben«, versicherte Sophie ihr. »Du wirst schon sehen ...«

Schließlich überzeugten die drei Freundinnen Annabelle, das pinke Kleid, ein blaues Tageskleid, ein Korsett, das ihre

Figur auf eine Art und Weise betonte, die den Naturgeset-
zen zu widersprechen schien, und blassrosa Seidenunterwäsche zu kaufen, die sie daheim sofort ganz tief unten in
ihren Schrank stopfte.

Kapitel 4

Unglücke im Ballsaal

STADTGESPRÄCHE

Man ist fast schon in Verlegenheit, wenn es um die Frage geht, wer den englischen Gentleman par excellence verkörpert: Lord Marsden oder Lord Harrowby. Beide zählen diese Saison zu den begehrtesten Junggesellen. Wieder einmal.

MORNING POST

Ballsaal von Hamilton House

Auf der angrenzenden Terrasse lehnte Derek Knightly sich an die Balustrade und starrte auf die Party im Innern des Hauses. Heute Morgen hatte er im Lagerhaus geholfen, um stapelweise Papier hin und her zu schleppen, das für den Druck der nächsten Ausgabe bestimmt war. Danach waren seine Hände vor Dreck, Staub und Tinte völlig verdreckt, und seitdem schmerzten seine Muskeln von der Anstrengung, und er hatte sich richtig verschwitzt gefühlt. Aber verdammt, fühlte sich das gut an.

Nun am Abend trug er einen exquisiten, teuren Anzug, der ihm von Gieves & Hawkes auf den Leib geschneidert worden war, einem exklusiven Schneider in der Savile Row. Er nippte an dem vorzüglichen französischen Brandy – so ziemlich das Einzige, was Franzosen gut konnten – und bemerkte überrascht, was für ein erlesener und seltener Tropfen das war.

Sein Zeitungsimperium hatte ihm ein Vermögen eingebracht, und damit einher gingen auch das Vergnügen an den schönen Dingen im Leben sowie die Verbindungen, um an diese zu kommen. Hier stand er nun, zu Gast im Haus des Dukes und der Duchess of Brandon. Sie waren befreundet.

Nicht schlecht für den Bastard eines Earls, der sich die Hände mit Arbeit schmutzig machte.

Doch jene verfluchten Worte verfolgten ihn bis zum heutigen Tag. *Werft den Bastard raus. Er gehört nicht hierher.*

Knightly reckte den Kopf. Er war verdammt stolz auf sich. Seine schreibenden Fräulein standen in der Nähe der Fenstertüren, die auf die Terrasse führten. Er beobachtete, wie sie sich angeregt unterhielten.

Annabelle schaute in seine Richtung, und er fing ihren Blick auf. Sie drehte sich hastig von ihm weg. Sie war die Schüchterne der vier. Er erlaubte seinem Blick, auf ihr zu verharren. Irgendwas war anders an ihr. Sie wirkte irgendwie etwas ... *mehr*. Wahrscheinlich lag es an den Umständen. Sie trafen sich nicht in den Redaktionsräumen der Zeitung zur nachmittäglichen Sitzung, sondern waren auf einem Ball, und die Mitternachtsstunde war nicht weit. Der Brandy tat wohl das Übrige.

Sein Blick heftete sich wieder auf Annabelle. Mehr? Ja, sie war definitiv *mehr.*

Knightly nahm noch einen Schluck vom Brandy und beobachtete von seinem Aussichtspunkt, wie die Party ihren Lauf nahm. Er stand allein auf der Terrasse. Ein Gast, der jedoch immer noch Außenseiter blieb.

Heute Abend war es schlimmer als sonst. Er wurde in

der Regel geduldet, weil niemand den Gastgeber beleidigen wollte, der ihn eingeladen hatte. Doch angesichts der Gerüchte, die derzeit im Hinblick auf die Presse die Runde machten … Er sah die Angst in den Augen der anderen, als er sich seinen Weg durch den Ballsaal bahnte. Sie fragten sich, was er wusste. Wie viel er ihnen abknöpfen würde, damit ihre kleinen Geheimnisse genau das blieben. Oder was er einfach abdruckte, damit ihre Familien, Freunde und Geschäftspartner es zu Gesicht bekamen.

Mit nur wenigen Zeilen in beweglichen Lettern konnte er ein Vermögen dem Untergang weihen und den Ruf ruinieren. Ja, das erklärte wohl die skeptischen Blicke oder dass manche ihn gar nicht ansahen.

Der Neue Earl war heute Abend auch da. Selbst nach so vielen Jahren dachte Knightly immer noch an ihn als »der Neue Earl«. *Harrowby* war sein Vater, nicht dieser eingebildete Einfaltspinsel, der sich nach wie vor weigerte, seinen Halbbruder anzuerkennen. Er blickte ihm noch nicht mal in die Augen, dieser Feigling. Bei entsprechenden Gelegenheiten, wenn die beiden sich bei einem Termin über den Weg liefen, machte Knightly sich einen Sport daraus, seinen Blick einzufangen oder ihm sogar zuzunicken – nur um zu sehen, wie der Neue Earl rot wurde.

Sein Vermögen hatte ihm nicht die Aufmerksamkeit des Mannes eingebracht. Ebenso wenig sein wachsender Einfluss auf die Londoner Gesellschaft, der sich aus der Beliebtheit seiner Zeitung ergab. Ebenso wenig schien der Neue Earl zu bemerken, dass er niemals etwas in der *Weekly* publizierte, das auch nur im Entferntesten schädlich für ihn sein könnte. Und auch seine Freundschaft mit Dukes – ja, Mehrzahl! – schien ihn nicht zu beeindrucken. Und damit kam Knightly zum letzten Punkt seines Plans.

Eine adlige Ehefrau würde es dem Neuen Earl unmöglich machen, ihn zu ignorieren und brüskieren, ohne damit Missachtung auch für alle anderen Mitglieder der besseren Kreise auszudrücken. Was er bestimmt nicht konnte und wollte.

Es war für Knightly aus Gründen, die er nicht weiter hinterfragte, geradezu zwingend, vom Earl in der Öffentlichkeit wahrgenommen zu werden.

Die meisten Mitglieder der Gesellschaft wollten sich nicht mit ihm gemein machen, aber anders als sein Bruder konnten es sich viele einfach nicht leisten, ihn zu ignorieren. Das gehörte auch zu seinem Plan.

Typisches Beispiel: Lord Marsden, der mit Zigarre und Brandy in der Hand langsam auf ihn zuschlenderte. Sie waren ungefähr im selben Alter. Obwohl er noch recht jung war, genoss Marsden im Parlament großes Ansehen – zum Teil war dies ein Vermächtnis seines verstorbenen Vaters, zum Teil hatte er sich diesen Respekt wegen seiner eigenen Talente selbst verdient, denn dieser Mann war in mehr als einer Hinsicht für die Rolle geboren, die er ausfüllte.

Marsden war ein charmanter Zeitgenosse, der bei jeder Gelegenheit seinen Bekanntenkreis erweiterte. Er flirtete mit den Frauen, egal ob jung oder alt, Debütantin oder Jungfer, verheiratet oder verwitwet. Man fand ihn oft im Kartenzimmer, wo er rauchte, lachte und mit Gleichrangigen um Geld spielte. Er würzte das Gespräch gerne mit Anlagetipps, kleinen Gerüchten oder Komplimenten und lauschte aufmerksam den Problemen, die jemand hatte. Fast schon zu aufmerksam. Knightly musste zugeben, dass er wirklich gut war.

Der Marquis suchte stets nach der Unterstützung der

London Weekly bei seinen zahlreichen Aktionen und politischen Initiativen, da die Zeitung ein so großes Publikum bediente. Doch Knightly wusste genau, dass die Leser vor allem deshalb in Scharen seine Zeitung kauften, weil er niemandem Rechenschaft ablegen musste. Deshalb musste er den Marquis immer wieder enttäuschen.

Dennoch waren die Männer eng verbunden. Es half jedem von ihnen.

»Ich bin sicher, Sie haben die Neuigkeit bereits gehört«, sagte Marsden, und als Knightly bewusst schwieg, fuhr er fort: »Über den Reporter der *London Times*. Er sitzt jetzt in Newgate, nachdem er sich als Arzt ausgegeben hat.«

»Ich habe die Gerüchte gehört, ja«, räumte Knightly ein.

»Abstoßend, finden Sie nicht auch? Die Gesellschaft ist in Aufruhr. Zumindest wird sie das bald sein«, sagte Marsden und lächelte verschlagen. Knightly verstand, was der Marquis damit sagen wollte. In jedem Gespräch würde er nun die Gemüter aufwühlen. Er würde sorgsam ausgewählte Informationshäppchen verteilen, mit denen die Menge aufgepeitscht wurde, bis die besten Kreise zu einem wütenden Mob wurden, der nach dem Blut der Zeitungsmagnaten dürstete. Seinem Blut also.

»Ich überlege schon, wie ich in der *Weekly* auf diese Geschichte eingehen soll«, bemerkte Knightly.

Marsden hatte einen großen Freundeskreis und hervorragende Verbindungen. Aber Knightly verfügte ebenfalls über große Macht. Jede Woche lasen Tausende Londoner seine Zeitung, in der er die Informationen sorgfältig auswählte, redigierte und ihnen dann präsentierte. Und dann diskutierten die Leser mit der Familie, Freunden, dem Zeitungshändler, dem Schlachter, ihren Dienstmädchen … Marsden mochte sich einbilden, alles zu dominieren, doch Knightley konnte ihm problemlos in die Parade fahren.

»Es wird wahrscheinlich eine Untersuchung geben«, fügte Marsden beiläufig hinzu und stippte die Asche von seiner Zigarre. Er klang gänzlich ungerührt, doch wählte er seine Worte immer mit Bedacht. Dies war eine Warnung.

Übersetzung: *Es werden Köpfe rollen.*

»Die würde ich mit großem Interesse verfolgen«, meinte Knightly.

Bedeutung: *Erzählen Sie mir alles.*

»Ich sollte Sie tatsächlich darüber auf dem Laufenden halten«, sagte Marsden. Und dann wechselte er das Thema – zumindest schien es auf den ersten Blick so. »Ich bin heute Abend mit meiner Schwester hier. Diese Sache mit dem Heiratsmarkt …« Marsden seufzte schwer, als wäre Lady Lydia die letzte von einer Reihe lästiger Schwestern, die er in den Stand der Ehe abschieben musste. Dabei war sie seine einzige Schwester. Und sie hatte unerklärlicherweise ihre zweite Saison verpasst. Knightly zog es vor, diesen Umstand nicht zu erwähnen. Zumindest nicht für den Moment.

»Sie müssen sich darauf freuen, sie zu verheiraten«, sagte er in der Hoffnung, mehr über Marsdens Beweggründe zu erfahren. Unter den Junggesellen war eine mögliche Heirat kein Thema, das einfach so zur Sprache gebracht wurde. Meist steckte mehr dahinter.

»Solange es eine Verbindung ist, die ich befürworte. Ein Mann, der so für sie sorgen kann, wie sie es bisher gewohnt ist.« Marsden starrte ihn undurchdringlich an. Knightlys Vermögen war ja kein Geheimnis. Gerüchte über Marsdens schwindenden Reichtum hatten es inzwischen bis auf Knightlys Schreibtisch geschafft.

»Ein Verehrer, dessen Geschäftsinteressen sich nicht zum Schlechten wenden können zum Beispiel«, schlug Knightly vor und erwiderte den Blick.

Marsden kniff die Augen zusammen. Er zog an der Zigarette und stippte die Asche ab, die auf den Terrassenboden fiel. Knightly schaute nicht weg.

»Freut mich, dass wir uns so gut verstehen«, sagte Marsden und blies einen Wirbel aus blaugrauem Rauch in den Nachthimmel.

Das war mal ein verlockendes Angebot. *Sie beschützen die* London Weekly *und ich heirate Ihre Schwester.*

Annabelle war sich stets seiner Nähe bewusst, und deshalb wusste sie, dass er im Moment auf der Terrasse stand. Ein ganz und gar unnützer sechster Sinn. Aber wie konnte sie nicht heimlich einen Blick nach dem anderen in seine Richtung werfen, wenn er sich gegen die Balustrade lehnte? Zum hundertsten Mal fragte sie sich, wieso allein dieses Anlehnen so … ja, so faszinierend sein konnte. Verlockend. Er wirkte so lässig, doch sie wusste, dass es nicht so war; er war sich stets seiner Umgebung bewusst und konnte jederzeit reagieren. Sie, die sich in ihrer eigenen Haut nie so richtig wohlfühlte, beneidete ihn darum.

Während sie mit den anderen schreibenden Fräulein zusammenstand, versuchte sie immer wieder, sich so hinzustellen, dass sie ihr neues Kleid möglichst vorteilhaft präsentierte. Die Vorderseite war besonders hübsch, obwohl sie sich mit dem tiefen Ausschnitt ziemlich nackt fühlte. Vielleicht sogar ein bisschen verrucht. Was es auch war, sie erkannte sich selbst kaum wieder in diesem pinken Kleid, das sich so weich und sinnlich an ihre Haut schmiegte.

Es ist nur ein Kleid, schalt sie sich. Doch dieses Kleid

schenkte ihr ein Selbstvertrauen, das sie normalerweise nicht besaß. Annabelle ertappte sich dabei, wie sie aufrechter stand. Sie schämte sich nicht mehr für ihre Größe, sondern zeigte gerne das Kleid. Sie lächelte auch mehr, weil sie sich so hübsch fand.

Es war nicht nur ein Kleid; es war Courage in Seide.

Sie riskierte noch einen Blick. Er unterhielt sich mit einem anderen Gentleman. Einem sehr attraktiven Gentleman.

Sie zerbrach sich den Kopf nach einer Erklärung, warum sie allein auf die Terrasse treten könnte. Ein »Mauerblümchen aus Mayfair« hatte ihr geschrieben: »Romantisches passiert bei Bällen immer auf der Terrasse, das weiß doch jeder.«

Sie brauchte nur eine Entschuldigung. *Ich brauche frische Luft. Ich fühle mich nicht gut. Vielleicht möchte ich eine Zigarre rauchen. Ich möchte gerne kompromittiert werden. Ich kann in diesem engen Korsett nicht atmen, das den Gesetzen der Schwerkraft widerspricht.*

»Ah, da kommt ja Knightly«, flüsterte Eliza ihr zu, obwohl Annabelle das längst wusste. Sie richtete sich auf. Die Schmetterlinge in ihrem Bauch flatterten wild, und ihr Herzschlag beschleunigte sich.

Knightlys Blick begegnete ihrem. Seine Augen waren so blau und bildeten einen Kontrast zu den schwarzen Haaren. An diesem Abend trug er ein schwarzes Jackett und eine dunkelblaue Weste.

Nicht rot werden, nicht rot werden. Lächeln, Annabelle! Steh gerade.

Aber die Befehle, die sie sich erteilte, gingen zwischen ihrem Kopf und ihrem Herz und dem Rest ihres Körpers verloren. Knightly nickte grüßend und bekam wahrscheinlich den überraschten Rehblick von Annabelle zugeworfen. Sie blickte ihm nach, als er zielstrebig durch den Ballsaal ging, bis die Menge ihn verschluckte.

»Ach, sieh an, wenn das nicht Lord Marsden ist«, sagte Sophie kokett zu einem attraktiven Mann, der an ihnen vorbeiging. Jener Mann, mit dem Knightly auf der Terrasse gesprochen hatte.

Der so Angesprochene blieb stehen und schenkte der Duchess ein wohlwollendes Lächeln. Annabelle erinnerte sich, dass Grenville in einem seiner Berichte über das Parlament den Namen erwähnt hatte. Der Mann war wohl der geborene Anführer. Und laut Juliannas Klatschkolumne war er weithin als ziemlich guter Fang bekannt. Sie wusste, dass er eng mit Sophies Mann, dem Duke of Brandon, bei Parlamentsbeschlüssen zusammenarbeitete.

»Wenn das nicht die wunderhübsche Duchess ist«, erwiderte Marsden mit einem lässigen Lächeln und küsste Sophies ausgestreckte Hand.

»Nicht mit mir flirten, Marsden«, ermahnte Sophie ihn. »Darf ich Ihnen meine Freundin Miss Swift vorstellen? Sie ist Ihnen vielleicht auch als ›liebe Annabelle‹ bekannt.«

»Aus der *Weekly*?« Dies fragte Marsden mit erhobenen Brauen. Die Frage kam nicht unerwartet, denn es war allgemein bekannt, dass Sophie für die Zeitung schrieb und abwechselnd über große Hochzeiten und die neueste Mode schrieb.

»Ganz genau«, antwortete sie.

Annabelle bemerkte natürlich, dass dieser Lord Marsden so klassisch attraktiv und perfekt war, dass sie widerstrebend nach irgendeinem Mangel suchte. Die Haare waren blond und aus dem hübschen Gesicht mit perfekt geformten Wangenknochen gekämmt. Wenn überhaupt etwas störte, trug er die Pomade eine Spur zu dick auf. Aber sein Blick war warm und konzentrierte sich ganz auf sie.

Am wichtigsten aber war für sie: Er wusste, dass sie schrieb. Darum mochte sie ihn auf Anhieb.

»Sie haben eine Gabe, Miss Swift«, sagte er, und sie spürte, wie sie lächelte. »Ich habe schon oft bemerkt, wie sanft Sie die Leute beraten und zurechtweisen, wohingegen ich immer versucht wäre, ihnen zu schreiben ›Sie sind ein Krautkopf‹. Haben Sie sich so etwas schon mal gedacht?«

»Jeder verdient eine einfühlsame Antwort und aufrichtige …« Sie verstummte, als seine Miene seinen Unglauben widerspiegelte. » … ach, aber natürlich habe ich mir das schon gedacht!«, unterbrach sie sich und musste lachen.

»Wenn Sie irgendwann mal jemanden einen Krautkopf nennen, würde mich das über die Maßen freuen«, sagte Lord Marsden und grinste.

Annabelle lachte. Dann bemerkte sie aus dem Augenwinkel Knightly, der mit einer wunderschönen Frau sprach, die sich mit vielen Diamanten schmückte.

»Ich wüsste da schon eine Gelegenheit für diesen Begriff«, erklärte Annabelle kokett. Wann war sie schon kokett? Lieber Himmel. Das musste an diesem seidenen Unterwäschenichts liegen, das sie an diesem Abend trug und das sie mutiger machte. Oder die Wärme und Ermutigung in Marsdens Blick.

»Würden Sie gerne mit mir tanzen, ›liebe Annabelle‹?«, fragte Lord Marsden und bot ihr seinen Arm. Sie hakte sich bei ihm unter und ließ sich von ihm zur Tanzfläche führen. Erst nach den ersten Tanzschritten bemerkte sie, dass Sophie sich heimlich davongestohlen hatte. Und dass sie Knightly aus den Augen verloren hatte, weil sie nicht länger jede einzelne seiner Bewegungen verfolgte. Und dass sie nicht wusste, wie man Walzer tanzte. Dass sie aber begierig darauf war, es mit Lord Marsden auszuprobieren.

Sie dachte, der Abend konnte kaum besser werden, doch dann …

Kapitel 5

Die Gefahr spärlich beleuchteter Korridore

Liebe Annabelle,
wenn jemand sich nach einer romantischen Begegnung sehnt, sollte man sich auf der Terrasse oder in den Gängen aufhalten … Aber Sie tun das auf eigene Gefahr!
Mit zärtlichen Grüßen
»Ein verwegener Filou«
LONDON WEEKLY

Ein spärlich beleuchteter Korridor

Annabelle ging beschwingt und fühlte sich schwindlig und atemlos.

Es war schon spät, und ihre Sinne waren wie betäubt von der angenehmen Erschöpfung vom Tanz und zwei Gläsern prickelnden Champagners. Glücklich summte sie eine kleine Melodie und stellte sich vor, wie Knightly sie zum Tanz aufforderte, während sie durch den spärlich beleuchteten Korridor zurück zum Ballsaal lief.

Und dann lief sie direkt einem Gentleman in die Arme. Oder er rammte sie. Man könnte auch sagen, sie stießen zusammen. Das Resultat war jedenfalls, dass Annabelle schwankte und atemlos eine einzelne, unglückliche Silbe hervorstieß: »Uff!«

Dann erst konzentrierten sich ihre Sinne, und sie bemerkte, dass sie mit einem feinen Wolljackett, einem gestärkten weißen Hemd und einer dunklen Seidenweste zusammengestoßen war und dass diese Kleidungsstücke eine ziemlich breite und kompakte Männerbrust bedeckten.

Hätte sie gewusst, dass es Knightly war, hätte sie vielleicht verharrt, um seinen Duft einzuatmen (eine Mischung aus Wolle, fernem Zigarrenrauch, Brandy und *ihm*), oder sie hätte das Gefühl genossen, ihn unter ihren Händen zu spüren (und nicht nur die Qualität seines Wolljacketts). Sie hätte bestimmt nicht wie ein Stalltier »uff« gemacht.

Zwei warme, nackte Hände packten ihre Oberarme, damit sie nicht stürzte.

»Oh, verzeihen Sie«, sagte sie, machte einen Schritt zurück und legte den Kopf in den Nacken, weil sie wissen wollte, zu wem diese massive Brust gehörte, die eine angenehme Hitze ausstrahlte und in ihr den Wunsch weckte, sich an ihn zu schmiegen. Ihre Augen gewöhnten sich an die Dunkelheit, und dann riss sie die Augen weit auf, als sie den erkannte, mit dem sie zusammengestoßen war: Knightly, der Mann ihrer Träume, König ihres Herzens, das Objekt ihrer Zuneigung …

»Miss Swift«, sagte Knightly und nickte grüßend. »Entschuldigen Sie, ich habe Sie nicht gesehen.«

Natürlich nicht. Er sah sie nie. Aber so war es nun mal leider. Außerdem besaß sie die unangenehme Angewohnheit, in seiner Gegenwart entweder zu verstummen oder übertrieben viel zu plaudern. Sie hatte es bisher nie geschafft, ein normales Gespräch mit diesem Mann zu führen.

»Mr. Knightly, guten Abend. Es tut mir leid, ich habe meine Umgebung gar nicht wahrgenommen …«, plapperte Annabelle. Zu ihrem Entsetzen kamen die Worte einfach über ihre Lippen, obwohl sie am liebsten gar nichts gesagt hätte. »Offenbar habe ich Sie nicht gesehen. Denn wenn ich Sie gesehen hätte, wäre ich sicher nicht direkt in Sie hineingelaufen.«

Bestimmt war das auch eine Taktik, die einer ihrer Leser vorgeschlagen hatte: den Auserwählten besinnungslos quatschen.

»Das denke ich mir. Geht es Ihnen gut?«, erkundigte er sich höflich.

»Ja, ziemlich. Obwohl Ihre Brust recht hart ist«, sagte Annabelle. Sie schloss die Augen und stöhnte auf. Hatte sie das wirklich gerade gesagt? War es denn zu viel verlangt, dass sie sich nicht vollkommen zum Idioten machte?

»Vielen Dank«, antwortete er, ganz der höfliche Gentleman. Doch es war hell genug, dass sie sah, wie sehr ihre Worte ihn amüsierten.

»Entschuldigen Sie bitte. Eine Lady sollte derlei nicht beachten, geschweige denn es laut aussprechen. Seid versichert, ich würde einer Leserin nie raten …« Sie quatschte Unsinn. Und konnte nicht aufhören.

Dennoch. Obwohl die ganze Sache schrecklich peinlich war, dämmerte ihr eine allzu süße Wahrheit. Sie war mit Knightly alleine. Und sie war für diese Begegnung passend gekleidet. Besser noch, sie hatte für eine außergewöhnlich schöne Sekunde die starken Muskeln seiner Brust gespürt. Wie gerne sie diese Sekunde wiederholen würde – wenngleich auf eine sehr viel verlockendere Weise.

»Ich bin sicher, das wäre überaus skandalös, falls Sie einer Leserin vorschlagen, einem Mann solche Komplimente zu machen. Allerdings kann ich mir keinen Mann vorstellen, der sich darüber beschweren würde«, sagte Knightly mit einem schwachen Lächeln auf den Lippen. Seine Art, ihr zu sagen, dass alles in Ordnung war. Sie atmete erleichtert aus.

»Aber ich entschuldige mich, weil ich meine Umgebung nicht wahrgenommen habe. Ich war ziemlich abgelenkt.«

»Machen Sie sich über irgendetwas Gedanken?«, erkundigte sich Knightly, verschränkte die Arme vor seiner muskulösen Brust und lehnte sich an die Wand. Er blickte auf sie herab.

Mehr brauchte sie nicht, damit die Welt aufhörte, sich zu drehen. Weil Knightly ihr eine Frage gestellt hatte. Eine persönliche Frage über ihren Gemütszustand.

Was sollte sie darauf bloß antworten?

»Ach, ich genieße einfach den Abend. Und Sie?«, antwortete sie und hoffte, das klang, als plauderte sie regelmäßig mit flotten Gentlemen und würde dabei nicht vor Nervosität fast ohnmächtig. Obwohl jede Nervenfaser in ihrem Körper angenehm kribbelte. Denn hier stand sie an einem dunklen, abgeschiedenen Ort und führte ein richtiges Gespräch mit Knightly.

Mehr noch, es war ein Gespräch, bei dem es nicht um die Zeitung ging.

»Dieser Abend war … interessant«, antwortete er.

»Inwiefern?«, fragte Annabelle. Sie war immer noch atemlos, doch jetzt aus einem völlig anderen Grund.

»Das Leben nimmt manchmal merkwürdige Wendungen, finden Sie nicht?«, bemerkte er, und sie wusste nicht so genau, worauf er damit anspielte. Nur, dass es im Moment perfekt auf ihre Situation passte.

»O ja«, erwiderte sie. Welche Götter hatten sich wohl verschworen, damit es zu dieser glücklichen Fügung kam? Annabelle wusste es nicht. Doch sie war glücklich und voller Hoffnung. Und sie war stolz auf sich, weil sie es einfach versucht hatte. Das hier war ihre Belohnung.

Ach, wenn sie jetzt diesen Moment einfach ausdehnen könnte …

»Die Duchess hat sich heute Abend selbst übertroffen«, sagte Knightly. »Wir kehren lieber zu den anderen zurück, bevor jemand …«

»Merkt, dass wir beide nicht da sind«, vollendete Annabelle den Satz eine Spur zu eifrig. Nicht, dass es sie stören würde, wenn sie mit ihm in einer kompromittierenden Situation erwischt wurde. Ganz und gar nicht.

»Oder bevor jemand mit nicht ganz so noblen Absichten Sie im düsteren Korridor anspricht. Ich darf nicht zulassen, dass eines meiner schreibenden Fräulein in Gefahr gerät«, sagte er und umfasste sanft ihren Ellenbogen, um sie zurück Richtung Ballsaal zu führen.

Annabelle konnte nur schwach lächeln. Sie fragte sich, was so falsch daran war, wenn sie den Wunsch hegte, ein Gentleman könnte keine so noblen Absichten hegen.

Kapitel 6

Das Kaffeehaus in London – Treffpunkt für »Gentlemen«

GEHEIMNISSE DER GESELLSCHAFT
VON EINER LADY MIT KLASSE

Mr. Knightly persönlich, der Besitzer der London Weekly, wurde dabei beobachtet, wie er mit Lady Lydia Marsden Walzer tanzte, deren Talent und Eleganz beim Walzertanzen alle anderen Frauen übertrifft. ~~*Wir können nur spekulieren, worüber sie diskutiert haben; vielleicht hat er das Geheimnis ihrer zweiten Saison gelüftet?*~~

LONDON WEEKLY, REDIGIERT VON D. KNIGHTLY

Im Kaffeehaus Galloway's saßen die Männer beisammen – jene von hoher Geburt ebenso wie jene von niederer Geburt –, nippten am Kaffee und verschlangen die ausliegenden Zeitungen. Fast alles – von den Zeitungen bis zu den literarischen Publikationen – drehte sich um Sport. Die Luft war erfüllt von den Gesprächen der Männer, manche ernst, manche derb, Zigarrenrauch waberte, und der schwere Duft von Kaffee hing ebenso in der Luft wie das Rascheln der Zeitungsseiten.

Knightly hatte sich angewöhnt, jeden Samstag bei Galloway's zwei Freunde zu treffen. Zum einen Peter Drummond, einen Stückeschreiber und Theaterbesitzer, der seit seiner Zeit in Cambridge unerschütterlich an seiner Seite stand, und zum anderen ihren Halunken von einem Freund Julian Gage – ein beliebter Schauspieler, der besser bekannt war für seine katastrophenartigen Liebesgeschichten als für die Qualität seines Schauspiels.

Schließlich war es nicht so, dass White's solche wie sie als Mitglieder akzeptieren würde. Sie hatten nicht die Abstammung, den Status, das Vermögen oder die Verbindungen, die nötig waren, um Zutritt zu dieser exklusiven Enklave zu bekommen. Stattdessen diente Galloway's als ihr Club.

»Dass die Frauen aber auch nie auf mich hören«, murmelte Drummond hinter seiner Zeitung. Verärgert fuhr seine Hand durch die grau melierten Haare. »Ich schwöre euch, wenn ich einem Mädel sage, es soll ein sinkendes Schiff verlassen, wird sie lauthals protestieren.«

»Beziehst du dich damit auf etwas Bestimmtes, oder ist es das generelle Lamentieren, dass die Frauen keinen Rat von einem Mann annehmen, der sich den Lebensunterhalt mit Geschichtenerzählen verdient?«, fragte Knightly lässig. Vor ihm lag eine Ausgabe von *Cobott's Weekly Register* auf dem Tisch.

»Ich schreibe Stücke. Deine Mutter würde dir den Kopf abreißen, wenn sie wüsste, wie abfällig du übers Theater redest. Wenn du es unbedingt wissen willst, ich ärgere mich über deine ›liebe Annabelle‹«, antwortete Drummond. Er betonte seine Verärgerung, indem er die Zeitung heftig raschelnd schüttelte.

Knightly hob nur kühl eine Augenbraue. Das Gespräch hatte sich plötzlich in eine unerwartete Richtung entwickelt.

»Sie hat meinen Rat angenommen!« Julian grinste triumphierend, obwohl Drummond ihn böse anfunkelte.

Knightly blickte mit gerunzelter Stirn von einem zum anderen. Gewöhnlich lasen beide die Theaterkritiken, die Klatschspalte und nicht viel mehr. Insbesondere Julian beschäftigte sich nur mit Artikeln, in denen es um ihn ging.

Sie lasen definitiv nicht die Ratgeberkolumne auf der letzten Seite, die neben der Werbung für Hüte, Korsetts und Wundermittel jeglicher Couleur platziert war. Das war Frauenkram, über der die Liebe-Annabelle-Kolumne prangte, in der Miss Swift, die personifizierte Süße und Unschuld, den Liebeskranken, Verunsicherten und all den anderen Leuten Ratschläge erteilte. Er versuchte sich an die letzte Kolumne zu erinnern und daran, warum sie einen Rat suchen könnte. Erst recht von diesen Idioten!

»Ey!«, protestierte Drummond, als Knightly ihm die Zeitung aus den Händen riss. Er fand ihre Kolumne auf Seite 17 und las mit Verärgerung (weil etwas in seiner Zeitung ohne sein Wissen geschah) und mit Neugier (weil es Annabelle war. Worüber mochte sie schreiben?):

Liebe Annabelle

Die Autorin dieser Zeilen fühlt sich geschmeichelt. So viele herzerwärmende Ratschläge kamen von ihren treuen Lesern als Antwort auf mein verzweifeltes Ersuchen um Rat, wie ich die Aufmerksamkeit eines bestimmten Mannes wecken könnte.

Niemals hat diese Autorin so viele Briefe bekommen! Ein Leser schrieb, ich sollte mich um Mitternacht ins Bett des fraglichen Gentlemans legen, quasi als verruchte Überraschung. Ich fürchte, das ist zu dreist, aber wir werden sehen, zu welcher Verzweiflungstat ich fähig sein werde. Nancy schlug vor, ich könnte Parfüm »auf dem De-

kolleté auftragen«, und ein Gentleman namens Peregrine bot mir an, Liebessonette zu verfassen, die ich dann dramatisch rezitieren könnte, um so das Objekt meiner Begierde mit meinen Versen zu verführen. Dutzende Briefe rieten mir, einen tieferen Ausschnitt zu tragen. Meine Freundinnen befürworteten dieses Vorgehen, und so fand ich mich, ehe ich mich versah, beim Schneider wieder.

Liebe Leser, ich weiß nicht, ob es das Kleid selbst war, die Zurschaustellung meiner Person oder das Selbstvertrauen, das ich durch so hübsche Kleidung gewann. Doch ich darf wohl behaupten, es hat funktioniert! Es hat zwar nicht das Objekt meiner Begierde angezogen (dieser Krautkopf!), doch ich habe auf jeden Fall das Interesse anderer Gentlemen geweckt. Diese Woche werde ich daher den Rest meiner Garderobe entsprechend anpassen. Aber da ich nach nichts anderem suche als der wahren Liebe, fürchte ich, dass es mehr bedarf, um sein Interesse zu wecken. Ihre Vorschläge sind willkommen und werden sogleich in die Tat umgesetzt!

Miss Swift bat ganz London um Rat in Liebesdingen?

Das war nicht die Annabelle, die er kannte. Das war nicht die Arbeit einer schüchternen Frau, die immer leise sprach, wenn überhaupt. Die Frau, die ihr Haar immer zu einem Knoten aufsteckte und deren Kleider am besten zu einer altjüngferlichen Tante passten. Die Frau, die so charmant mit ihm geplaudert hatte, als sie gestern Abend zusammenstießen. Und die ihn nicht ein einziges Mal an eine altjüngferliche Tante hatte denken lassen, während sie sich im Dunkeln unterhielten.

Ganz im Gegenteil. Es schien, als besäße Annabelle jene üppigen Kurven, die ein sündhaftes Abenteuer verhießen.

Es war keine ganz und gar unangenehme Entdeckung, obwohl daraus nichts werden konnte.

Er hatte gestern erkannt, dass an ihr etwas anders war. Irgendwie *mehr*. Seine Vermutung wurde nun bestätigt. Es sah so aus, als habe sich bei Annabelle kürzlich eine Menge geändert.

Sie beriet sonst immer die zahlreichen Leser in Bezug auf gute Umgangsformen oder bot praktische Haushaltstipps oder gab sehr vorsichtig Rat in Liebesdingen.

Annabelle verwendete jedenfalls nicht Wörter wie »Krautkopf«.

Das war wirklich das Äußerste, was er in dieser Kolumne von einer jungen Frau lesen wollte, die so süß und heiter war – öffentliche Suche nach Rat bei Fremden, wie sie einen Mann für sich gewinnen konnte. Annabelle wusste nichts über die Leute, von denen sie sich Informationen erhoffte!

Sie könnten sein wie …

Drummond und Gage. Drummond, der bereits drei Verlobungen gelöst hatte. Und Gage, der eine stürmische Beziehung mit Jocelyn Kemble, der berühmten Schauspielerin, geführt hatte. Der die Gesellschaft einer Frau nie ausschlug, wenn sich die Gelegenheit bot. Und als bekanntem Schauspieler bot sich ihm die Gelegenheit oft.

Der Himmel stehe ihnen bei. Vor allem Annabelle.

»Ich dachte, sie sollte ihm einen romantischen Brief schicken. Parfümiert und romantisch«, erklärte Drummond. »Es geht nichts über die Macht des geschriebenen Worts, um den Verstand zu betören. Das Herz folgt dann auf dem Fuß.«

Knightly schnaubte. So ein romantischer Unsinn.

»Das ist erbärmlich. Mein Rat war besser, weshalb sie

ihn auch befolgt hat«, erwiderte Gage selbstgefällig und grinste zufrieden.

»Ein tief ausgeschnittenes Kleid tragen?«, spottete Drummond. »Als wäre das originell.«

»Annabelle braucht nicht originell zu sein. Sie braucht etwas, das funktioniert«, sagte Gage. Knightly runzelte die Stirn. Wie konnte der Flegel es wagen, so über eines *seiner* schreibenden Fräulein zu reden? Gage bemerkte es nicht und sprach weiter. »Seit undenkbarer Zeit haben Frauen ihren Körper gezeigt, und Männer waren stets Sklaven ihrer niederen Triebe.«

Dafür bist du ein Paradebeispiel, dachte Knightly. Idioten. Und doch …

War es das, was ihm an Annabelle beim Ball so anders vorgekommen war? Er hatte beobachtet, wie sie mit den schreibenden Fräulein plauderte und später mit einem jungen Gecken Walzer tanzte. Er war nur kurz mit ihr zusammengestoßen, doch das hatte ausgereicht, dass er bemerkte, wie sündig ihre Figur war.

Doch er hatte ihren tiefen Ausschnitt gar nicht richtig bemerkt. Warum nicht? War er krank? Nein, in der Hinsicht war mit ihm alles in Ordnung. Es war eben nicht seine Art, seine Mitarbeiterinnen auf diese Weise anzusehen. Von Anfang an hatte er sie wie die männlichen Kollegen behandelt, weil es so einfacher war.

Hätte er es bemerken müssen?

Doch, hätte er. Denn wenn es um sein Geschäft ging, lautete die Antwort Ja.

Denn es ging auch um sein Geschäft. Daher wollte er genauer hinsehen, wenn er sie das nächste Mal sah. Im Interesse seines Geschäfts. Es gab keinen anderen Grund wie zum Beispiel ein erwachendes Interesse.

»Wir wissen ja nicht mal, wie Annabelle aussieht«, überlegte Drummond und nahm einen Schluck von seinem dampfend heißen Kaffee. »Für manche Frauen ist die großzügige Zurschaustellung ihres Busens kein so kluger Rat.«

»Das stimmt. Wenn er zu klein ist. Oder zu alt«, pflichtete Gage ihm bei und verzog das Gesicht.

»Man fragt sich schon, wer diese ›liebe Annabelle‹ ist. Wir wissen nichts über sie, außer dass sie es seit *Jahren* nicht geschafft hat, das Interesse von so einem Kerl zu wecken.« Drummond analysierte Annabelles Situation mit derselben Ernsthaftigkeit, mit der er den Hamlet las.

»Sie könnte eine Großmutter sein«, flüsterte Gage bestürzt. Alle Farbe wich aus seinem Gesicht. »Ich habe vielleicht einen Brief an die Großmutter von jemandem geschrieben und ihr vorgeschlagen, ihre ihr wisst schon zu zeigen.«

»Um Himmels willen!«, mischte Knightly sich ein. »Annabelle ist jung und hübsch.«

»Warum hat der Krautkopf sie dann bisher nicht bemerkt?«, wollte Gage wissen.

»Verflixt, wenn ich das wüsste.« Knightly zuckte mit den Schultern. Er hatte keine Ahnung, wer dieser Typ war, und es interessierte ihn auch gar nicht, solange Annabelles Artikel seine Zeitung verkauften. Es machte ganz den Anschein, als würde sie viel zur aktuellen Auflage beitragen, wenn sogar seine verrückten Freunde so fasziniert davon waren. »Sie ist sehr ruhig.«

»Jung. Hübsch. Ruhig. Ich glaube, ich bin verliebt«, sagte Drummond verträumt.

»Du kennst sie doch nicht mal«, sagte Knightly in dem Versuch, endlich mal Vernunft in dieses Gespräch zu bringen. Man verliebte sich nicht in Fremde. Sein Vater hatte sich allerdings auf den ersten Blick in seine Mutter verliebt. Doch das war selten. Und weder Drummond noch Gage hatten Annabelle jemals gesehen.

»Ich habe genug gehört. Mein nächster Vorschlag an sie wird lauten, diesen Krautkopf zu vergessen und mich zu heiraten«, sagte Drummond mit breitem Grinsen.

Kapitel 7

Die Gefahren sinnlicher Blicke

GEHEIMNISSE DER GESELLSCHAFT
VON EINER LADY MIT KLASSE

Es gibt zwei Fragen, die jeden Londoner bewegen: Wer ist der Krautkopf, und was wird die »liebe Annabelle« als Nächstes tun?

LONDON WEEKLY

Die Büroräume der London Weekly

Annabelles Herz hämmerte. Jeden Augenblick würde Knightly durch diese Tür kommen und die Schmetterlinge in ihrem Bauch würden abheben.

Er würde ihnen allen sein teuflisches Grinsen schenken, und sie konnte nicht anders, als sich vorzustellen, wie er sie genauso anlächelte, bevor er sie unter einem vom Mond beschienenen Sternenhimmel küsste. Bestimmt waren ihre Wangen schon wieder rot.

Dann würde Knightly sagen »Zuerst die Damen« und sie würde seufzen. Und in diesem kleinen Seufzen drückte sie eine ganze Welt aus Sehnsucht, Verlangen und Frust aus.

Diese Routine wiederholte sich wie ein Uhrwerk jeden

Mittwochnachmittag um genau zwei Uhr, wenn Knightly sich mit den Mitarbeitern der *London Weekly* traf.

Aber diese Woche würden die Dinge anders sein. Davon war sie überzeugt. Sie hatte einen Plan.

»Annabelle, mir hat deine Kolumne diese Woche sehr gefallen. Sie ist das Tagesthema in allen Salons«, sagte Julianna, als sie in den Raum tänzelte und neben Annabelle Platz nahm, die schon früher gekommen war.

Früher war sie immer eine gute Viertelstunde vor allen anderen gekommen, weil sie schreckliche Angst hatte sich zu verspäten, alle zu stören und zum Gegenstand ungewollter Aufmerksamkeit zu werden. Aber in letzter Zeit dachte sie nur noch an den Zauber einer möglichen Begegnung unter vier Augen mit Knightly.

Sophie und Eliza folgten direkt hinter Julianna und nahmen ihre Plätze ein. Der Rest der Schreiber kam herein. Sie redeten angeregt miteinander.

»Lord Marsden hat sie auch gefallen«, sagte Annabelle und konnte sich ein Lächeln nicht verkneifen.

»Er ist wirklich ein charmanter Zeitgenosse«, sagte Sophie und lächelte. »Fast *zu* charmant.«

»Dieser charmante und aufmerksame Lebemann liest sogar meine Kolumne«, korrigierte Annabelle sie fröhlich. »Er hat mir Samstagnachmittag Blumen geschickt, weil er sich so sehr darüber gefreut hat, dass ich den Begriff ›Krautkopf‹ in meiner Kolumne untergebracht habe. Könnt ihr euch vorstellen, dass ich so ein Wort benutze? Ich bin ganz schockiert von mir selbst.«

»Vielleicht bist du ja doch ein bisschen verrucht«, antwortete Julianna.

»Wir wollen lieber nicht vorschnell urteilen«, warnte Annabelle.

»Aber wir vergessen nicht, dass dieser Gentleman dir Blumen geschickt hat«, warf Eliza ein.

»Pinke Rosen. Blanche und ihre schreckliche Freundin Mrs. Underwood konnten es nicht lassen, ein paar schnippische Kommentare zu machen. Sie konnten es nicht fassen, dass sie für mich sind, und fragten sich anschließend, was für einen Schwindel ich inszeniert habe, damit sich ein Mann verpflichtet fühlt, mir Blumen zu schicken. Und dann sagten sie, die Blumen würden in Fleurs Kinderzimmer viel schöner aussehen.«

»Fleur ist so ein seltsamer Name. Mich überrascht er …«, sagte Sophie.

»Du meinst, dich überrascht, dass mein Bruder und seine Frau ihre Tochter so genannt haben«, sagte Annabelle. »Den beiden fehlt es wirklich an Vorstellungskraft. Fleurs modischer Name ist für mich ein kleiner Hoffnungsfunke. Später habe ich die Blumen aus Fleurs Zimmer geholt und in meine Kammer gestellt. Ich bin sicher, bei meiner Rückkehr finde ich sie in Blanches Zimmer.«

»Aber du hast Blumen bekommen. Von einem Gentleman. Einem sehr geeigneten, heiratsfähigen Mann«, sagte Julianna und lächelte.

Annabelle strahlte. Sie hatte zudem Stunden damit zugebracht, mit Nadel und Faden das Dekolleté ihrer alten Lumpenkleider tiefer festzuheften. Als Blanche sah, was sie da tat, fragte sie Annabelle, warum sie aussehen wollte wie eine Hafendirne. *Weil eine Hafendirne die Aufmerksamkeit der Männer wecken kann. Dann kann ich heiraten und aus diesem Haushalt fliehen, der mir die Luft zum Atmen raubt.*

Wenn Blanche erst von ihrer Seidenunterwäsche und dem genialen Korsett wüsste – das sie jetzt natürlich auch trug, weil es ihr Selbstvertrauen in Kombination mit dem hübschen blauen Tageskleid hob. Jenem Kleid, das sie bei dem wundervollen Ausflug zur Modistin bestellt hatte, der ihr Leben verändert hatte. Sophie hatte absolut Recht behalten mit den Kleidern und der Unterwäsche, obwohl Annabelle wusste, dass sie längst nicht verrucht genug war, ihre neuen Sachen in Gesellschaft von Männern zu erwähnen.

Seit jenem schicksalhaften Tag war ihr vermehrt die Frage in den Sinn gekommen, warum ausgerechnet sie so leben musste. Das Leben im Swifthaushalt raubte ihr immer mehr die Luft. Und nachdem sie das Seidenkleid getragen, mit einem Marquis Walzer getanzt und einen Strauß pinker Rosen von einem begehrten Gentleman bekommen hatte, nachdem sie sogar mit Knightly geredet hatte, dachte sie weniger über die alte Annabelle nach, die jede Bitte Blanches erfüllte. Und mehr über die neue Annabelle, die alles tun durfte.

»Aber was bedeutet das für Du-weißt-schon-wen?«, flüsterte Eliza verschwörerisch.

»Oh, ich habe dank meiner Leser noch mehrere Trümpfe im Ärmel«, antwortete Annabelle leise. Auf Anweisung von einer »Kurtisane in Mayfair« hatte sie Stunden vor dem Spiegel verbracht und geübt, mit den Wimpern zu klimpern und schmelzende Blicke zu werfen.

Heute war Annabelle gut gerüstet und bereit. Sie trug ein atemberaubend schönes neues Kleid mit tiefem Ausschnitt und hatte für ihren geliebten Mr. Knightly heißblütige Blicke geübt.

Die Uhr schlug zwei. Zuerst kam das wild hämmernde Herz. Dann die Schmetterlinge. Und dann seufzte sie.

Knightly strebte in den Raum und begann die Redaktionssitzung wie jede mit einem Grinsen und einem frechen Nicken in Richtung schreibende Fräulein.

Sein Blick wurde sofort von Annabelle angezogen. Um genau zu sein, von bestimmten Teilen Annabelles. Das Gespräch im Kaffeehaus kam ihm wieder in den Sinn. Ratschläge von Idioten. Jung, hübsch, ruhig. Betont tiefe Ausschnitte, die … nun, eine Handvoll zeigten. Einen Mundvoll. Eine Frau.

Er räusperte sich.

»Zuerst die Damen«, sagte er und hoffte insgeheim, nicht zu abgelenkt zu klingen.

Julianna meldete sich als Erste zu Wort und berichtete vom jüngsten Skandal der Gesellschaft. Knightly bekam kein Wort davon mit. Sein Blick ging immer wieder zu dem Stuhl zu Juliannas Linken. Zu Annabelle. Als er es schließlich schaffte, seinen Blick von ihrem ziemlich tiefen Ausschnitt loszureißen und ihn nach oben gleiten zu lassen, bemerkte er ihren verträumten Gesichtsausdruck. Ihre blauen Augen waren auf etwas in weiter Ferne gerichtet. Die rosigen, festen Lippen zu der zarten Andeutung eines Lächelns verzogen. Annabelle gab sich Tagträumen hin.

Während einer Sitzung.

Die er leitete. Er mochte es nicht, ignoriert zu werden.

»Miss Swift, Sie waren mit Ihrer Kolumne am letzten Samstag das Gesprächsthema Nummer eins«, sagte er brüsk. Er kämpfte um einen neutralen Gesichtsausdruck, als er sich an die vertrackte Unterhaltung mit Drummond und Gage erinnerte. Verflucht soll er sein, falls seine Angestellten sahen, dass er nicht unbeeindruckt war. Schlimm genug, dass er über ihren Ausschnitt reden musste, noch dazu im Kollegenkreis. Selbst wenn es eher indirekt geschah.

Er wollte sie ansehen. Aber er … konnte nicht.

»Oh, ist das so?« Sie wurde aus ihrer Träumerei gerissen, und ihre großen blauen Augen blickten ihn an. Für einen Moment war er wie gebannt von diesem Blick. Dann senkte sie die Lider und hob sie erneut. Und spitzte die Lippen, fast so, als wollte sie eine Zitrone aussaugen. War ihr nicht wohl?

»Ich möchte Sie dringend bitten, die Ratschläge mit Vorsicht zu behandeln. Ich bin nicht sicher, ob taktlos oder idiotisch der richtige Begriff für die Vorschläge irgendwelcher Kerle ist«, dozierte er. Derweil fragte er sich insgeheim, seit wann er so förmlich war.

Ihre Augen wirkten heute irgendwie blauer. Warum fielen ihm ihre Augen auf? Lag das am blauen Kleid? Trug sie sonst nicht immer bräunlich-graue Kleider? Sein Blick glitt wieder zu Annabelles Kleid, und diesmal bemerkte er die Farbe gar nicht mehr. Er sah nur cremeweiße Haut, die sich zu verführerischen Rundungen über einem extrem tief ausgeschnittenen Mieder erhob.

»Bei allem gebührenden Respekt, Mr. Knightly, aber es scheint zu funktionieren.« Sie sagte es sehr leise, eine Mischung aus Trotz und Fügsamkeit schwang in ihrer Stimme mit. Ihr Mund erinnerte ihn an den Schmollmund eines Engels – beleidigt, süß, geheimnisvoll und schelmisch.

Die Art Mund, die einen Mann ans Küssen denken ließ.

Und solche Gedanken waren der Grund, warum man nicht mit Frauen zusammenarbeiten sollte. Sie waren eine zu große Ablenkung.

»Annabelles Kolumne hat die Gesellschaft im Sturm erobert«, berichtete Sophie.

Zu Knightlys Überraschung ergriff nun Owens das Wort. Er war ein vielversprechender junger Reporter, der eine

Vielzahl schäbiger Geschichten aufdeckte. »Meine Mum und meine Schwestern reden ständig darüber. Miss Swift, ich soll Ihnen ausrichten, Sie sollten Ihre Haare anders frisieren. Ich hab ihnen schon gesagt, dass Kerle nicht auf so was achten. Was sie tatsächlich sehen, sind doch nur …«

»Das reicht, Owens«, sagte Knightly scharf. Falls dieser Flegel irgendwas unterhalb von Annabelles Hals erwähnte …

Knightly riskierte noch einen Blick.

Verflixt.

Sie hatte seinen Blick bemerkt und die Augen für ein, zwei Sekunden geschlossen. Jetzt hob sie die Lider, ließ die Wimpern klimpern und zog wieder eine Schnute. Wie merkwürdig. Wirklich komisch.

»Gibt es noch mehr Unsinn darüber, wie man die Aufmerksamkeit eines Gentlemans weckt?«, murmelte Grenville. »Denn im Parlament erzählt man sich, es gebe eine Untersuchung, um die journalistischen Praktiken angesichts der Festnahme eines Reporters von der *London Times* zu prüfen. Er sitzt jetzt im Gefängnis, und ich für meinen Teil mache mir Sorgen, was dies für unser eigenes Blatt bedeutet.«

Knightly schickte ein Stoßgebet zum Himmel, weil Grenville das Gespräch über Annabelles … Zauber abgewürgt hatte. Und weil er am anderen Ende des Raums saß. So konnte Knightly sich von Annabelles … Zauber abwenden.

»Wird sich diese Untersuchung des Parlaments nur auf die *London Times* konzentrieren oder auch auf andere Zeitungen?«, fragte Owens. »Die Gerüchteküche brodelt. Ich habe gehört, jede Zeitungsausgabe soll von der Regierung geprüft werden, ehe sie veröffentlicht werden darf.

Ein Diener von Lord Milford wurde gefeuert, nachdem er in Verdacht geriet, Geheimnisse an die Presse verkauft zu haben.«

»Oh, es ist sogar noch schlimmer«, ergänzte Julianna betrübt. »Ich habe gehört, Lord Milford hat dem armen Mann eine Tracht Prügel verpassen lassen, bevor er ihn auf die Straße setzte. Um Lord Marsden zu zitieren: ›Man ist entsetzt über das Hausieren mit adeligen Geheimnissen, das nur dem Profit und dem Vergnügen der unteren Klassen nutzt.‹ Viele sind seiner Meinung.«

Im Raum war es still. Die Gesichter der Mitarbeiter wandten sich ihm erwartungsvoll zu. Natürlich gingen sie davon aus, dass er eine Strategie oder zumindest einen Plan hatte, um die öffentliche Meinung zu ihren Gunsten zu beeinflussen oder irgendwie dafür zu sorgen, dass die *London Weekly* überlebte – und damit ihr Lebensunterhalt und ihr guter Ruf geschützt war.

Diese Angelegenheit mit der *London Times* war vielleicht das Problem einer anderen Zeitung. Oder es explodierte zu einem branchenweiten Skandal, der weitere Ermittlungen nach sich zog. Es sah ganz danach aus, als dürstete Marsden nach Blut. Als ginge es ihm um mehr als den Ruin eines Reporters oder einer Zeitung.

Die Frage war doch: Wie würde die *London Weekly* diesen Kreuzzug überstehen?

Seine Autoren riskierten regelmäßig alles für die Storys, mit denen die *London Weekly* groß geworden war. Eliza hatte zahlreiche verdeckte Ermittlungen durchgeführt und sich sogar als Dienstmädchen im Haushalt eines Dukes eingeschlichen. Das waren genau die Heldentaten, die die Gesellschaft aufwühlten und jetzt nach Blut schreien ließen. Julianna setzte regelmäßig ihren Ruf aufs Spiel, indem sie die Skandale und Schwächen von Ihresgleichen offenlegte. Owens traf nie eine Vereinbarung, für die er im Gefängnis landen konnte, doch für ihn war nichts und niemand so heilig, um nicht zu ermitteln. Und was wurde aus Alistair oder Grenville, wenn sie kein Ventil für ihren Scharfsinn hatten?

Knightly wusste, dass ihm die Zeitung zwar gehörte, dass sie aber ohne seine Leute wertlos war. Er durfte nicht zulassen, dass der Skandal außer Kontrolle geriet, und auf keinen Fall durften seine treuen und talentierten Autoren für ihre Arbeit nach Newgate geschickt werden. Eine Arbeit, die die Stadt mit Informationen versorgte und der Unterhaltung der Massen diente.

Er hatte bis zu diesem Moment noch nicht allzu ernsthaft über Marsdens Angebot nachgedacht. Doch es schien die einzige Möglichkeit zu sein, die zwischen der Sicherheit für die Leute, denen er *alles* verdankte, und ihrem Untergang stand.

Obwohl der Marquis ihm etwas bot, nach dem er sich sehnsüchtig verzehrte – nämlich durch eine strategische Heirat Zutritt zur Gesellschaft zu erlangen –, widersprach dieses Vorgehen seinem Grundsatz Nummer 3: *Fühle dich niemandem verpflichtet.*

Aber wenn er so seine Zeitung und seine Autoren schützen konnte – und zugleich Bedeutung in der Londoner Gesellschaft gewann –, nun, dann war dies ein Angebot, über das er nachdenken sollte. Der Neue Earl würde es nicht wagen, den Mann zu schneiden, der einem so bekannten Marquis nahestand. Und die Untersuchung würde seine skandalöse Zeitung und die Missetaten der Autoren einfach übersehen.

Ein Angebot also, über das er nachdenken sollte. Knightly

traf schnelle Entscheidungen, und dann hielt er sich auch daran. In diesem Moment beschloss er, um Lady Lydia zu werben und sie unter Umständen auch zu heiraten. Er würde Marsdens Angebot annehmen, im Gegenzug seine Zeitung und die Autoren zu beschützen.

»Seien Sie versichert, dass ich alles in meiner Macht Stehende tun werde, damit die Behörden ihr Augenmerk nicht auf unsere *Weekly* richten«, sagte Knightly selbstbewusst. Er konnte sehen, wie alle bei dieser Ankündigung sichtlich entspannten. Es war die richtige Entscheidung.

Aber wo er gerade von Augenmerk sprach ...

Widerstrebend glitt Knightlys Blick wieder zu Annabelle. Sie machte schon wieder diese merkwürdige Sache mit ihren blauen Augen. Die Lippen zu einer Schnute geschürzt, die fast schon lächerlich aussah, wirkte sie auf ihn komischerweise immer noch verführerisch.

Grenville war so gut, über andere, langweilige Themen der Regierung zu brabbeln, und Damien Owens ergötzte die anderen mit den Raubüberfällen, Feuersbrünsten, Morden, lächerlichen Wetten und interessanten Gerichtsverfahren der vergangenen Woche. Knightly hielt die anderen zur Eile an, denn er wollte die Sitzung rasch beenden und in dem aufkeimenden Skandal um die *London Times* weiter ermitteln. Und ehrlich gesagt wollte er auch der Ablenkung entkommen, die Annabelle ganz plötzlich und für ihn unerwartet darstellte.

Er könnte Gage dafür umbringen, dass er den tiefen Ausschnitt vorgeschlagen hatte. Doch er vermutete, dieser verflixte Schauspieler war nicht der Einzige, der diesen Ratschlag erteilt hatte. Aus gutem Grund, denn es funktionierte. O ja, und wie es funktionierte. Knightly konnte den Blick kaum abwenden, denn Annabelle und ihr Dekolleté waren ein ergötzlicher Anblick. Dass es sich für ihn verbot hinzuschauen, machte es nur noch reizvoller.

Sie bemerkte erneut seinen Blick und schaute schüchtern in ihren Schoß. Er merkte, wie sie die Lippen stumm bewegte, ehe sie den Blick erwiderte. Wimpern klimperten in rascher Folge. Lippen schoben sich nach vorne. Was zum Teufel trieb sie da?

»Miss Swift, haben Sie etwas im Auge?«, fragte er, als er seine Neugier nicht länger bezähmen konnte.

»Mir geht es gut«, antwortete sie. Eine gewisse Röte stieg ihre Wangen hoch.

»Ach, dann ist's gut. Für mich sah es aus, als hätten Sie was im Auge«, erklärte er belustigt.

»Nein, nichts. Mir geht's gut, wirklich.« Ihre Stimme klang seltsam hohl. Aber darüber konnte er jetzt nicht auch noch nachdenken. Nicht, wenn sein kleines Imperium einem Angriff ausgesetzt war und er alles daransetzen musste, es zu beschützen.

Kapitel 8

Ein schreibendes Fräulein – schreibt

LIEBE ANNABELLE

Um auf den Vorschlag von »Verlegen in East End« einzugehen – nun, am liebsten würde ich jetzt nach Amerika fliehen. Oder darum beten, dass sich der Boden unter mir auftut und mich verschlingt. Oder ich tue einfach so, als wäre dieser peinliche Vorfall nie passiert.
Annabelle, die bereits viele Stoßgebete zu den Dielenbrettern geschickt hat und sich bereits nach den Preisen für eine Fahrt nach Amerika (ohne Rückfahrtschein!) erkundigt hat.

LONDON WEEKLY

In Annabelles Dachkammer

Annabelle saß wie erstarrt an ihrem Schreibtisch. Noch immer, auch Stunden nach dem »schrecklichen Vorfall«, war sie von der Demütigung wie versteinert. Nie in ihrem ganzen Leben war ihr etwas peinlicher gewesen. Auch nicht damals, als sie zwölf war und unbewusst ihre Unterröcke und den Rock in die Unterhose gesteckt hatte und so zur Kirche gegangen war. Ihr Bruder Thomas hatte damals auf sie aufgepasst und herzlich über sie gelacht, obwohl ihre Eltern ihn deswegen schalten.

Der schreckliche Vorfall war noch entsetzlicher als jener Zwischenfall, als sie sich, in Tagträume versunken, auf die frisch gestrichene braune Parkbank gesetzt hatte – auf dem Weg zur wöchentlichen Redaktionssitzung. Das einzige Mal, dass sie dankbar für ihre unscheinbare Kleidung war, obwohl die Farbe trotzdem sichtbar war. Bei dem Versuch, ihren Rücken vor den Blicken der anderen, insbesondere Knightly, zu verbergen, war sie über einen Stuhl gestolpert und der Länge nach hingeschlagen.

Annabelle stöhnte auf und spielte in Gedanken noch mal die schlimmste Szene dieses neuen schrecklichen Vorfalls durch. Ihre Aufregung, weil Knightly seine Aufmerksamkeit auf sie richtete. Und dann die umwerfende Erkenntnis, warum er das tat. *Miss Swift, haben Sie was im Auge?*

Ihre Versuche, verführerisch zu wirken, waren völlig danebengegangen. Wenn sie den Mann nicht mal verführerisch ansehen konnte, wie sollte sie dann seine Liebe gewinnen? Nachdem der tiefe Ausschnitt so erfolgreich gewesen war, hatte sie geglaubt, ein heißer Blick würde sein Interesse anheizen und er würde sich vielleicht auch in das geheimnisvolle schreibende Fräulein in seiner Nähe verlieben. Fasziniert würde er beginnen, sie seinerseits zu umgarnen, und sie würde seinen Avancen schüchtern für einen angemessenen Zeitraum widerstehen und dann …

Sie seufzte, weil sie die Wahrheit nun kannte: Es hatte ganz den Anschein, als müsste sie Mr. Knightly verführen und als würde sie dafür ein paar mehr Tricks ihrer Leser anwenden müssen.

Annabelle durchquerte die Kammer und stellte sich vor den Spiegel, um noch einmal den heißblütigen Blick zu probieren. Lider senken. Lippen schürzen. Heiße Gedanken.

Du meine Güte, sie sah wirklich albern aus! In einer Mischung aus Verzweiflung und Demütigung warf sie sich aufs Bett.

Zumindest hatte sie seine Aufmerksamkeit geweckt. Aber nur, weil sie wie ein Dummchen aus der Wäsche schaute! In ihrem Kopf hörte sie wieder und wieder seine Stimme, die ihr diese erbärmliche Frage stellte. *Miss Swift, haben Sie was im Auge? Miss Swift, haben Sie was im Auge? Miss Swift, haben Sie was im Auge?*

Sie stöhnte und warf den Arm über diese Augen.

Nicht mal die pinken Rosen von Lord Marsden konnten sie noch trösten. Na schön, ein bisschen schon. Annabelle hob den Arm und schaute auf das wunderschöne, wohlriechende Bouquet auf ihrem Schreibtisch, das sie daran erinnerte, dass immerhin ein Gentleman, ein *Marquis*, ihr seine Aufmerksamkeit schenkte und ihre Kolumne las und kleine Insider mit ihr teilte.

Also war nicht alle Hoffnung verloren.

Noch nie hatte ihr ein Mann Blumen geschickt. Sie richtete sich auf. Was sollte sie jetzt tun? Musste sie einen Dankesbrief schreiben? Und falls ja, was schrieb man darin? Sie war Ratgeberkolumnistin und sollte sich daher mit solchen Dingen auskennen.

Und es war in der Tat ein wunderbares Problem! Annabelle lächelte stolz, und sie musste sogar kichern. Himmel, wenigstens war sie nicht so untröstlich, dass sie eine so schöne Fragestellung nicht mehr zu schätzen wusste. Schrieb man eine Dankkarte für einen so herrlichen Blumenstrauß, den ihr ein begehrter Gentleman schickte?

Das war schon etwas anderes als der Mann deiner Träume, der dich fragte, ob du was im Auge hast, wenn du versuchst, ihm verführerische Blicke zuzuwerfen.

Sie sollte sich bei Lord Marsden mit verführerischen Blicken lieber zurückhalten. Oder bei jedem anderen Mann, den sie erobern wollte.

Es war jetzt ihre ehrenvolle Pflicht, die Frauen von London zu warnen, lieber nicht auf den gut gemeinten Rat einer »Kurtisane aus Mayfair« zu hören. Annabelle kehrte an ihren Schreibtisch zurück und verwarf die Zeilen, die sie bisher zu Papier gebracht hatte. Nachdem sie noch einmal an den Rosen geschnuppert hatte, schrieb sie ihre nächste Kolumne.

Liebe Annabelle
Ladys von London, seid auf der Hut!
Eine Kurtisane aus Mayfair schlug vor, die Autorin solle dem Objekt ihrer Begierde heiße Blicke zuwerfen. Meine Versuche resultierten in unendlicher Peinlichkeit!
Er – uns allen bereits als Krautkopf bekannt – hat einfach nur gefragt, ob ich etwas im Auge habe.

Hier zögerte Annabelle und tippte mit der Feder gegen die Wange, während sie sich vorstellte, wie Knightly diese Zeilen las. Sofort wüsste er, dass sie in dem verzweifelten Versuch, seine Aufmerksamkeit zu erlangen, eine riesige Intrige gesponnen hatte, an der die zehntausend Leser der *London Weekly* beteiligt waren.

Und dass sie ihn einen Krautkopf nannte.

Das war nicht akzeptabel. Es entsprach der Wahrheit, konnte so aber nicht veröffentlicht werden.

Ihre Feder schwebte über dem Wörtchen »Krautkopf«, um es durchzustreichen. Doch dann fiel ihr ein, dass Knightly ihre Kolumne wahrscheinlich nicht mal las. Dieser Krautkopf!

Allerdings wäre es trotzdem besser, sich etwas vager auszudrücken. Denn wenn sie ihr Herz und ihre Seele erforschte – wie sie es gerade tat, nur um ihre Arbeit nicht fortsetzen zu müssen, wie man derlei eben tut –, wollte sie dieses Spiel nicht schon jetzt aufgeben. Trotz des schrecklichen Zwischenfalls hatte sie doch Fortschritte gemacht.

Ihre Garderobe hatte sie aufgemöbelt und mit ihr auch das Selbstbewusstsein. Ein Mann hatte ihr Blumen geschickt. Sie hatte sogar mit Knightly eine Unterhaltung geführt! Die Leser sandten eifrig Zuschriften für ihre Kolumne und ihr Streben nach Glück. Eine neue Annabelle erschien. Eine, die Abenteuer und Tändeleien erlebte und nicht nur schreckliche Zwischenfälle erlitt.

Die neue Annabelle hatte so viel mehr Spaß als die alte Annabelle, und da sie eine große Vorstellungskraft und Neugier besaß, fragte sie sich bereits, wohin das alles führen mochte. Sie wollte es herausfinden. Und sie könnte es auch, solange sie sich nicht noch einmal von so einer schrecklichen Sache zurückwerfen ließ. Und solange sie ihre Kolumne vage genug formulierte, konnte Knightly nicht sofort zwei und zwei zusammenzählen.

Annabelle wollte sein Herz erobern und seine Aufmerksamkeit. Aber nicht, weil sie eine falsche Formulierung wählte. Sie wollte, dass er sich zu ihr hingezogen fühlte, Interesse an ihr zeigte und sich schrecklich in sie verliebte. Wenn sie dafür eine bessere Version von sich selbst werden musste, sollte das eben so sein. Ehrlich gesagt fand sie das ohnehin viel aufregender.

Und so schrieb sie die Kolumne neu – etwas vager, nur falls Knightly sie doch las und so klug war, sich selbst in ihren Zeilen zu erkennen.

Dann wühlte sie in ihren Leserbriefen nach Fragen, die

sie beantworten, Ratschlägen, die sie erteilen konnte – und Tricks, um Knightlys Interesse zu wecken.

»Oh, dieser hier ist perfekt«, murmelte sie. »Exzellente Idee, ›Raffiniert in Southwark‹.«

Kapitel 9

Zeitungsmagnat sucht adelige Braut

LIEBE ANNABELLE

Ich habe wirklich versucht, einen Mann »mit nichts als der brennenden Intensität meiner Liebe, die ich stumm in einem heißen Blick offenbarte« zu verführen, wie es mir die »Kurtisane aus Mayfair« geraten hat. Nun, liebe Leser, dies mündete in einer demütigenden Katastrophe! Statt sich sofort der Hitze meines Blicks zu ergeben, fragte mich mehr als eine Person, ob ich etwas im Auge hätte.

LONDON WEEKLY

Das Haus von Mrs. Delilah Knightly am Russell Square

»Na, wenn das nicht mein Lieblingssohn ist!«, bemerkte Delilah Knightly und lachte, als Derek Knightly unangekündigt in ihr Frühstückszimmer spazierte. Er hatte die Angewohnheit, seine Mutter jeden Samstagmorgen zu besuchen, wie es sich für einen guten Sohn gehörte. Außerdem machte ihre Köchin die besten Frühstücksbrötchen und weigerte sich standhaft, seiner Köchin das Rezept zu verraten. Und das, obwohl er beiden den Lohn bezahlte.

»Ich bin dein einziger Sohn.« Er grinste frech.

»Sag ich doch. Du nimmst alles immer so wörtlich,

Derek. Wie ist es nur so weit gekommen?«, fragte sie mit der lauten Stimme, mit der sie ganze Theatersäle ausfüllte. Sie war stets fröhlich, egal ob sie ihr kleines Kind rügte oder einen Diener um frischen Tee bat. Egal was geschah, für Delilah Knightly war das Leben schrecklich amüsant.

»Ich glaube, du besitzt in dieser Familie nun mal das Schauspieltalent und den Hang zur Fantasie«, sagte er. Sie war eine bekannte Bühnenschauspielerin, doch einer seiner Grundsätze lautete nun mal, Dramen um jeden Preis zu verhindern – sie gehörten in die Zeitung und auf die Bühne. »Ich bin so aufrichtig, wie es sich gehört.«

»Das weiß ich. Schließlich bin ich deine Mutter«, sagte sie und lächelte breit. Sie schob ihm einen Korb mit frisch gebackenen Brötchen zu. »Wie geht es dir, mein Lieber?«

»Die Geschäfte laufen gut.« Er setzte sich und schenkte sich eine Tasse dampfend heißen Kaffees ein.

»Was bedeutet, dass alles gut läuft. Du arbeitest so hingebungsvoll!« Sie verstummte, dann lächelte sie verschmitzt und sagte: »Ich wünschte, du würdest etwas von dieser berühmten Arbeitsmoral darauf verwenden, mich mit Enkelkindern zu beschenken.«

»Mutter.« Das Wort war Anrede, Protest und Antwort zugleich. Sie liebte es, ihn mit diesem Thema aufzuziehen, und er ging nicht darauf ein. Er wusste nicht, warum sie immer wieder darauf zu sprechen kam.

»Ach, Derek. Ich kann nun mal nichts gegen meine Veranlagung. Sag, wie geht es Annabelle derzeit?«

»Annabelle?« Die Frage erwischte ihn auf dem falschen Fuß. So sehr, dass es einen Moment dauerte, ehe er begriff, auf wen sie anspielte. Die ›liebe Annabelle‹ mit dem tiefen Ausschnitt und den verführerischen Blicken, die auf einem Feldzug war, irgendeinen Krautkopf herumzukriegen.

Dass seine Mutter auf dieses Thema zu sprechen kam, verhieß nichts Gutes.

Warum zum Teufel scherte sich seine Mutter überhaupt um die schreibenden Fräulein? Zugegeben, sie war mächtig stolz auf diese Frauen und sagte immer wieder, dass es seine beste Idee gewesen war, die vier einzustellen. *Hast deine Mum stolz gemacht*, pflegte sie zu sagen.

Was nicht der Grund war, warum er das getan hatte. Die Weiber waren gut fürs Geschäft.

Und wie hatte Annabelle – ein Mädel, an das er bisher kaum mehr als einen flüchtigen Gedanken verschwendet hatte – es geschafft, jeden seiner Gedanken und Gespräche zu infiltrieren? Darüber brütete er, während er seinen Kaffee trank und seine Mutter weitersprach.

»Ich spreche von der ›lieben Annabelle‹, dem jungen Ding mit der Ratgeberkolumne, die ihre Leser um Tipps bittet, wie man einen Mann für sich gewinnt. Mit der hast du wirklich einen Treffer gelandet. Ich habe seit einer *Ewigkeit* nicht mehr so gelacht.« Schon bei dem Gedanken musste sie wieder kichern.

»Tatsächlich glaube ich, du lachst viel häufiger so sehr«, erwiderte er geduldig. »Du findest doch alles lustig.«

»Das ist auch eine wichtige Eigenschaft. Aber trotzdem, das Mädchen ist ein süßes Püppchen. Wie ist sie denn so in Wirklichkeit?« Seine Mutter trank Tee und richtete ihre volle Aufmerksamkeit auf ihn. Die Haare in seinem Nacken sträubten sich. Wenn seine Mutter an etwas Interesse zeigte … nun, dann passierten *Dinge*.

»Annabelle?« Er wiederholte ihren Namen, um Zeit zu gewinnen. Und wieso fragte ihn nur jeder, wie Annabelle war? Er beschloss auf der Stelle, ihre Kolumnen in Zukunft genauer zu studieren.

Seine Mutter warf ihm einen Blick zu, mit dem sie deutlich ausdrückte: *Du Tölpel.*

»Sie ist jung. Hübsch. Nett.« Die Antwort war mit Absicht so ausweichend. Dieselbe Antwort hatte er – aus demselben Grund übrigens – auch Drummond und Gage gegeben. Wenn Annabelle und die Kolumne nicht so interessant rüberkamen, verlor seine Mutter vielleicht das Interesse. Als würde man sich totstellen, um dem Angriff eines Hundes zu entgehen.

Sie gähnte. Übertrieben.

»Du solltest ein Bild neben ihrer Kolumne abdrucken. Eine von diesen Illustrationen.« Knightly dachte an das, worüber die Kerle im Kaffeehaus geredet hatten. War sie hübsch? Oder rieten sie gerade einer alten Frau, mehr Ausschnitt zu zeigen? Sein Beschützerinstinkt machte sich bemerkbar. Er wollte nicht, dass diese Lümmel sich an Annabelles Schönheit ergötzten. In gewisser Weise gehörte sie ihm. Er hatte sie eingestellt und ihr die Plattform geboten, um ihre romantischen Pläne zu schmieden.

Aber ein Porträt von ihr wäre verdammt gut fürs Geschäft. Hübsche Frauen verkauften sich gut.

»Das ist eine hübsche Idee. Randolph kann das an einem Nachmittag bewerkstelligen«, antwortete er und machte sich eine gedankliche Notiz, später im Büro eine entsprechende Bitte zu formulieren.

»Was denkst du über ihre Kolumne? War sie nicht urkomisch?«, fragte seine Mutter. »Ob es ihr schlecht geht? Was für ein Krautkopf, haha!«

Es war ganz und gar nicht komisch. Er fühlte sich wie ein Arsch. Sie schrieb über ihre gescheiterten Versuche, verruchte Blicke zu werfen und einige Leute hatten sich erkundigt, ob sie was im Auge hatte. Es tröstete ihn gewissermaßen, dass er nicht der Einzige war, von dem diese Frage kam. Trotzdem fühlte er sich wie ein Arsch.

Sie hatte vermutlich in der Sitzung eifrig geübt oder der Mann, hinter dem sie her war, gehörte zu den Kollegen. Auf keinen Fall Grenville. Sie musste sich auf Liebeskummer gefasst machen, falls es Alistair war. Vermutlich war es Owens. Ihm war das im Grunde egal.

Aber im Ernst – Owens? Der Mann war jung und talentiert, aber er war ein Hitzkopf und hatte die schlechte Angewohnheit, Spielhöllen zu frequentieren und sich auf die verrücktesten Ideen einzulassen, um an seine Storys zu kommen. Er verbrachte die meiste Zeit mit der Jagd nach Mordfällen, den Ermittlungen zu Feuersbrünsten oder verkleidet als Diener oder Polizist. Wann hätte er da noch Zeit, um Annabelle zu werben? Oder vielleicht war dies ja auch das Problem, das sie zu diesem Mittel greifen ließ?

»Es war amüsant«, antwortete Knightly vorsichtig. Seine Mutter kniff die Augen zusammen. Verflixt! Sie stellte irgendwelche Vermutungen an.

»Du warst einer der Männer, die sie fragten, ob ihr nicht wohl ist, nicht wahr?«, fragte sie und kniff die Augen noch mehr zusammen. Diese verfluchte mütterliche Intuition. Warum sie nicht als Privatdetektivin beschäftigt wurde, war ihm ein Rätsel.

Sie seufzte schwer. »Ach, Derek. Ich mache mir Sorgen um dich. Du nimmst immer alles so ernst! So wörtlich. Andererseits tendiere ich dazu, dramatisch ...«

»Überzogen dramatisch?«

»Ach, sei schon still.« Sie klapste ihn spielerisch auf die Hand. »Da wir schon von meinem Hang zum Drama sprechen, in Kürze ist die Premiere eines neuen Stücks. Ich spiele die verruchte gute Fee. Ich liebe das Stück.«

»Klingt, als würde es perfekt zu dir passen«, sagte er und grinste. »Ich werde bei der Premiere sein.«

»Ein guter Sohn würde diesen Mitarbeiter mitbringen, der immer die Theaterkritiken schreibt. Den mit den bunt gemusterten Westen. Wenn er eine schlechte Kritik abliefert, musst du sie nicht abdrucken.«

»Das würde ich nicht wagen. Aber darum würde ich mir keine Sorgen machen, weil du immer fantastisch bist«, sagte er. Und das würde sie wieder sein. Trotz der zahlreichen Dramen jenseits der Bühne hatte Delilah Knightly eine Gabe. Sie war eine außerordentlich talentierte Schauspielerin.

»Was fängst du mit dem Rest deines Tags an? Geht es zurück ins Büro?«, erkundigte sich seine Mutter und nippte an ihrem Tee.

»Eigentlich muss ich einen Besuch machen. Bei Lord und Lady Marsden«, sagte Knightly und trank den Kaffee aus. Sobald er eine Entscheidung getroffen hatte, handelte er auch entsprechend. Und er hatte sich dazu durchgerungen, Marsdens Angebot anzunehmen. Also würde er um Lady Marsden werben.

»Strebst du immer noch danach, in die Gesellschaft einzuheiraten? Ich weiß wirklich nicht, warum du das tust«, sagte seine Mutter mit gerümpfter Nase. Ein Streit, den sie im Laufe der Jahre immer wieder geführt hatten. Seit dem 4. Oktober 1808, um genau zu sein, als er mit Gewalt von der Trauerfeier seines Vaters entfernt worden war. *Werft den Bastard raus. Er gehört nicht hierher.*

Aber er gehörte dazu. Und das würde er beweisen.

Sie schimpfte weiter über die Gesellschaft, wie es ihre Art war. »Die meisten von denen sind steife, spießige alte Langweiler, die nichts Besseres zu tun haben, als sich dumme Regeln auszudenken und hässlich über andere herzuziehen, die nichts haben. Mit Ausnahme deines lieben verstorbenen Vaters natürlich.«

Sein Vater, der Earl of Harrowby, war ein geschätztes Mitglied des Parlaments und der Gesellschaft gewesen. Ein respektierter Mann und geliebter Vater.

In diesem Moment sagte keiner von beiden etwas, weil sie das Gleiche dachten. Etwas fehlte an dieser Frühstücksszene. Selbst nach so vielen Jahren, nach *Jahrzehnten*, war immer noch dieses vage Gefühl des Verlusts da, als wären sie nicht vollständig. Als fehlte das Pünktchen auf jedem I oder der Strich beim kleinen T. Ihr Geliebter. Sein Vater. Der verstorbene Earl of Harrowby.

Sie waren fast der Inbegriff der perfekten Familie gewesen. Knightly erinnerte sich an das Zuhause seiner Kindheit, das von Wärme und Gelächter erfüllt war. Seine Eltern tanzten im Salon zu Liedern, die seine Mutter sang.

Und dann kehrte sein Vater mit schöner Regelmäßigkeit zu seiner anderen Familie zurück. Der *richtigen* Familie. Der Familie, die seinen illegitimen Sohn nicht wollte. Dem Bruder, der vom selben Blut war, aber ihn nicht eines Blickes würdigte.

»Ich knüpfe diese Verbindung nicht aus Vergnügen, sondern aus geschäftlichen Gründen«, erwiderte Knightly knapp. Und dieses Geschäft bestand darin, dass er beanspruchte, was ihm zustand. Worauf er seit der Beerdigung jeden wachen Moment verwendet hatte. Er würde nicht zulassen, dass er jetzt alles verlor.

»Ach, das Geschäft! Es geht bei dir immer nur ums Geschäft, Derek«, sagte seine Mutter und schnaubte.

Wie konnte er ihr nur erklären, dass Vergnügen und Arbeit für ihn ein und dasselbe waren? Dass alles, wonach er immer gestrebt hatte, die Anerkennung von der einen Person war, die nicht mehr lebte, um sie ihm zu geben? Die Anerkennung seines Halbbruders und der Gesellschaft, die den verstorbenen Earl als einen der Ihren betrachtet hatte, kam dieser Sehnsucht noch am nächsten.

Und dann war da noch seine Zeitung, die Knightly beschützte, als wäre sie sein Neugeborenes. Er konnte diese Dinge nicht erklären; ihm blieben die Worte immer in der Kehle stecken, wenn er auch nur den Versuch unternahm, sie in Gedanken zu formulieren. Schon lustig. Er war ein Mann der Worte, und doch gab es so viele, die sich ihm entzogen.

Berkeley Square

Knightly erfuhr kurze Zeit später, dass das Anwesen der Marsdens viele der Merkmale besaß, die typisch waren für einen alten Familiensitz: Es war zugig und riesig, die Räume waren mit Holz vertäfelt und die Luft roch abgestanden, als wäre seit einem Jahrhundert nicht mehr gelüftet worden. Marsden hatte Knightly eingeladen, ihn zu besuchen, nachdem Knightly ihm eine Nachricht geschickt hatte, in der er sein Interesse an einem Gespräch bekundete, um weiter über die Untersuchung und eine mögliche Zusammenarbeit nachzudenken. In den Ballsälen und Kaffeehäusern der Stadt wurde die Untersuchung hinter vorgehaltener Hand heftig diskutiert. Was hatte der Reporter aufgedeckt? Die Gerüchte schossen ins Kraut, von harmlos bis entsetzlich war alles dabei. Was wurde wohl aus den Zeitungen? Sein Lebensunterhalt stand auf dem Spiel. Wissen, Macht und Vermögen ebenso.

Für Knightly ging es im Grunde darum, all das zu bekommen, was er je gewollt hatte: den Erfolg der *Weekly* sichern und eine adelige Frau ehelichen, die ihm eine herausragende Stelle in den Kreisen ermöglichte, die ihn bisher immer abgelehnt hatten.

Oder er setzte alles aufs Spiel. Aber wozu? Zu viele Leben standen auf dem Spiel, angefangen bei seinen Autoren bis hin zu den armen Jungen, die an den Straßenecken seine Zeitung verkauften. Je länger er darüber nachdachte – und einen exzellenten Brandy trank und dabei Marsdens Ausführungen lauschte –, umso weniger denkbar schien es, sein Angebot auszuschlagen.

»Ah, da bist du ja, Lydia«, sagte Marsden, als seine jüngere Schwester kurz darauf in der Tür erschien. Ihr Bruder hatte ein Dienstmädchen nach ihr geschickt.

Sie war nicht nur wegen ihres Gesichts oder ihres Körpers hübsch zu nennen, wobei beides absolut tadellos war. Lady Lydia bewegte sich zudem mit perfekter Eleganz. Wenn andere nur gingen, glitt sie dahin. Jede ihrer Bewegungen, ob es nun die Neigung des Kopfs oder das sanfte Flattern ihres Fächers in einem überheizten Ballsaal war, diente der Demonstration dieser Perfektion. Ihr Haar war braun und leicht gewellt. Die Augen ebenso dunkel und ausdrucksvoll. Ihre Kleidung war vom salbeigrünen Seidenkleid bis zu den Rubinsteckern in den Ohren perfekt aufeinander abgestimmt und verkündete, dass hier eine hochstehende Persönlichkeit vor ihm stand.

Sie würde an seinem Arm perfekt aussehen. Wenn nur nicht der bockige Schmollmund wäre. Es gefiel ihr nicht, ihm Gesellschaft zu leisten.

»Wir haben gerade über den Skandal bei der *Times* geredet«, sagte Marsden.

»Das ist wohl kaum eine Überraschung«, bemerkte sie trocken. Die Männer standen auf, als sie langsam über den Teppich auf die beiden zukam. Sie hatte es nicht eilig, seine Bekanntschaft zu machen. Knightly hielt seine Gefühle im Zaum und hielt sich lieber an die Fakten. Über diese Frau wurde geredet, und er war ein einflussreicher Zeitungsmagnat. Sie war außerdem die Schwester eines Marquis und er ein Bastard, und das im wortwörtlichen Sinne.

»Ich möchte dich mit Mr. Knightly bekannt machen, dem Besitzer der *London Weekly*«, sagte Marsden. »Er ist ein Freund von mir.«

»Ich erinnere mich, wie du bereits sein Loblied gesungen hast. Guten Tag, Mr. Knightly.« Gelangweilt streckte sie ihm die Hand entgegen, wie es die Höflichkeit verlangte. Dennoch spürte er, wie wenig Interesse sie an ihm hatte. Knightly war fasziniert.

»Freut mich, Sie kennenzulernen, Lady Marsden.«

»Sind Sie wegen einer Story hier? Werden wir bald in der Klatschspalte darüber lesen?«, erkundigte sie sich mit der Stimme einer höflichen Gastgeberin. Zugleich war da ein eisiger Unterton, der ihm nicht entging.

»Lydia …« Marsdens Stimme klang warnend.

»Das ist eine berechtigte Frage, oder nicht? Alle Zeitungen sind an uns *interessiert*«, sagte sie und setzte sich anmutig auf das Sofa.

»Ich freue mich, dir mitteilen zu können, dass Knightly auf unserer Seite steht«, sagte Marsden und warf Knightly einen Seitenblick zu. Dieser nickte. Ja, sie hatten eine Vereinbarung getroffen. Knightly würde Lady Lydia heiraten, und Marsdens Untersuchung würde im Gegenzug bei den gewagten, fragwürdigen Praktiken der *London Weekly* nicht so genau hinsehen.

»Tatsächlich«, sagte sie ungläubig. Sie starrte ihren Bruder undurchdringlich an.

»Ja, tatsächlich«, erwiderte Marsden fest und erwiderte den Blick.

Knightly nippte an seinem Getränk und fragte sich, ob es sich hier um die typische Geschwisterrivalität handelte oder ob noch etwas anderes mitschwang. Das würde er wohl nie erfahren …

»Das Wetter ist heute so angenehm. Möchten Sie mit mir einen Spaziergang machen, Lady Marsden?«, bot Knightly an. Vielleicht hatte er ja mehr Glück mit ihr, wenn sie nicht damit befasst war, ihrem Bruder Kontra zu geben. Und falls der Neue Earl ihn zufällig mit Lady Lydia zusammen sah, würde ihn das bestimmt gewaltig wurmen. Die Vorstellung gefiel Knightly. Die Rivalität mit seinem Bruder war seine ständige Triebfeder, selbst wenn sie sich kaum begegneten.

»Was für eine hervorragende Idee«, sagte Marsden und klatschte in die Hände. »Das bietet euch beiden die Gelegenheit, euch besser kennenzulernen und zu sehen, ob ihr vielleicht gut zusammenpasst.«

Kapitel 10

Eine »zufällige« Begegnung

STADTGESPRÄCHE

Wir haben gehört, ein gewisser Marquis mit einer skandalumwitterten Schwester sei in letzter Zeit etwas knapp bei Kasse gewesen. Wir fragen uns: Wie kann man in weniger als einem Jahr ein Vermögen verlieren, das über Jahrhunderte angehäuft wurde?

MORNING POST

Bei dem Versuch, den Rat von »Raffiniert in Southwark« zu befolgen, verließ Annabelle sich auf die Hilfe ihrer hinterhältigen und vorwitzigen Freundinnen.

Der Tipp lautete: für eine »zufällige« Begegnung sorgen.

Der Trick daran: herausfinden, wann und wo man Knightly zufällig über den Weg laufen konnte. Soweit man wusste, ging er von seinem Haus in die Redaktion der *Weekly* und zurück – und das früh am Morgen und sehr spät am Abend.

Doch dank Sophies und Juliannas Intrigen wussten die schreibenden Fräulein auch, dass er plante, Lord Marsden zu besuchen. Wahrscheinlich ging es dabei um die Untersuchung des Parlaments. Praktischerweise lebte der Marquis in Sophies Nähe, genau gesagt zwischen ihrem Haus (das man treffender als Schloss bezeichnen könnte, so groß war es) und dem Hyde Park.

Die Sonne schien, die Vögel sangen. Ja, sie hatten Bryson, Knightlys Sekretär über die Schulter geschaut, um das herauszufinden, doch dieses kleine Vergehen stand im Dienste der wahren Liebe.

Annabelle schlenderte glücklich an der Seite von Sophie durch die ordentlichen Straßen Mayfairs. Ihr Tempo glich eher dem von Schnecken. Um die Atmosphäre besser genießen zu können, natürlich.

»Wir haben den Park erreicht«, bemerkte Annabelle. Doch sie hatten bisher ihr Opfer nicht entdeckt. Das lief ganz und gar nicht nach Plan.

In ihrer Vorstellung sah Annabelle vor sich, wie Knightly aus der Tür von Marsdens Haus trat. Sie würden gemeinsam lachen, weil sie sich zufällig hier trafen. Und dann würde Knightly vorschlagen, sie sollten das schöne Wetter genießen und unter den Bäumen durch den Park promenieren. Arm in Arm würden sie ein wenig spazieren gehen und irgendwann würde Sophie wie von Zauberhand verschwinden und sie allein lassen. Vielleicht würde ein stürmisches Gewitter aufziehen, und sie würden in einem verlassenen Pavillon Schutz suchen, und er würde sie in den Arm nehmen und irgendwas schrecklich Romantisches sagen, wie zum Beispiel …

»Wenn ich so darüber nachdenke, kann ich nicht glauben, dass ich meinen Schirm vergessen habe. Ich kriege bestimmt Sommersprossen«, bemerkte Sophie wie aus dem Nichts.

»Seit wann kümmert's dich, ob du Sommersprossen bekommst?«, fragte Annabelle verblüfft.

»Ich finde, wir sollten noch mal zurück und meinen

Schirm holen, bevor wir durch den Park spazieren«, beharrte Sophie. Aber Annabelle hatte keine Lust, auch nur eine Minute im Haus zu verbringen, wo sie Knightly bestimmt nicht begegnen würden.

»Du hast deinen Hut«, meinte Annabelle.

»Ich fürchte, das reicht vielleicht nicht, und wenn ich Sommersprossen bekomme, werde ich von der Gesellschaft gemieden«, widersprach Sophie.

»Du bist doch Duchess …« Nicht nur das, sie war auch sehr beliebt. Sie musste schon etwas viel Schlimmeres anstellen, um von der Gesellschaft geschnitten zu werden.

»Ach Annabelle.« Sophie kicherte.

»Oh. Das war nur ein Vorwand, um ein zweites Mal am Haus der Marsdens vorbeizugehen, richtig? Wie dumm von mir. Ich bin einfach schrecklich durch den Wind«, sagte Annabelle, als ihr endlich dämmerte, was Sophie bezweckte. Sie war völlig in ihrer Traumwelt gefangen.

»Ach, muss das schön sein, wenn man verliebt ist«, bemerkte Sophie leichthin.

Sie setzten ihren Spaziergang fort. Annabelle begann von Dingen zu träumen, die auf dem Papier so einfach ausgesehen hatten und in der Wirklichkeit nur schwer umzusetzen waren. Wenigstens war ein Spaziergang mit ihrer Freundin über die gepflasterten Straßen Mayfairs ihrer üblichen Nachmittagsbeschäftigung vorzuziehen: abgetragene Hemden flicken, den Kindern bei ihren Rechenaufgaben helfen oder ihre Kolumne schreiben, in der sie die Probleme anderer Menschen löste.

Sophies Ausruf riss sie aus ihren Gedanken.

»Mr. Knightly! Was für ein Zufall!«

Es funktioniert tatsächlich!, war Annabelles erster Gedanke.

Dicht gefolgt vom zweiten: *Aber sie sollte nicht hier rein.* Ihr Verstand registrierte eine Frau an Knightlys Arm, und jeder weitere Gedanke kam zum Erliegen. »Raffiniert in Southwark« hatte nicht erwähnt, dass sie Mr. Knightly vielleicht mit einer anderen Frau überraschte. Mehr noch, einer wunderschönen, eleganten und grazilen Lady, in deren Gegenwart Annabelle sich wie eine provinzielle Jungfer fühlte, obwohl sie ihr neues Tageskleid trug.

»Darf ich Ihnen Lady Lydia Marsden vorstellen«, sagte Knightly. Die perfekte Frau an seinem Arm neigte den Kopf um eine Winzigkeit. »Dies sind zwei der berühmten schreibenden Fräulein – die Duchess of Brandon und Miss Annabelle Swift.«

Ein anerkennender Blick huschte über Lady Lydias perfekte Miene.

»Mein Bruder war sehr von Ihnen eingenommen, meine ›liebe Annabelle‹. Haben Ihnen die Rosen gefallen, die er schicken ließ?«, fragte Lady Lydia zu Annabelles Überraschung. Sie blickte auf und bemerkte, wie Knightly sie interessiert beobachtete.

Ihr Puls beschleunigte. Ein Gefühl, das Triumph ähnelte, erfasste sie. Jetzt war Knightly neugierig zu erfahren, warum sie für andere Gentlemen so begehrenswert war und ein Marquis ihr sogar Rosen schickte.

Sie spürte eine Welle der Zuneigung für Lady Lydia.

»Oh, sie waren wunderschön«, antwortete Annabelle. »Obwohl ich überrascht war, dass Ihr Bruder sich für meine Kolumne interessiert. Er muss doch so viel größere Sorgen haben.«

»Er möchte gern alles wissen, im Großen wie im Kleinen. Wie ein Terrier, der eine Ratte verfolgt. So ist er nun mal«, sagte Lady Lydia. »Ich für meinen Teil kümmere mich heutzutage nicht um die Zeitungen. Die Klatschkolumnen sind mir zuwider.«

Knightly grinste Annabelle an, und sie erwiderte das Lächeln. Sie wusste, dass sie gerade dasselbe dachten: *Gott sei Dank konnte Julianna das nicht hören!*

Es war nur eine Kleinigkeit, ein wissendes Lächeln. Aber sie, deren Seufzen stets übergangen wurde, deren Sehnsucht er nicht erwiderte, teilte nun einen Scherz mit Mr. Knightly. Und das alles war bei einer Begegnung passiert, die sie selbst initiiert hatte.

Ein herrliches Gefühl erfasste Annabelle, und das lag ebenso an Knightlys Lächeln wie an der wärmenden Sonne auf ihrer Haut. Vor allem war es die Tatsache, dass sie selbst diesen Moment erst möglich gemacht hatte. Das Schicksal konnte ihr nichts anhaben.

»Ein wunderbarer Tag für einen Spaziergang, nicht wahr?«, sagte Sophie.

»In der Tat«, erwiderte Lady Lydia. »Wir kommen gerade von einem Spaziergang im Hyde Park zurück.«

Annabelles Hoffnung fiel in sich zusammen.

»Es gibt für mich in der Redaktion noch einiges zu erledigen, sobald ich Lady Lydia nach Hause begleitet habe«, fügte Knightly hinzu.

Nachdem sie ihnen noch einen schönen Nachmittag gewünscht hatten, gingen Sophie und Annabelle schweigend weiter, bis sie in sicherer Distanz der beiden waren.

»Vielleicht gräbt er nur in Juliannas Auftrag nach mehr Klatsch«, sagte Sophie. »Sie ist wie ein Hund bei der Fuchsjagd, wenn es um das Gerücht von Lady Lydias verpasster Saison geht.«

»Ach ja, die verpasste zweite Saison. Was erzählt man sich denn so?«, fragte Annabelle. Ihr Vergnügen an der Unterhaltung ließ merklich nach, während sie beobachtete, wie Knightly und Lady Lydia sich entfernten.

»Es gibt nur drei Gründe für eine Frau, die Saison ausfallen zu lassen«, erklärte Sophie. »Ein Todesfall in der Familie, was nicht der Fall ist, soweit wir wissen. Eine Krankheit oder ein Baby.«

»Was heißt das schon?«, fragte Annabelle.

»Im Grunde gar nichts. Aber alle sind begierig, die wahren Hintergründe zu erfahren«, sagte Sophie. »Die Gesellschaft liebt es nun mal zu klatschen.«

»Glaubst du, Knightly macht ihr den Hof?«, fragte Annabelle und betete im Stillen, die Antwort möge Nein lauten.

»Es sieht ganz danach aus. Männer begleiten doch junge Mädchen im heiratsfähigen Alter nicht auf Spaziergänge im Park, wenn sie nicht über mehr nachdenken«, erklärte Sophie. Sie brauchte nicht zu ergänzen, dass das erst recht für einen Mann wie Knightly zutraf, der nichts tat, das nicht letzten Endes ihm, seiner Zeitung oder seinem Imperium zugutekam.

»Du weißt, was das heißt, Annabelle. Sieht ganz so aus, als hättest du Konkurrenz bekommen und musst dich mehr anstrengen.«

Kapitel 11

Jeder Held braucht einen Rivalen

GEHEIMNISSE DER GESELLSCHAFT
VON EINER LADY MIT KLASSE

Bei all den köstlichen Vorhaben unserer »lieben Annabelle« muss man sich doch fragen: Wie kann der Krautkopf nur so ahnungslos sein?

LONDON WEEKLY

Redaktionsräume der London Weekly, spätabends

Das war Wahnsinn. Und gefährlich. Der Rat von »Sorglos in Camden Town« wirkte auf den ersten Blick so schlau und einfach. Etwas liegen lassen und später zurückkommen. Dann wäre sie mit Knightly allein. Und die Romantik könnte ihren Lauf nehmen.

Klang doch leicht, oder?

Es schien ihr zwingend notwendig, dass sie etwas Gewagteres versuchte, nachdem sie von ihrer Konkurrentin Lady Lydia Marsden erfahren hatte. Hier ging es nicht nur um einen Spaziergang im Park. Julianna hatte erfahren, dass Lord Marsden die Brautwerbung durchaus guthieß. Also würden weitere Spaziergänge folgen – bis sie den Mittelgang einer Kirche entlangschritten.

Es sei denn, sie schaffte es vorher, sein Herz für sich zu gewinnen …

Im Moment allerdings war Annabelle fast versucht umzukehren. Aber jetzt war es zu spät, denn sie hatte bereits die Redaktionsräume der *London Weekly* betreten.

Am Ende der wöchentlichen Redaktionssitzung hatte Annabelle dort ihren Schal vergessen. Ihren schönsten Schal, um ihrem Ansinnen eine größere Glaubwürdigkeit zu verleihen. Für diesen Ausflug trug sie ihr neu gekauftes Tageskleid, das ihrer Figur schmeichelte und dessen hellblaue Farbe ihre Augenfarbe unterstrich. Zumindest sah sie für dieses spontane Abenteuer wirklich hübsch aus.

Zu Hause wunderte Blanche sich bestimmt, wo sie steckte, weil die Kinder ihre Hausaufgaben nicht gemacht hatten und das Feuer nicht angezündet war.

Wie sollte sie sich erklären? Leider hatte sie nicht jedes Detail ihres Plans komplett durchdacht. Wenn sie das hätte, wären der alten Annabelle eine Million Dinge eingefallen, die schiefgehen könnten – und eine Million weitere Gründe, warum sie lieber daheim bleiben sollte.

Die neue Annabelle hatte gesiegt.

Und wenn jemand fragte, warum sie nicht bis zur Redaktionssitzung nächste Woche warten konnte, wusste sie keine bessere Antwort als die, dass es im Dunkeln so viel romantischer war als am Tag. Zudem würde in relativer Einsamkeit eher eine romantische Stimmung aufkommen, als wenn die komplette Redaktion der *London Weekly* dabei zugegen war.

Außerdem musste sie eine Kolumne schreiben. Sie brauchte etwas, worüber sie schreiben konnte.

Darum schlüpfte Annabelle am Ende dieses Tages noch einmal ins Büro.

Gott sei Dank war Knightly noch da. Doch er war nicht allein. Sie drückte sich vor seinem Büro herum und war hin und her gerissen. Was sollte sie jetzt tun? Schließlich entschied sie sich zu lauschen. Julianna würde ihr den Kopf abreißen, wenn sie nicht lauschte.

»Was haben Sie herausgefunden?«, fragte Knightly. Sie erkannte die Ungeduld in seiner Stimme. Als würde sich die Welt für ihn nicht schnell genug drehen.

»Brinsley hat sich monatelang als Arzt ausgegeben und sich so Zutritt zu den Schlafgemächern vieler Frauen verschafft«, sagte ein anderer Mann.

Annabelle erkannte die Stimme. Sie gehörte Damien Owens. Wenn Knightly einen Kronprinzen hatte, der eines Tages das Imperium übernehmen konnte, wäre es Owens – er war jung, dreist, skrupellos und ziemlich charmant.

Sie redeten offensichtlich über den Skandal bei der *London Times*. Brinsley war vermutlich der Reporter, der festgenommen worden war und jetzt in Newgate verrottete.

»Verflixt und zugenäht«, fluchte Knightly. »Was der alles wissen muss …«

»Genau das habe ich mir auch gedacht«, sagte Owens.

Annabelle riskierte einen Blick um die Ecke in Knightlys Büro, denn die Tür stand einen Spalt offen. Sie sah, wie er hin und her lief, die Hände hinter dem Rücken verschränkt und die Stirn nachdenklich gerunzelt.

Nur mühsam hielt sie ein Seufzen zurück.

Er verströmte eine Intensität, Energie und Tiefe, die sie immer wieder aufs Neue staunen ließen und ihre Aufmerksamkeit fesselten. Sie bemerkte auch die Haarlocke, die ihm verwegen in die Augen fiel und die er jetzt ungeduldig beiseite schob. Wie sehr sie sich wünschte, mit ihren Fingern durch sein Haar zu fahren …

Er hatte den Mund zu einem dünnen Strich zusammengepresst. Sie stellte sich vor, ihn durch ihre Lippen auf seinen wieder ganz weich zu machen.

»Ich will mit Brinsley reden«, sagte Knightly knapp. »Für uns am aussichtsreichsten ist wohl, es als das Verbrechen eines ruchlosen Reporters darzustellen und nicht als vorherrschende Praktik der Zeitungsindustrie«, fügte er selbstbewusst hinzu.

»Verstanden, Sir«, sagte Damien.

Sie verstand auch. Schon bald würden zahlreiche Artikel mit genau diesem Inhalt erscheinen und ihre Saat über ganz London ausstreuen. Danach war es nur eine Frage der Zeit, bis die Londoner daran glaubten wie an das Evangelium – und sich insgeheim wunderten, wie die *London Weekly* es immer wieder schaffte, den Herzschlag der Stadt so einzufangen.

Das Gespräch war beendet, und Owens verließ das Büro. Auf dem Flur stieß er mit Annabelle zusammen.

»Uff«, machte sie. Schon wieder. Um Himmels willen!

»Miss Swift! Was machen Sie denn noch hier?«, fragte Owens und musterte sie neugierig.

»Mein Schal«, sagte sie. Durch die offene Tür spürte sie Knightlys Blick. »Ich habe ihn hier vergessen. Es ist mein bester Schal.«

»Sie haben ihn vermutlich im Konferenzraum liegen gelassen. Ich begleite Sie dorthin«, bot Owens sich an. Dann hakte er sich bei ihr unter und führte sie den Gang entlang.

»Was machen Sie denn …«, wollte Annabelle fragen, doch Owens brachte sie zum Verstummen.

»So ein schönes Wetter heute«, bemerkte er. Was hatte das nun wieder damit zu tun? Und merkte der Mann nicht, dass er verschwinden sollte, damit sie mit Knightly alleine war?

Owens folgte ihr in den Konferenzraum und *schloss die Tür*. Sie waren eingesperrt. Allein.

»Was machen Sie denn!«, zischte sie und griff nach dem Türknauf.

Owens verstellte ihr den Weg. Zum ersten Mal fiel ihr auf, wie groß er war. Seine Schultern waren ziemlich breit, sein Oberkörper flach. Unter dem Jackett war er vermutlich sehr muskulös, was sicher bei seinen gefährlichen Erkundungen half.

Ihr Blick traf seinen. Dunkelbraune Augen. Dichte Wimpern. Das war ihr bisher nie aufgefallen.

Ihre Gedanken rasten. So hatte sie das nicht geplant. Was um alles in der Welt ging hier vor?

»Ist das wieder eines Ihrer Vorhaben?«, fragte Owens. Ein Lächeln umspielte seinen Mund. Sie konnte nicht fliehen, und der Frage ausweichen konnte sie auch nicht.

Er lehnte sich gegen die Tür. Gott schütze sie vor Männern, die sich gegen Türen oder Wände lehnten.

»Was genau meinen Sie?«, fragte sie, um eine Antwort zu vermeiden. Sie hatte keine Ahnung, was hier gerade passierte.

»Ach, kommen Sie schon, Miss Swift. Wir sind nicht alle so schwer von Begriff wie er«, antwortete Owens.

»Und wenn es so wäre?«, fragte sie etwas beleidigt. »Sie stehen meiner … meiner Story im Weg. Meiner Arbeit für die Zeitung.«

Für die große Liebe, wollte sie ergänzen. Stattdessen fügte sie einen Satz hinzu, den sie zum ersten Mal in ihrem Leben aussprach. »Wie können Sie es wagen.«

Owens lachte. »Ein guter Trick, Annabelle. Einfach etwas liegen lassen. Der Klassiker. Aber wie werden Sie über diese Sache schreiben, ohne dass er Sie entlarvt? Er ist nicht dumm.«

Das war eine gute Frage. Eine, auf die sie keine Antwort hatte. Denn Owens hatte streng genommen recht. Sie konnte nicht hierüber schreiben, ohne ihre Gefühle preiszugeben. Erneut ging ihr auf, dass sie die Sache nicht durchdacht hatte. Ach, der drohende Abgabetermin war an allem schuld. Und die traurige Wahrheit, dass sie manche Dinge nie machte, wenn sie *zu lange* darüber nachdachte.

»Ich lasse mir schon irgendwas einfallen«, erwiderte sie. Plötzlich fühlte sich der Raum so beengend an. Und warm. Mit seinen dunklen samtbraunen Augen blickte Owens sie von oben herab an.

Seine Antwort überraschte sie.

»Ich helfe gern«, sagte er frei heraus.

»Wie bitte?«, fragte sie verblüfft. Mit jeder Sekunde, die er sich ihr in den Weg stellte und die Tür mit seinem großen, kräftigen Körper blockierte, ruinierte er ihren Plan. Mit jeder Minute, die sie gemeinsam in diesem Raum standen, schwand ihre Aussicht auf Erfolg.

»Sehen Sie, Annabelle, ich habe einen Rat für Sie: Männer streben nach Wettbewerb. Sie suchen die Herausforderung. Und zum Wohle Ihrer Kolumne müssen Sie es schaffen, ihn zum Nachdenken zu bringen. Wenn er sicher ist, der Krautkopf zu sein, ist das zu einfach. Aber wenn es nur theoretisch sein könnte ...« Owens sprach nicht weiter und ließ seine Worte auf sie wirken.

Annabelle dachte darüber nach.

Wenn Knightly Zweifel hegte, könnte sie frei schreiben ohne die Befürchtung, sich selbst zu verraten. Das würde die Auflage steigern und wiederum zu mehr Verkäufen führen. Und wenn es eines gab, das Knightly mehr gefiel als alles andere, dann waren es ausgezeichnete Verkaufszahlen.

Die Leute hatten ihr Briefe geschrieben und vorgeschlagen, sie sollte einen Rivalen ermutigen und so für Wettbewerb sorgen, doch sie hatte diese Möglichkeit verworfen. Denn wer würde dabei mitspielen?

Owens würde es machen. Owens, der, wie ihr jetzt zum ersten Mal auffiel, ein wirklich hübscher Kerl war.

»Ich verstehe, was Sie meinen«, räumte sie ein. »Aber warum sollten Sie mir helfen?«

»Je schneller er heiratet und anfängt, ein Leben außerhalb dieses Büros zu führen, umso schneller werde ich befördert«, erklärte Owens, als wäre das offensichtlich. »Er ist nicht der Einzige hier, der Ambitionen hat.«

»Und wie läuft das?«, fragte sie.

»Es hat bereits begonnen. Denn Sie können jetzt hierüber schreiben, und er wird sich fragen, ob Sie hinter mir oder ihm her sind. Das macht Sie für ihn interessant.«

»Wollen Sie etwa behaupten, ich wäre langweilig?«, fragte sie bestürzt.

»Nicht mehr, Annabelle«, tröstete Owens sie und grinste. »Jetzt nicht mehr.«

»Ich bin nicht sicher, wie ich das verstehen soll«, murmelte sie und runzelte die Stirn.

»Ich helfe Ihnen, Annabelle. Und Sie sollten wirklich was mit Ihren Haaren machen«, fügte er hinzu.

»Wie meinen Sie das?«, fragte sie. Ihre Bestürzung wuchs ins Unermessliche. Zugleich berührten ihre Hände den festen Haarknoten, der mit Schleife und Haarnadeln an ihrem Hinterkopf festgesteckt war.

»Erlauben Sie?«, fragte Owens leise. Er zog geschickt eine Haarnadel heraus, wodurch ein paar lockige Strähnen herabfielen und ihr Gesicht umschmeichelten. Sie ließ ihn dabei nicht aus den Augen. Sein Blick war warm und sie glaubte, so etwas wie Staunen in seiner Miene zu erkennen.

»Viel besser«, murmelte er. Sie öffnete den Mund, doch kein Laut kam über ihre Lippen. Etwas passierte hier gerade – und das war mehr als diese paar Haarnadeln, die er aus ihrer Frisur zog. Annabelle, die sonst immer vor allem zurückschreckte, tat auch jetzt einen Schritt nach hinten.

Und stolperte über einen Stuhl.

Sie drohte zu fallen, doch Owens war sofort zur Stelle und hielt sie in den Armen.

Und ausgerechnet in diesem Moment öffnete Knightly die Tür und entdeckte sie mit derangierten Haaren und geöffneten Lippen in den Armen eines anderen Mannes. Sie wusste, für ihn konnte das nur eines bedeuten – dass nämlich Owens und sie etwas Verruchtes im Sinn hatten.

»Ist irgendwas nicht in Ordnung?«, erkundigte sich Knightly.

»Ich habe meinen Schal vergessen«, stieß Annabelle hervor. Obwohl das nun wirklich gar nichts erklärte.

Owens half ihr wieder auf die Füße und stellte sich neben sie.

»Ich habe Miss Swift geholfen«, fügte er geschmeidig hinzu.

Das war nicht mal eine Lüge. Owens ließ die Worte einfach so stehen, damit Knightly seine eigenen Schlüsse daraus ziehen konnte. Annabelle beobachtete Knightly, der seinerseits die Szene mit zusammengekniffenen Augen musterte. Hatte Owens Recht? War ein Rivale genau das, was sie brauchte?

»Ich wollte gerade gehen, um mich um die Sache zu

kümmern, die wir besprochen haben«, sagte Owens und berührte Annabelle liebevoll am Ellenbogen, bevor er den Raum verließ und sie mit Knightly alleine ließ.

Knightly lehnte am Türrahmen. Schon wieder musste sie sich ein Seufzen verkneifen. Sie liebte es so sehr, wenn er irgendwo lehnte.

»Das muss ja ein besonderer Schal sein«, bemerkte Knightly.

»Es ist mein liebster«, antwortete sie und wickelte sich in den blauen Kaschmirschal, obwohl sie gar nicht fror. Ganz im Gegenteil.

»Gibt es ein besonderes Ereignis, zu dem Sie ihn brauchen?«, fragte er höflich. Zu höflich für ihren Geschmack. Als ob er mutmaßte, dass sie bis zum Hals in irgendwelchen Intrigen steckte. Aber nein. Bestimmt reagierte sie zu empfindlich.

»Für die Kirche am Sonntag natürlich«, sagte sie. Doch statt es dabei zu belassen, gingen die Nerven mit ihr durch: »Und das ist ja schon vor unserer nächsten Redaktionssitzung, und ich wollte es lieber nicht riskieren, dass ich vergesse, noch mal vorbeizukommen. Ich muss meinen besten Schal für die Kirche haben, er ist der einzige, der zu meinem besten Kleid passt, und natürlich trage ich mein bestes Kleid zur Kirche. Gehen Sie in die Kirche?«

»Nein«, sagte Knightly tonlos. »Nicht, wenn Sie das hier nicht mitzählen.«

Mit »das hier« meinte er vermutlich die *London Weekly*.

»Oh«, machte Annabelle nur. Sie wusste nicht, ob das zählte. Und wusste auch nicht, was sie darauf antworten sollte. Sie lockerte den Schal, denn inzwischen war ihr richtig heiß. Sie sollten wirklich ein Fenster öffnen.

Knightly lächelte sie auf eine Art an, bei der ihr Herz anfing zu rasen. Als hätte er ein Geheimnis oder als wäre das hier ein Witz, über den nur sie beide lachten. Als wüsste er, was sie vorhatte.

»Ich freue mich jedenfalls, dass Sie Ihren Schal gefunden haben«, sagte er. »Immerhin ist Juni.«

»Oh, aber Sie kennen doch das Wetter in England. Es ist so … launisch«, konnte Annabelle gerade noch antworten.

»Ein zweitliebster Schal hätte Ihnen nicht genügt«, bestätigte Knightly. Er schien einen Heidenspaß auf ihre Kosten zu haben, das stand für sie fest. Das sollte alles ganz und gar nicht so laufen. Aber sie war mit Knightly allein. Sonst saß sie um diese Zeit schon einsam zu Hause, während ihr Bruder die Zeitung las und Blanche der Familie erbauliche Literatur vortrug. So sah das unaufgeregte Leben der alten Annabelle aus.

Das hier aber war tatsächlich unglaublich spaßig, und die neue Annabelle genoss es und spielte mit.

»Warum glauben Sie, ich besäße einen zweitliebsten Schal?« Sie versuchte, ganz natürlich zu klingen und fand, dass es ihr ganz gut gelang.

»Ihrer Familie gehört ein Stoffimport. Wenn es eine Sache gibt, an der bei Ihnen Mangel herrscht, würde ich mein Geld nicht auf Schals setzen«, erwiderte Knightly. Sie klappte überrascht den Mund auf.

Erst vor ein paar Tagen hatte sie sich gefragt, ob er überhaupt ihren Namen kannte. Und dann kannte er sogar das Geschäft ihrer Familie?

»Woher wissen Sie das?«

»Miss Swift, es gehört für mich zum Geschäft, solche Dinge zu wissen«, antwortete Knightly. Dann stieß er sich vom Türrahmen ab und richtete sich zu voller Größe auf. »Kommen Sie, ich bringe Sie heim.«

»Oh, das kann ich unmöglich verlangen.« Wie dumm von ihr, aber die Worte waren heraus, ehe sie darüber nachgedacht hatte. Und sie wusste, dass ihr Haus für ihn einen großen Umweg bedeutete.

Das passierte, wenn man mit allen respektvoll umging und niemandem zur Last fallen wollte. Irgendwann war es ein Verhalten, das man nicht ablegen konnte, so sehr man es auch immer wieder versuchte.

»Ich könnte mich wohl kaum als Gentleman bezeichnen, wenn ich Sie ganz allein durch die Londoner Nacht streifen ließe«, sagte Knightly. Sie war allein hergekommen, weil alte Jungfern wie sie keine Anstandsdame brauchten. Sie war die Anstandsdame.

»Nun, wenn Sie darauf bestehen«, sagte Annabelle. Gut möglich, dass sie zum ersten Mal in ihrem Leben kokett klang.

Kapitel 12

Kutschfahrten sollten nur in Begleitung stattfinden

LIEBE ANNABELLE

Manche Gentlemen sind K.S.K.B. (Keine Sicheren Kutsch-Begleitungen). Ich hoffe, Ihr Krautkopf ist so einer.
»Frühlingsgefühle in der Farringdon Road«

LONDON WEEKLY

Knightly konnte nicht sagen warum, aber die Aussicht auf diese kurze Fahrt mit Miss Swift reizte ihn. Vielleicht weil sie die letzte Frau auf der Welt war, bei der er je gedacht hätte, irgendwann mit ihr alleine zu sein. Die schüchterne, hübsche, bescheidene Annabelle. Sie saß ihm nervös in der spärlich beleuchteten Kutsche gegenüber auf der Samtpolsterbank.

Sie war eine Frau, an die er in den letzten vier Jahren nur selten einen Gedanken verschwendet hatte, und jetzt drängte sie sich immer wieder in seine Gedanken und Gespräche. Es sah so aus, als würde jeder über Annabelle reden.

Sie war außerdem eine Frau, die nach allem, was ihm bekannt war, bis zur vergangenen Woche keine romantischen Verwicklungen hatte. Und in dieser Woche waren ihm bereits zwei unwahrscheinliche Verbindungen aufgefallen.

Zunächst war da Lord Marsden, ein verfluchter Marquis, noch dazu überaus charmant. Er schickte ihr Rosen.

Und *irgendwas* lief auch zwischen Damien Owens und Annabelle. Wie sonst sollte er sich die wirren Haare, die rosigen Wangen und die Tatsache erklären, dass sie in den Armen dieses Mannes gelegen hatte?

Viel mehr verwirrte ihn aber, warum der Gedanke an die beiden ihn beunruhigte. So sehr, dass er seinen Schreibtisch verlassen und erkundet hatte, was die beiden so lange hinter der verschlossenen Tür trieben. Und als er die Tür öffnete? Der Anblick ließ in ihm Eifersucht aufkeimen. Und den Wunsch, Owens ordentlich eine zu verpassen.

Jetzt saß er hier. Allein in der Kutsche mit Annabelle.

»Wohin geht die Fahrt, Miss Swift?«, fragte er, sobald beide sich in der Kutsche gesetzt hatten. Die Kutsche war ein schickes Modell, wenn er sich so selbst loben durfte – das neueste Design mit tannengrünen Samtpolstern und schwarz lackiertem Holz. Er genoss die Insignien des Erfolgs: ein stattliches Zuhause, die feinsten Kleider und das Beste von allem, das für Geld zu kaufen war.

»Montague Street 150 in Bloomsbury«, antwortete sie. »Oder wussten Sie das auch schon?«

»Ich wusste es. Doch es schien mir angemessen, Ihr Ziel vorher mit Ihnen abzuklären, falls Sie woanders hinwollen«, sagte Knightly. *Zum Beispiel zu Lord Marsdens Anwesen. Oder Owens Wohnung*. Bei dem Gedanken spürte er einen Knoten in seinem Bauch.

»Das ist sehr aufmerksam von Ihnen«, antwortete sie und verstummte dann. Sie schien zu überlegen, ob sie noch mehr sagen sollte. Da er selbst zu schnellen Entscheidungen neigte, war es faszinierend zu beobachten, wie sie mit sich rang.

»Was wissen Sie noch über mich?«, fragte Annabelle schließlich. Er beobachtete, wie sie sich gerade hinsetzte, als erforderte diese Frage, sich für die Antwort zu wappnen.

»Sie sind sechsundzwanzig Jahre alt«, antwortete er.

»Das ist aber nicht höflich, über das Alter einer Frau zu sprechen«, erwiderte sie und bestätigte damit die Information.

»Sie leben bei Ihrem Bruder, dem Stoffhändler, und dessen Frau. Sie beraten seit ungefähr drei Jahren die Neugierigen, Liebeskranken und Unglücklichen dieser Stadt«, fuhr Knightly fort.

Es war einfach, sich ein Grundwissen über die Menschen anzueignen, das sich meist als nützlich erwies.

Einige andere Fakten, die er erst kürzlich über sie erfahren hatte, erwähnte er nicht: Annabelle sah engelsgleich aus mit den zerwühlten goldenen Locken, die sich aus dem Knoten gelöst hatten. Und ihr Mund verlockte zur Sünde, wenn er so voll und rot glänzte. Wenn sie lächelte, entstand ein kleines Grübchen in ihrer linken Wange. Sie wurde oft rot und seufzte, und er fand es faszinierend, wenn jemand so voller Leidenschaft war und diese Leidenschaft auch zeigte.

Das könnte er niemals tun. Aber so war das mit den Frauen. Die meisten von ihnen hegten nie einen Gedanken oder ein Gefühl, die sie nicht auch gleich teilten.

»Ich bin neugierig, was Sie über mich wissen«, sagte er und drehte den Spieß um. Sie lächelte und dachte einen Moment nach, als wüsste sie nicht, wo sie anfangen sollte.

»Ich weiß, dass Sie fünfunddreißig Jahre alt sind, dass Ihre Mutter Schauspielerin ist und Sie ein Stadthaus in Mayfair besitzen. Außerdem ist Ihre Handschrift ein unmögliches Gekrakel«, erwiderte sie vorlaut.

»Und meine Brust ist unglaublich muskulös«, konnte Knightly sich nicht verkneifen.

Annabelle stöhnte statt einer Antwort nur auf. Er konnte sie im gedämpften Licht in der Kutsche kaum erkennen, aber er ging jede Wette ein, dass eine peinliche Röte ihre Wangen verfärbte.

»Sie geraten schnell in Verlegenheit«, sagte er und fügte diese Tatsache der Liste der Dinge hinzu, die er über Annabelle wusste.

»Wussten Sie das bereits, oder ist Ihnen das gerade erst aufgefallen?«, fragte sie und lachte.

»Ich lerne ständig dazu«, sagte er. Über sie wusste er weniger als über die anderen schreibenden Fräulein, weil diese die Angewohnheit hatten, sein Büro zu stürmen, ihn mit ihren Gedanken zu behelligen und immer einen Riesenaufstand zu machen.

Tatsächlich war dies wohl das längste Gespräch, das Annabelle und er bis zum heutigen Tag geführt hatten. Schon lustig irgendwie.

»Ich weiß außerdem, dass Ihre Kolumne zuletzt Stadtgespräch war«, fügte er hinzu. Neben Drummond, Gage und seiner Mutter schien auch sonst jeder in dieser Stadt über das Bemühen der »lieben Annabelle« um das Herz des Krautkopfs zu reden. (Owens? Oder Marsden?) Bei jeder Sitzung, an der er teilnahm, egal ob mit seinen Autoren oder Geschäftsleuten, ging es nur um dieses Thema. Er hatte sogar seinen Leibdiener und seinen Butler bei einer hitzigen Diskussion darüber belauscht, wie tief der Ausschnitt bei einer Frau sein durfte.

»Wie finden Sie meine Kolumne in letzter Zeit?«, fragte sie.

»Sie war unglaublich beliebt«, sagte Knightly. »Sogar die

Kerle in den Kaffeehäusern warten auf jede neue Ausgabe. Sie sollten die Sache so lange wie möglich durchziehen. Die Leser lieben die Geschichte.« Annabelles Liebesabenteuer waren großartig. Und großartige Storys brachten großartige Verkäufe.

Doch wenn die Sache weiterging, hieße das, dass Owens auf seine Erfüllung warten musste. Oder war es doch Marsden? Einer der beiden war bestimmt der berühmte Krautkopf.

»Verstehe«, sagte sie leise und streichelte verloren den Samt des Polsters. Sie schaute einen Moment aus dem Fenster. Es war, als hätte sich eine Wolke vor ihr Lächeln geschoben, denn sie wirkte auf einmal nicht mehr ganz so lebhaft. Hatte er was Falsches gesagt? Das verwirrte ihn, denn er hatte es als Kompliment gemeint.

»Die Postboten haben sich bei mir über die Menge der Briefe beklagt, die Sie bekommen«, sagte er und hoffte, wenn er ihre Beliebtheit erwähnte, würde sie ihn wieder anstrahlen.

»Darüber beklagen sie sich immer«, sagte Annabelle und lächelte. »Die Leute schicken eben gerne ihre Probleme an mich.«

»Sie müssen ein Talent haben, all die Probleme zu lösen. Und Sie geben gute Ratschläge«, meinte er beiläufig. Ihr Schal war ihr von den Schultern gerutscht und offenbarte damit ihren ersten Trick, um den Krautkopf für sich zu gewinnen. Plötzlich bemerkte Knightly, dass er sie begehrte und dass sie alleine waren.

»Muss ich das? Heißt das, Sie wissen das nicht genau?«, fragte sie und blickte aus ihren großen blauen Augen zu ihm hoch. Er konnte dem Gespräch nicht mehr folgen, denn er wurde von den Rundungen ihrer Brüste und der wachsenden Erkenntnis, dass er Annabelle begehrte, abgelenkt.

»Ich weiß nicht, wie es Ihren Lesern mit den Ratschlägen ergeht. Ich habe auch keine Ahnung, was einen guten Rat ausmacht. Deshalb schreibe ja nicht ich Ihre Kolumne. Ich persönlich habe nur drei Grundsätze, nach denen ich lebe.« Und brauchte ein Mann mehr? Nein.

»Skandale bringen Verkäufe«, sagte Annabelle und klang gelangweilt wie all seine Autoren, wenn er ihnen mit diesem Satz kam. Doch er wirkte wie ein Zauberspruch. Beide grinsten verschwörerisch.

»Wie lautet der zweite?«, fragte sie.

»Dramen gehören in die Zeitung«, erklärte er. Obwohl er diese Grundsätze nie laut ausgesprochen hatte und auch nicht darüber redete. Aber bei der »lieben Annabelle« fühlte er sich damit sicher.

»Schon lustig, wenn man bedenkt, dass Ihre Mutter Schauspielerin ist«, bemerkte Annabelle.

»Vielleicht lautet der Grundsatz so, *weil* meine Mutter Schauspielerin ist«, konterte er.

»Mehr Dramen jenseits der Zeitung wären mir persönlich ja willkommen«, sagte Annabelle wehmütig. »Das ist für Männer vermutlich anders. Aber für uns unverheiratete Frauen bietet das Leben nur wenige Abenteuer und Aufregung.«

»Zählt das hier dazu?«, fragte er. Nur eine Kutschfahrt. Aber nichts hielte ihn davon ab, sie auf seinen Schoß zu ziehen und sie einfach zu vernaschen. Nichts bis auf seine Selbstbeherrschung, die mit jedem Moment zu schwinden schien.

Es ist nur Annabelle, versuchte er sich einzureden. Doch das war es nicht. Er entdeckte langsam aber sicher, dass

Annabelle einen Mund besaß, den er schmecken wollte. Blasse Haut, die er berühren wollte, und Brüste … O Gott, was für verdorbene Gedanken sie bei ihm hervorrief! Wie war sie ihm all die Jahre nicht aufgefallen?

Zu seiner Verteidigung musste er sagen: Sie hatte erst kürzlich begonnen, diese offenherzigen Kleider zu tragen. Sie zog den Schal enger um ihre Schultern. Ihr bester Schal, hatte sie erklärt. Oder nur ein Vorwand, um sich ungestört mit Owens zu treffen?

»O ja, das könnte durchaus als Abenteuer gelten«, antwortete sie mit einem Lächeln, das man durchaus als frech bezeichnen konnte. »Zu Ihrem Glück bin ich ja keine wichtige Person. Und meine Verwandten werden Sie auch nicht fragen, welche Absichten Sie hegen.«

»Warum das?«, fragte Knightly. Für die Verwandten einer unverheirateten Frau war das ein verdammt ungewöhnliches Verhalten. Normalerweise waren sie eifrig darum bemüht, ihre Schwestern und Töchter zu verheiraten – so schnell wie möglich. Man brauchte sich ja nur Marsden anzusehen.

»Das würde für sie bedeuten, eine kostenlose Haushaltshilfe zu verlieren«, sagte Annabelle. Sie zwang sich zu einem Lachen, das ihr zugleich einen Stich ins Herz versetzte. Sie versuchte, locker zu klingen, doch es gelang ihr nicht. »Blanche weiß, wie sie das Beste für sich herausholen kann …«

Knightly nahm an, bei Blanche müsse es sich um die Frau des Bruders handeln und dass sie schrecklich war. Der Impuls, Annabelle aus dieser unangenehmen Lage zu befreien, überkam ihn – er schob ihn aber eher seiner Erziehung und nicht seinem erwachenden Beschützerinstinkt zu. Vielleicht hatte er zu viele Stunden im Theater zugebracht.

Dramen gehören in die Zeitung. Wiederhole: Dramen gehören in die Zeitung.

»Kein Wunder also, wenn Sie nach Abenteuern lechzen«, sagte er und lenkte das Gespräch weg vom offensichtlich schrecklichen Haushalt der Familie Swift.

Seine Worte hingen noch zwischen ihnen in der Luft, als ein großer Knall ertönte und ein Ruck durch die Kutsche ging. Annabelle flog quer durch das Kutscheninnere auf seinen Schoß. Das Gefährt kam zum Stehen. Ein lauter Streit entspann sich vor der Kutsche. Sie waren offensichtlich mit einem anderen Gefährt zusammengestoßen.

Er sollte nachsehen, was da passiert war.

Knightly blieb im Innern der Kutsche und entdeckte einiges Neues an Annabelle. Sie war warm. Das wusste er, weil ihm plötzlich so unglaublich heiß wurde. Und sie war weich und anschmiegsam. Instinktiv hatte er die Arme um sie gelegt, damit sie nicht von seinem Schoß fiel. Er spürte die Rundung ihrer Hüften, ihres Hinterns und ihrer Brüste.

Tatsache war: Annabelle war eine verführerische Frau in seinen Armen. Nicht nur ihr Mund verlockte einen Mann. Auch der Rest von ihr.

Verführerisch wie die Sünde, das war die engelhafte Annabelle. Wie hatte er das bisher übersehen können?

Nun, zum Ersten hatte er sie noch nie so in den Armen gehalten. Und auf jeden Fall hielt er sie nun schon länger, als sich schickte.

Knightly entdeckte außerdem, dass sein Körper sehr viel Gefallen an Annabelle auf seinem Schoß fand. Tatsächlich regte sich ein bestimmter Teil seiner Anatomie, um seine Zuneigung zum Ausdruck zu bringen. Es war ziemlich unanständig, wie sehr ihm das gefiel.

»Ich sollte wohl mal nachsehen, was passiert ist«, sagte er. Doch es dauerte noch einen Moment, ehe sich einer von ihnen bewegen konnte.

Als sie sich voneinander lösten, war es unter Umständen möglich, dass er zufällig nicht mit so viel Vorsicht vorging, wie er sollte, und dabei unbeabsichtigt seine Hand gewisse Rundungen ihres Körpers streifte. Schließlich war er auch nur ein Mann.

Aber das war falsch. Sie arbeitete für ihn. Arbeitete. Für. Ihn.

Wenn er mit ihr spielte, würde er sich einen unfairen Vorteil verschaffen. Und es wäre ja doch nur eine Affäre, denn schon in Kürze würde er sich mit Lady Marsden verloben. Und das würde unweigerlich zu verletzten Gefühlen, Peinlichkeiten, gekränktem Stolz und so weiter führen. Und dem Verlust einer Autorin, die im Moment eine Kolumne schrieb, deren Beliebtheit mit jeder Woche wuchs.

Annabelle war für ihn verboten.

Als Knightly aus der Kutsche trat und die kalte Abendluft spürte, hatte sein erster Gedanke nichts mit dem Durcheinander zu tun, das sich ihm bot. Nein, zuerst dachte er: *Ein Glück, dass Annabelle ihren Schal dabeihat.*

Erst dann konzentrierte er sich auf das Unglück.

Es war tatsächlich zu einem Zusammenstoß zwischen zwei Kutschen gekommen. Eine davon war leider seine. Den Pferden ging es Gott sei Dank gut. Niemand war verletzt, nur die Fahrt musste kurz unterbrochen werden. Die Insassen der zweiten Kutsche zeterten und lärmten. Es dauerte eine Weile, bis Knightlys kühle Art sie beruhigte. Er brachte das Durcheinander wieder in Ordnung, und sie fuhren weiter.

In der Zwischenzeit spürte er, wie Annabelle ihn vom

Kutschenfenster aus beobachtete. Was auch der Grund war, weshalb er dem Mann, der seinen Kutscher der Unfähigkeit beschuldigte und eine Schimpfkanonade auf alle Umstehenden losließ, keinen Faustschlag verpasste. Und sie war der Grund, weshalb Knightly es so eilig damit hatte, die Sache in Ordnung zu bringen. Er hatte ohnehin kein Interesse an einer ellenlangen Diskussion, doch das Wissen, dass Annabelle in der dunklen Kutsche auf ihn wartete, ließ ihn zur Eile drängen.

»Sie werden einen Artikel in Auftrag geben, in dem es um die Verkehrsegeln geht, richtig?«, fragte sie, sobald er sich wieder zu ihr gesellte.

»Auf jeden Fall«, sagte er und grinste. »Und darüber, dass man sich lieber nicht über die Fahrkünste anderer auslässt.«

»Es muss Spaß machen, wenn man eine Zeitung besitzt und der ganzen Welt jederzeit mitteilen kann, was man denkt«, überlegte sie laut. »So viele Leute lesen das dann und stimmen Ihnen zu. Arbeiten Sie deshalb so viel, Mr. Knightly?«

»Ich liebe meine Arbeit. Ich liebe den Erfolg und das, was er mit sich bringt«, antwortete Knightly freimütig. Er liebte die Herausforderung, die Jagd und den Stolz, den der Erfolg mit sich brachte. Er hatte Reichtum und Einfluss errungen, und dies würde ihm helfen, in Kürze das höchste aller Ziele zu erreichen.

Werft den Bastard raus. Er gehört nicht hierher.

Oh, und wie er hierher gehörte. Und schon bald mussten sie ihn als einen der Ihren akzeptieren.

»Das kann ich mir gut vorstellen. Sie haben eine schöne Kutsche«, bemerkte Annabelle. Ihre Hand glitt über den kuscheligen Samtbezug.

»Vor einer Stunde war sie noch schöner«, sagte er und Annabelle lachte.

Knightly fügte *Annabelle hat ein schönes Lachen* der Liste der Dinge hinzu, die er über sie wusste.

»Wir sind fast da«, sagte sie nach einem flüchtigen Blick aus dem Fenster. »Ich danke Ihnen sehr, dass Sie mich nach Hause gebracht haben. Ich hoffe, ich habe Sie von nichts Wichtigem abgehalten.«

»Ich kann doch nicht meine Starkolumnistin unbeaufsichtigt durch die Nacht ziehen lassen«, sagte Knightly und schmunzelte.

»Genau. Diese Kutschfahrt mit Ihnen war ja überhaupt nicht gefährlich oder ungehörig«, erwiderte sie und lächelte.

Das stimmte. Nichts Unpassendes war passiert … und doch, nachdem er an diesem Abend so viele Dinge über Annabelle erfahren hatte, fühlte es sich irgendwie gefährlich an.

Als die Kutsche vor einem schmalen Stadthaus hielt, kam ihm der Gedanke, Annabelle einfach in den Arm zu nehmen und diesen verführerischen Mund zu kosten. Er bemerkte, dass auch sie offenbar darüber nachdachte. Wie sonst sollte er die Nervosität erklären, die in ihren hübschen blauen Augen aufblitzte? Oder die Röte, die ihr in die Wangen stieg? Oder die Art, wie sie an der vollen Unterlippe kaute?

Warum kann ich sie nicht einfach küssen?, wollte das Teufelchen auf seiner Schulter wissen.

Genau, warum eigentlich nicht?, gab die Logik langsam nach.

Weil sie für ihn arbeitete. Hatte er sie nicht selbst vorhin für verboten erklärt? Er musste sich wohl noch einmal daran erinnern, warum sie verboten war.

Weil sie ihr Herz entweder an Owens oder an Marsden verschenkt hatte. Weil sie ihr Streben nach Glück mit einem dieser Idioten fortsetzen musste. Ihre Kolumne war das Stadtgespräch, und solange alle über Annabelles Liebesabenteuer redeten, verschwendeten sie keinen Gedanken an den drohenden hässlichen Skandal, der dank dieser verdammten Untersuchung schon bald hochkochen würde. Er würde das gerne so belassen.

Und weil er schon bald um Lady Lydias Hand anhalten und sie heiraten würde. Denn mit dieser Hochzeit würde er all das erreichen, was er immer gewollt hatte: Akzeptanz von der besseren Gesellschaft und Schutz für seine Zeitung. Seine Autoren.

Weil Annabelle eine süße, unschuldige Frau war. Und er war ein skrupelloser, kalter Mann, der sich für nichts interessierte außer für sein Geschäft, auch wenn das ungehobelt klang. Er wollte einem Mädchen wie ihr nicht das Herz brechen.

»Sie sollten reingehen«, sagte er. Seine Stimme klang rau, und das gefiel ihm nicht.

Kapitel 13

Das bedauernswerte Dasein eines schreibenden Fräuleins

GEHEIMNISSE DER GESELLSCHAFT
VON EINER LADY MIT KLASSE

Es soll ja ein paar Menschen in London geben,
welche die London Times nicht lesen.
Das müssen merkwürdige Leute sein.

LONDON WEEKLY

Der Haushalt der
Familie Swift

Blanche stürzte sich in dem Moment auf Annabelle, als sie das Wohnzimmer betrat. Ihre Busenfreundin Mrs. Underwood, von der Annabelle manchmal glaubte, sie sei eine Hexe, lauerte schon hinter Blanche. Annabelle fand die beiden grässlich, auch wenn ihr der Gedanke unangenehm war. Sie wollte doch bei jedem Menschen die gute Seite sehen!

»Wie nett von dir, uns auch mit deiner Gegenwart zu beehren, Annabelle«, bemerkte Blanche schnippisch. Vom ersten Tag an hatte diese Frau ihre Antipathie offen gezeigt, und egal wie lieb und hilfsbereit Annabelle gewesen war, hatte sich daran nichts geändert. Thomas hatte es ein einziges Mal gewagt, Annabelle zu verteidigen; nämlich als er seiner jungen Braut verbot, seine dreizehnjährige Schwester aus dem Haus zu jagen. Seitdem blieb es Annabelle überlassen, sich mit ihrer bösen Schwägerin herumzuschlagen. Seit Jahren versuchte Annabelle alles, damit Blanche mit der Entscheidung glücklich war, sie bei sich wohnen zu lassen. In letzter Zeit aber versuchte sie nur noch, irgendwie mit der Situation zurechtzukommen.

Blanche wandte sich an ihren Mann, der sich hinter einer Zeitung versteckte. »Thomas, frag deine Schwester, wo sie den ganzen Tag gesteckt hat.«

»Wo hast du gesteckt, Annabelle?« Ihr lieber Bruder Thomas ließ nicht mal die Zeitung sinken. Es handelte sich um den *Daily Financial Register* – eine langweiligere Zeitung gab es bestimmt nicht. Sie nahm es ihm nicht übel, dass er sich dahinter versteckte.

»Ich habe den Nachmittag mit Wohltätigkeitsarbeit verbracht«, sagte Annabelle und griff damit auf ihre übliche Entschuldigung zurück. »Und ich habe Freunde besucht«, fügte sie hinzu, falls die anderen Knightlys Kutsche gesehen hatten und danach fragten.

Ihre Familie wusste nichts von »Liebe Annabelle«. In diesem Haushalt las niemand die *London Weekly,* und damit gehörten sie in London zu den seltenen Ausnahmen. Für Annabelle war das aber in Ordnung.

Ihre Familie bekam von ihr den Eindruck vermittelt, dass sie ihre Zeit einer Vielzahl wohltätiger Vereine und Komitees widmete, was ihre Ausflüge am Mittwoch und die Freundschaft mit den anderen schreibenden Fräulein erklärte (wobei sie allerdings verschwieg, dass es sich um zwei Duchessen und eine Countess handelte).

Die *London Weekly* und die schreibenden Fräulein waren ihr Geheimnis. Sie waren das Einzige, was so ganz und gar ihr gehörte. Ihr allein. Nun, abgesehen vielleicht von der unaussprechlich sündigen Seidenunterwäsche (sie hatte bereits weitere Sets bestellt) und zwei schönen Kleidern.

»Ich persönlich glaube ja, die Wohltätigkeitsarbeit beginnt zu Hause«, erklärte Blanche steif. »Was mich daran erinnert, dass die Köchin dir vielleicht etwas zu essen aufgehoben hat. Oder sie war zu erbost und hat das nicht getan, weil du ihr heute Abend in der Küche nicht zur Hand gegangen bist. Du wirst dich wohl selbst darum kümmern müssen.«

»Du bist zu gut, Blanche«, lobte Mrs. Underwood ihre Freundin, und die beiden alten Krähen bliesen sich auf über ihre Großzügigkeit. Annabelle hatte viel zu gute Laune, um die Stirn zu runzeln oder zu schnauben oder auf andere Weise ihre Fassungslosigkeit zu zeigen.

Essen? Sie lebte allein von der Liebe. Und endlich bekam sie mehr als ein paar Krumen davon. Sie sandte in Gedanken ein Dankgebet an »Sorglos in Camden Town«, der ihr so einen klugen Vorschlag unterbreitet hatte. Es kostete sie große Überwindung, nicht durch die Eingangshalle zu tanzen oder laut zu singen.

Was für ein wundervolles Abenteuer sie an diesem Nachmittag erlebt hatte!

»Was ist denn bitteschön so amüsant, Annabelle?«, wollte Blanche wissen.

Einen Moment lang überlegte Annabelle, ob sie ihr die Wahrheit sagen sollte. Aber warum? Blanche würde ihr ohnehin nicht glauben. Nein, dies würde ihr geheimes Vergnügen bleiben.

»Es muss ein Mann im Spiel sein«, sagte Mrs. Underwood.

»Hmmm«, machte Thomas hinter seiner Zeitung.

»Das erklärt zumindest die ständige Abwesenheit. Die

Blumen. Die Kleider einer Hafendirne.« Blanche zählte diese Dinge an ihren Wurstfingern ab, mit denen sie auch ihre Berechnungen für das Stoffgeschäft anstellte.

»Heute habe ich mich mit der Gesellschaft für die Förderung der weiblichen Alphabetisierung getroffen«, antwortete Annabelle, wobei es sich um ihren Geheimcode für die Redaktionssitzungen der *Weekly* handelte. Blanche war die Geschäftsfrau hinter ihrem Mann und konnte gegen so ein Engagement kaum etwas einwenden.

»Aber du leugnest nicht, dass ein Mann im Spiel ist«, erklärte Mrs. Underwood vergnügt, als stünde Annabelle hier vor Gericht und als habe sie ihr gerade ein Geständnis abgepresst, mit dem Annabelle sich eines Verbrechens für schuldig erklärt hatte, das mit jahrelanger harter Arbeit bestraft wurde.

»Dann lass mich dir mitteilen, dass du, falls du in Ungnade fallen solltest, in diesem Haus nicht länger willkommen sein wirst«, dozierte Blanche. »Ich werde ein so schlechtes Beispiel für meine Kinder jedenfalls keinen Tag länger dulden.«

Watson, Mason und Fleur waren neun, sieben und fünf Jahre alt und Miniaturausgaben ihrer Eltern und daher keine Freunde von Annabelle. Und das, obwohl sie schon ihr ganzes Leben als ihr Kindermädchen und ihre Gouvernante fungierte.

»Findest du nicht auch, Thomas? Wir können deine Schwester unmöglich als schlechtes Beispiel für unsere Kinder dienen lassen«, sagte Blanche laut, als hielte sie ihren Mann für taub oder als würde die Zeitung ihr Gespräch dämpfen.

»Ja, meine Liebe«, antwortete er.

Die alte Annabelle hätte mühsam die Tränen zurückgehalten, weil ihr Bruder, ihr eigen Fleisch und Blut, sich blind der Grausamkeit seiner Frau unterwarf.

Die neue Annabelle allerdings wusste, dass er wahrscheinlich nicht zugehört hatte und er darum keine Ahnung hatte, wozu er seine Zustimmung gab. Sie hatte vielmehr das Bedürfnis, durch ihr Zimmer zu tanzen und verzückt aufzujauchzen, weil einige Leute – wie Owens oder »Sorglos in Camden Town« und sogar die Kurtisane aus Mayfair – ihr helfen wollten. Sie war einsam gewesen, bis sie den Mut – oder die Verzweiflung – aufgebracht hatte, um Hilfe zu bitten. Und sie machte eine wundervolle Erfahrung: dass die Leute nämlich mehr als nur eifrig darum bemüht waren, ihr zu helfen.

Weil ihr Vorhaben bisher das größte Risiko war, das sie je eingegangen war. Und weil sie es schon jetzt als Erfolg verbuchen konnte.

Weil sie mit Knightly in der Kutsche gefahren war. Allein. In der hereinbrechenden Dunkelheit. Das war etwas, wovon die alte Annabelle nächtelang geträumt hatte. Die neue Annabelle tat es einfach.

Weil sie mit Knightly ein Gespräch geführt hatte und nicht wie sonst einfach nur geplappert hatte oder ihr die Fähigkeit zu vollständigen Sätzen völlig verloren gegangen war. Und das sogar, nachdem sie so ungeschickt in seinen Schoß gefallen war! (Obwohl sie in dem Moment nicht mehr nachgedacht hatte, sondern bloß von einer Million völlig neuer Gefühle überrannt wurde.)

Weil sie mit Knightly ein Abenteuer erlebt hatte.

Weil Knightly sie beinahe geküsst hätte, das wusste sie ganz genau.

Weil die neue Annabelle sie einfach nur glücklich machte.

Kapitel 14

Eine Lektion in Koketterie

GEHEIMNISSE DES PARLAMENTS

Londoner Zeitungen, seid auf der Hut! Lord Marsdens Untersuchungskommission sammelt Informationen und Zeugenaussagen wegen der schändlichen Taten des Reporters von der London Times, Jack Brinsley. Dieser verfault derweil in Newgate und wartet auf seinen Prozess.

LONDON WEEKLY

Redaktionsräume der London Weekly

Der Mittwoch war schon seit Langem Annabelles Lieblingswochentag gewesen. Aber an diesem Mittwoch lächelte sie sogar noch breiter, und ihr Herz schlug noch ein wenig schneller. Der Himmel wirkte noch blauer, das Lied der Vögel war noch hübscher. Sie selbst fühlte sich einfach … lebendiger oder wacher. Als stünde sie in voller Blüte oder so.

Knightly war nicht länger eine weit entfernte Gestalt, mit der sie kaum mehr als ein paar Worte gewechselt hatte. Sie wusste jetzt, wie muskulös seine Brust war (wenngleich sie diese Brust nur für einen kurzen, zufälligen Moment gespürt hatte) und wie es sich anfühlte, seine Arme um sich zu spüren (wenngleich es nur bei einem zufälligen Sturz in der Kutsche passiert war). Sie kannte seine Grundsätze, obwohl ihr erst zu Hause aufgefallen war, dass er ihr nur zwei von dreien genannt hatte. Sie beschloss, den dritten auch in Erfahrung zu bringen.

Doch es war Owens und nicht Knightly, der sie direkt nach ihrem frühen Eintreffen aufsuchte. Das gefiel ihr, denn Owens würde für etwas zusätzliches Drama oder Abenteuer sorgen.

»Guten Tag, Miss Swift.« Irgendwie gelang es Owens, die höfliche Begrüßung wie etwas völlig anderes klingen zu lassen. Etwas richtig Unanständiges. Er berührte liebevoll ihren Arm. Das fühlte sich angenehm an.

»Guten Tag, Mr. Owens«, zwitscherte Annabelle fröhlich.

Köpfe drehten sich in ihre Richtung. Die anderen schreibenden Fräulein kamen gerade die Treppe hoch und musterten sie im Vorbeigehen neugierig. Irgendwas an Mr. Owens und ihr ließ es ihnen ratsam erscheinen, sie lieber nicht zu stören.

Owens schenkte den anderen Frauen keine Beachtung und lehnte sich neben sie an die Wand. Sie standen direkt vor Knightlys Büro. Ein Lächeln umspielte seine Lippen, und er musterte sie genüsslich von oben bis unten. Sie war etwas neben der Spur und öffnete die Lippen. Ihr Herzschlag beschleunigte sich vor Aufregung.

Owens verhielt sich mit Absicht so verwegen. Owens, der gesagt hatte, sie sei nie verrucht, sah sie jetzt so an, als sei sie mit ihm bereits *sehr* verrucht gewesen. Das war beängstigend. Es gehörte auch zu der List und der Art Übermut, die die neue Annabelle ausmachten.

»Ich nehme an, Sie genießen das wunderschöne Wetter, Miss Swift. Bei diesen warmen Temperaturen müssen Sie sich keine Sorgen machen, wenn Sie Ihren Schal vergessen«, sagte Owens und nickte wissend. Seine Samtaugen zwinkerten ihr zu. Oh, wie ungerecht, was für lange Wimpern dieser Mann hatte!

»Es war sehr freundlich von Ihnen, mir bei der ... Suche nach meinem Schal zu helfen«, antwortete Annabelle. »Ohne Sie hätte ich das nie geschafft.« Sie hoffte inständig, ihre Worte klangen nach *mehr*.

»Stets zu Diensten – besonders bei einer so hübschen Dame wie Ihnen, Miss Swift.« Owens lächelte sie wieder an, und sie erwiderte das Lächeln.

»Es geht schon noch um das Wetter und meinen Schal?«, flüsterte sie ihm zu. Owens beugte sich vor und flüsterte ihr die Antwort direkt ins Ohr.

»Wir flirten«, erklärte er.

»Oh!«, machte sie. Wie dumm von ihr! Da musste ein Mann ihr erklären, dass er mit ihr flirtete. Und ausgerechnet Owens! Sie konnte nicht anders und musste kichern.

»Nicht kichern«, sagte Owens. Ein ängstlicher Ausdruck huschte über sein Gesicht. »Männer suchen den Wettbewerb. Und sie brauchen einen Rivalen, schon vergessen?«

»Oh, ich erinnere mich gut«, sagte sie. Es klang sogar ein klein wenig unanständig.

»Das ist mein Mädchen. Nach Ihnen, Miss Swift.« Als sie Richtung Redaktionssitzung gingen, legte Owens die Hand ganz flüchtig auf ihren Rücken. Sie schaute in diesem Moment über die Schulter zu Knightlys Büro. Zufällig sah sie, wie er mit finsterem Blick in ihre Richtung blickte.

»Liebe Annabelle, erkläre dich«, sagte Sophie in der Sekunde, als Annabelle ihren Platz einnahm. Die anderen schreibenden Fräulein wandten sich ihr ebenfalls neugierig zu.

»Owens und ich haben eine Vereinbarung getroffen«, sagte Annabelle und versuchte nicht, ihre Stimme zu senken. Sie fing vom anderen Ende des Raums seinen Blick auf. Er grinste und nickte ermutigend. Ach, er sah auf eine jungenhafte Art wirklich süß aus.

»Was für eine Vereinbarung?«, fragte Julianna.

»Owens behauptet, Männer brauchen den Wettbewerb. Knightly soll sich nicht im Klaren darüber sein, über wen ich die ganze Zeit schreibe. Und wie kann ich sonst freimütig über meine Erlebnisse schreiben?«

»Das ist eine vernünftige Überlegung«, stimmte Eliza zu. »Ich fand es extrem herausfordernd, über Wycliff zu schreiben, ohne meine Verkleidung als Dienstmädchen auffliegen zu lassen.«

»Aber willst du nicht genau das? Dass Knightly entdeckt, was du für ihn empfindest?«, fragte Sophie. Die Frage war berechtigt.

»Ich will *von ihm* entdeckt werden. Er soll sich in mich verlieben. Er soll nicht bloß herausfinden, über wen ich schreibe, weil ich mich mit meinem Geschriebenen verrate«, sagte Annabelle und fügte entschlossen hinzu: »Außerdem habe ich mehr Spaß als jemals zuvor und … es funktioniert!«

Nicht nur, dass sie jetzt regelmäßig mit Knightly sprach. Sie fühlte sich auch wie eine ganz neue Frau. Eine, die etwas riskierte, Abenteuer wagte, hübsche Kleider und verruchte Seidenunterwäsche trug. Sie mochte diese neue Annabelle.

Das Gespräch wurde zu einem aufgeregten Flüstern, als Annabelle ihnen von ihrem Abenteuer mit dem verlorenen Schal erzählte. Die Vier steckten die Köpfe zusammen, weshalb Annabelle fast nicht mitbekam, dass Knightly den

Raum betrat. Aber nur fast, denn irgendwie war er immer wieder in ihren Gedanken.

Er hatte sie schon wieder dabei ertappt – Miss Swift und *Owens*, ausgerechnet dieser dreiste, junge Bock. Er sah, wie die beiden flirteten. Wie Annabelle kicherte. Das verstohlene Lächeln und das Augenzwinkern entgingen ihm nicht.

Er konnte nicht so genau sagen, was ihn daran störte. Aber das tat es.

Als Nächstes erwischte er die schreibenden Fräulein dabei, wie sie aufgeregt die Köpfe zusammensteckten und tuschelten. Diskutierten sie darüber, wie er ganz Gentleman und voller Unschuld Annabelle in der Kutsche nach Hause gebracht hatte? Aber er konnte sie wohl kaum allein in die Londoner Nacht gehen lassen, wo sie Leib und Leben riskiert hätte für ihren Schal.

Er hatte das Richtige getan. Das, was sich für einen Gentleman gehörte. Allerdings hatte er sich dabei nicht wie ein Gentleman gefühlt. Die Vorstellung, wie er Annabelle vernaschte, hatte sich seitdem mit erstaunlicher Regelmäßigkeit in seine Gedanken geschlichen.

»Zuerst die Damen«, sagte Knightly, als er hereinkam. Aber statt zu lächeln blickte er die Frauen finster an. Was zum Teufel interessierte es ihn, wenn Annabelle und Owens flirteten? Wenn er um sie anhielt und die beiden heirateten? Es kümmerte ihn überhaupt nicht. Sie sollten sich einfach nicht während der Arbeitszeit unangemessen verhalten.

Aber da waren die beiden und machten sich quer durch den Raum schöne Augen. Ekelhaft.

»Ich habe neuen Klatsch«, verkündete Julianna.

»Das hoffe ich doch«, erwiderte er ironisch.

»Es geht um Lady Marsdens verpasste Saison«, erklärte sie. Am anderen Ende des Raums seufzte Grenville. Knightly blickte ihn finster an, denn dieses Thema interessierte ihn persönlich. Besonders, nachdem er die Bekanntschaft der fraglichen Dame gemacht hatte. Während des Spaziergangs hatte er erfahren, dass sie Zeitungen verabscheute, London gerne verlassen wollte und am liebsten tanzte. Sie passten überhaupt nicht zusammen. Trotzdem warb er um sie. Für die *Weekly*. Und damit er endlich jene Worte in seinem Kopf zum Schweigen bringen konnte, die jede seiner Handlungen bestimmte: *Werft den Bastard raus. Er gehört nicht hierher.*

»Ich habe diskret Erkundigungen eingezogen«, fuhr Julianna fort. »Die offizielle Version lautet, sie sei krank gewesen. Aber viele sagen, sie hätte einen Liebhaber gehabt – einen, der vollkommen unangemessen war. Es sieht so aus, als habe ihr Bruder einen Stapel Liebesbriefe gefunden. Er war außer sich! Danach hat er sie ein ganzes Jahr in ihren Gemächern eingeschlossen.«

»Wer war ihr Liebhaber?«, fragte Sophie atemlos, weil das alles so aufregend klang.

»Sie hat seine Identität bis heute nicht preisgegeben«, antwortete Julianna dramatisch.

»Und dennoch wurde sie aus ihrer Gefangenschaft entlassen«, sagte Eliza ebenso dramatisch.

»Wenn es denn stimmt, dass ihr Bruder sie ein Jahr lang in ihrem Schlafgemach eingesperrt hat«, unterbrach Knightly sie. Aber die Frauen übergingen seine Bemerkung einfach.

»Ich vermute, Lord Marsden hat aufgegeben und beschlossen, das Beste wird sein, wenn er sie schleunigst verheiratet«, sagte Julianna. »Dann wird diese Angelegenheit das Problem eines anderen Mannes.« Sie zuckte leicht mit den Schultern. Offensichtlich hatte sie von seiner diskreten Vereinbarung mit Marsden noch nichts gehört.

In der Tat, bald wäre es das Problem eines anderen Mannes. Dies warf ein neues Licht auf die Angelegenheit, doch es änderte nichts an der Tatsache, dass sie die Schwester eines mächtigen Marquis war. Frauen von Stand rissen sich nicht gerade darum, einen unehelichen Sohn zu heiraten, der noch dazu ein Geschäftsmann war – egal ob er vermögend war oder nicht.

»Es geht doch nichts über geheime Liebhaber, nicht wahr?«, meldete sich Owens vom anderen Ende des Raums zu Wort. Und dabei zwinkerte er Annabelle zu, die ihrerseits die Wimpern flattern ließ.

Das war doch krank. Wirklich! Hier ging es ums Geschäft.

»Wir sollten bei alledem aber bedenken«, wandte Knightly scharf ein, »dass Lord Marsden die parlamentarische Ermittlung im Skandal um die *London Times* leitet. Ich fände es abscheulich, wenn er sich plötzlich veranlasst sieht, seine Aufmerksamkeit auf die *Weekly* zu richten.«

»Oh, aber in der Gesellschaft spricht man über nichts anderes«, erklärte Julianna leidenschaftlich. »Ich habe das Gefühl, dieser Skandal wird schon bald hochgehen.«

»Das ist mir egal«, sagte er. Erst recht, wenn ihm die Schließung seines Blatts drohte. Außerdem hegte Lady Lydia offen eine Abscheu gegen Zeitungsleute, und es würde seiner Sache nicht dienlich sein, wenn seine eigene Zeitung saftige Klatschgeschichten über sie publizierte.

»Sie glauben ja gar nicht, welche Anstrengungen ich unternommen habe, um diese Informationen zu bekommen«, sagte Julianna. Knightly zuckte nur mit den Schultern.

»Ich bin sicher, das will ich gar nicht wissen«, sagte er.

»Wenn Ihr Mann das herausfindet und wieder mal wütend in mein Büro stürmt, würde ich ihm mit Freuden erklären, dass ich nichts davon gewusst habe.«

»Also schön. Vielleicht sollte ich einfach nur darauf anspielen …«, drängte Julianna. Was typisch für sie war.

»In dieser Zeitung werden die Marsdens mit keinem Wort erwähnt«, erklärte Knightly scharf. Dies ließ Julianna scharf einatmen. Die anderen Autoren schwiegen peinlich berührt. Er hatte soeben eines der Grundprinzipien dieser Zeitung verletzt. *Alles und jeder ist Futter für uns.*

Zur Hölle mit ihnen allen, dachte Knightly. Aber Annabelles Blick zerrte an seinem Herz. Es war eine Mischung aus Verärgerung und Schmerz. Als fühlte sie sich von ihm verraten, anders konnte er den Ausdruck ihrer großen blauen Augen nicht beschreiben. Aber er wollte nicht mehr davon hören. Er hatte seine Entscheidung getroffen, und dieser mussten sich alle anderen unterwerfen.

Außerdem hatte sie Owens mit seinem Zwinkern und Lächeln und jede Menge Süßholzgeraspel. Ekelerregend zärtliche Blicke flogen zwischen den beiden hin und her.

»Da wir schon über geheimnisvolle Liebhaber sprechen – bringen Sie uns doch über Ihre Kolumne auf den neusten Stand, Miss Swift«, sagte Knightly ironisch.

Verdammt, hatte er wirklich von geheimnisvollen Liebhabern gesprochen? Langsam wurde er weich. Andererseits war er in gewisser Weise kein bisschen weich, wenn Annabelle ihm nahe kam. Was zum Teufel passierte da mit ihm?

»Es kommen immer noch zahlreiche Briefe, wie Sie sehen«, sagte sie und zeigte auf einen großen Stapel Briefe mit dummen Vorschlägen wie zum Beispiel dem, einen tieferen Ausschnitt zu tragen, um die Aufmerksamkeit des Mannes auf sich zu lenken … und weiß der Teufel, was für verdorbenen Ideen noch. Er wollte es lieber gar nicht wissen.

»Wir haben steigende Verkäufe zu verzeichnen, und überall wird über Ihre Kolumne geredet«, sagte er. Annabelle trug wieder so ein tief ausgeschnittenes Kleid und es kostete ihn jedes Bisschen seiner beträchtlichen Selbstbeherrschung, den Blick einige Zentimeter weiter oben zu halten. »Das bedeutet, wir haben da etwas richtig Gutes gefunden. Lassen Sie es so lange wie möglich weiterlaufen.«

Selbst wenn es ihn umbrachte. Wenn es ihn allmählich bis ins Unerträgliche quälte. Doch das würde er aushalten, besonders dann, wenn die langsam erblühende Romanze zwischen ihr und Owens (oder Marsden?) auf diese Weise klein gehalten wurde. Ihm war es egal, wer von beiden es war. Wirklich.

Aber es war egal, wie oft er sich das einredete. Der Gedanke ließ ihn nicht los.

»Ja, Mr. Knightly«, sagte Annabelle leise.

Er konnte nicht verhindern, dass er einen letzten Blick auf ihr Mieder und die hübschen milchweißen Rundungen warf, die sich über den Stoff hoben. Sein Mund wurde trocken. Wo war ihr verfluchter Schal, wenn sie ihn wirklich brauchte?

Das war wirklich die schönste Stunde der Woche, dachte Annabelle. Sie stützte das Kinn in die Handfläche und genoss es einfach, mit Knightly in einem Raum zu sein. Und mit ihren Freunden. Und ihrem Möchtegern-Liebhaber.

Sie ließ für Owens die Wimpern flattern. Sie überlegte sogar, ob sie ihm einen ihrer sinnlichen Blicke zuwerfen sollte, die alles andere als verführerisch waren.

Knightly hatte heute entsetzlich schlechte Laune. Sie

fragte sich, woran das lag. Ob es falsch war, wenn ihr seine düstere, in sich gekehrte Art gefiel? War irgendwas mit der Zeitung? Oder störte ihn etwas anderes? Und was war da los mit Lady Marsden? Zuerst besuchte er sie und unternahm an sonnigen Nachmittagen einen Spaziergang mit ihr. Und jetzt hatte er ihren Namen von den Seiten seiner Zeitung verbannt. *Da ist bestimmt nichts*, redete sie sich ein. Sie hoffte, es handelte sich lediglich um eine strategische Entscheidung, die nichts mit seinem Herzen zu tun hatte. Trotzdem bestätigte es ihr, dass es eine Konkurrentin gab.

Im Augenblick blieb ihr aber nichts anderes übrig, als diese finstere Ausgabe von Knightly zu genießen. Er runzelte die Stirn, blickte seine Autoren düster an, fuhr sich mit den Fingern durchs Haar und tigerte wie ein wildes Tier im Käfig auf und ab.

Sein grimmiges Verhalten weckte in ihr den Wunsch, seine Laune aufzuhellen und seine Kanten abzuschleifen. Sie wollte mit den Fingern durch sein Haar fahren, seine Wangen mit ihren Händen umfassen und ihre Lippen auf seine pressen und diese steile Stirnfalte einfach wegküssen …

War es falsch, wenn sie nicht aufpasste, was um sie herum geschah? Bestimmt. Eine gute Nachrichtenfrau würde dem Gespräch folgen.

»Also, ich fasse zusammen«, sagte Owens und zog die Brauen zusammen. »Ein Reporter der *London Times* wurde erwischt, wie er sich als Arzt ausgab. Jetzt sitzt er in Newgate ein und das Parlament und dieser Ausschuss prüfen was?«

»Wie genau lautet der Vorwurf, der eine so massive Ermittlung rechtfertigt?«, wollte auch Eliza wissen. Es ist unmoralisch, wenn jemand so recherchiert, dachte Annabelle. Aber es schien ja nur ein Einzelfall zu sein, wie Knightly selbst sagte. Das schien nicht zu rechtfertigen, das ganze Zeitungsgewerbe so genau unter die Lupe zu nehmen.

»Warum gibt er sich überhaupt als Arzt aus? Das ist ein immenses Risiko und bedeutet viel Arbeit«, grollte Grenville. Im Stillen stimmte Annabelle ihm zu.

»Um an die Story zu kommen«, sagte Eliza. Sie hatte kein Problem damit, sich eine Verkleidung zuzulegen, um an eine Story zu gelangen.

»Welche Story denn?«, fragte Annabelle. Die Worte waren aus ihrem Mund, bevor sie nachdenken konnte. Hätte sie das mal lieber getan.

Im Raum war es abrupt still. Man hätte eine Nadel fallen hören können. Auf ein Schaffell. In einer Meile Entfernung.

Die Röte stieg ihr in die Wangen. Knightly blickte sie an. Hatte sie wirklich geglaubt, sein finsterer Blick sei attraktiv? Jetzt spürte sie, wie sie unter seinem Blick zusammenschrumpfte. Würde sie es irgendwann schaffen, sich nicht vor Knightly zu blamieren?

»Was wollen Sie damit andeuten, Miss Swift? Glauben Sie, Brinsley ist nicht eines Morgens aufgewacht und hat beschlossen, sich aus Jux als Arzt auszugeben? Sondern er hat sich diese Verkleidung zugelegt, weil er so Zugang zu den wahren Hintergründen einer ganz konkreten Story bekam?«

»Lediglich als Mittel zum Zweck«, fügte Owens nachdenklich hinzu.

»Ja, so was in der Art«, murmelte Annabelle.

»Das ist brillant«, sagte Knightly voller Bewunderung. Annabelle spürte, wie sie warm von einem seltenen, wundervollen Gefühl durchströmt wurde. Stolz! Sie hatte Mr.

Knightly beeindruckt! »Miss Swift hat Recht. Welche Story steckt wirklich dahinter?«

»Können wir sie veröffentlichen, wenn wir sie aufdecken?«, wagte Julianna sich vor. »Da das Parlament gerade versucht, die Arbeit der Journalisten in den Dreck zu ziehen …«

»Wir veröffentlichen es und pfeifen drauf«, sagte Knightly mit einem Grinsen, das die Gefahr förmlich herausforderte.

Kapitel 15

Ein Zeitungsmann in Newgate

UNFÄLLE UND VERBRECHEN

Ein Feuer in den Büroräumen der London Times sorgt für wilde Spekulationen. Eine Quelle ließ uns wissen, die Redakteure hätten kompromittierende Akten vernichtet, die von dem skrupellosen Reporter Jack Brinsley gesammelt wurden, bevor diese von Lord Marsdens Untersuchungskommission beschlagnahmt werden konnten.

LONDON WEEKLY

Newgate

Bestechung war schon was Feines. Manche Männer hatten Gewissensbisse bei solchen Dingen. Knightly nicht. Er wusste Können und Effizienz zu schätzen. Insbesondere, wenn man in Newgate war. Das war kein Ort, an dem man sich allzu lange aufhalten wollte.

Er war wegen Annabelle und ihres guten Einfalls hier.

»War ja nur eine Frage der Zeit, bis Sie hier auftauchen«, sagte Jack Brinsley grimmig, seines Zeichens Reporter und »Arzt«. »Wenigstens ein Zeitungsherausgeber fürchtet sich nicht vor mir.«

»Hardwicke hat Sie nicht besucht?«, erkundigte Knightly sich nach dem Herausgeber der *London Times*.

»Dieser Einfaltspinsel?« Brinsley spuckte auf den Boden.

»Sie haben einen ganz schönen Skandal ausgelöst«, sagte Knightly.

»Gern geschehen«, sagte Brinsley und grinste schief.

»Mir ist der Gedanke gekommen, hinter Ihrer Story könnte mehr stecken. Dass es Ihnen nicht nur um den allgemeinen Klatsch geht oder um die belanglosen Informationen, die ich der parlamentarischen Untersuchung entnehmen konnte.« Knightly ertappte sich dabei, wie er sich gegen die Wand lehnte. War wohl keine so gute Idee.

»Und ich soll Ihnen verraten, worum es ging, oder was? Wieso sollte ich das machen? Einem Konkurrenzblatt alles enthüllen?« Brinsley wirkte verblüfft.

»Nun, dieses Konkurrenzblatt wendet sich wenigstens nicht von Ihnen ab«, erinnerte Knightly ihn. »Haben Sie eine Minute Zeit für ein Gespräch?«

Brinsley schnaubte. Natürlich hatte er Zeit, er saß ja im Knast. Er würde reden. Sie redeten immer, wenn ihnen in nicht allzu ferner Zukunft der Galgenstrick drohte.

»Erzählen Sie mir von dem Tag, an dem Sie aufgewacht sind und dachten: ›Jetzt hab ich's! Ich gebe mich als Arzt der Adeligen aus.‹«

Brinsley schwieg lange, ehe er darauf antwortete. »Das war ein Dienstag. Neblig.«

Knightly warf ihm einen Blick zu.

»Ich hörte Gerüchte über eine bestimmte Lady. Hartwicke befahl mir, sie zu bestätigen. Und ich dachte, wie zum Teufel sollte ich es schaffen, Gerüchte über eine Schwangerschaft zu bestätigen? Noch dazu vor allen anderen.«

»Indem Sie sich als Arzt ausgeben«, mutmaßte Knightly. Annabelle hatte Recht. Brinsley hatte das nicht einfach so gemacht. Es steckte mehr dahinter.

»Ich habe einem Arzt assistiert«, korrigierte Brinsley ihn. »Aber dann wurde der alte Nichtsnutz seinerseits krank und hat mich zu den Hausbesuchen geschickt. Was sich als ziemlich informativ erwies. Lukrativ sogar, wenn Sie verstehen, was ich meine.«

Das war ein verrückter und zugleich genialer Plan, der weit über die Grenzen des Erlaubten hinausging, selbst für Knightlys Geschmack. Er hatte bisher nie einen Reporter ermutigt, für eine Story so hohe persönliche Risiken einzugehen.

Aber verdammt, wie einträglich das gewesen sein musste! Alle Zeitungen machten mit Bestechungsgeldern ein kleines Vermögen, wenn sie Informationen sammelten, die die betroffene Person nicht veröffentlicht sehen wollte. In Brinleys Fall waren das unerwünschte Schwangerschaften, die Pocken oder, verdammt noch mal, jede Menge anderer Krankheiten, die nicht an die Öffentlichkeit dringen durften.

Manche sagten, das Kassieren dieser Bestechungsgelder sei mit Erpressung vergleichbar. Andere argumentierten, so ginge es nun mal im Zeitungsgeschäft zu. Doch diese Praktik stand auf der Liste der Dinge, die Marsden ausmerzen wollte, ganz weit oben. Man fragte sich allerdings, warum er plötzlich so ein gesteigertes Interesse daran hatte, ein uraltes Vorgehen in Frage zu stellen?

»Was ist aus der guten alten Bestechung eines Hausmädchens geworden?«, fragte Knightly.

»Ach, ein Kinderspiel. Bei diesem Kleinkram kann ich nicht mit der *Weekly* konkurrieren«, erwiderte Brinsley.

»Und die Frau mit den Schwangerschaftsgerüchten – wer war sie?«, fragte Knightly. Er hatte da einen Verdacht.

»Sie sind nicht dumm, Knightly. Das muss ich Ihnen lassen«, antwortete Brinsley. »Sie sind der Einzige, der drauf kam, dass ich einen Grund für mein Vorgehen haben könnte. Dass ich eine Spur verfolgt habe und das Ganze nicht bloß aus einer Laune heraus gemacht habe.«

Das Lob gebührte Annabelle. Er war genauso ahnungslos gewesen wie alle anderen. Doch das beantwortete die Frage nicht.

»Wer ist sie?«

»Das werde ich *Ihnen* ganz bestimmt nicht erzählen«, sagte Brinsley. Doch er klang, als ließe er sich durch eine gewisse Zahlung durchaus umstimmen. Knightly liebte Bestechung, doch er hasste es, sein Geld zu verschwenden.

»Wie Sie meinen. Ich bin überzeugt, ich komme mit etwas Ermittlungsarbeit selbst darauf. Ich bin sicher, die Gesellschaft wird fasziniert sein. Besonders nachdem Sie und die *London Times* uns so freundlich darauf hingewiesen haben, dass da so ein großer Skandal lauert.«

»Sie werden das doch nicht veröffentlichen, oder?«, fragte Brinsley und starrte ihn ungläubig an.

»Doch, das werde ich«, sagte Knightly. Veröffentlichen und dafür verdammt werden.

»Ich nehm' alles zurück. Sie sind nicht dumm. Aber verdammt, Sie sind verrückt.«

Kapitel 16

Nicht nur auf der Bühne gibt es Dramen …

Liebe Annabelle,
lassen Sie den Krautkopf Ihre Zuneigung spüren. Eine einfache, liebevolle Berührung seiner Hand wird genügen.
»Liebevoll in der All Saints Road«
LONDON WEEKLY

Royal Opera House in Covent Garden

Am Ende von Akt 1 waren Annabelles Wangen so rot wie die Schleife ihres Kleids, und sie dachte ziemlich lieblos an »Liebevoll in der All Saints Road« und deren gut gemeinten Ratschlag, eine zarte Berührung oder liebevolle Geste würde Knightly dazu bringen, sie zu bemerken, zu begehren und zu lieben.

Dieser Hinweis ihrer Zuneigung sollte andeuten, dass da *mehr* war.

Aber wer hätte gedacht, dass so eine einfache Handlung voller Risiken war?

Zunächst hatte sie beim Theaterkritiker der *London Weekly* Alistair Grey geübt, der sie als Gast zum Premierenabend von *Es war einmal* mitgenommen hatte, einem Theaterstück, in dem auch Delilah Knightly spielte.

»Knightly hat mir wörtlich gesagt: ›Meine Mutter bekommt eine schwärmerische Besprechung, oder ich suche mir einen neuen Theaterkritiker‹. Das habe ich so verstanden, dass ich mir das Stück lieber ansehe«, erzählte Alistair ihr. »Natürlich bringe ich immer einen Gast mit. Da ich Ihre Lage kenne und da Sie-wissen-schon-wer mit Sicherheit auch kommen wird, dachte ich, diese Einladung gebührt dieses Mal Ihnen, liebe Annabelle. Ich erwarte dafür in Ihrer nächsten Kolumne einen öffentlichen Dank.«

»Aber selbstverständlich«, antwortete Annabelle und legte ihre behandschuhte Hand leicht auf Alistairs Unterarm. Er trug ein Jackett aus malvenfarbener Wolle, das seine lila Seidenweste wunderbar betonte.

Alistair nahm von dieser Geste kaum Notiz. Aber viel wichtiger war, dass er nicht lachte oder sie aufzog oder gar fragte, was zum Teufel das sollte, wenn sie ihn so berührte. *Sie konnte das wirklich tun!*

Sie nahm all ihren Mut zusammen und setzte sich aufrecht hin. Trotzdem verlor sie fast die Nerven, als Knightly die Loge betrat. Er sah so unverschämt gut aus in dem schwarzen Anzug mit weißem Hemd.

Wenn er überrascht war, sie hier zu sehen, zeigte er es nicht. Seine Augen waren so blau und konzentriert wie immer und seine Miene gewohnt reserviert und undurchdringlich. Sie konnte nicht verhindern, dass ein leises, sehnsüchtiges Seufzen sich von ihren Lippen löste.

Nachdem er Alistair begrüßt hatte, nahm Knightly neben ihr Platz.

»Wie geht es Ihnen heute Abend, Annabelle?«, fragte er und beugte sich zu ihr herüber, damit sie seine leise Stimme über den Lärm des schnatternden Publikums, das ungeduldig den Beginn der Vorstellung erwartete, hinweg hören konnte.

»Gut, vielen Dank. Und wie geht es Ihnen?« Dabei wagte sie es, die Fingerspitzen über die weiche Wolle gleiten zu lassen, die seinen Arm umhüllte. Nur eine Sekunde, ehe sie die Hand zurückzog. Derweil hielt sie den Blick auf sein Gesicht gerichtet und war völlig verzückt von seinen blauen Augen. Außerdem wollte sie wissen, ob diese leise Berührung irgendeine Wirkung auf ihn hatte.

»Mir geht es sehr gut, vielen Dank. Bereit für einen theatralischen Abend.«

»Dramen gehören in die Zeitung. Oder auf die Bühne«, bemerkte sie und erntete ein anerkennendes Lächeln von ihm. Sie erkannte hier die Chance, von ihm die Antwort auf eine Frage zu bekommen, die sie seit der gemeinsamen Kutschfahrt quälte. »Mr. Knightly, ich glaube, Sie haben mir Ihren dritten Grundsatz gar nicht verraten.«

Annabelle traute sich sogar, diese Frage zu betonen, indem sie ihre Hand auf seinen Unterarm legte. In Gedanken zählte sie bis drei. Spürte er ihre Wärme, ihr Zittern? Sie fühlte sich von dieser Berührung wie elektrisiert, auch wenn sie nur ganz leicht war und mehrere Schichten Stoff seine nackte Haut von ihrer trennten.

Knightly beugte sich zu ihr herüber. Ihr Herz begann zu hämmern. Sie war sicher, ihr Busen hob sich erwartungsvoll, aber im gedämpften Licht des Theaters wusste sie nicht zu sagen, ob Knightly einen Blick riskierte oder nicht.

»Fühle dich niemandem verpflichtet«, sagte er leise.

»Oh«, brachte sie nur hervor und zog die Hand zurück. Dies war das Mantra eines Mannes, der sich der Liebe und familiärer Verpflichtungen verweigerte. Eines Mannes, an den eine Frau lieber keine Zeit verschwendete. Genauso gut hätte er sagen können: »Lasst, die ihr eintretet, alle Hoffnung fahren!«

Aber dann fing sie Knightlys Blick auf. Er starrte auf ihr Mieder. Ja, sie hätte schwören können, seinen Blick wie eine Liebkosung zu spüren. Ihre Haut wurde warm. Mit der Befriedigung, die seine Aufmerksamkeit ihr schenkte, war da auch das Wissen, dass sie etwas riskiert und einen kleinen Triumph errungen hatte.

Die Lichter wurden gelöscht, das Publikum verstummte. Der dicke rote Samtvorhang glitt auf und zeigte eine Bühne, auf der bunt gekleidete Schauspieler in einem Schlafzimmer standen.

Das Stück war hervorragend, doch es vermochte nicht, ihre volle Aufmerksamkeit zu fesseln. Neben ihr bewegte Knightly sich auf seinem Sitz und sein weiches Wolljackett streifte ihren nackten Arm wie eine liebevolle Berührung. Sie biss sich auf die Lippe und sehnte sich doch nach mehr davon.

Es war nicht nur die Wolle auf ihrer Haut. Eigentlich war das ja nichts. Und doch bedeutete es mehr, denn es war ein spürbarer Hinweis auf all das, was ihr fehlte und wonach sie sich sehnte. Ein Hinweis, wie weit sie schon gekommen war und wie dicht sie vor ihrem Ziel stand.

Die alte Annabelle hatte nie solche Momente erlebt – mit Knightly allein in der Dunkelheit. So dicht neben ihm, dass sie ihn berühren konnte.

Während der Vorstellung hielt sie die Hände im Schoß gefaltet. Aber dann dachte sie plötzlich … nun, vielleicht sollte sie etwas ausprobieren.

Sie ließ die Hände über die pinke Seide ihres Rocks gleiten, über die Lehne des Samtpolsterstuhls dorthin, wo Knightlys Hand lag und wo ihre Finger die seinen für eine köstliche und allzu flüchtige Sekunde berührten und sogleich wieder losließen.

In der Mitte des ersten Akts beugte Knightly sich herüber und flüsterte ihr etwas zu dem Stück zu. Seine Stimme war ganz leise, nur ein Wispern, und ihre Aufmerksamkeit war für einen Moment abgelenkt, so dass sie ihn nicht verstand.

»Bitte?«, fragte sie just in diesem Augenblick nach, als sie, dem Vorschlag von »Liebevoll in der All Saints Road« folgend, die Hand nach ihm ausstreckte, um ihn zärtlich am Arm zu berühren. Oder seine Hand zu streicheln. Doch er hatte sich bewegt, und so streichelte ihre Hand zufällig eine persönliche, intime und eindeutig männliche Stelle seiner Anatomie. Genau in diesem Moment fragte sie ihn *Bitte?*

Lieber Gott, er musste ja glauben …

Das hatte sie gar nicht so gemeint!

Sie hatte ihn einfach nicht verstanden.

Alle Worte und Erklärungen blieben ihr im Hals stecken. Mit brennenden Wangen faltete Annabelle die Hände fest im Schoß und verbrachte den zweiten Akt damit, sich aus tiefstem Herzen zu schämen, weil sie den Rat von »Liebevoll in der All Saints Road« befolgt hatte. Sie betete, die Erde möge sich auftun und sie verschlingen.

Knightly hoffte inständig, Alistair schenkte seine volle Aufmerksamkeit der Vorstellung, und plante bereits seine ausführliche, gründliche und minutiös genaue Kritik. Er hatte nämlich überhaupt nicht aufgepasst.

Nein, er war von Annabelle so verdammt abgelenkt. Erst waren da diese kleinen, koketten Berührungen während des höflichen Gesprächs, das zum Glück keine ernsthaften Themen berührte. Es kostete ihn verdammt viel Kraft, sich darauf zu konzentrieren und sich nicht zu fragen, ob Annabelle da gerade mit ihm flirtete. Und wenn das so war: Seit wann bitteschön flirtete Annabelle mit Männern?

Vermutlich diente es ihrer Kolumne und war eine gute Übung für Owens oder Marsden. Trotzdem quälte es ihn.

Besonders, als sie ihn unbeabsichtigt an einem bestimmten Körperteil berührte, dem das auch noch viel zu gut gefiel – betrachtete man die Umstände, unter anderem die Hunderte von Zuschauern, die ihn davon abhielten, mehr zu wollen.

»Hätten Sie gerne ein Glas Champagner?«, fragte er Annabelle. Alistair war verschwunden, um die Schauspieler hinter der Bühne zu interviewen. Sie waren allein, und er brauchte dringend Alkohol.

»Ja, *bitte*«, antwortete sie und hielt den Blick abgewandt. Ihre Wangen waren rosig.

»Wollen wir?« Er bot ihr den Arm, und sie hakte sich bei ihm unter. So machte das ein Gentleman. Aber nach den kleinen, neckenden Berührungen wollte er mehr von ihr spüren. Wollte ihren Körper an seinen gepresst spüren. Mit einer winzigen Berührung hatte sie in ihm ein Verlangen geweckt.

Als sie so dicht neben ihm ging, fiel ihm erst auf, dass Annabelle größer war, als er gedacht hatte. Ihr Kopf reichte bis zu seiner Schulter, obwohl er die meisten Männer überragte. Außerdem fiel ihm auf, dass er, wenn er diskret nach unten blickte, mit einer wundervollen Aussicht auf ihre Brüste belohnt wurde, die sich über dem tiefen Ausschnitt ihres Kleids erhoben. Verflucht – oder tausend Dank? – Gage und alle anderen mit ihrem Vorschlag, sie solle tief ausgeschnittene Kleider tragen. Er hatte seitdem kaum mehr an etwas anderes als an Annabelles Brüste denken können …

Er bemerkte außerdem, wie sie mit ihren großen blauen Augen zu ihm aufschaute und seinen Blick bemerkte. Sie lächelte schüchtern. Ihre Wangen waren immer noch rosig.

Sie ergatterten die dringend benötigten Gläser Champagner ohne weiteren Zwischenfall und suchten in einer Nische nahe der Lobby Schutz vor den Menschenmassen.

»Irgendwas ist an Ihnen anders, Annabelle«, bemerkte er. Es war nicht nur das neue Kleid oder, wenn er sie jetzt genauer anschaute, die neue Art, wie sie ihr Haar trug. Ein paar goldene Locken fielen aufreizend und sanft um ihr Gesicht.

»Das haben Sie bemerkt?« Ihre Stimme war ganz weich, und sie riss die blauen Augen auf, als sie zu ihm aufblickte.

»Es ist schwer, es nicht zu bemerken, Annabelle.« Jedes Mal, wenn er sie sah, fiel ihm etwas Neues an ihr auf. Selbst wenn sie nicht in der Nähe war, schaffte sie es, jedes seiner Gespräche zu bestimmen. Und seine Gedanken und Träume. Während er eigentlich die Hochzeit mit Lady Lydia planen sollte, dachte er lieber darüber nach, Annabelles Körper Zentimeter für Zentimeter zu erkunden.

»Oh, es tut mir leid …«, stammelte sie nervös und erst jetzt fiel ihm wieder dieser … nun, Zwischenfall im ersten Akt ein. Dachte sie, dass er darauf anspielte? Er konnte ihr ja unmöglich sagen, dass die Taktik funktionierte. Besser gesagt: Er wollte es ihr nicht sagen, denn das würde sie nur noch in größere Verlegenheit stürzen (auch wenn eine verlegene Annabelle ein wundervoller Anblick war, wollte er sie nicht damit quälen). Und wenn er nur ihr Übungsobjekt für Owens oder Marsden war, bereitete es ihm ein perverses Vergnügen, den beiden auf diese Art und Weise das Vergnügen zu verwehren, das Annabelles Berührung bedeutete. Egal wie unbeabsichtigt oder flüchtig diese Berührung war.

»Nein, es muss Ihnen nicht leidtun«, sagte er. Ausnahmsweise gestattete er sich einen langen, geruhsamen Blick und entdeckte dabei all die verführerischen Kurven der »lieben Annabelle« – von den weichen, goldenen Locken bis zu den vollen Lippen. Als wären sie reif für einen Kuss. Die Rundung ihrer Brüste, die schmale Linie ihrer Taille und die verführerisch breiten Hüften. Sein Mund wurde trocken.

Knightly war wie gelähmt von dem Wunsch, diese Lippen zu küssen. Stattdessen nahm er einen Schluck Champagner.

»Ich weiß nicht, was genau Sie inspiriert hat, Annabelle. Aber es ist sehr schwierig, Ihre Verwandlung zu beobachten.« Sie hatte all ihre Schönheit vorher versteckt, und er fragte sich nun, warum sie das wohl getan hatte?

»Ich hoffe, es ist eine Verwandlung zum Guten«, wagte sie sich vor und knabberte an der Unterlippe. So verführerisch! Knightly nahm einen großen Schluck Champagner, doch das süffige Getränk vermochte nicht, seine Sehnsucht nach ihrem Geschmack zu stillen.

»Auf jeden Fall zum Guten«, versicherte er ihr. Ja, das war gut. Aber es war auch faszinierend, verführerisch, betörend und quälend. Eine Verwandlung, die seine Träume störte und seine wachen Gedanken besetzte. Etwas passierte mit Annabelle, und aus irgendeinem Grund war er der glückliche Kerl, der diese zauberhafte Verwandlung beobachten durfte.

Sie lächelte schüchtern. Blickte zu ihm auf, als bedeute er für sie alles auf der Welt. Als wäre er die Sonne, der Mond, die Sterne. Er wich in die Schatten zurück und zog sie an ihrem Handgelenk zu sich heran. Plötzlich schien es ihm dringend notwendig, Annabelle zu küssen.

Sie hob ihm das Gesicht entgegen. Er senkte seinen Mund zu ihrem.

Und dann unterbrach Alistair sie. Knightly hätte ihn dafür am liebsten gefeuert.

Kapitel 17

Klatsch unter schreibenden Fräulein

EINER, DER SICH AUSKENNT

Das Buch der Wetten bei White's ist voller neuer Einträge. Wann wird Mr. London Weekly um die Hand von Lady »Vermisste Zweitsaison« Marsden anhalten? Alle sind der Auffassung, eine baldige Verlobung steht vor der Tür. Er hat sie in letzter Zeit regelmäßig besucht, und sie haben bei jedem der drei Bälle, an denen sie diese Woche teilgenommen haben, zweimal Walzer getanzt.

LONDON TIMES

Am Sonntagnachmittag widmete Annabelle ihre Zeit oft der Gesellschaft für die Förderung der weiblichen Alphabetisierung. Das hieß, dass sie der häuslichen Plackerei und öden Gesellschaft daheim entkam, um ein paar Stunden mit den anderen schreibenden Fräulein zu verbringen.

Meistens versammelten sie sich in Sophies riesigem Haus und lasen Zeitschriften, tranken Tee und aßen Küchlein und erzählten sich schamlos die neuesten Gerüchte.

Der Sonntag war für Annabelle damit üblicherweise eindeutig der zweitliebste Tag der Woche, dachte Annabelle und kuschelte sich auf dem maulbeerfarbenen Seidensofa in Sophies Salon ein. Der gestrige Abend im Theater galt für sie aber als absoluter Höhepunkt dieser Woche.

Wenn sie nicht alles täuschte, dann hatte Knightly sie gestern Abend bemerkt. War es ihre neue Frisur, die sie nun immer so trug, nachdem Owens ein paar Haarnadeln entfernt hatte? Oder lag es am Seidenkleid, das sich wie eine Liebkosung anfühlte? Oder die Seidenunterwäsche, die ihr Mut gab?

Oder war es etwa die unendlich peinliche Begegnung, die ihre Hand mit Knightlys Anatomie gehabt hatte?

Bei dem Gedanken wurden ihre Wangen flammend rot. Aber sie atmete tief ein und erinnerte sich wieder daran, dass Knightly sie inzwischen nicht nur wahrnahm, sondern das auch sagte. Und er hatte kurz davorgestanden, sie zu küssen. Davon war sie überzeugt. Wenn Alistair sie nur nicht dabei gestört hätte …

»Jetzt aber genug der Tagträumerei, Annabelle«, sagte Eliza. »Wir sind alle schrecklich neugierig, warum du so gedankenverloren bist.«

»Und was der Grund für dieses verträumte Lächeln und die rosigen Wangen ist«, fügte Sophie hinzu.

Annabelle seufzte, doch dieses Mal war es ein Seufzen großen Glücks. Trotz der drei peinlichsten Sekunden ihres Lebens war alles in Ordnung. Schon lustig, wie viel Macht ein Beinahe-Kuss hatte. Es raubte ihr den Atem, wenn sie sich vorstellte, wie sich dann erst ein richtiger Kuss anfühlen musste.

»Ich glaube, Knightly fängt an, mich zu bemerken!«, verkündete sie, obwohl sie sonst immer scheu war. Sie hatte gesehen, wie er sie gestern Abend angeschaut hatte. Als würde er sie zum ersten Mal wirklich wahrnehmen.

Gott segne »Sorglos in Camden Town« und irgendwie auch »Liebevoll in der All Saints Road« und all die anderen, die ihr geschrieben hatten.

»Sophie, du hattest absolut Recht mit dem Kleid und der Unterwäsche. Ich werde dir auf ewig dankbar sein«, schwor Annabelle. »Ich wage zu behaupten, dass sie mir ein neues Selbstbewusstsein geschenkt haben.«

»Das habe ich sehr gerne gemacht. Aber bitte sag das auch Brandon, wenn wieder die Rechnung von der Schneiderin kommt«, antwortete Sophie.

»Da wir schon davon sprechen, wer dich bemerkt«, meldete sich Julianna, die wandelnde Gerüchteküche, zu Wort. »Es scheint, als wäre Knightly nicht der Einzige. Owens bist du auch aufgefallen. Und Marsden.«

»Du hast erzählt, Owens sei nur eine List«, fügte Eliza nach einem Schluck Tee hinzu. »Aber er scheint dich aufrichtig zu mögen.«

»Er kam mit der Idee während des Schal-Zwischenfalls auf mich zu«, erzählte Annabelle. Er war ihr gegenüber auch außerordentlich aufmerksam und lieb. Es hatte als Trick angefangen, aber allmählich fühlte es sich wie eine Freundschaft an.

»Eine außergewöhnlich gute Idee und ein lohnendes Experiment«, meinte Eliza. »Ich wette, Knightly guckt immer so finster, weil Owens bei der letzten Redaktionssitzung ständig in deine Richtung geschaut hat.«

»Du meinst, er war deshalb so mies gelaunt? Ich habe gemerkt, dass er vor sich hinbrütete. Dann wurde ich aber abgelenkt«, gab Annabelle zu und lächelte. Und sie hatte einen Gutteil ihrer Aufmerksamkeit Owens zugutekommen lassen. Hier und da ein heißer Blick, ganz allein für ihn.

»Da wir schon von Knightly reden …«, Sophie betrachtete konzentriert die Spitze an ihrem Ärmel. »Man erzählt sich, dass er um Lady Lydia wirbt. Der Mann, der sich auskennt, schrieb heute Morgen etwas in der Richtung.«

»Und das wiederum erklärt, warum Knightly mir verboten hat, über die Marsdens zu schreiben«, grollte Julianna. »Ich hasse es, wenn der Mann, der sich auskennt, mir voraus ist.«

»Es war aber doch nur ein Spaziergang, oder?«, fragte Annabelle. »Weißt du noch, Sophie?« Ein Spaziergang machte noch keine Brautwerbung. Er konnte unmöglich einer anderen Frau den Hof machen. Nicht jetzt! Nicht, nachdem sie endlich aus ihrem Schneckenhaus gekommen war. Nicht nach drei Jahren, sieben Monaten und zwei Tagen, die sie im Schatten gelauert hatte. Nur um ins Licht zu treten, als es zu spät dafür war.

»Ich fürchte, sie haben sich häufiger getroffen«, sagte Sophie und wich ihrem Blick aus. Annabelle schaute Eliza und Julianna an. Drei liebe Gesichter, die besorgt und gequält ihren Blick erwiderten. Sogar Spuren von Mitleid glaubte sie zu erkennen.

»Er hat sie zu mindestens drei anderen Gelegenheiten besucht«, sagte Julianna. »Außerdem haben sie bei den Winthrops zweimal Walzer getanzt.«

Da Knightly dafür bekannt war, nur selten Zeit außerhalb der Redaktion zu verbringen, waren drei Besuche, zwei Walzer und ein Spaziergang schon deutliche Hinweise auf eine Brautwerbung. Selbst Annabelle als personifizierte Optimistin fiel kein anderer Grund dafür ein. Die Wahrheit raubte ihr den Atem, und in ihrem Bauch formte sich ein Knoten. Das warme Gefühl schwand und machte eisiger Kälte Platz.

Sie spürte, wie ihre Schultern sich zusammenzogen. Eine vertraute Leere machte sich in ihr breit, als sie sich ein Leben ohne Liebe ausmalte. Ein Leben mit ihrem Bruder und Blanche unter einem Dach. Ein Leben irgendwo im Abseits, im Schatten, wo sie auf immer und ewig den Schauspielern auf der Bühne des Lebens ihre Sätze zuflüsterte oder das Stichwort gab.

»Das ist eine interessante Wendung«, sagte Eliza nachdenklich. »Vielleicht hat es nichts mit der Frau zu tun und es geht ihm vor allem darum, die Verbindung zu Marsden und seiner verdammten Untersuchung zu stärken, die uns allen droht.«

»Willst du damit andeuten, er geht dieses noble Opfer ein, um die *Weekly* zu beschützen?«, fragte Julianna.

»Das wäre ihm zuzutrauen …«, sagte Annabelle leise. »Aber Lady Lydia ist auch schön. Und adelig. Und bestimmt eine nette Person.«

»Ich habe gehört, ihre Mitgift ist armselig«, sagte Sophie. »Die Marsdens haben zuletzt schwere Zeiten durchgemacht.«

»Knightly hat selbst ein Vermögen«, sagte Julianna. »Er braucht keine wohlhabende Braut. Obwohl es so klingt, als bräuchte sie einen reichen Ehemann.«

»Was sie aber hat, ist ein Bruder mit enormer Macht«, meinte Sophie. »Brandon arbeitet oft mit ihm im Parlament zusammen. Bei dieser Untersuchung und bei den Praktiken der *Weekly* wird Knightly jeden Verbündeten brauchen, den er kriegen kann. Marsden sammelt bereits viele Unterstützer um sich. Er ist sehr beliebt und kann unglaublich charmant sein. Außerdem ist er in dieser Angelegenheit außer sich vor Wut, weshalb niemand wagt, sich seinem gerechten Zorn in den Weg zu stellen.«

»Und dann sind da noch die Gerüchte«, sagte Julianna mit so viel Genuss, dass Annabelle einen Funken Hoffnung verspürte, nachdem Sophies Darstellung der Situation ihr schon richtig Bauchschmerzen bereitete.

»Hast du endlich ihren geheimen Liebhaber entlarvt?«, wollte Eliza wissen und beugte sich vor.

»Nein. Aber neuerdings erzählt man sich, ihre Krankheit sei von der Sorte gewesen, die nur neun Monate dauert«, teilte Julianna ihnen mit. Sie verstummte und nahm einen Schluck Tee.

»Knightly schert sich bestimmt keinen Deut um irgendwelche Gerüchte«, sagte Sophie und zuckte mit den Schultern. Man sollte Gerüchten niemals Glauben schenken, schon gar nicht solchen, die jemanden verunglimpfen. Wie oft hatte Annabelle das ihren Lesern schon geraten?

»Sie ist eine ernst zu nehmende Gegnerin«, sagte sie leise. In ihr lieferten sich zwei Stimmen ein Tauziehen. *Gib auf*, flüsterte die alte Annabelle. *Kämpfe um ihn,* drängte die neue Annabelle. Von diesem inneren Konflikt bekam sie Bauchschmerzen. »Ich wusste nicht, dass er hinter einer anderen her war, als ich meine Aktion begann.«

»Und wenn es so ist?« Julianna zuckte mit den Schultern. »Was hat das denn damit zu tun?« Nicht zum ersten Mal wünschte Annabelle, sie würde etwas von dem rücksichtslosen Gemüt ihrer Freundin haben. Oder die Fähigkeit, *nicht* ständig über Lady Lydias Gefühle oder ihr lebenslanges Glück nachzudenken, wenn sie über ihre nächsten Schritte nachdachte.

»Ich will ihn ihr einfach nicht wegnehmen«, erklärte Annabelle leise. »Oder irgendwen unglücklich machen.« Das war das Problem, wenn man in jedem Menschen das Gute sehen wollte und seit Jahren wohlmeinende Ratschläge erteilte. Ihr Blickwinkel war stets darauf ausgerichtet, alle Beteiligten glücklich zu machen. Und das gefiel ihr auch. Wirklich. Wie konnte sie Knightlys Liebe je genießen, wenn sie damit einer anderen Frau das Lebensglück nahm?

»Du stiehlst ihn ihr nicht«, sagte Eliza. »Es geht darum, dass er seinem freien Willen folgt.«

»Annabelle, du liebst ihn jetzt schon seit Jahren«, setzte Sophie an.

»Seit drei Jahren, sieben Monaten und zwei Tagen. Mehr oder weniger«, antwortete Annabelle. Sie zuckte mit den Schultern, als wollte sie damit andeuten, dass das nichts bedeutete. Doch das tat es. Ihr Herz hatte an jedem dieser Tage für ihn geschlagen – und in jeder einzelnen Nacht.

»Genau. Du liebst ihn jetzt schon eine ganze Weile, und jetzt gibt es endlich Hinweise darauf, dass er deine Zuneigung erwidert«, sagte Sophie und stärkte damit Annabelles Selbstbewusstsein.

»Er nimmt mich wahr. Das weiß ich«, sagte sie leidenschaftlich. Aber das war nur der erste Schritt. Sie wollte seine Liebe. Seine unsterbliche Hingabe und unendliche Leidenschaft. Das hatte sie seit drei Jahren, sieben Monaten und zwei Tagen gewollt.

»Bis vor ein paar Wochen hast du nicht mal mit ihm gesprochen«, erklärte Eliza. »Und jetzt zieht ihr in einer geschlossenen Kutsche durch die Stadt und trinkt im Theater zusammen Champagner. Du kannst jetzt nicht aufgeben.«

»Aber wie kann ich mit Lady Lydia konkurrieren?«, rief Annabelle.

Diese Frau war eine beachtliche Gegnerin. Lady Lydia besaß wunderschöne Kleider ohne Zahl, die allesamt der neuesten Mode entsprachen, während sie selbst nur zwei hübsche Kleider besaß und ihre Garderobe ansonsten nur verschiedene Schattierungen von Braun und Grau aufwies.

Jede von Lady Lydias Bewegungen war pure Eleganz. Annabelle hatte bei dem Versuch, zu flirten und ihre Zuneigung zum Ausdruck zu bringen, ihre Hand auf eine Stelle gelegt, der keine Lady sich unaufgefordert nähern würde. Und dann auch noch gefragt: »Bitte?«

Lady Lydia genoss es, sich in den besseren Kreisen zu bewegen, und half oft anderen Menschen bei ihren Problemen weiter.

Lady Lydias Bruder hielt außerdem das Schicksal der *London Weekly* in seinen Händen. Annabelles Bruder schaute von seiner Zeitung nie auf und las die *Weekly* gar nicht.

Die Konkurrenz in diesem Kampf war stark. Und Swifts waren nicht dafür bekannt, gute Kämpfer zu sein.

»Sei einfach du selbst, Annabelle. Oder sei die Annabelle, zu der du gerade wirst«, drängte Sophie sanft.

»Wenn er dich nicht bemerkt und sich nicht Hals über Kopf in dich verliebt, dann zur Hölle mit ihm!«, erklärte Julianna theatralisch.

Was würde sie darum geben, Juliannas feuriges Temperament zu haben! Oder Sophies Selbstvertrauen. Elizas Mut.

Die Worte »Zur Hölle mit ihm« kamen Annabelle nicht mal in den Sinn, und sie konnte sie erst recht nicht aussprechen. Nicht bei Knightly. Nicht, wenn sie ihn so sehr liebte.

»Was haben deine Leser denn als Nächstes vorgeschlagen?«, fragte Eliza und wechselte behutsam das Thema.

»Ach …« Annabelle seufzte. Das war noch so ein Problem. Sie hatte die leichten Sachen schon ausprobiert. Mit jeder Woche wurden die Vorschläge gewagter.

»Annabelle, was machen die Heldinnen der Romane, die du so gerne liest?«, fragte Sophie.

»Weißt du, das ist ja das Problem. Der reizvollste Vorschlag von einer Leserin lautet, ich solle in Knightlys Armen in Ohnmacht fallen. Aber keine Heldin fällt einfach so in Ohnmacht.«

Aber genau das hatte »Ohnmächtig in der Seymour Street« ihr vorgeschlagen: Sie solle eine Ohnmacht vortäuschen und hoffen, der Mann, der sie nie bemerkte, würde sie auffangen, wenn sie fiel.

Kapitel 18

Ein unmöglicher Rat

LIEBE ANNABELLE
Holt das Riechsalz!
LONDON WEEKLY

Annabelles Dachkammer

Von allen Briefen, die Annabelle in ihren Jahren als Ratgeberkolumnistin erhalten hatte, von den Hunderten und Tausenden von Fragen und Bitten hatte nicht eine so sehr ihr Bewusstsein und ihre Seele gequält oder ihr Herz gebrochen wie diese Zuschrift.

Dieser Brief raubte ihr förmlich den Atem. Er trieb ihr die Luft aus den Lungen. Er kam von Lady Lydia Marsden. Nicht, dass sie mit ihrem Namen unterschrieben hatte; Annabelle erkannte allerdings das Wappen im Siegelwachs. Es war dasselbe Wappen, mit dem auch das Briefchen versiegelt war, das in dem Strauß pinke Rosen steckte, die ihr Bruder Annabelle geschickt hatte. Dieses kleine Versehen verriet so viel mehr, als die Autorin wünschen konnte.

Wenn Annabelle dieses Detail nicht aufgefallen wäre, hätte sie ohne Probleme eine Antwort formuliert, in der sie die Ratsuchende drängte, um jeden Preis ihrem Herz zu folgen. Doch es war ihr aufgefallen, und jetzt dachte sie zweimal darüber nach, ehe sie eine Rivalin ermutigte, ihre Bemühungen zu verstärken, mit denen sie den Mann für sich gewinnen konnte, den auch Annabelle liebte.

Nachdem sie endlich die tägliche Schinderei im Haushalt bewältigt hatte – die Kinder waren im Bett, sie hatte Blanches Sammlung zerbrechlicher Porzellanschäferinnen mit einem weichen Lappen abgestaubt und die Hemden ihres Bruders geflickt –, kehrte Annabelle in ihre Schlafkammer zurück, um Ohnmachtsanfälle zu üben, die Briefe ihrer Leser zu studieren und ihre nächste Kolumne zu schreiben.

Und jetzt war ihr tatsächlich wegen dieses einen Briefs schwindelig. Wer brauchte schon Luft? Wer musste schon atmen, wenn ihm das Herz entzweigerissen wurde?

Wo war das Riechsalz, wenn eine Frau es brauchte?

Der Brief begann mit *Liebe Annabelle*, wie alle Briefe. Und dann schrieb Lydia:

> *Ich liebe einen ungeeigneten Mann, denn er steht weit unter mir. Mein Bruder wünscht, dass ich einen anderen heirate. Sie glauben doch bestimmt an eine Liebesheirat, liebe Annabelle! Mein geliebter Bruder wird auf Sie hören. Vielleicht können Sie sich für die wahre Liebe als das Wichtigste aussprechen, das man bei einer Eheschließung bedenken soll?*
> *»Skandalös Verliebt in Mayfair«*

Annabelle verstand. Lady Lydia hatte sich in Knightly verliebt. Da sie die Schwester eines Marquis war und er nur der Sohn einer Schauspielerin … natürlich durften sie nicht zusammen sein.

Wie um alles in der Welt sollte sie Lady Lydia einen Rat geben, ohne dabei entweder ihre eigenen Ideale (wahre Liebe!) oder ihr eigenes Ziel (Knightly!) zu kompromittieren? Annabelle glaubte so abgöttisch an die Liebe wie der Papst an die Heilige Dreifaltigkeit oder Physiker an die Schwerkraft. Sie konnte Lydia nicht guten Gewissens raten, *nicht* die wahre Liebe zu suchen. Doch wenn sie Lady Lydia bestärkte, würde sie damit ihre eigenen Ziele verraten. Konnte sie wirklich bewusst ihre eigenen Pläne durchkreuzen?

Eine Romanheldin würde für die Liebe kämpfen, dachte Annabelle. Sie steckte den Brief in ihre Ausgabe von *Belinda* und stellte den Roman ganz oben ins Bücherregal.

Eine Heldin wäre auch nie so hasenfüßig und fiele in Ohnmacht. Schon gar nicht absichtlich. Und dennoch …

Annabelle stand neben ihrem Bett, damit sie weich fiel. Sie wippte auf den Füßen nach vorne und hinten. Das Wichtigste war, dass sie vorher schon schwankte, damit Knightly rechtzeitig sehen konnte, dass sie, nun, etwas unsicher auf den Beinen war und er sie auffangen musste. Als dramatischen Effekt legte sie behutsam den Handrücken an die Stirn.

Und dann ließ sie los …

Ließ sich einfach fallen …

Keine Anstrengung mehr. Kein gerader Rücken, keine stolze Haltung. Keine angespannten Muskeln, die auf einen Kuss oder einen heißen Blick warteten, die ohnehin nie kamen. Sie ließ die Knie weich werden (denn das passierte den Romanheldinnen ständig). Sie gestattete sich, nicht länger stark zu sein in einer Welt, in der alle Naturgesetze der Liebe sich gegen sie verschworen hatten.

Sie fiel weich auf die Federmatratze. Der Atem entwich ihr. Es war so leicht. Sie musste einfach nur loslassen.

Annabelle stand wieder auf. Dieses Mal schloss sie die Augen. Sie ließ alle Probleme los, die ihr durch den Kopf gingen – die ihrer Leser, Lady Lydias Kummer und ihre eigenen Probleme. Einfach loslassen und dann sich selbst fallen lassen.

Als sie dieses Mal in gespielte Ohnmacht fiel, breitete sie die Arme aus. Die Haare lösten sich aus der Frisur und es fühlte sich so großartig an, sich nicht mehr beherrschen zu müssen. Sie dachte an Owens. Er hatte Recht gehabt, als er in einer intimen Geste ein paar Nadeln aus der Frisur gezogen hatte. Um ihr Haar zu öffnen. Damit sie sich ebenfalls öffnete.

Immer wieder übte Annabelle, ohnmächtig zu werden. Wieder und wieder erlebte sie, wie angenehm es sein konnte, wenn sie sich gehen ließ.

Kapitel 19

Anleitung für Ohnmachtsanfälle

EINER, DER SICH AUSKENNT
Lord Harrowby hat Lord Marsdens Untersuchung seine Unterstützung zugesagt.
LONDON TIMES

Die Büroräume der London Weekly

Die Redaktionssitzung verging wie alle anderen auch. Ihr Herz hämmerte, die Schmetterlinge in ihrem Bauch flatterten, und sie klimperte mit den Wimpern. Vor allem aber war Annabelle voller Bewunderung. Selbst die Gerüchte um Knightlys Brautwerbung genügten nicht, um ihre Leidenschaft für ihn zum Erlöschen zu bringen.

Tatsächlich fühlte Annabelle sich zum ersten Mal in ihrem Leben – nun, herausgefordert. Die alte Annabelle hätte stets die Bedürfnisse aller anderen über ihre eigenen gestellt. Die neue Annabelle kämpfte für ihre Interessen. Für ihre Liebe und für das, was sie sich ersehnte.

O ja, vor allem für das, was sie sich ersehnte.

Die Sitzung nahm ihren Lauf, und sie hörte nicht ein Wort von dem, was gesagt wurde.

Wenn Knightly sich nicht gerade wie ein sorgloser Lebemann irgendwo anlehnte, als hätte er alle Zeit der Welt, stand er aufrecht vor ihnen, die breiten Schultern gerade. Sie hingegen war jemand, der sich lieber in sich selbst verkroch und Schutz vor der Welt suchte, weshalb sie ihn dafür bewunderte, wie er immer in der Lage schien, alles zu schaffen.

Knightly war außerdem so kontrolliert. Vom leichten Heben der Braue bis zum Lächeln, das an seinem Mundwinkel zupfte. Er klopfte nicht mit den Fingern oder dem Fuß, wenn er überschüssige Energie loswerden wollte. Fuhr nicht mit den Fingern durchs Haar oder hampelte herum. Jede seiner Bewegungen war beherrscht und schien einem Zweck zu dienen.

Sie konnte sich nur ansatzweise vorstellen, wie es wäre, ihn zu lieben. Wenn diese Energie, diese blauen Augen und starken Hände sich ganz auf sie konzentrierten. Im Bett. Beim Liebesspiel. Mit Knightly. Ehrlich gesagt glaubte sie nicht, dass sie das überleben würde.

»Annabelle, ist Ihnen zu warm?«, unterbrach Knightly die Diskussion.

Sie seufzte. Wie peinlich! Sie konnte seine Frage unmöglich verneinen, denn ihre Wangen hatten sich bereits verräterisch gerötet.

»Vielleicht sollten Sie den Schal abnehmen«, schlug Owens vor und lächelte dabei verwegen und nickte auffordernd. Knightly starrte ihn finster an.

»Ich fühle mich irgendwie nicht wohl«, sagte Annabelle. Eigentlich gedacht als Vorausdeutung auf ihre Ohnmacht, entsprach es zugleich der Wahrheit. Ihre eigenen Gedanken brachten sie einem Schwächeanfall nahe. Vielleicht brauchte sie die Ohnmacht gar nicht zu spielen. Sie brauchte sich nur Knightly vorstellen. Wie er sie liebte.

Sie würden alle Kleider ablegen. Einzeln würden sie jede Schicht nach und nach abblättern. Sie erinnerte sich noch lebhaft daran, wie fest und warm seine Brust war. Die Vorstellung, wie sie ihm das Hemd auszog … seine erhitzte, nackte Haut unter ihren Händen … Sie stellte sich vor, wie sich die leichten Stoppel seines Kinns anfühlen würden, wenn er sie das erste Mal küsste …

Ja, das konnte sie sich vorstellen. Sogar sehr detailliert. Ihre Wangen wurden flammend rot.

Auch andere Teile ihres Körpers erwärmten sich bei dieser Vorstellung. Es fing in ihrem Unterleib an und breitete sich von dort aus. Warm und voller Sehnsucht … Sie wusste nicht, wonach genau sie sich sehnte. Aber sie würde alles tun, um dieses Verlangen zu stillen.

Und für den Anfang würde sie noch heute Nachmittag in Knightlys Arme sinken.

Knightly musterte sie besorgt.

»Owens, machen Sie das Fenster auf«, ordnete er an. Owens gehorchte, und kühle Luft strömte über ihre heiße Haut. Sie seufzte fast, weil es sich so gut anfühlte.

»Geht es dir wirklich gut? Oder wollen wir unsere Mission lieber verschieben?«, flüsterte Julianna ihr zu.

»Mir geht's gut. Mir ist nur warm«, erwiderte Annabelle knapp. Das hatte nichts mit der Temperatur im Raum zu tun, sondern entsprang allein den feurigen Gedanken in ihrem Kopf. Sie und Knightly. In inniger Umarmung. Seine Lippen auf ihrer Haut.

»Ich frage mich nur, warum …«, murmelte Julianna.

»Du brauchst dich nichts zu fragen, Julianna«, flüsterte Annabelle. Niemand konnte ahnen, dass sie gerade überaus lustvolle und schamlose Fantasien durchlebte, obwohl sie sich mit ernsten Gedanken beschäftigen sollte.

»Ach, Mr. Knightly, ich würde gerne noch etwas mit Ihnen besprechen«, sagte Julianna, sobald die Sitzung vorbei war und die anderen Autoren aus dem Raum strömten. Annabelle blieb dicht an der Seite ihrer Freundin.

Das gehörte alles zu ihrem Plan, in seinen Armen in Ohnmacht zu fallen. Erst jetzt wurde ihr bewusst, wie sehr sie ihm dafür vertrauen musste. Sie erwartete von dem Mann, der sie nie bemerkte, dass er sie auffing, wenn sie fiel. Das war doch Wahnsinn!

Aber was konnte schlimmstenfalls schon passieren? Julianna würde sie auffangen. Oder sie stürzte auf den Boden und verletzte sich vielleicht dabei. Doch sie würde es auf jeden Fall überleben, und Gott allein wusste, dass sie schon einige Peinlichkeiten in Knightlys Gegenwart überlebt hatte.

Wie an diesem Nachmittag, als sie ihn sich nackt und erregt vorgestellt hatte, wie er sie in den Armen hielt ... seine Küsse, seine Berührungen ...

»Ohhh«, seufzte sie erneut. Das musste wirklich aufhören. Knightly sah sie an und kniff besorgt die blauen Augen zusammen.

»Was ist denn, Julianna?«, fragte er. Inzwischen stand er so dicht neben Annabelle, dass sie glaubte, ihr Plan könne tatsächlich gelingen. Sein Arm streifte ihren, als er die Arme vor der Brust verschränkte. Sie erinnerte sich daran, wann sie ihm zuletzt so nahe gewesen war – nämlich im Theater – und wie ihre Hand peinlicherweise seinen ...

Oh, ihre Haut schien ja förmlich in Flammen zu stehen.

»Es geht um Lady Marsden«, sagte Julianna mit gesenkter Stimme. Knightly beugte sich vor. Annabelle stöhnte erneut auf. Aber dieses Mal hatte es nichts mit der vorgetäuschten Ohnmacht oder romantischen Gedanken zu tun.

Dieser verfluchte Brief steckte immer noch unbeantwortet in ihrer Ausgabe von *Belinda*, gut versteckt auf dem obersten Regalbrett in ihrer Kammer.

»Ich habe Ihnen doch schon gesagt: kein Wort über die Marsdens«, sagte Knightly fest. Ungeduldig. Er liebt sie, dachte Annabelle verzweifelt. Und Lady Lydia liebt ihn. Ihre Liebe stand unter einem schlechten Stern, denn ihr grausamer Bruder und die Gesellschaft hatten sich gegen die beiden verschworen. Jeder Leser von Liebesromanen wusste, dass diese Konstellation der Garant für große Gesten und kühne Romantik war.

»Was machen wir, wenn uns der Mann, der sich auskennt, zuvorkommt?«, fragte Julianna scharf.

»Das wird nicht passieren, weil Hardwicke jetzt schon vor Marsden und seiner Untersuchung wie Espenlaub zittert«, sagte Knightly. Er wurde ärgerlich. Das gehörte nicht zu ihrem Plan, doch Julianna kannte kein Halten mehr, wenn sie sich für ein bestimmtes Thema einsetzte.

»Natürlich hat dieser dumme Kerl Angst. Aber Sie auch?«, forderte Julianna ihn heraus.

»Julianna.« Knightly und Annabelle sagten ihren Namen gleichzeitig und beide klangen mahnend.

Knightly blickte Annabelle von der Seite an. Sie schwankte leicht. Das war der richtige Moment. Sie wusste es einfach, wie sie wusste, dass die Erde sich um die Sonne drehte, dass auf den Winter der Frühling folgte und die Sonne im Osten aufging.

Sei mutig, sagte sie sich. *Lass los. Vertrau auf Knightly und den Rat von »Ohnmächtig in der Seymour Street«.*

Sie ließ die Lider flattern. Um ihre Wangen wieder fiebrig

glänzen zu lassen, stellte sie sich vor, wie es sich anfühlte, wenn Knightly sie mit seinen starken Armen umfasst und gegen seine feste, muskulöse Brust gedrückt hielt.

»Geht es Ihnen nicht gut?«, fragte er und blickte sie prüfend an. Er drückte die Hand in ihren Rücken. Erstaunlich, wie intensiv sie eine so winzige Berührung am ganzen Körper spüren konnte.

»Nein, ich glaube nicht«, erwiderte Annabelle ehrlich. Sie liebte ihn, und er machte einer anderen Frau den Hof. Dennoch konnte sie sich kaum gegen die verruchten und schamlosen Gedanken wehren. Es ging ihr überhaupt nicht gut. Sie war der Inbegriff einer verzweifelt und hoffnungslos verliebten Frau, die alles tun würde, um sein Herz für sich zu gewinnen. »Ich fühle mich …«

Ohnmacht, jetzt!

Und dann fiel sie in Ohnmacht.

Oder tat zumindest so.

Sie ließ die Knie weich werden, ihre Lider flatterten, und sie schloss die Augen. Und dann ließ sie sich fallen.

Sie schaffte es sogar, eine Hand dramatisch über die Augen zu legen.

Als Nächstes spürte sie, dass sie direkt in Knightlys Armen gelandet war. Dort also, wo sie schon immer hatte sein wollen.

Sie hatte davon geträumt, und die Realität übertraf ihre Träume noch. Dieser Mann bestand nur aus Muskeln, von den Armen bis zur Brust. Und er war stark. Sie atmete den sauberen Duft seines Wollanzugs und den unbeschreiblichen Geruch ein, der ihn stets umgab und den sie erst vor Kurzem überhaupt das erste Mal wahrgenommen hatte. Für sie hätte es im Himmel kaum schöner sein können.

Als sie die Augen öffnete, war der Blick seiner strahlend

blauen Augen auf ihr Gesicht gerichtet. Knightly musterte sie prüfend. Das Blau seiner Augen wirkte sehr viel dunkler. Er öffnete leicht den Mund.

Wenn er sie so ansah, *spürte* sie es. Überall. Ihre Haut fühlte sich fiebrig an.

»Annabelle?«, fragte er mit rauer Stimme. Sein Blick glitt suchend umher, als könnte er so eine Antwort auf seine ungestellte Frage finden. Sie öffnete den Mund, um sich zu erklären – doch sie konnte nichts dazu sagen.

Ihr Herz begann zu hämmern.

Funktionierte das tatsächlich? Sie war es inzwischen so sehr gewöhnt, dass man sie übersah, dass sie gar nicht auf die Idee gekommen war, dieser verrückte Plan könnte tatsächlich klappen.

Und doch lag sie nun in Knightlys Armen. Er hob sie hoch und trug sie wie eine Prinzessin davon. Über die Schwelle seines Büros, als wäre sie seine Braut. Er hielt sie fest.

Wie eine Frau, die er bemerkte.

Kapitel 20

Die Gefahren einer Ohnmacht

STADTGESPRÄCHE

Mr. Knightly macht Lady Marsden weiterhin den Hof. Sie hat Freunden anvertraut, dass sie schon bald einen Heiratsantrag erwartet.

THE MORNING POST

Niemand fiel so hübsch in Ohnmacht und legte dabei auch noch die Hand an die Stirn. Tatsächlich wurden Frauen gar nicht so oft ohnmächtig, wie die Geschichten einen gern glauben ließen. Knightly hätte Annabelle vielleicht eine gewisse Schwäche zugestanden, weil ihr Korsett so fest geschnürt war. Ihm war nämlich nicht entgangen, wie schmal ihre Taille war und dass ihre Brüste aufs Vorteilhafteste angehoben waren und fast aus dem Kleid springen wollten.

Aber er erkannte eine vorgetäuschte Ohnmacht, wenn er sie sah. Besonders dann, wenn die Dame so hinreißend in seine Arme sank und damit die Welt, wie er sie kannte, zum Stillstand brachte.

Es war doch nur Annabelle, versuchte er sich einzureden. Nur Annabelle, die so hübsch und sinnlich in seinen Armen lag. Die weichen goldblonden Locken hatten sich gelöst und umschmiegten die sanfte Rundung ihrer Wangen. Nur

Annabelle, die den Mund leicht geöffnet hatte, während er an nichts anderes denken konnte als daran, seinen Mund auf ihren zu drücken, um zu erkunden, um zu schmecken, kennenzulernen und für sich zu beanspruchen. Nichts anderes wollte er.

Zum ersten Mal nahm er bewusst die blauen Augen und die dunklen Wimpern wahr. Er sah, mit welcher Intensität sich die Gefühle in ihren Augen spiegelten. Verlangen. Unsicherheit. Hoffnung und Angst.

Er dachte: So sieht sie bestimmt aus, wenn sie erregt ist. Zerwühlte Haare, sehnsüchtiger Blick, die Lippen leicht geöffnet, um lustvoll zu seufzen. Sein Körper reagierte auf die Vorstellung, als wäre sie bereits Wahrheit geworden. Als hätte er Schuld an ihren geröteten Wangen, als wäre seinetwegen ihr Mund leicht geöffnet …

Knightly wollte sie irgendwo ablegen, wollte mit ihr zusammen sein und ihr diese Lust schenken.

Und nachdem er Annabelle so gesehen hatte … Er wusste, er würde sie jetzt immer mit anderen Augen sehen. Dieses verruchte, verführerische und schamlose Bild hatte sich für immer in seinen Verstand gebrannt.

In der hintersten Ecke seines Verstands war jedoch noch ein kleiner Rest Logik vorhanden, der ihn an die Fakten gemahnte: Das hier war nur ein Trick für ihre Kolumne. Für ihre geschickte Verführung. Aber war diese Ohnmacht nur die Generalprobe für jemand anderen? Mit anderen Worten: War dies für ihn die einzige Gelegenheit, Annabelle so herrlich zu sehen? Als wäre sie gerade von ihrer Leidenschaft dahingerafft worden?

Oder …?

War er das berüchtigte Objekt ihrer Begierde? Auch bekannt unter dem beklagenswerten Namen »Krautkopf«?

Bei dem Gedanken jedoch protestierten sein Herz, sein Verstand und jede Faser seines Körpers.

Nein. *Nein.*

»Wo bringen Sie mich hin?«, fragte Annabelle. Er zwang sich zu einem Lächeln, obwohl die Welt, wie er sie kannte, jetzt nicht mehr existierte. Sie war immer die Unscheinbare gewesen, und jetzt wollte er sie am liebsten auf den Boden legen und sich mit ihr auf lasterhafte Weise vergnügen.

»Ich bringe Sie in mein Büro«, sagte er. Wo wir hoffentlich ungestört sind, dachte er. Das war falsch, so falsch!

Er trug sie in sein Büro, damit sie sich von ihrem Schwächeanfall erholen konnte und er sich einen Schnaps gönnen und wieder zur Vernunft kommen konnte. *Denk an Lady Lydia,* ermahnte er sich. *Denk an den verfluchten Neuen Earl und an all das, was du stets gewollt hast.* Und dann ignorierte er seine innere Stimme.

»Ich bin sicher, ich kann allein laufen«, sagte sie. Vermutlich starrten sie inzwischen alle anderen Autoren an, während er mit Annabelle in seinen Armen auf sein Büro zusteuerte. Sie schien es nicht zu mögen, im Mittelpunkt der Aufmerksamkeit zu stehen.

»Ich möchte lieber nichts riskieren«, sagte er nur. Schließlich konnte er ihr nicht erklären, wie sehr es ihm gefiel, sie in den Armen zu halten. Schon in weniger als einer Minute musste er sie ja sowieso loslassen und durfte sie danach nie wieder so festhalten.

Lady Lydia. Alles, was er je gewollt hatte.

Er setzte sie in einem der gut gepolsterten Sessel vor seinem Schreibtisch ab und trat an den Schrank, um sich einen Brandy einzuschenken. Er nahm einen ordentlichen Schluck und versuchte sich einzureden, dass sie in Wahrheit hinter Owens her war und nicht hinter ihm.

Aber was zum Teufel sollte er jetzt tun? Annabelle blickte erwartungsvoll zu ihm auf.

»Wie fühlen Sie sich?«, fragte er. Das war sicher ungefährlich.

»Oh … Schon besser. Wirklich. Jetzt fühle ich mich irgendwie dumm«, erklärte sie schüchtern.

Sie brachte ihn dazu, sie zu sehen …

Knightly sah sie an. Die blonden Locken, locker aus dem Gesicht gestrichen. Blaue Augen, die ihn fragend anblickten. Ein sündiger Mund, volle Lippen, die ihn nur daran denken ließen, sie zu küssen. Er stellte sich vor, wie sie noch vor wenigen Sekunden in seinen Armen gelegen hatte. Und wie es wäre, sie zu lieben.

Knightly trat hinter seinen Schreibtisch, damit ihr nicht auffiel, dass er nicht allzu weit davon entfernt war, im nächsten Moment über sie herzufallen.

Er hätte nie gedacht, dass ausgerechnet die »liebe Annabelle« ihm solche Qualen bereiten würde. Aber zu diesem Spiel gehören zwei, dachte er leicht ergrimmt. Und wenn es darum ging, konnte er genauso gut mitspielen, als wäre sie tatsächlich in Ohnmacht gefallen. Er konnte sich immer noch dumm stellen, als würde er ihren Trick nicht durchschauen. Das schenkte ihm Zeit, um eine Entscheidung zu treffen.

»Wir sollten nach einem Arzt schicken«, erklärte er todernst.

Sie riss die Augen weit auf. Vielleicht hatte er ja doch ein gewisses Schauspieltalent von seiner Mutter geerbt.

»O nein, ich fühle mich schon viel besser. Ich bin sicher, es geht mir bald wieder gut«, sagte sie. Das war nicht fair. Er wusste nicht, ob es ihm irgendwann gelingen würde, sich das Bild von Annabelle aus dem Kopf zu schlagen, wie sie in seinen Armen lag. Es würde ihn vermutlich vielmehr in den Wahnsinn treiben.

»Einen richtigen Arzt, versprochen«, fügte er hinzu. Sie lachte. Ein mädchenhaftes Lachen, das er sehr süß fand. Sie lachte leider nicht so oft – oder war es ihm bisher einfach nie aufgefallen? Was war ihm im Laufe der Jahre noch alles entgangen? Warum war ihm das alles bisher nicht aufgefallen?

»Ich will Ihnen nicht noch mehr Umstände bereiten. Ich habe schon genug Probleme gemacht …« Knightly konnte dabei zusehen, wie Annabelle sich wieder in sich zurückzog. Sie zog die Schultern ein, und ihre Stimme war kaum mehr als ein Flüstern.

»Ich hasse es, jemandem zur Last zu fallen«, fügte sie leise hinzu. Sagte ausgerechnet die Frau, die gerade erst eine Ohnmacht vorgetäuscht hatte, um in seine Arme zu sinken. Das passte einfach nicht zusammen.

Für eine winzige, intensive Sekunde trafen sich ihre Blicke, ehe sie beiseite schaute. Knightly ertappte sie dabei, wie sie den Blick durch den Raum gleiten ließ, als suchte sie nach einem Schatten, mit dem sie verschmelzen konnte.

Hatte er sie vorher einfach nicht bemerkt, weil sie es nicht zugelassen hatte?

»Sie fallen mir nicht zur Last, Annabelle.« Sie warf ihm einen schüchternen Blick zu. Offensichtlich glaubte sie ihm nicht. Und warum sollte sie auch? Sie war soeben direkt in seine Arme gesunken und hielt ihn jetzt von der Arbeit ab. Und dem Leben, wie er es bisher gekannt hatte.

Aber er sah bereits, wie sich die wagemutige Annabelle wieder zurückzog, und versuchte, sie noch einmal aus der Reserve zu locken.

»Also schön, Sie sind eine Plage. Aber es ist mir egal,

wenn ich bei der Gelegenheit meine Stärke und meine guten Reflexe unter Beweis stellen kann.«

Für diese Worte belohnte sie ihn erneut mit diesem hübschen Mädchenlachen. Es klang nervös und schüchtern und irgendwie auch glücklich. Verdammt, wenn das mal kein machtvolles Gefühl war, sie aus sich herauslocken zu können. Aber bedeutete das auch, dass er derjenige, welcher …?

Knightly nahm noch einen Schluck von seinem Drink.

»Es ist wichtig, dass die anderen Mitarbeiter stets meine zahlreichen Talente sehen, und damit meine ich auch meine körperlichen Stärken«, fuhr er fort. »Darum finde ich, dass ein Dankeschön angebracht ist.«

Er hob sein Glas, als wollte er ihr zuprosten und nahm schnell einen weiteren Schluck, um jene Worte runterzuspülen, die ihm auf der Zunge brannten. *Außerdem gibt es Schlimmeres, als eine schöne Frau in den Armen zu halten.* Er wollte nicht, dass sie sich schlecht fühlte – und sie war sicher eine dieser romantischen, dramatisch veranlagten Frauen, die tagelang mit einer Leidensmiene herumlaufen konnten – und deshalb brachte er es nicht übers Herz, irgendwas zu sagen, das die Sache für sie unangenehm machte. Denn da sie eindeutig romantisch und dramatisch veranlagt war und tagelang jedes einzelne Wort hin und her drehen würde, wollte er nicht irgendwelche falschen Vorstellungen wecken. Nicht, wenn er weiterhin Lady Lydia den Hof machen wollte und wenn Annabelles Kolumne weiterhin rauschende Erfolge feiern sollte. Alles musste bleiben, wie es war, sonst würde er alles verlieren – angefangen bei der *London Weekly*.

Bei dem Gedanken nahm Knightly noch einen Schluck und genoss das Brennen.

»Könnte ich auch einen Schluck haben?«, fragte Annabelle und er verschluckte sich fast.

»Brandy?«, stieß er hervor.

»In Liebesromanen drängen die Helden doch immer die Heldinnen dazu, einen Schluck Brandy zu trinken, nachdem sie in Ohnmacht gefallen sind. Offensichtlich ist das Zeug sehr stärkend«, informierte sie ihn.

»Es brennt wie der Teufel, und Sie werden davon bestimmt krank«, erklärte er. Aber verflixt, er hätte am liebsten laut gelacht. Vor allem, als sie so süß den Mund verzog. Wo hatte diese Annabelle all die Jahre gesteckt? Und warum musste sie ausgerechnet jetzt auftauchen?

»Ich würde es trotzdem gerne probieren«, sagte sie.

»Ich gebe Ihnen auf keinen Fall Brandy«, widersprach er. Es klang für ihn eher, als würde ein böser Verführer in einem Roman etwas Vergleichbares tun. Diese Rolle würde er nicht spielen.

»Also schön. Und wenn es der Recherche für meine Kolumne dient?« Sie lächelte zufrieden, als wüsste sie ganz genau, dass er diesem Argument kaum widersprechen konnte.

»Ach, liebe Annabelle …«, sagte er und reichte ihr lachend sein Glas. Es war nur noch ein kleiner Schluck darin.

Sie hob das Glas an den Mund. Nach einem kurzen Schnuppern verzog sie die Nase.

»Vielleicht wäre das tatsächlich nicht notwendig«, sagte sie. »Und sagen Sie jetzt bitte nicht, Sie hätten mich gewarnt.«

Knightly grinste. Er genoss ihre Gesellschaft ungemein, obwohl das für ihn der direkte Weg in den Untergang war. *Denk an Lady Lydia. Denk an all das, was du immer gewollt hast.* Aber es ging nicht.

»Kommen Sie, Annabelle. Ich bringe Sie nach Hause. Nein, ich erlaube keinen Widerspruch«, sagte er zu ihr und zugleich auch irgendwie zu sich selbst. »Ich kann Sie unmöglich in einer Mietdroschke wegschicken, nachdem Sie gerade ohnmächtig wurden. Was für ein Gentleman wäre ich, wenn ich das zuließe?«

Kapitel 21

Was man eine Frau *nicht* fragt

EINER, DER SICH AUSKENNT

Lord Marsden wurde bei White's von einem seltenen Gast begleitet – Derek Knightly, Besitzer der London Weekly. Ging es im Gespräch um die Ermittlungsmethoden der Presse oder doch eher um Knightlys Brautwerbung um Marsdens Schwester?

LONDON TIMES

Annabelle hatte es schon wieder getan – irgendwie war es ihr gelungen, sich der Qual auszusetzen, mit Knightly allein zu sein. Hätte sie doch nur schon vor Jahren gewusst, wie sie das erreichen konnte …

Sie hätte trotzdem nichts in der Richtung unternommen, weil sie nicht verzweifelt genug gewesen wäre, um den Rat von »Raffiniert in Southwark« oder »Sorglos in Camden Town« anzunehmen. Nicht zu vergessen der Rat von »Ohnmächtig in der Seymour Street«.

»Vielen Dank, dass Sie mich nach Hause bringen«, sagte sie. »Und entschuldigen Sie alle Unannehmlichkeiten, die ich Ihnen bereitet habe. Aber es ist auch sehr viel angenehmer, mit Ihnen heimzukommen als in einer Droschke oder zu Fuß. Aber ich hoffe wirklich, dass es Ihnen keine Umstände macht.« Sie war ehrlich gesagt etwas eingeschüchtert, weil sie diese Situation heraufbeschworen hatte. Als verfügte sie über eine geheime Zauberkraft, die sie erst vor Kurzem entdeckt hatte.

»Sie bitten nicht gerne um etwas, kann das sein?«, erkundigte sich Knightly. »Sie sind gerade ohnmächtig geworden, Annabelle. Ich kann Sie jetzt nicht allein durch die Stadt laufen lassen. Und vorhin im Büro wollten Sie mich nicht mal einen Arzt rufen lassen, weil Sie fürchteten, eine Last zu sein.«

So sah Knightly sie also. Er schaffte es, bis auf den Grund ihrer Seele zu blicken. Ja, ihm gelang es, ihre tiefsten Abgründe auszuloten. Er sah, dass sie sich davor fürchtete, eine zu große Last zu sein und deshalb sich selbst überlassen zu werden. Annabelle hegte die ständige Angst, Blanche könnte sie vor die Tür setzen, wenn sie sich nicht ständig im Haus nützlich machte. Damit hatte sie nämlich kurz nach der Hochzeit gedroht. Welche Braut wollte schon die ungeschickte, verwaiste Schwester ihres Ehemanns im Haus herumlungern sehen? Warum sollten sie Geld dafür ausgeben, das Mädchen auf eine Schule zu schicken, wenn es sich den Lebensunterhalt auch verdienen konnte und sie damit Geld für ein Dienstmädchen sparen konnten?

Sie fürchtete außerdem, wenn sie die Kolumne zu spät abgab oder sie nicht gut genug war, könnte sie zu viel von Knightlys kostbarer Zeit einfordern, woraufhin er sich eine bessere Ratgeberkolumnistin suchte. Sie brütete über jeder ihrer Kolumnen stundenlang, als hingen ihre Hoffnungen und Träume davon ab, dass jedes Wort perfekt war.

Sie hatte auch Angst, den anderen schreibenden Fräulein mit diesen Befürchtungen auf die Nerven zu gehen. Was, wenn ihre Freundinnen sie ermüdend fanden? Wenn sie in ihren Augen ein hoffnungsloser Fall war und sie sich lieber mit anderen Freunden abgaben, die faszinierend und schicker waren?

Dass Knightly diese Ängste erkannte, war gleichermaßen wunderbar und beängstigend. Vorher hätte sie jede Kränkung als Sorglosigkeit oder Vergesslichkeit abhaken können. Aber jetzt, da er sie tatsächlich kennenlernte, hatte sie sich geöffnet und war schutzlos allen möglichen Schmerzen und Verletzungen ausgeliefert.

»Ich hasse es, Probleme zu bereiten«, sagte Annabelle leise. Sie war in Knightlys Gegenwart immer noch so gut wie stumm und wagte nicht, mehr zu sagen.

»Was tun Sie gegen dieses Gefühl?«, fragte er verwirrt. Die Frage war ziemlich unverblümt, und sie antwortete ebenso schonungslos.

»Nichts.« Natürlich musste sie seufzen, als sie das sagte.

»Aber so kann man doch nicht leben, Annabelle.« Knightly sprach ihren Namen gedehnt aus, und das verleitete sie beinahe – ausgerechnet sie, die Schüchterne, Vorsichtige! –, alle Vorsicht über Bord zu werfen und sich groß zu machen, statt immer nur den Kopf einzuziehen und zu hoffen, so durch den Tag zu kommen.

»Ich werde immer besser«, sagte sie stolz und zugleich erleichtert, weil das der Wahrheit entsprach. Doch es kostete sie ständig Überwindung, die alte Annabelle hinter sich zu lassen und zur neuen Annabelle zu werden. Selbst jetzt, nachdem sie zum dramatischsten Mittel gegriffen und in seinen Armen ohnmächtig geworden war, spürte sie, wie sie sich bereits in ruhigere, sicherere Gewässer zurückzog.

»Sie machen Fortschritte«, sagte Knightly. »Und das liegt an Ihrer Kolumne.« Auch das fiel ihm also auf!

»Wissen Sie, ganz London scheint sich der Aufgabe verschrieben zu haben, mir beizubringen, ein ständiges Ärgernis zu sein«, sagte sie und lachte auf. Auf der anderen Seite der Kutsche lächelte Knightly.

Er sah aus, als wollte er noch irgendwas sagen. Doch er schwieg. Sie fragte sich verzweifelt, was er wohl gerade vor ihr verbarg.

»Ich nehme an, Sie haben damit Erfolg? Bemerkt der Krautkopf Sie inzwischen?«, fragte Knightly.

Oje, wie sollte sie darauf bloß antworten! Ihr Herz begann zu hämmern, denn am liebsten hätte sie ihm zugerufen: *Sie sind der Krautkopf und sehen Sie, wo wir gelandet sind!,* um sich anschließend in seine Arme zu werfen. Doch sie tat nichts dergleichen. Sie wusste nicht, wie er darauf reagieren würde. Würde er sie leidenschaftlich küssen? Oder würde er sie unangenehm berührt von sich wegschieben und den Kutscher anweisen anzuhalten?

Sie war immer noch die Annabelle, »die irgendwie zurechtkam«, obwohl sie quälend langsam zu der frechen neuen Annabelle wurde.

Und sie wollte ihm auch nicht erzählen, ob sie beim »Krautkopf« Fortschritte machte, weil das nicht die Traumvorstellung war, die sie von dem Moment seiner Erkenntnis hatte. Sie hatte noch nicht alle Hoffnungen und Träume aufgegeben. Noch immer hoffte sie, er werde ihr eines Tages seine Liebe gestehen.

»Ich mache Fortschritte«, räumte sie ein. Und dann sprach sie die ärgerliche Wahrheit aus. »Aber nicht so sehr wie erhofft … Sie haben selbst gesagt, die Kolumne ist sehr erfolgreich und es würde Ihnen gefallen, wenn es noch eine Weile so weitergeht.«

»Im Moment ist die Kolumne unsere Rettung. Bei all der Aufmerksamkeit, die sich gerade auf den Skandal bei der *Times* richtet, ist es nur eine Frage der Zeit, bis auch die journalistischen Praktiken bei der *Weekly* einer Prüfung unterzogen werden«, erklärte er sachlich.

»Und dann sind wir dem Untergang geweiht«, sagte Annabelle dramatisch.

»Nicht, wenn ich noch ein Wörtchen mitzureden habe«, widersprach Knightly. Seine Stimme klang ganz ruhig, doch seine Absichten waren deutlich. Oh, wie schön es wäre, von Knightly geliebt zu werden wie seine Zeitung!

Still, aber beständig und stark wäre diese Liebe. Eine unablässige, tägliche Hingabe. Das Wissen, so geliebt zu werden. So sehr, dass der andere bis zu seinem Tod um sie kämpfen würde. Knightly hatte für die Zeitung bereits Schussverletzungen eingesteckt.

»Sie lieben diese Zeitung mehr als alles andere«, sprach Annabelle die Wahrheit aus.

»Sie gehört mir.« Eine schlichte Tatsache. Doch in diesen drei Worten steckte eine Wahrheit, die viel größer war.

Knightly wirkte auf Außenstehende vielleicht zurückhaltend oder gefühllos, aber wenn er auf diese Art und Weise *Sie gehört mir* über eine Zeitung sagen konnte, dann konnte er eine Frau doch unglaublich lieben. Sie wollte mehr als alles andere genau diese Frau sein.

»Ein Mann. Eine Zeitung. Eine Liebesgeschichte in drei Akten«, sagte Annabelle, und Knightly lachte. Sein Lachen verlieh ihr den Mut, weiter zu sprechen. »Wie geht Ihre Geschichte? Wie haben Sie sich in die *Weekly* verliebt?«

»Es war damals eine zweitklassige Zeitung – Nachrichten vom Vortag, schlecht redigiert – und stand zum Verkauf. Der Herausgeber hatte eine Frau mit Vermögen geheiratet und wollte sich zur Ruhe setzen. Ich wollte die Zeitung und besaß genug Geld, um sie ihm abzukaufen.«

»Sie haben also ganz oben angefangen«, bemerkte sie.

»Tatsächlich war ich vorher einer der Autoren«, sagte Knightly zu ihrer Überraschung. »Ich habe davor an der Druckerpresse gearbeitet, und vorher habe ich die Zeitungen an die adeligen Haushalte geliefert.«

Annabelle lächelte bei der Vorstellung eines jungen Knightly, der vor einem Anwesen in Mayfair stand und eine druckfrische Ausgabe der *London Weekly* in der Hand hielt. Hatte er damals schon geahnt oder nur davon geträumt, eines Tages in einem so wunderschönen Haus zu leben?

»Niemand kannte die Zeitung damals so gut wie ich. Der Besitzer bot mir die Möglichkeit, sie zu erwerben«, erklärte Knightly, und sie staunte, weil in seiner Stimme keine Rechtfertigung mitschwang, wie es bei ihr der Fall gewesen wäre, wenn sie so eine große Leistung erbracht hätte. Das war noch ein Grund, warum sie ihn bewunderte.

Das und die Art, wie er ihr Herz ein bisschen schneller schlagen ließ. Sie spürte jeden ihrer Atemzüge überdeutlich. Die Seide, die auf ihrer Haut raschelte.

Wenn er sie so anblickte, wenn Knightly sie wirklich wahrnahm, hatte sie das Gefühl zu existieren.

Und sie konnte die Frau sehen, die sie so gerne sein wollte.

Das fing damit an, dass sie keine Angst hatte, ihm Fragen zu stellen.

»Aber woher hatten Sie das Geld, um eine ganze Zeitung zu kaufen? Ich will damit nicht behaupten, dass Autoren nicht genug verdienen. Aber wenn …« Ach, wie sollte sie die Frage nur stellen, ohne den Mann zu beleidigen, der ihren Lohn bezahlte?

»Sie war billig«, sagte Knightly ehrlich.

»So billig nun auch wieder nicht, nehme ich an.« Annabelle wagte sogar, ihm zu widersprechen.

Daraufhin zuckte er nur mit den Schultern und blickte aus dem Fenster. Seine Finger trommelten neben ihm auf den Sitz. Er tat also etwas, das der ruhige, kühle und stets gefasste Mr. Knightly sonst nie tat.

Hatte sie etwa einen wunden Punkt an ihm entdeckt? War Knightly gar nicht so perfekt? Sie hätte gedacht, sie habe ihn im Laufe der Jahre kennengelernt, aber offensichtlich gab es noch mehr an ihm zu entdecken. Das bezauberte sie nur noch mehr.

»Ich habe geerbt. Von meinem Vater.« So wie er es sagte, klang es wie eine Beichte.

In den drei Jahren, sieben Monaten und wenigen Tagen, in denen sie Knightly liebte, hatte sie stets aufmerksam zugehört, um mehr über ihn zu erfahren. Nicht einmal Julianna wusste über die Familie oder Vergangenheit ihres Arbeitgebers viel zu berichten. Sein Vater war ein Peer, so viel wusste Annabelle zumindest. Sie wusste außerdem, dass er ein illegitimer Sohn war. Das hatte Julianna den schreibenden Fräulein eines Tages verraten.

»Wenn es gereicht hat, um ein Unternehmen zu kaufen, hätte es doch sicher auch gereicht, um davon zu leben?«, fragte sie jetzt. Ihr Bruder würde das machen, wenn er könnte. Einfach mit einem Stapel Zeitungen den lieben langen Tag in der Bibliothek sitzen und der Welt vor den Fenstern keine Aufmerksamkeit mehr schenken.

»Ich konnte mich nicht ziellos durchs Leben treiben lassen und dabei zusehen, wie meine Ersparnisse dahinschmolzen, ohne mit meiner Zeit etwas anzufangen. Ich musste etwas aufbauen, etwas Neues erschaffen«, sagte er leidenschaftlich. »Und das habe ich erreicht. Ein erfolgreiches

Unternehmen und ein verdammt großes Vermögen, von dem ich jeden einzelnen Penny selbst verdient habe.«

»Trotzdem setzen Sie sich nicht zur Ruhe«, erinnerte sie ihn.

»Das würde mich umbringen«, erklärte er schlicht. Knightly zögerte. Seine blauen Augen fixierten sie, und sie ahnte, dass das, was er als Nächstes sagte, für ihn von großer Bedeutung war. »Ich habe noch nicht alles erreicht, was ich erreichen wollte.«

»Was bleibt denn noch?«, fragte sie. Ihr stockte der Atem, während sie auf seine Antwort wartete.

Er starrte sie einen Moment lang an, als müsste er mit sich selbst ringen.

»Ich will einen Platz in der Gesellschaft«, sagte er, und augenblicklich wünschte sie, er hätte es nicht gesagt. Alle Einzelheiten rutschten nun wie kleine Puzzleteile an ihren Platz. Lady Lydia bewegte sich in den besten Kreisen der Gesellschaft. Eine Heirat mit ihr – und sein verdammtes Vermögen – würde ihm unbestreitbar einen hohen Rang in der Gesellschaft verschaffen.

»Sie dürfen nicht ausgerechnet jetzt Ihre Zeitung verlieren, richtig?«, fragte sie und dachte dabei an die drohende Parlamentsuntersuchung. Nur sie vermochte, die *Weekly* ins Taumeln zu bringen. »Nicht jetzt, da Sie den höheren Kreisen und damit dem Ziel all Ihrer Träume so nahe sind.«

»So nahe, dass ich es fast schon schmecken kann«, sagte er mit rauer Stimme.

Annabelle lächelte knapp, denn sie waren sich in diesem Moment ähnlicher als je zuvor, wenngleich es für sie schrecklich bitter war. Jeder von ihnen war dem ersehnten Ziel ganz nahe. Obwohl sie gerade wieder mit Knightly allein war und es sogar geschafft hatte, seine Aufmerksamkeit auf sich zu ziehen, hatte er ihr soeben mitgeteilt, dass sie keine gemeinsame Zukunft hatten – es sei denn, sie wollte, dass er für sie seinen Lebenstraum aufgab.

Nur für sie. Die kleine, stets übersehene Annabelle.

Sie hätte fast gelacht. Denn wenn sie nicht lachte, müsste sie weinen.

»Da wir gerade von der Gesellschaft sprechen«, setzte Knightly behutsam an, als müsste er die richtigen Worte finden. »Lord Marsden findet Gefallen an Ihnen.«

»Das glaube ich auch«, sagte Annabelle. Sie war auf der Hut, damit sie auf keinen seiner Köder hereinfiel. Schließlich wusste sie, was Marsden im Moment für die Zeitung war. Vielleicht der Retter, vielleicht der Zerstörer.

»Er hat Ihnen Blumen geschickt«, sagte Knightly langsam.

»Einen wunderschönen Strauß pinker Rosen«, bestätigte Annabelle. Sie wollte ihm so gerne zeigen, wie *begehrt* sie war. Auch von der besseren Gesellschaft.

Vielleicht gelang es ihr ja, Knightly eifersüchtig zu machen.

Sie wollte ihn außerdem wissen lassen, wie sehr sie pinke Rosen liebte, falls er irgendwann einmal auf die Idee kam, ihr Blumen zu schicken.

»Ich habe irgendwie den Eindruck, seine Zuneigung für Sie und Ihre Ratgeberkolumne lässt ihn auch über die *Weekly* günstig urteilen«, sagte Knightly. Jetzt wurde ihr klar, was er wollte. Auf eine unangenehme, übelerregende und herzzerreißende Art wurde ihr alles klar. »Wenn Sie ihn ermutigen, Annabelle, wäre das eine große Hilfe für die *Weekly*. Und Sie würden mir damit einen riesigen Gefallen tun.«

Ihr Herzschlag setzte aus. Es schien ihr unmöglich, auch nur einen Atemzug zu tun.

Bitten Sie mich nicht darum, wollte sie ihn anflehen. Aber die Worte blieben ihr im Hals stecken.

Er sagte das nur, weil er seine Zeitung liebte. Das wusste sie. Weil er seinem Lebensziel so nahe war. Wenn er die *Weekly* verlor, verlor er auch alles andere. Sie verstand, warum er diese Bitte an sie richtete, doch sie konnte nicht leugnen, wie sehr sie sie schmerzte.

Er wusste nichts von ihren Gefühlen, redete sie sich ein. Sonst würde er sie nicht um diesen elenden Gefallen bitten. Wenn er es wüsste … Nein, sie konnte sich nicht ausmalen, was seine Bitte bedeuten würde, wenn er von ihren Gefühlen wusste. Nicht jetzt, eingesperrt mit ihm in der engen, dunklen Kutsche. Nicht jetzt, da Knightlys blaue Augen sich auf sie richteten.

Er wartete auf ihre Antwort. Wollte von ihr hören, dass sie ihm *natürlich* diesen Gefallen tat, weil Annabelle das immer tat – sie löste die Probleme der anderen, ohne Rücksicht darauf zu nehmen, wie viel von ihrem Herzen und ihrer Seele es sie kostete.

»Annabelle …« Er wirkte gequält. Gut, dachte sie. Er wusste ja nicht, was *echte* Qualen bedeuteten.

»Ich verstehe, Mr. Knightly.« Das tat sie wirklich. Aber das bedeutete nicht, dass es ihr gefiel, worum er sie bat. Oder dass sie es tun würde oder dass es sich nicht wie ein kaltes Messer anfühlte, das in ihr warmes, pulsierendes Herz gestoßen wurde.

Den Rest der Kutschfahrt verbrachten sie schweigend. Sie war sich nur allzu schmerzlich der Blicke bewusst, die er ihr gelegentlich von der Seite zuwarf. Die alte Annabelle hätte versucht, sein Gewissen zu beruhigen. Selbst jetzt, nachdem er sie um diesen abscheulichen Gefallen gebeten hatte. Zur Hölle mit der alten Annabelle.

»Annabelle …« Knightly brach das Schweigen zuerst. Er griff sogar nach ihrer Hand. Sie starrte nach unten auf das, was sie so lange erhofft hatte. Ihre kleine, schmale Hand in seiner, die groß, warm und stark ihre Finger umfasst hielt. Doch dieser Moment war überhaupt nicht so, wie sie ihn sich immer ausgemalt hatte. Sie fühlte sich erschöpft, obwohl sie so gerne ihre Hand in der seinen genießen wollte.

Wenn sie diese Sache tat, um die er sie bat … dann wäre er ihr was schuldig. Sie wäre nicht mehr nur die liebe, alte Annabelle, sondern sie wäre die Retterin der *London Weekly*. Wie verlockend.

»Annabelle …«, versuchte er es erneut. Seine Stimme klang rau, doch er verstummte, als gäbe es noch mehr zu sagen, das er nicht auszusprechen wagte. Sie bemerkte, wie er den Mund öffnete. *Wenn er mich jetzt küsst, vergebe ich ihm alles …*

Die Kutsche kam vor ihrem Haus zum Stehen.

Er würde sie nicht küssen. Es fühlte sich nicht richtig an. Bestimmt würde er etwas Erbärmliches, Herzzerreißendes sagen, über Lady Lydia oder Lord Marsden oder darüber, wie sehr er die *London Weekly* über alles liebte. Sie wusste das alles schon.

Sie wusste auch, dass Blanche die Kutsche wahrscheinlich hinter den Vorhängen im Wohnzimmer beobachtete.

»Ich muss gehen«, sagte sie. Dies war der richtige Moment, um den Tipp von »Geheimnisvoll in Chelsea« zu befolgen und »den Krautkopf stehen lassen, obwohl er mehr will«.

Kapitel 22

Zeitungsmagnat an unmöglichem Ort gesichtet

LIEBE ANNABELLE

Ich bin froh, dass »Reumütig in Richmond« bereits gefragt hat, wie man sich am besten bei einer Frau entschuldigt. Meine Antwort darauf sollten sich viele Männer hinter die Ohren schreiben. Blumen dürfen da nicht fehlen. Die Autorin dieser Zeilen bevorzugt pinke Rosen (für den Fall, dass der Krautkopf das hier liest).

LONDON WEEKLY

Die Druckerei

Er grübelte nicht. Knightly formulierte es lieber so: Er dachte logisch und rational über eine frustrierende Situation nach. Grüblerische Männer liefen wie Löwen im Käfig hin und her oder tranken Whisky, um den brennenden Schmerz noch mehr zu spüren.

Er ging stattdessen in die Druckerei und half dort aus. Nichts vermochte den Verstand eines Mannes besser zu klären als der Schweiß und die Anstrengung körperlicher Arbeit und das Dröhnen der Maschinen. In der Druckerei war es so laut, dass es unmöglich war, klar zu denken.

Aber nur fast. Denn er musste dennoch an Annabelle und diese schreckliche Frage, die er ihr gestellt hatte, denken.

Mit einem Trupp Arbeiter hievte Knightly die Papierstapel zur Druckerpresse, wo sie dann verschlungen wurden. In der Druckerei war es so heiß, dass es sich wie in einem der inneren Höllenkreise anfühlte. Nach einer Weile – einer langen Weile – fingen seine Muskeln an, gegen die Anstrengung zu protestieren. Und nach diesem Gefühl hatte er gesucht. Schmerz. Qualen. Aber zugleich fühlte es sich auch so verdammt gut an.

Das beruhigte ihn mehr als ein guter Brandy oder ein Boxkampf.

Jedenfalls war das sonst so.

Selbst während seine Muskeln schon schmerzhaft protestierten und er ganz im Lärmen der Druckerpresse gefangen war, schoben sich einige lästige Gedanken immer wieder in den Vordergrund. Sie knabberten und nagten an seinem Bewusstsein.

Er hätte Annabelle nicht bitten dürfen, Marsden zu ermutigen. Nicht für ihn oder für die Zeitung. Das war schlicht und ergreifend falsch. Er beschloss, das Problem später anzugehen und schob den Gedanken beiseite. Oder versuchte es zumindest.

Annabelle. Das Klappern der Maschinen schien ihren Namen in seinen Kopf zu hämmern.

Das Zischen der Dampfmaschine klang wie *Miss*. Das dumpfe Klackern von Eisen auf Eisen: *An…na…belle*. Das Sausen der Papierbahnen in der Maschine klang wie *Swift*.

Knightly bückte sich nach dem nächsten Papierstapel und warf ihn dem Arbeiter rechts neben sich zu.

Er dachte nur an Annabelle.

Ich weiß doch, dass es falsch war, sie darum zu bitten, redete Knightly sich ein. *Es war unangemessen. Ich wollte mir einen unfairen Vorteil verschaffen. Und vielleicht gestehe ich mir sogar ein, dass es moralisch absolut verwerflich war.*

Verdammt, er hatte in dem Moment, da er die Bitte aussprach, bereits gewusst, dass es falsch war. Und er hatte doch sofort versucht zurückzurudern, doch die Worte waren ihm im Hals stecken geblieben. Ihr süßes Lächeln erstarb, die strahlend blauen Augen wirkten ganz stumpf. Sie war seinem Blick ausgewichen. Direkt vor seinen Augen schien sie zu schrumpfen und zu verblassen, als wollte sie am liebsten ganz verschwinden. Er hatte ihr Feuer gelöscht. Seine selbstsüchtige, grausame Bitte hatte das mit ihr gemacht.

Es blieb nur eine Tatsache: Er musste sich entschuldigen. Er beschloss, sich gleich am Nachmittag darum zu kümmern.

Also gab es im Moment keinen Grund, weiter darüber nachzudenken.

Trotzdem war er immer noch besorgt. Es fühlte sich wie ein Steinchen im Schuh an oder wie eine Wespe, die sich unter sein Hemd verirrt hatte. Die verfluchte Maschine behielt ihren Rhythmus bei und spuckte die neue Ausgabe der *London Weekly* mit ihrem Namen ratternd aus.

Miss. An…na…belle. Swift.

Seine Muskeln brannten vor Anstrengung. Er war inzwischen seit Stunden hier. Der Schweiß hatte sein weißes Leinenhemd völlig durchnässt, sodass es ihm an Brust und Bauch klebte. Die Erschöpfung schwächte auch seine psychischen Abwehrmechanismen. Er konnte nicht länger die Augen vor der Wahrheit verschließen.

Das Problem lag darin, wie sie sich in seinen Armen anfühlte. Als wäre das Entzücken nur einen Moment entfernt.

Sein Mund wurde bei der Erinnerung trocken – sie in seinen Armen, so warm, sinnlich und rein. Ein Mann konnte sich in diesen Kurven verlieren. Konnte sein Leben damit vertun, jeden wundervollen Zentimeter ihrer Haut zu erkunden.

Es lag an ihrer Unschuld. Er wollte davon kosten, wollte sie berühren und lieben. Wollte von der Sehnsucht danach erlöst werden.

Und er hatte diese Unschuld mit seiner abscheulichen Bitte beschmutzt. Hatte sie fortgeschickt, damit sie einen anderen Mann verführte, obwohl er doch ihren üppigen roten Mund ganz für sich beanspruchen wollte. Er wollte Annabelles lustvolles Seufzen mit seinen Lippen auffangen, bevor es die ihren verlassen konnte.

Knightly wollte diese Reinheit kennenlernen. Diese Unschuld und Anmut, die Annabelle für ihn ausmachte. Er wollte jeden Zentimeter ihrer reinen milchweißen Haut entdecken.

Jede einzelne Rundung, von den Brüsten, die sich über den neuerdings tief ausgeschnittenen Kleidern abzeichneten bis zu den nicht ganz so offensichtlichen, wie der sanften Vertiefung an ihrem Rücken. Der zarte Schwung ihrer Augen, die sie fast katzengleich wirken ließen, die Wimpern, die sich steil erhoben. Er hatte gesehen, wie sie die Augen schloss, als sie ohnmächtig wurde. Als würde sie sich der Lust hingeben. Und ja – so würde sie aussehen, wenn sie danach befriedigt einschlief.

Diese verdammte Ohnmacht hatte ihn wirklich ausgetrickst. Und jetzt sah er sie so …

Miss. An…na…belle. Swift.

Er wusste, wie falsch es war, Annabelle darum zu bitten, Marsden zu gefallen. Aber das war nicht der Grund, weshalb er sich so mies fühlte. Er war nicht so weit gekommen, weil er sich um die verdammten Gefühle und das Zartgefühl anderer scherte.

Diese Bitte machte ihn so wahnsinnig, weil er sie selbst so gerne haben wollte.

Auf eine verruchte, sündige Art.

Ihre Unschuld und Anmut war wie ein frischer Lufthauch, und er war wie die stinkenden Abgase der Fabriken.

Schon merkwürdig. Er wollte Annabelle plötzlich mit einer beunruhigenden Dringlichkeit für sich haben ... Nach so vielen Jahren, in denen sie immer direkt vor seiner Nase gewesen war. In denen sie mit den Schatten verschmolz und niemandem zur Last fallen wollte.

Nun, jetzt ging sie ihm nicht mehr aus dem Kopf. Obwohl er jede Wette einging, dass sie sich dessen gar nicht bewusst war.

Auf seinem Weg aus der Druckerei kam Knightly an einer Gruppe Arbeiter vorbei, die sich um die neue Ausgabe der *Weekly* drängten, die druckfrisch und warm war, sodass die Tinte unter den dreckigen Fingern noch verschmierte. Ein Arbeiter las laut vor, während sich die anderen um ihn scharten, rauchten und aufmerksam lauschten. Sieben oder acht Männer, eine Zeitung.

Knightly verlangsamte seine Schritte. Er hörte zu und erlaubte sich, von den Neuigkeiten des Tages angezogen zu werden. Vielleicht konnte er hier noch was lernen. Er lauschte der grollenden Stimme des Vorlesers und der nachdenklichen Stille der anderen Männer, die ihm zuhörten. Und dann kam ihm die Idee: Bilder.

Wie wäre es, wenn mehr Bilder in der Zeitung waren, damit auch die Ungebildeten verstanden, worum es ging, wenn ihnen gerade niemand vorlesen konnte? Er müsste bei der Druckerpresse einige Änderungen vornehmen und experimentieren.

»Das ist Knightly. Der Eigentümer«, sagte einer von ihnen. Er nickte den Männern zu und beschleunigte seine Schritte, weil ihn jetzt alles zurück ins Büro drängte. Doch zuerst schuldete er Annabelle eine Entschuldigung.

Kapitel 23

Wütende schreibende Fräulein

Liebe Annabelle,
vielleicht möchten Sie dem Krautkopf einen Gefallen tun.
Dann muss er Ihnen seine Aufmerksamkeit schenken.
»Hilfreich aus Holburn«
LONDON WEEKLY

Roxbury House,
um die Teezeit

»Er hat dich gebeten, *was* zu tun?«, keuchte Julianna. Annabelle machte sich auf dem Sofa ganz klein. Erst vor einer Minute hatte sie fröhlich von ihrem Ohnmachtsabenteuer und der anschließenden Kutschfahrt mit Knightly erzählt. Im nächsten Moment senkte sich unangenehmes Schweigen über die anderen schreibenden Fräulein, als sie von Knightlys Bitte erzählte, sie solle Lord Marsden zum Wohle der Zeitung ermutigen.

»Das ergibt doch absolut Sinn, wenn man mal darüber nachdenkt«, wandte Annabelle verteidigend ein. Sie verstand Knightlys Motive sehr gut. Dahinter steckte eine bestechende Logik, die ihr zwar wehtat, aber er konnte es ja nicht besser wissen, weil er nichts von ihren Gefühlen wusste. Das linderte den Schmerz ein wenig. Und falls sie erfolgreich war, konnte sie vielleicht seine Aufmerksamkeit auf sich ziehen. Und seine ewige Dankbarkeit war ihr gewiss.

Julianna, die noch ungestümer und wilder reagierte als sonst, machte ihrem Ärger offen Luft. Sophie und Eliza wechselten nervöse Blicke.

»Dann erklär mir doch bitte mal, was das ist. Für mich klingt das schrecklich anstößig. Etwas, worüber du nicht einmal nachdenken solltest, geschweige denn, worum er dich bitten sollte«, sagte Julianna erbost. Ihre Worte waren so scharf, dass es wehtat. Als bohrte die Freundin ihr ein Messer ins Herz. Dieser plötzliche Angriff überraschte Annabelle. Noch vor einer Sekunde hatten sie alle über ihre Bitte gelacht, von Knightlys Brandy kosten zu dürfen.

»Er liebt seine Zeitung, und diese hat im Moment Probleme. Er hat doch nur um Hilfe gebeten. Man hilft doch denen, die man liebt«, erklärte Annabelle. Wirklich, das klang absolut vernünftig. Oder nicht? Ihr gefiel ja auch nicht, dass er sie darum gebeten hatte, doch sie verstand, dass seine Bitte einer Leidenschaft entsprang. Oder zumindest etwas Ähnlichem.

»Vielleicht«, erwiderte Julianna. »Aber man bittet eine Frau nicht, einen anderen Mann in seinen Avancen zu bestärken. Das hat mit Liebe nichts zu tun.«

»So ist es gar nicht. Also, so einfach nicht«, sagte Annabelle, denn … ja, natürlich gab es einen Grund, warum das für sie in Ordnung war. Er fiel ihr bloß gerade nicht ein. Ihr Drang, ihm zu helfen und ihm ihre Liebe und ihre Nützlichkeit zu beweisen, stand über allem. Aber sie fand einfach nicht die richtigen Worte, um es zu erklären.

»Annabelle, warum erklärst du es uns nicht noch einmal«, sagte Sophie sanft und legte die Hand auf Annabelles. »Vielleicht hat Julianna die Situation missverstanden.«

Annabelle erkannte Diplomatie, wenn sie vor ihr stand – normalerweise war es ihre Aufgabe, dafür zu sorgen. Sie war sonst nie diejenige, die im Mittelpunkt eines Dramas stand. Doch jetzt blickten die drei Gesichter ihrer Freundinnen sie ernst und besorgt an, als stünde sie vor Gericht. Ihr Verbrechen: Dummheit. Ihre Rechtfertigung: Liebe. Ihr Wunsch zu helfen. Zu beweisen, dass sie nicht nutzlos war.

Das war sie doch nicht, oder?

»Knightly ist aufgefallen, dass Marsden wohl Interesse an mir zeigt und hat mich gebeten, ihn zu ermutigen. Meine Kolumne ist außerdem ein kleiner Erfolg, weshalb er sich wünscht, dass ich sie noch ein wenig länger mit diesem Thema fülle. Das ist Knightly, für ihn geht es immer ums Geschäft«, sagte sie. Als ließe sich damit alles erklären. Der Mann dachte an nichts anderes.

Aber ließ sich damit auch dieses Verhalten entschuldigen?

Zweifel begannen sich in ihr zu regen. Sie krochen hervor wie die Kälte aus den Winkeln eines zugigen Hauses an einem feuchten Wintertag. Sogar unter Juliannas strengem Blick.

»Er weiß nicht … was ich empfinde«, fügte Annabelle hinzu. Nervös trank sie einen Schluck Tee und umklammerte die Teetasse mit beiden Händen, obwohl sie im Grunde keine Ahnung hatte, was Knightly wusste oder nicht.

»Woher willst du das so genau wissen, Annabelle?«, fragte Sophie sanft. »Wie kommst du zu diesem Eindruck?«

»Wenn er davon wüsste, würde er mich nicht um diesen Gefallen bitten«, erwiderte sie stur, obwohl sie ganz genau wusste, dass diese Vermutung allein auf ihren eigenen Wünsche beruhte und nicht auf Tatsachen.

Die Zweifel marschierten munter auf.

Warum verteidigte sie ihn überhaupt noch?

Was wusste sie denn überhaupt über ihn? Langsam dämmerte ihr die grausame Wahrheit. Sie hatte geglaubt, sie sei eine edle Maid, die auf der Suche nach der großen Liebe war. Dabei war sie in Wahrheit nur ein dummes, liebeskrankes Mädchen, das sich von Sternenstaub blenden ließ und ihrem Mörder zugleich die Waffe reichte, damit er sie ihr ins Herz stoßen konnte.

Annabelles Kopf begann zu pochen. Sie bekam Kopfschmerzen.

»Annabelle, er schert sich um nichts außer seine Zeitung. Erinnerst du dich, wie er mich vor die Tür gesetzt hat, als alle sich von mir abwandten?«, beharrte Julianna, sie zerschlug Annabelles Illusionen und räumte damit die letzten Hindernisse aus dem Weg, damit die Armee aus Zweifeln sie überwältigen konnte.

»Wegen Knightlys grenzenloser Hingabe an die *Weekly* hätte ich fast Wycliff verloren«, fügte Eliza hinzu. Annabelle warf ihr einen scharfen Blick zu. Auf wessen Seite stand Eliza? Auf Juliannas oder ihrer? Wollte sie ihre Träume zerschmettern oder sie bestärken?

Das Pochen in ihrem Schädel wurde schlimmer. Die Augen brannten. Nein, sie würde nicht weinen. Sie würde auf keinen Fall Schwäche zeigen.

»Das bedeutet nur, dass es ihm etwas bedeutet. Daran ist doch nichts Schlechtes«, erklärte Annabelle fest. Doch ihre Hand zitterte und die Teetasse in ihrer Hand klapperte verräterisch auf der Untertasse. Sie hatte das dumpfe Gefühl, ihre Freundinnen könnten Recht haben und sie selbst Unrecht.

Sie hatte diesen Moment gefürchtet. Den Moment, wenn

ihre Freundinnen ihre optimistische Verliebtheit satthatten. Wenn sie Annabelle satthatten. Wenn sie in ihren Augen nicht mehr niedlich, sondern dumm war. Sie sah es in den mitleidigen Blicken und den besorgten Mienen, mit denen sie einander verstohlen musterten.

»Ja, die Zeitung. Die bedeutet ihm etwas, Annabelle. Sonst aber nichts und niemand auf der Welt«, machte Julianna ihr unmissverständlich klar. Ach, schöne und offene Julianna. Neben ihrer Freundin fühlte Annabelle sich klein und blass. Julianna war wie ein Wehrturm aus Stärke und Selbstsicherheit.

»Wie hast du dich denn gefühlt, als er dich darum gebeten hat?«, fragte Sophie behutsam.

»Mir gefiel der Gedanke natürlich nicht«, räumte sie ein. Und es stimmte – einem Teil von ihr war die Vorstellung zuwider. »Aber er weiß nicht um meine Gefühle für ihn. Und wenn er es wüsste, wäre ich absolut überzeugt, dass er mich nicht darum gebeten hätte.«

Zumindest war sie das bisher gewesen. Jetzt aber, nach Juliannas geschickter und unnachgiebiger Befragung, wusste sie nur noch eines mit Gewissheit: dass sie grenzenlos dumm war, wenn sie weiterhin einen Mann liebte, der sich offensichtlich so gar nicht um sie scherte.

Annabelle warf einen Blick in Juliannas Richtung.

»Wie kannst du einen Mann lieben, der von einer Frau so etwas verlangt? Kein Mann mit Anstand würde eine solche Bitte an eine Frau richten. Und dabei ist es egal, ob er von ihren Gefühlen weiß«, sagte Julianna. Sie wusste einfach nie, wann es genug war. Wenn es eine Grenze gab, stürmte Julianna immer darüber hinweg, drehte sich dann um und beschwor die anderen, ihr zu folgen.

Und was ist mit mir?

Vielleicht war es an der Zeit, dass sie diese Linie überschritt. Vielleicht sollte sie lieber sich selbst und nicht Knightly verteidigen.

»Wo soll dieses Gespräch eigentlich hinführen?«, fragte Annabelle. Ihre Stimme klang herausfordernd, was sich für sie noch sehr fremd anfühlte. Eliza richtete sich auf, Sophie öffnete den Mund, und Juliannas grüne Augen fixierten sie. »Ich liebe Knightly und habe ihn geliebt, seit ich ihn das erste Mal gesehen habe. Das ist ein Teil von mir, und das habt ihr immer gewusst. Jetzt soll das auf einmal falsch sein?«

»Das war solange in Ordnung, bis er dich gebeten hat, dass du dich für seine verfluchte Zeitung prostituierst«, erwiderte Julianna.

Sophie und Eliza schnappten nach Luft. »Julianna!«

Annabelle atmete tief durch. Sie konnte das tun. Sie konnte sich selbst verteidigen.

»Und wenn ich das tun will?«, fragte Annabelle herausfordernd. Aber ihre Hand bebte, und der Tee schwappte über den Rand der Tasse auf die Untertasse.

»Was, wenn du es nicht willst, aber dich selbst als die Frau siehst, die Knightly bedingungslos liebt und alles für ihn tun würde?«, entgegnete Julianna. Obwohl sie gerade in diesen Streit verstrickt war, erkannte Annabelle, dass die Frage berechtigt war. Darüber wollte sie aber später nachdenken, wenn sie wieder allein war.

»Ist es das, was du von mir denkst? Dass ich nicht mehr als ein dummes Mädchen bin, das einen herzlosen Mann liebt? Nun, vielleicht hast du Recht.« Zum ersten Mal in den sechsundzwanzig Jahren ihres Lebens lachte Annabelle verbittert auf. »Sieh mich an – ich versuche, mit den Tipps von Fremden seine Aufmerksamkeit zu wecken, weil ich selbst keine Ahnung habe, was ich tun soll. Und jetzt nimmt er mich endlich wahr, und plötzlich ist alles falsch und …«

»Ich will doch nur, dass du glücklich wirst, Annabelle. Und ich fürchte …« Julianna versuchte, nach ihrer Hand zu greifen. Annabelle stellte die Teetasse auf das Tablett und stand auf.

»Nein, du bist ein elender Besserwisser, Julianna. Du kennst vielleicht alle Gerüchte, die in deinen Kreisen kursieren, aber du weißt nichts über meine Gefühle und hast keine Ahnung, was für mich das Beste ist.«

Und dann tat Annabelle das Undenkbare. Sie stürmte aus dem Salon, ohne noch einmal zurückzublicken.

Kapitel 24

Die Entschuldigung eines Gentlemans

STADTGESPRÄCHE

Lord Marsden hat Erfolg – er konnte die anderen Peers davon überzeugen, seine Untersuchung zu unterstützen. Wenn Sie, liebe Leser, gerne Zeitung lesen, genießen Sie es, denn unsere Tage sind gezählt.

MORNING POST

Nachdem Knightly an die Tür des Hauses Swift klopfte, erschien ein sanftmütiges Dienstmädchen und führte ihn stumm in den kleinen Salon, wo er auf Annabelle wartete.

Der Raum war nur spärlich möbliert. Alles war nützlich und einfach. Niemand schien bei der Einrichtung an Bequemlichkeit gedacht zu haben, es diente alles der Funktion. Er dachte an sein eigenes Heim, das auch einfach, aber mit einem Sinn für Gemütlichkeit eingerichtet war. Dort gab es dicke Teppiche und gut gepolsterte Sitzmöbel. Alles war teuer, doch nichts pompös.

Dieser Raum allerdings war extrem geizig eingerichtet.

Und dann kam Annabelle. Sie stand in der Tür und trug ein formloses braunes Kleid mit einer weißen Schürze. Mehl haftete an ihren Händen und klebte an dem braunen Kleid und sogar an ihrer Wange.

Doch ihre Augen … Sie funkelten nicht mehr, sondern wirkten stumpf. Er fürchtete, sie könnte geweint haben, denn die Augen waren auch rot und geschwollen. Er hatte das Gefühl, jemand habe ihn in die Magengrube geboxt.

»Was machen Sie hier?«, fragte sie tonlos. Sie klang überhaupt nicht erfreut, ihn zu sehen, und erst da wurde ihm bewusst, dass er insgeheim genau das gehofft hatte. Sofort fühlte er sich wie ein Arsch. Wie ein Krautkopf.

»Warum tragen Sie eine Schürze?«, fragte er. Sie sollte nicht wie eine Dienerin herumlaufen.

»Die Köchin und ich backen Brot«, antwortete sie.

»Haben Sie dafür denn keine Hilfe?« Sie war die Schwester eines erfolgreichen Stoffhändlers. Sie sollten eine ganze Armada Dienstmädchen haben. Eine Frau in Annabelles Stellung sollte ihre Zeit damit verbringen, Freunde zu treffen und einen Ehemann zu finden. Nicht mit lästigen Haushaltspflichten.

»Ich bin die Hilfe«, erwiderte sie tonlos. Das war nicht die Annabelle, die er kannte. Sie schien ihren Sinn für Magie und Wunder verloren zu haben. Irgendwas stimmte hier nicht. War es die schreckliche Bitte, die er an sie gerichtet hatte? Vermutlich. Er war froh, dass er hier war, um sich zu entschuldigen.

»Warum sind Sie hier, Mr. Knightly?«, fragte sie.

»Möchten Sie sich nicht setzen?« Als Mann konnte er nicht Platz nehmen, solange sie stand.

Stumm sank sie auf das Sofa. Er setzte sich daneben auf das unbequemste Sitzmöbel, das er bisher kennengelernt hatte. Er griff nach ihrer Hand und hielt sie in seiner. Ihre Hand war eiskalt.

»Ich schulde Ihnen eine Entschuldigung, Annabelle. Es war falsch von mir, dass ich Sie gebeten habe, Marsden um der Zeitung willen zu ermutigen. Oder es als Gefallen für mich einzufordern.«

Knightly hatte erwartet, dass es sein Gewissen beruhigte, wenn er die Worte aussprach. Er war quer durch London gefahren, den ganzen Weg von der Fleet Street nach Bloomsbury, um sie persönlich zu überbringen. Er dachte, sie würde sich bei ihm bedanken und ihm sagen, er müsse sich deshalb keine Sorgen machen, weil sie wusste, dass seine Bitte nur die eines verzweifelten Idioten war. Eines Krautkopfs.

Annabelle kniff die blauen Augen zusammen und neigte fragend den Kopf. Der Atem stockte ihm.

»Julianna hat Sie hergeschickt, nicht wahr?«, fragte sie. Ihm entging nicht der anklagende Unterton in ihrer Stimme.

»Wie bitte?«

»Sie sind hier, um sich zu entschuldigen, weil Julianna denkt, es sei falsch von Ihnen, etwas Derartiges von mir zu verlangen. Und erbärmlich von mir, wenn ich damit einverstanden bin«, sagte sie und spuckte die Worte förmlich aus. Zumindest so weit Annabelle Worte ausspucken konnte. Dann atmete sie tief durch, als drohte ihm noch mehr Ungemach. Als sie weitersprach, sagte sie mehr zu ihm als in all den Jahren, die er sie nun kannte. »Wir alle wissen, dass es nur eine Sache gibt, die Sie interessiert – die Zeitung. Niemand macht sich hier irgendwas vor, Mr. Knightly. Nicht mal ich, die ich die dumme Tendenz besitze, mich verrückten Träumereien hinzugeben und immer in jedem, verdammt noch mal, das Gute sehen will.«

Knightly klappte die Kinnlade auf. *Annabelle hatte soeben geflucht.* Was kam als Nächstes – Einhörner, die Droschken durch die Straßen der Stadt zogen, und der König im Ballkleid?

»Ich wusste, worum Sie mich gebeten haben. Und warum. Ich bin nicht dumm«, fügte sie hinzu und reckte trotzig das Kinn. Die wütende Annabelle war gleichzeitig großartig und provokativ. Es kam ihm auf einmal unmöglich vor, einen klaren Gedanken zu fassen, wenn doch alles, woran er bisher geglaubt hatte, zu einem Nichts zusammenschmolz. So hatte er Annabelle noch nie gesehen. Und er vermutete, dass niemand sie bisher so erlebt hatte.

»Es war falsch von mir, Sie darum zu bitten«, sagte er. Das war alles, was er jetzt noch wusste. Für ihn hatte die Welt sich völlig gewandelt.

»Das war es. Sie sollten wirklich mal an die anderen Menschen denken und nicht nur an sich selbst und an die Zeitung«, hielt sie ihm vor. »Ich hätte Ihnen das in dem Augenblick sagen sollen, als Sie mich gefragt haben. Es tut mir leid, dass Sie nur deswegen den ganzen Weg hierher gekommen sind. Aber hören Sie doch nur! *Sie* haben etwas falsch gemacht, und *ich* habe mich soeben dafür entschuldigt. Ich bin so ein … ein … Krautkopf!«

»Annabelle, was ist los mit Ihnen?«, fragte er ruhig.

Sie atmete tief durch, um sich zu beruhigen. Die blauen Augen blickten zu ihm auf.

»Sie haben wirklich keine Ahnung«, sagte sie ehrfürchtig. Er wusste nicht, worüber sie redete. Offensichtlich erkannte sie das an seiner Miene. »Oh … oh … oh … verflixt und zugenäht!«

Sie warf sich auf dem schrecklich unbequemen Sofa zurück und schien sich schier auszuschütten vor Lachen, während er darüber staunte, dass Annabelle, die sonst kaum etwas sagte, soeben »verflixt und zugenäht« gesagt hatte.

Er wusste nicht, was an der Situation so lustig war.

Er wollte sie gerade fragen, als das Lachen verstummte und den Tränen Platz machte.

Knightly schaute zur Zimmerdecke, als könnte ihm jetzt nur der Himmel noch helfen. Wie viele Männer verwirrte ihn kaum etwas mehr als die Tränen einer Frau. Mit einer Mischung aus Entsetzen und Grauen sah er zu, wie Annabelle neben ihm weinte.

Obwohl sie tragisch und zugleich begehrenswert aussah, musste er etwas tun, um diesen Wahnsinn zu stoppen. Zuerst drückte er ihr ein sauberes Taschentuch in die Hand, und sie presste es an die Augen. Ihre hübschen Schultern bebten, während sie weinte.

Verdammt.

»Verflixt und zugenäht«, murmelte er. Dann zog er sie mit einem Seufzen in seine Arme.

Annabelle vergrub ihr Gesicht an seiner Schulter. Zweifellos durchnässte sie sein Jackett und seine Krawatte mit ihren Tränen. Das kümmerte ihn nicht. Er konnte spüren, wie sie in seiner Umarmung ruhiger wurde.

Und er spürte auch ihre weichen Locken unter seinen Fingerspitzen. Ihre Brüste, die sich gegen seine Brust drückten. Es verlieh ihm ein Gefühl der Macht, weil er sie getröstet hatte, und es fühlte sich richtig an, sie an sich zu pressen. Vor allem wollte er mehr davon. Mehr als alles andere wollte er mehr Annabelle.

Er flüsterte ihren Namen.

Sie wurden unterbrochen, bevor irgendwas Unangemessenes passieren konnte. Eine hausbackene Frau mit harten Gesichtszügen stand plötzlich im Salon und räusperte sich laut.

»Würde mir bitte jemand diese Szene erklären?«, fragte sie scharf. Annabelle löste sich aus seiner Umarmung und schob sich ans andere Ende des Sofas möglichst weit von ihm weg.

Knightly reagierte entsprechend. Er ließ sich von niemandem herumkommandieren, niemals. »Vielleicht sollten wir uns erst einmal bekannt machen«, bemerkte er und stand auf.

Die Frau hob eine Braue und starrte ihn an. Als sei sie keinen Widerspruch gewohnt in ihrem Haus. Annabelle jedoch unterbrach die beiden mit leiser Stimme.

»Das ist meine Schwägerin, Mrs. Blanche Swift«, sagte sie tonlos. Und dann fügte sie mit flehendem Blick an ihn gewandt hinzu: »Das ist Mr. Knightly, mit dem ich bei der Gesellschaft für die Förderung der weiblichen Alphabetisierung zusammenarbeite.«

Gesellschaft für die Förderung der weiblichen Alphabetisierung? *Ach, Annabelle …*

Knightly wollte sich zu ihr umdrehen und ihr tausend Fragen stellen. Doch er erkannte eine Szene, wenn er sich mittendrin befand. Er gab sein Bestes, um die ihm zugewiesene Rolle zu spielen.

Er setzte eine Miene auf, von der er hoffte, sie wirke mildtätig: Leider hatte er nicht das Schauspieltalent seiner Mutter geerbt.

»Ach ja. Deine wohltätige Arbeit«, sagte die gemeine Mrs. Swift mit eisiger Stimme zu Annabelle. »Ich sage ja immer, Wohltaten beginnen zu Hause. Dabei hatte ich aber nicht so etwas im Sinn. Wer passt gerade auf die Kinder auf? Haben sie schon gegessen? Und was ist mit dem Brot?«

Annabelle stand ein, zwei Schritte hinter Knightly, als könnte er sie vor ihrer harten Schwägerin beschützen. Am liebsten hätte er das sofort gemacht.

»Nancy ist bei ihnen«, antwortete Annabelle. Knightly fand, die Aufsicht über die Kinder sollte eher einer Gouvernante und den Dienern übertragen werden und nicht der Schwester des Hausherrn. Dafür hatte man schließlich Bedienstete, oder?

»Verstehe.« Um ihren Standpunkt deutlich zu machen, starrte Mrs. Swift Annabelle an, die daraufhin einen Schritt zurückwich. Dann starrte sie Knightly an. Doch er straffte lediglich die Schultern, stand gerade und blickte hochnäsig auf sie hinab. Jemanden mit der eigenen Größe einschüchtern zu wollen, war eher kindisch, aber manchmal erforderte die Situation es nun mal.

»Mrs. Swift, ich würde gerne mein Gespräch mit Miss Swift beenden«, bemerkte er. Nach einer kurzen Pause fügte er betont hinzu: »Alleine.«

Obwohl er in ihrem Haus zu Gast war.

Sie starrte ihn aus zusammengekniffenen Augen an.

Knightly begegnete selbstbewusst ihrem Blick und hielt ihm stand. Er blinzelte nicht. Keiner konnte es mit ihm aufnehmen, wenn es darum ging, das Gegenüber durch Anstarren zum Einlenken zu bewegen.

»Ich bestehe darauf, die Tür offen zu lassen«, erklärte sie knapp. »Das Letzte, was ich brauche, ist moralischer Verfall, der meinen Kindern ein schlechtes Beispiel ist.« Sie drehte sich abrupt um und verließ den Raum. Keiner von ihnen bedauerte, dass sie ging.

Wäre er nicht gerade so voller Schwung »Stolzer Befehlshaber aller Kriege, die er überlebt hatte« gewesen, wäre ihm der Mund offen stehen geblieben.

Kannte diese Frau Annabelle überhaupt? Er hätte sein Vermögen darauf verwettet, dass sie die *letzte* Person auf der Welt war, die unschuldige Kinder mit unanständigem

Verhalten verderben würde. Sie war die letzte Frau, der man zutraute, ein schlechtes Beispiel abzugeben. Sie war für ihn der Inbegriff eines leuchtenden Vorbilds.

Oder war er es, der Annabelle nicht kannte?

Da er schon über das kleine Biest nachdachte – sie hatte sich während dieser merkwürdigen Vorstellung hinter ihm versteckt, und er drehte sich jetzt zu ihr um. Er lächelte. Und dann nahm er auf dem verflixt unbequemen Sofa Platz.

»Meine liebe Annabelle, Sie werden mir jetzt einiges erklären müssen.«

Kapitel 25

Ein erster Kuss

NEUIGKEITEN AUS DEM INLAND

Der Duke of Kent hat seinen Sekretär entlassen, nachdem er herausfand, dass der Mann Informationen an Reporter des Morning Chronicle verkauft hatte. Der Herausgeber und die Reporter wurden sofort festgenommen.

LONDON WEEKLY

In der Reihe schlimmer Tage würde dieser unter den ersten hundert rangieren, davon war Annabelle überzeugt. Vielleicht sogar unter den ersten zehn. Es war jedenfalls einer der schlimmsten Tage ihres eigenen Lebens neben den Tagen, an denen ihre Eltern gestorben und beerdigt worden waren, und dem Tag, an dem Blanche ihren Bruder geheiratet hatte.

Erst war da der grässliche Streit mit den anderen schreibenden Fräulein heute Morgen. In all den Jahren hatte sie immer gefürchtet, die anderen fänden sie langweilig oder dumm. Heute waren diese Ängste bestätigt worden. Es war sogar schlimmer gewesen, als sie es sich immer ausgemalt hatte.

Und dann war da noch Knightly, der sie gebeten hatte, sich für ihn zu erniedrigen. Sie hatte nicht Ja gesagt, aber sie hatte sich auch nicht geweigert. Sie hatte ihn sogar verteidigt, obwohl sie in dem Moment besser für ihre Interessen hätte einstehen müssen. Dass er jetzt mit ihr in ihrem Salon saß und sich entschuldigte, bestätigte nur Juliannas Worte. Sie hatte sich wie eine Närrin verhalten.

Wäre sie bei alldem nicht so fixiert auf Knightly gewesen, wenn sie sich nicht jeder Vernunft und den begehrten Junggesellen verschlossen hätte, wäre sie inzwischen längst mit einem anderen verheiratet. Sie könnte die Mutter einer kleinen Schar von Kindern sein und ein eigenes Heim beaufsichtigen. Annabelle dachte an Mr. Nathan Smythe mit seiner Bäckerei am Ende der Straße. Sie buk ohnehin Brot – warum nicht in ihrer eigenen Küche und nicht, um der stets unzufriedenen Blanche zu gefallen?

Am allerschlimmsten aber war: Sie hatte sich schon so oft vorgestellt, wie Knightly sie daheim besuchte. Aber nie so. Nicht, wenn sie ihr hässlichstes Kleid trug und die Augen gerötet waren von den vielen Tränen, die sie in der Mietdroschke auf dem Weg von Mayfair nach Bloomsbury vergossen hatte.

Und dann hatte sie auch noch seine Entschuldigung ignoriert, hatte sich mit ihm gestritten, war in Tränen ausgebrochen und hatte ihr Gesicht an seiner Schulter vergraben und geschluchzt.

Er hatte sie in den Armen gehalten, und es hatte sich so unglaublich gut angefühlt, wenn die starken Arme eines Mannes sie festhielten und ihr Sicherheit schenkten. Als könnte er sie vor der Welt beschützen. Sie hatte diese Sekunden länger genießen wollen, aber sie wusste ja, dass sie sein hübsches Hemd mit ihren Tränen völlig durchnässte. Sie wusste, dass gerade ein Traum wahr wurde – dass Knightly sie umarmte –, aber zugleich war sie zu aufgelöst, um diesen Traum genießen zu können.

Wie grausam die Welt doch war!

Dann unterbrach Blanche sie und demütigte Annabelle. Sie wie ein Dienstmädchen zu behandeln, war keine Besonderheit – aber ausgerechnet vor Knightly? Keine Worte vermochten zu beschreiben, wie peinlich ihr die Situation war. Er hatte gesehen, wie wertlos sie für ihre Familie war. Wie wenig sie in ihrem eigenen Heim geliebt wurde.

Jetzt konnte er sie unmöglich lieben. Sie hatte eine lebhafte Fantasie, aber selbst für sie schien es unvorstellbar, dass ein so starker und souveräner Mann wie er sich in eine wahnhafte, dumme und ungeliebte Frau wie sie verguckte.

»Miss Swift«, sagte Mr. Knightly ernst und setzte sich aufs Sofa. Sie blieb vor ihm stehen. Sie war völlig ausgelaugt vom emotionalen Auf und Ab dieses Tages.

»Meine liebe Annabelle«, sagte er. Sie fragte sich, ob er sich mit ihr einen bösen Scherz erlaubte.

Sie seufzte schwer.

»Sie sind mir wohl eine Erklärung schuldig«, erklärte Knightly rigoros. Es war, als säße er nicht mehr im Salon der Familie Swift, sondern in seinem Büro der *London Weekly*. Nun, dort waren sie aber nicht, und sie musste ihm überhaupt nichts erklären. Und das sagte sie ihm auch.

»Wir sind nicht in Ihrem Büro. Also muss ich Ihnen auch gar nichts erklären«, sagte sie. Um ihren Worten Nachdruck zu verleihen, verschränkte sie die Arme vor der Brust. Bildete sie sich das nur ein oder ging sein Blick unwillkürlich zu ihrem Dekolleté?

»Annabelle, Sie faszinieren mich mit jedem Tag mehr«, sagte er. Sie öffnete entsetzt den Mund.

»Wie meinen Sie das?«

»Die Gesellschaft für die Förderung der weiblichen Alphabetisierung?«, fragte er und hob die Brauen. Sie seufzte erneut und setzte sich neben ihn.

»Sie wissen nicht, dass ich schreibe«, gestand sie leise.

»Sie haben das drei Jahre lang für sich behalten?«, fragte er ungläubig.

»Drei Jahre, sieben Monate und fünf Tage«, bestätigte sie aus Gewohnheit. »Sie lesen die *Weekly* nicht. Ich habe sie auch nie dazu ermutigt. Ich fürchte, sie wären nicht damit einverstanden, wenn ich schreibe, und könnten es mir verbieten.«

Und das Schreiben gehörte zu ihr und war etwas ganz und gar Privates. Die Arbeit für die *Weekly* war ihr geheimes, glückliches Leben. Anderen Leuten Ratschläge und Tipps zu geben, war etwas, worin sie wirklich gut war, und es befriedigte sie zutiefst, dass man ihr Talent bei der Zeitung zu würdigen wusste. Wenn sie daheim aushalf, nahm ihre Familie sie überhaupt nicht wahr.

»Wie konnten Sie dieses Geheimnis so lange bewahren?«, fragte Knightly. Seine blauen Augen suchten in den ihren nach Antworten.

»Mr. Knightly«, setzte sie ungeduldig an. Sie stand auf und begann, in dem spärlich möblierten Raum auf und ab zu laufen. »Ich existiere nur im Schatten und werde oft übersehen. Ich falle den Leuten nicht zur Last. Ich lebe, um zu dienen. Mein Beruf ist es, die Probleme anderer Leute zu lösen, und oft tue ich das, ohne dabei an mich zu denken. Und vor allem sind die Erwartungen an mich nicht besonders groß. Selbst wenn Sie Blanche erzählt hätten, wer Sie sind und was ich schreibe, würde es mindestens eine halbe Stunde dauern, bis Sie sie von der Wahrheit überzeugt haben.«

»Ich verstehe«, sagte er nach langem Schweigen.

»Tatsächlich? Verstehen Sie das wirklich?«

»Allmählich schon«, sagte er. Sein Blick ging zu der offenen Tür. »Und warum glauben Sie, Julianna habe mich dazu angehalten, mich bei Ihnen zu entschuldigen?«

»Wissen Sie, es ist unglaublich dreist von Ihnen, zu mir zu kommen und mich dieser peinlichen Befragung zu unterziehen«, antwortete Annabelle, weil sie seine Frage nicht beantworten wollte. Dann hätte sie zugeben müssen, dass Julianna sich eingemischt hatte, und sie glaubte nicht, dass Knightly verstehen würde, in was für einer vertrackten Lage sie sich befand.

»Ich wollte mich nur entschuldigen. Die Fragen wurden lediglich aufgeworfen durch die häuslichen Dramen, deren Zeuge ich unfreiwillig wurde. Außerdem bin ich nicht so erfolgreich darin, mich im Hintergrund zu halten«, fügte er hinzu.

»Was soll das heißen?«, fragte sie.

»Seien Sie kühn, Annabelle«, sagte Knightly. Seine Stimme klang drängend, und am liebsten hätte sie genau das getan, was er von ihr verlangte. »Mir gefällt das. Und es passt besser zu Ihnen, als Sie vielleicht ahnen.«

»Ich hab es ja versucht«, antwortete sie. In ihrer Stimme schwang kaum verhohlene Qual mit. Denn diese Kühnheit war ihr nicht in die Wiege gelegt worden. Sie musste sich regelrecht darauf konzentrieren und bewusst die Entscheidung dafür treffen. Jeder Erfolg, den sie erzielte, brachte sie in Schwierigkeiten, die sich der alten Annabelle nie gestellt hatten.

Die alte Annabelle stritt nie mit ihren Freunden. Andererseits hatte Knightly die alte Annabelle auch nie zu Hause besucht.

»Ich weiß, dass Sie es versuchen. Und Ihr Versuch verkauft jede Woche viertausend Exemplare meiner Zeitung zusätzlich«, erwiderte Knightly und strahlte. Normalerweise lag die Auflage bei zehn- bis zwölftausend. Das war wirklich gut! Sie erlaubte sich, für einen Moment die Freude über diese gute Nachricht zu genießen.

Sie zuckten beide zusammen, als aus der Küche ein lautes Scheppern erklang und schwiegen, während sich irgendwo im Haus unverkennbar Blanches Stimme erhob, die schimpfte und Richtung Küche lief.

Knightly stand auf, ging zur Salontür und schloss sie.

Annabelle protestierte nicht.

»Sie haben meine Frage noch nicht beantwortet«, beharrte Knightly und kam wieder auf sie zu. »Was Julianna mit meiner Entschuldigung zu tun hat.«

»Ich habe mich mit den anderen Schreibmädchen gestritten«, sagte Annabelle und zuckte mit den Schultern. »Sie glauben, ich sei eine Närrin, und damit haben sie vermutlich Recht. Ich fühle mich jedenfalls wie eine. Und ich will darüber nicht mit Ihnen reden. Ich kann nicht.«

Knightly machte noch einen Schritt auf sie zu und verringerte den Abstand. Mit den Fingerspitzen hob er sanft ihr Kinn, sodass sie zu ihm aufblickte.

»Dann reden Sie auch nicht, Annabelle«, murmelte er. Und dann legte er seinen Mund auf ihren.

Er küsste sie.

Knightly. Küsste. Sie.

An einem der zehn schlimmsten Tage ihres Lebens.

Sie spürte die Hitze seiner Lippen auf ihren. Seines Körpers, so nah bei ihr. Es war eine ganz besondere Wärme – verzehrend und voller Feuer –, und jetzt, da sie zum ersten Mal darin gehüllt wurde, erkannte Annabelle, wie kalt ihr all die Jahre gewesen war.

Diese Hitze – die warme Hand eines Mannes, die ihre Wange streichelte, die Wärme seines Körpers, die sie umschloss. Und die Hitze seines Munds auf ihrem.

Zuerst waren es nur die Lippen, die sich sanft auf ihre drückten. Sie spürte ein Kribbeln, ein winziges Feuerwerk der Empfindungen. Ihr erster Kuss. Ein einmaliger Kuss. Mit dem Mann, den sie liebte. Das war das Warten wert gewesen.

Dieser Kuss ließ auch ein Triumphgefühl in ihr aufwallen, das mit dem Zittern und den Funken der Leidenschaft kam. Sie hatte auf diesen Moment gewartet, hatte darum *gekämpft*. Sie *verdiente* diesen Kuss. Und sie würde jede herrliche Sekunde dieses Kusses genießen.

Und dann wurde es völlig anders. Seine Lippen öffneten ihre. Und sie gab nach. Knightly drängte sie, sich ihm zu öffnen, und weil sie ihm bedingungslos vertraute, folgte sie ihm mit vollkommener Hingabe. Sie hatte keine Ahnung, wohin das hier führte, aber sie wusste, dass sie auf diesem Weg nicht alleine war.

Der Kuss war nicht so, wie sie es sich immer vorgestellt hatte. Sie war ja völlig ahnungslos gewesen! Es war einfach berauschend. Sie ließ ihn herein. Und wagte sich ebenfalls vor. Sie schmeckte ihn und ließ ihn sie schmecken.

Ein Seufzen entschlüpfte ihren Lippen und verklang an den seinen. Es war ein zufriedenes Seufzen. Nein, das war nicht nur Zufriedenheit. Es war Zeichen ihrer Lust, und sie erlebte dies zum ersten Mal. Ein Seufzen, das nur Knightlys Kuss hervorrufen konnte.

Er legte die Hand auf ihre Taille, direkt oberhalb ihrer Hüfte. Eine besitzergreifende Geste, doch sie wollte ihm so ganz und gar gehören. Ihre Welt drehte sich immer schneller, auf eine atemberaubende Art wurde ihr schwindlig. Sie musste sich irgendwo festhalten und klammerte sich an seinen Jackenaufschlag. Irgendwie musste dieser Moment durch eine körperliche, bodenständige Erfahrung real werden, damit sie nicht später glaubte, einem Hirngespinst aufgesessen zu sein.

Sie spürte die Wolle seines Mantels unter den Händen.

Seine Wange an ihrer. So rau. So männlich.

Sein Geruch, so unbeschreiblich und zugleich betörend. Sie wollte diesen Duft für immer einatmen.

Sein Atem, das leise Flüstern seines Stöhnens. Leise Laute, die ihr seine Leidenschaft verrieten.

Das Hämmern ihres Herzens.

Der Geschmack seiner Lippen …

Sein Mund lag fest, entschlossen, heiß und besitzergreifend auf ihrem. Sie gab sich ihm hin. Egal, was er von ihr wollte, sie würde es ihm geben. Und sie wollte ihn wissen lassen, wie viel dieser Kuss ihr bedeutete. Sie küsste ihn mit all der Leidenschaft, die sich im Laufe der Jahre bei ihr aufgestaut hatte. Und das Erstaunliche, Wunderbare und Beglückende daran war – er erwiderte den Kuss mit einer ähnlichen Leidenschaft.

Kapitel 26

Der Krautkopf fragt sich, ob er der Krautkopf ist

LIEBE ANNABELLE

Viele Leser haben mir Tipps geschickt und mich ermutigt, wie ich die Liebe des Krautkopfs gewinnen könnte. Viele haben mich auch gefragt, warum ich ihn überhaupt will. Ich gebe zu, die Autorin dieser Zeilen fragt sich auch oft, ob er so viele Mühen überhaupt wert ist oder ob sie lieber aufgeben soll. Aber gerade als ich bereit war, mir mein Scheitern einzugestehen, geschah etwas Zauberhaftes und hat mich überzeugt weiterzumachen. Liebe Leser, bitte gebt mir Rat! Wie weit darf man für die Liebe gehen?

LONDON WEEKLY

Im Kaffeehaus Galloway's

Knightly saß mit einer Zeitung und einem heißen Kaffee im Kaffeehaus Galloway's, wie er es jeden Samstagmorgen zu tun pflegte. Seine Liebe für Zeitungen ging über seine eigene hinaus. Er liebte außerdem die Atmosphäre im Kaffeehaus – der schwere Duft des Kaffees vermischte sich mit Zigarrenrauch. Die Zeitungen raschelten, gedämpfte Gespräche an den kleinen Tischen brachten die Luft zum Summen.

Er brauchte dringend einen Kaffee, denn er hatte nicht geschlafen.

Er brauchte dringend Ablenkung, doch nichts vermochte seine Gedanken von einem Thema abzubringen.

Er hatte Annabelle geküsst.

Das schüchterne, ruhige schreibende Fräulein Nummer vier. Annabelle. Erst vor wenigen Wochen hatte er kaum einen Gedanken an sie verschwendet und jetzt …

Er hatte Annabelle geküsst.

Was hatte ihn dazu getrieben? Er wusste es nicht. Aber eine Kraft, die sich seiner Kontrolle entzog, hatte ihn durch den schrecklichen Salon auf sie zugetrieben. Hatte ihn dazu gebracht, ihr Kinn anzuheben und seinen Mund auf ihren zu legen.

Es war ein guter Kuss gewesen.

So gut, dass er seitdem kaum an etwas anderes denken konnte. Sie schmeckte süß, seine »liebe Annabelle«. Sie erwiderte den Kuss unschuldig und zugleich mit einer Begeisterung, die ihn völlig aus dem Gleichgewicht brachte.

Der Kuss zielte nicht darauf, ihm zu gefallen, wie man es von einer Mätresse erwarten würde. Und gerade deshalb war er so verführerisch. Es war ein Kuss nur um des Kusses willen. Weil es so schön war zu küssen.

Knightly hatte all diese Wahrheiten in dem Moment begriffen, in dem ihre Zunge seine umschmeichelte. Wie er auch gewusst hatte, dass es für sie der erste Kuss war. Die Bedeutung dieses Kusses ließ ihm die Brust eng werden und er glaubte, kaum mehr Luft zu bekommen.

Aber zum Teufel mit irgendwelchen Deutungen, wenn ein bestimmter Teil von ihm das Sagen hatte. Die Erinnerung an ihren Geschmack und die Berührung hatte ihn die ganze Nacht wach gehalten und ihm verruchte Träume geschenkt. Er suchte Erleichterung und fand sie. Trotzdem sehnte er sich weiter nach Annabelle.

In dem Versuch, seine Welt wieder ins Lot zu bringen, musste er sich wohl oder übel an die Fakten halten.

Tatsache Nummer Eins: Annabelle war seine Angestellte. Zwar verbot kein Gesetz ihm, sich mit einer Mitarbeiterin zu vergnügen, wenn er es so wollte. Doch es fühlte sich irgendwie … falsch an. Als würde er einen Vorteil daraus ziehen. Das war nicht die Leidenschaft, nach der er strebte. Und über die Leidenschaft, die er mit Annabelle teilen wollte, hatte er bereits ausgiebig nachgedacht.

Tatsache Nummer Zwei: Annabelle lebte bei Leuten, die in seinen Augen Anwärter auf Londons schlimmste Verwandtschaft waren. Ihre Familie behandelte sie wie eine Dienstbotin. Vor seinen Augen war Annabelle unter dem bedrohlichen Blick der gemeinen Mrs. Swift, die ihn an einen besonders fiesen Schulaufseher denken ließ, förmlich geschrumpft.

Annabelle war keine Dienstbotin. Sie war eine wunderschöne Frau und talentierte Autorin – was übrigens ganz London zu wissen schien. Mit Ausnahme ihrer Familie.

Die Gesellschaft für die Förderung der weiblichen Alphabetisierung also. Natürlich hatten ihre Verwandten nie danach gefragt und scherten sich auch sonst nicht um sie. Wie Annabelle sagte – wahrscheinlich würden sie ihr nicht einmal dann glauben, wenn er ihr Porträt in Auftrag gab und es auf der Titelseite neben einem Artikel platzierte, der bestätigte, dass sie die Kolumnistin »Liebe Annabelle« war, die haufenweise Leserpost bekam.

Knightly war allerdings fast versucht, das zu machen.

Tatsache Nummer Drei: Annabelle war verletzlich. An jenem schicksalhaften Nachmittag hatte er gesehen, wie sie sich erst mutig vorwagte und wieder zurückzog. Sie blühte auf und verwelkte. Und alles geschah direkt vor seinen

Augen. Irgendwas passierte mit Annabelle. Er mochte die kühne Annabelle und war froh, ihr das gesagt zu haben, obwohl diese kühne Annabelle ihn bis in seine Gedanken verfolgte und ihn mit einem Kuss verführt hatte, der eine unerträgliche Mischung aus Begeisterung und Unschuld war. Mit der alten Annabelle war sein Leben einfach gewesen. Die kühne Annabelle setzte sein Leben in Brand.

Irgendwas passierte mit ihm. Etwas Großes, das er nicht kaputt machen wollte. Langsam entstand vor seinem inneren Auge das Bild einer Frau, die Hoffnung und Optimismus ausstrahlte und ihr Leben entschlossen selbst in die Hand nahm, obwohl ihre Familie und die ganze Welt sie kaum wahrnahmen – zumindest da draußen. Auf den Seiten der *London Weekly* war die »liebe Annabelle« eine andere: ein entzückendes Biest, ein süßer Teufelsbraten.

Es war ihm verdammt noch mal unmöglich, sich auf die Fakten zu konzentrieren, solange Drummond und Gage an seinem Tisch eine äußerst ärgerliche Diskussion über die »liebe Annabelle« führten. Knightly tat, als wäre er in die *Morning Post* vertieft, doch er belauschte ihr dummes Geplapper.

»Weißt du, ich glaube ja, dieser Krautkopf hat Annabelle gar nicht verdient«, verkündete Drummond, nachdem er die Ausgabe dieser Woche sinken ließ. Er schwieg und trank mit gerunzelter Stirn seinen Kaffee, als würde er genauso ernsthaft über Annabelles Liebesleben nachdenken wie Newton damals über seine Berechnungen.

»Obwohl ich dir nur ungern beipflichte, Drummond, glaube ich, du hast Recht. Und ›Krautkopf‹ ist kaum angemessen als Beschimpfung für diesen verflucht undankbaren, schwachsinnigen Fant, für den sie so schwärmt«, fügte Gage nachdenklich hinzu.

»Offensichtlich hat er ihre Seele verletzt und stellt nun ihren Glauben an die Liebe auf die Probe«, sagte Drummond und stieß mit dem Finger auf die Seite der *London Weekly* herab. »Das ist doch geradezu kriminell.«

Knightly schnaubte. Ihr Glaube an die Liebe? Verletzte Seele? So ein sentimentaler Quatsch. Aber was durfte man von einem Stückeschreiber schon erwarten? Trotzdem machte er sich in dem Stuhl kleiner und hob die Zeitung etwas weiter hoch.

Er hatte ihre Kolumne diesmal gelesen und dabei die ganze Zeit die Luft angehalten. Er hatte so seine Vermutungen. Aber der Preis dafür, sich diese einzugestehen, war zu hoch. Entweder er musste das lebenslange Ziel aufgeben, in die höchsten Kreise aufzusteigen – oder er brach Annabelle das Herz.

Er war nicht bereit, eins von beidem zu tun.

»Es klingt, als habe sie seine Aufmerksamkeit geweckt. Aber er hat sie nur ausgenutzt, wenn du verstehst, was ich meine«, sagte Gage. Knightlys Magen krampfte sich zusammen.

»Ganz genau! ›Krautkopf‹ ist ein viel zu schwaches Wort. Weißt du was? Ich wünschte, ich wüsste, wer er ist, damit ich ihm ordentlich eine verpassen kann«, knurrte Drummond.

Seit Jahren traf Knightly sich jeden Samstag mit seinen Freunden zu Kaffee und Zeitungen, und in all der Zeit hatte er nie erlebt, dass Drummond so verdammt leidenschaftlich auf einen Artikel in der Zeitung reagierte. Es war sogar schlimmer als die Kritik im *London Chronicle*, die eines seiner Stücke als »so unterhaltsam wie die Pocken« bezeichnete, nachdem er für die Kritik sechs Pfund bezahlt hatte.

»Während du das tust, werde ich die ›liebe Annabelle‹

einfach nach Gretna Green entführen und ihr unterwegs zeigen, wie die Liebe eines guten Mannes aussieht«, sagte Gage mit einem lüsternen Grinsen, das in Knightly den Wunsch weckte, *ihm* ordentlich eine zu verpassen.

Knightly beschloss, dass jetzt der richtige Zeitpunkt war, um sich mit Logik und Besonnenheit in das Gespräch einzuschalten – und zwar bevor sein Temperament mit ihm durchging und er zu viel über sich preisgab.

»Das könnt ihr nicht ernst meinen«, sagte er tonlos und senkte die Zeitung, in der er kein Wort bewusst gelesen hatte.

»Doch und wie«, erklärte Drummond ernst und faltete die Hände auf dem abgewetzten Tisch.

»Ich auch«, fügte Gage mit ebenso ernster Miene hinzu. Er hieb mit der Faust auf den Tisch, um seinen Worten Nachdruck zu verleihen.

»Ihr kennt sie ja noch nicht mal«, erinnerte Knightly die beiden.

»Stimmt, aber du kennst sie. Würdest du uns ihr vorstellen?«, fragte Gage und hob die Brauen.

»Nein«, erwiderte Knightly fest. Bei allem, was ihm heilig war – auf keinen Fall.

»Warum nicht? Sie ist doch offensichtlich ein hübsches Ding, das einsam ist und sich nach Liebe sehnt«, sagte Gage.

»Außerdem jung, hübsch und ruhig«, fügte Drummond beinahe verträumt hinzu. Seine Worte versetzten Knightly einen Stich.

»Glaubst du nicht, sie verdient es, geliebt zu werden?«, wollte Gage wissen.

»Das ist ihre eigene Angelegenheit«, sagte Knightly. Er faltete die Zeitung zusammen und legte sie auf den Tisch.

»Das *war* es vielleicht. Aber nachdem sie angefangen hat, darüber in der Zeitung zu schreiben, geht es jeden etwas an«, sagte Drummond. Leider hatte er damit nicht Unrecht.

»Es geht hier schließlich auch um deine Zeitung«, sagte Gage. »Ich hätte gedacht, die Sache interessiert dich mehr. Ist ja dein Geschäft und so.«

»Annabelle ist …« Knightly verstummte, weil ihm die richtigen Worte nicht einfallen wollten. Sie war schüchtern, wenn sie nicht gerade kühn war. Sie war wunderschön. Begehrenswert, selbst wenn ihre Augen rot vom Weinen waren. Sie war ihm ein Rätsel, das sich nur langsam vor seinen Augen enthüllte. Und das faszinierte ihn und jagte ihm gleichzeitig Angst ein.

Und er hatte sie geküsst.

Er schluckte, damit er keinen seiner Gedanken laut aussprach, und lieber würde er ersticken, als vor Männern wie Gage und Drummond so etwas laut auszusprechen.

»Annabelle ist eine sehr nette Person«, sagte er schließlich. Seine Freunde starrten ihn ungläubig an. Dann brachen die beiden in haltloses Gelächter aus und schlugen einander hart auf den Rücken und ließen ihre Fäuste auf der Tischplatte tanzen. Der alte Galloway persönlich brüllte quer durch den Raum, sie sollten gefälligst die Klappe halten.

»Du bist das, nicht wahr? Du bist der Krautkopf!«, rief Drummond und zeigte lachend auf Knightly. Im Kaffeehaus wurde es plötzlich ganz still, Köpfe hoben sich von den Zeitungen und starrten zu ihm rüber.

»Ich bin nicht der Krautkopf«, entgegnete Knightly erhitzt, obwohl er sich gerade wie ein Krautkopf fühlte. Verflucht sollte ihr Ohnmachtsanfall sein! Bis zu jenem Moment hatte er sich selig der Unwissenheit hingeben können und sich nur Gedanken darüber gemacht, wie sich der Krautkopf auf die Verkaufszahlen auswirkte. Er konnte sich einreden, es müsse sich dabei um Lord Marsden oder Owens handeln (Letzteres war immer noch am wahrscheinlichsten), und weiterhin seine eigenen Pläne verfolgen.

Er verfluchte im Stillen Drummond und Gage für ihr Gelächter und die Tatsache, dass sie ein Thema auf den Tisch brachten, das er lieber ignorieren wollte. Er war noch nicht bereit, diese Entscheidung zu treffen. *Dazugehören. Niemandem etwas schuldig sein. Annabelles Herz brechen.*

Diese ganze Situation war unmöglich. Das Gelächter irritierte ihn, doch Knightly wahrte ungerührt Haltung. So war er eben. Er war kühl, fast kalt, und hatte immer alles unter Kontrolle. Das Gelächter irgendwelcher Rüpel perlte an ihm ab wie Wasser am Gefieder einer Ente.

Aber plötzlich dachte er wieder an Annabelle und jenen Tag, an dem Owens ihr erklärte, sie sei zu wohlerzogen, um verdorben zu sein, weshalb man ihretwegen sicher keine Untersuchung anstreben würde. Und alle hatten gelacht.

Scham und Reue überfielen ihn, als Knightly viel zu spät erkannte, wie verletzend diese Worte für sie gewesen sein mussten. War das der Tag gewesen, an dem sie begann zu erblühen? War das der Moment, in dem sie beschloss, Owens Aufmerksamkeit zu erregen?

Und hatte der Kuss für sie etwas zu bedeuten? Oder entsprang er nur Annabelles Bestreben, sich verdorben zu zeigen? War er der Krautkopf oder nur ein weiterer Mann, an dem sie ihre Verführungskünste übte?

So viele Fragen und keine war von Bedeutung. Er hatte sein Schicksal schon vor vielen Jahren entschieden, an jenem Tag im Oktober 1808. Wenn er Entscheidungen traf, hielt er daran fest.

Kapitel 27

Vermisst: ein zärtliches Seufzen der »lieben Annabelle«

STADTGESPRÄCHE

Mr. Knightlys Brautwerbung um Lady Marsden steht wohl kurz vor dem Abschluss. Wir wissen aus zuverlässiger Quelle, dass er einen Juwelier in der Burlington Arcade besucht hat. Allerdings verließ er das Geschäft, ohne einen Kauf getätigt zu haben.

MORNING POST

Die Redaktionsräume der London Weekly

Das Erste, was Knightly bemerkte, als er den Konferenzraum betrat: Annabelle seufzte nicht! Als Zweites ging ihm Folgendes auf: Sie hatte immer geseufzt, wenn er zu den wöchentlichen Sitzungen erschien. Diese Routine, verlässlich wie ein kleines Uhrwerk, hatte er nie bemerkt, bis die Uhr kaputt ging.

Einen Moment lang zögerte er. Sie hatte geseufzt. Dann hatte er sie geküsst, und sie seufzte nicht mehr. Das musste nichts bedeuten, doch er fand keine logische Erklärung dafür und zerbrach sich den Kopf über ihre letzten Kolumnen. Hatte er irgendeinen Hinweis überlesen? Er versuchte sich einzureden, dass es nichts zu bedeuten hatte.

Aber in Gedanken war er bei Annabelle – wie so oft.

Sein Blick suchte Annabelle.

Er sehnte sich nach ihr.

Doch er hatte eine Entscheidung getroffen und war Verpflichtungen eingegangen. Sowohl Lord als auch Lady Marsden wurden langsam ungeduldig. Er trank Tee mit der Lady und Brandy mit dem Lord. Er ging zum Juwelier, doch er fand nichts, das ihm passend erschien. Ein Ring, der ausrief: *Ich gehöre dazu! Ihr dürft mich nicht länger ignorieren!* Keiner der Diamanten, Rubine oder Saphire war in seinen Augen groß genug.

Heute Morgen hatte er erfahren, dass der Herausgeber des *London Chronicle* unter Arrest stand, nachdem er die Parlamentsuntersuchung hinterfragt hatte – in einem Leitartikel, der sich auf Informationen stützte, die von Lohnschreibern geliefert wurden, die sich als Dienstboten ausgaben.

Knightly wusste genau, was er tun musste. Was er auch tun würde, weil er schon immer ein Mann der Tat gewesen war.

Angesichts der Umstände sollte er sich also keine Sorgen um ein Seufzen oder das Fehlen desselbigen machen. Trotzdem stand er verwirrt vor seinen Mitarbeitern und dachte darüber nach, warum dieses Seufzen heute ausblieb.

Seine Miene verfinsterte sich.

Er würde sich jedenfalls nicht aus dem Konzept bringen lassen, nur weil ein hübsches Mädchen nicht seufzte.

Er starrte seine Mitarbeiter an.

Erst jetzt fiel ihm auf, dass Annabelle nicht an ihrem Platz saß.

Es gab diese wunderbare Routine, die sich etabliert hatte. Und heute hatte sie diese Routine in den Grundfesten erschüttert. Sonst kam er in den Raum und Annabelle seufzte. Er sagte »Zuerst die Damen«, und die Sitzung begann mit den schreibenden Fräulein, die eine nach der anderen ihre Berichte vortrugen. Sie saßen immer beisammen, immer am selben Platz in einer Reihe.

Heute saß Annabelle zwischen Owens und Grenville. Knightly kniff die Augen zusammen. Also war Owens der Krautkopf? Wie sonst ließ sich erklären, dass Annabelle neben ihm saß und seine Hand berührte, als er sich zu ihr beugte und ihr etwas ins Ohr flüsterte? Sie wurde rot und lächelte.

»Was zum Teufel ist hier los?«, fragte er verärgert. Am liebsten hätte er mit der Faust die Wand durchschlagen. Oder Owens' Kinn zertrümmert. Keiner antwortete. »Miss Swift, warum sitzen Sie da drüben?«

Erst danach fiel ihm ein, dass sie sich lieber am Rand aufhielt und nicht im Zentrum der Aufmerksamkeit stand. Darum entschied er kurzerhand, sie vor den anderen Autoren nicht in Verlegenheit zu stürzen.

»Ach, egal«, sagte er grimmig. Und dann verlief die Redaktionssitzung fast wie immer. Seine Leute plauderten. Sie debattierten hitzig über den Skandal bei der *Times*. Er warf Annabelle verstohlene Blicke zu. Sah ihren tiefen Ausschnitt. Ihren gesenkten Blick.

Nachdem die Sitzung vorbei war, hielt er Annabelle am Arm fest, als sie versuchte, Arm in Arm mit Owens an ihm vorbeizuschlüpfen. Er hatte Fragen – auch wenn er nicht genau wusste, was für welche –, und er vermutete, sie wusste die Antworten.

Sein Plan sah so aus: Er wollte sie herrisch daran erinnern, wer in der Welt wo seinen Platz hatte. Doch als er ihren Namen sagte – »Annabelle …« –, hörte er in seiner

Stimme all die Fragen, die schlaflosen Nächte und sogar so etwas wie Gefühle.

»Wenn Sie sich schon wieder entschuldigen wollen – mir wäre es lieber, Sie tun es nicht«, sagte sie zu seiner Verblüffung.

»Wofür sollte ich mich entschuldigen, Annabelle?« Er lehnte sich gegen den Türrahmen.

»Für den Kuss«, flüsterte sie und beugte sich vor, damit keiner ihre Worte belauschte. Er atmete tief ein und sog Annabelles Duft ein.

Vermutlich sollte er sich dafür entschuldigen. Weil er eine Frau ausgenutzt hatte, die gerade in einem Zustand tiefster Verzweiflung war. Seine Mitarbeiterin, die es deshalb nicht riskieren konnte, seine Annäherung abzuweisen. Aber er hatte von ihrem Verlangen gekostet – und von dieser berauschenden Süße. Er würde sich auf gar keinen Fall dafür entschuldigen, denn es tat ihm nicht im Geringsten leid.

Und wie jeder ihr bestätigen konnte, war er nicht so verdammt erfolgreich, weil er sich je für irgendwas entschuldigt hätte. Er beugte sich zu ihr hinab und flüsterte:

»Aber der Kuss tut mir gar nicht leid, Annabelle.«

Das war die Wahrheit. Er war deswegen verwirrt, wollte sie noch einmal küssen und verstand nicht, was mit ihm los war. Eine Million Gedanken und Gefühle schwirrten ihm nach diesem Kuss durch den Kopf, aber Reue gehörte nicht dazu.

»Tut er nicht?«, fragte sie. Ihre Haltung überraschte ihn nicht, doch irgendwie störte sie ihn. Sie hatte keine Ahnung, wie schön und verführerisch sie war, oder? Aber warum sollte sie auch, wenn sie seit Jahren einen Mann aus der Ferne anhimmelte, der ihr nie seine Aufmerksamkeit geschenkt hatte?

»Tut er Ihnen leid?«, fragte er.

»Sie wollten das nicht machen, oder?«, stellte sie überraschend eine Gegenfrage. Wahrscheinlich hatte sie Stunden darüber nachgedacht, was der Kuss zu bedeuten hatte und welche Absichten er hegte. Wann war ein Kuss nicht nur ein Kuss? Wenn er Annabelle küsste. Das meinte er genau so auf die beste und schlimmste nur denkbare Art. Die beste Antwort, die er ihr liefern konnte, war Ehrlichkeit.

»Ich bin nicht mit der Absicht, Sie zu küssen, aus der Fleet Street nach Bloomsbury gefahren, nein. Aber es ist auch nicht so, als wäre ich gestolpert und im Sturz wären unsere Münder zusammengestoßen.«

Sie konnte nicht anders und kicherte. Ein Fortschritt. Er grinste.

Die Worte »Bin ich der Krautkopf?« brannten ihm auf den Lippen. Doch die Frage klang in seinen Ohren zu lächerlich, um wirklich ausgesprochen zu werden. Ehrlich gesagt wollte er es auch gar nicht wissen.

Denn wenn er die Wahrheit erfuhr …

Wenn er derjenige war …

Wenn sie ihn all die Jahre angehimmelt hatte und er sie erst jetzt wahrnahm, als er bereits fest entschlossen war, eine andere Frau zu heiraten, wäre das Schicksal eine grausame Herrin. Daran durfte Knightly nicht denken. Nicht hier, nicht jetzt. Stattdessen musterte er verstohlen ihr Dekolleté. Als könnte er dann klarer denken … Sein Blick blieb an einem dicken Stapel Briefe hängen, den sie in den Händen hielten.

»Was haben Sie denn diese Woche vor?«, fragte er. Wovor musste er sich diese Woche hüten?, fragte er sich. Oder brauchte er sich keine Sorgen zu machen? Er konnte Owens nach wie vor nicht als Krautkopf ausschließen. Nicht, wenn er bedachte, wie sie während der Redaktionssitzung einander zuzwinkerten und miteinander flüsterten.

»Das kann ich Ihnen noch nicht sagen«, erklärte sie und lachte nervös. Er hob fragend eine Braue. »Denn … ich habe noch nicht alle Briefe gelesen. Die Vorschläge werden auch immer ausgefallener. Zum Beispiel rät mir eine Leserin, ich solle ein Lied komponieren und einen Chor engagieren, der ihn mit Gesang verzaubert.«

»Ich weiß nicht, ob das der richtige Weg ist, um Männer zu beeindrucken«, räumte Knightly unumwunden ein. Aber dann wäre endlich Ruhe, denn nach so einer Aktion wüsste jeder, hinter wem sie her war. *Dabei wollte er das gar nicht wissen. Aber warum eigentlich nicht?*

»Ich glaube, die Zeit wird etwas knapp, wenn ich erst ein Lied komponiere, einen Chor suche und das Lied mit ihm einstudiere und den Chor dann noch vor dem Krautkopf singen lasse. Irgendwann muss ich ja auch noch die Kolumne schreiben.«

»Ihre Kolumne ist immer das Wichtigste«, erinnerte er sie.

»Dann sollte ich wohl auch lieber nicht den Rat einer anderen Leserin befolgen. Sie meint, ich solle ein Porträt von mir in zweideutiger Pose in Auftrag geben, das ich an den Krautkopf liefern lasse oder in der National Gallery ausstelle. Stellen Sie sich nur vor, wie ich stundenlang stillsitze und nicht schreiben kann. Und genauso wenig kann ich mich vor eine heranrauschende Kutsche werfen, während der Krautkopf daneben steht und mich hoffentlich rettet. Denn wenn er mich nicht bemerkt …«

Ihm lag fast auf der Zunge: *Schreiben Sie's in meinen Terminplan, ich werde da sein*. Doch er fühlte sich wie ein Arsch, wenn er andeutete, es könnte sich beim Krautkopf um ihn handeln und dass sie ihn so sehr wollte, um Leib und Leben zu riskieren. Das war das Problem: Er konnte sie nicht mal fragen, ohne dabei wie ein höchst eingebildeter und anmaßender Krautkopf zu klingen.

»Ich bin entsetzt über diese Vorschläge«, erklärte er. »Und wie die Leser haben auch die Kerle im Kaffeehaus blöde Ideen. Sie glauben auch, in Sie verliebt zu sein.«

»Handelt es sich um ehrbare Gentlemen?«, erkundigte Annabelle sich. Seine Eifersucht flammte auf. »Falls es so ist, würde ich sie gerne kennenlernen.«

»Sie sind alles andere als ehrbar«, erklärte Knightly tonlos. Dann konnte er nicht länger widerstehen und stellte ihr noch eine Frage. Ein Mann wie er kam nicht so weit, indem er nicht nachbohrte. »Ich dachte bisher, Sie wären vollkommen ausgefüllt vom Krautkopf, wie Sie ihn nennen.«

»Das ist eine komische Sache«, sagte Annabelle nachdenklich. Er ertappte sich dabei, wie er die Luft anhielt und förmlich an ihren Lippen hing. Denn was sie sagte, entsprach nicht seinen Erwartungen. Es gefiel ihm auch nicht, und er wusste nicht, weshalb das so war und dachte lieber nicht genauer darüber nach, was ihm all diese Gefühle über seinen Gemütszustand verrieten. »Ich vermute, die Frage lautet doch eher, ob der Krautkopf von mir ausgefüllt ist«, sagte sie. »Und wie weit soll ich mit meinen Plänen gehen? Machen Sie sich keine Sorgen, Mr. Knightly. Ich werde eine gute Kolumne abliefern, die der *London Weekly* würdig ist.«

Sein Sekretär Bryson stand plötzlich neben ihm und räusperte sich.

»Ja, was ist denn?«, fragte Knightly. Er ließ Annabelle nicht aus den Augen.

»Mr. Knightly, Sie haben mich gebeten, Sie an Ihre Nachmittagstermine zu erinnern. Mr. Skelly ist hier, um Sie über die Anschaffung neuer Druckerpressen zu informieren. Mr. Mitchell hat um ein Gespräch gebeten, und Sie haben Lady Marsden versprochen, sie heute Nachmittag zu besuchen.«

»Danke, Bryson. Ich brauche nur noch einen Moment«, sagte Knightly. Er konnte den Blick nicht von Annabelle abwenden.

Tatsache Nummer Eins: Annabelle machte schon wieder diese *Sache*. Sie wurde unsichtbar, indem sie einen Schritt von ihm zurückwich. Sie schien plötzlich völlig fasziniert vom Saum ihres Kleids zu sein, hatte die Arme über der Brust verschränkt und wirkte sehr in sich gekehrt.

Das lag an der Erwähnung von Lady Marsden, nicht wahr? Denn was sonst könnte der Grund sein?

Tatsache Nummer Zwei: Er war versucht, den Nachmittag mit Annabelle zu verbringen statt Lady Marsden zu besuchen. Ihm war ein Spaziergang mit Annabelle sogar lieber als der Heiratsantrag, der ihm den Zutritt in jene Kreise garantierte, nach dem er sein Leben lang gestrebt hatte. Seit dem Moment, als der Neue Earl jene Worte sagte, die ihn am Boden zerstörten: *Werft den Bastard raus. Er gehört nicht hierher.*

Tatsache Nummer Drei: Lady Marsden war für ihn die goldene Eintrittskarte, mit der sich all seine lang gehegten Träume erfüllen würden. Erfolg. Macht. Anerkennung – besonders durch den Neuen Earl.

Tatsache Nummer Vier: Männer mit gesundem Menschenverstand warfen das nicht alles achtlos weg. Und er hatte sich selbst immer für sein logisches und rationales Verhalten gepriesen.

»Sie haben heute Nachmittag viel vor, ich sollte Sie nicht länger aufhalten«, sagte Annabelle und wünschte ihm noch einen schönen Tag.

Tatsache Nummer Fünf: Er wollte länger von ihr aufgehalten werden.

Kapitel 28

Lady Roxburys Entschuldigung

GEHEIMNISSE DER GESELLSCHAFT
VON EINER LADY MIT KLASSE

Die Identität vom Krautkopf der »lieben Annabelle« ist das bestgehütete Geheimnis Londons, und offensichtlich weiß der Krautkopf auch selbst nicht, dass er es ist. Aber wie lange muss sie – und mit ihr die Leser – noch warten, bis er zur Vernunft kommt?

LONDON WEEKLY

Nach der Sitzung, in der Annabelle ihren Freundinnen feige aus dem Weg gegangen war, packte Julianna ihren Arm und zog sie die Treppe hinunter und draußen in ihre wartende Kutsche. Das Roxbury-Wappen war auf der Seite in strahlendem Gold angebracht. Ein Einschussloch prangte mitten darin, Folge einer wütenden Julianna. Anders als jene Julianna, die Annabelle jetzt in der Kutsche gegenübersaß. Sie schien sich Mühe zu geben, traurig zu wirken.

»Ich schulde dir eine Entschuldigung«, sagte Julianna. Vermutlich meinte sie damit den Streit von letzter Woche. Annabelle hatte seitdem schrecklich schlechte Laune. Es hatte sogar das wunderschöne Leuchten gedämpft, das sie nach Knightlys Kuss erfüllt hatte, und das war eine unverzeihliche Sünde.

Die alte Annabelle hatte solche Probleme gar nicht gekannt. Die neue Annabelle hatte schon darüber nachgedacht, ob sie nicht zu ihrem alten Ich zurückwollte.

»In letzter Zeit entschuldigen sich alle bei mir …«, meinte Annabelle nachdenklich.

»Wer denn noch? Doch nicht etwa …?« Julianna beugte sich eifrig vor. Dann fiel ihr etwas ein, und sie lehnte sich zurück und faltete sittsam die Hände im Schoß. »Nein, darum geht es mir gar nicht. Ich habe mich dir gegenüber abscheulich verhalten, Annabelle. Es war widerlich von mir, solche Dinge zu sagen. Es tut mir unendlich leid. Du liebst Knightly, und er hat einfach noch nicht erkannt, wie wertvoll deine Liebe ist. Das macht mich so wütend!«

Annabelle musterte ihre Freundin zurückhaltend. Es schien ihr wirklich leidzutun. Julianna hatte die unschöne Angewohnheit, gerne mal so zu reden, wie ihr der Schnabel gewachsen war, und so schossen ihr die Worte manchmal unkontrolliert aus dem Mund (und manchmal schoss sie auch mit einer Waffe – Annabelle war gerade ganz froh, dass es nicht so weit gekommen war).

»Wenn du es genau wissen willst – Knightly hat sich auch entschuldigt. Damit sollte auch die Frage beantwortet sein, die du gerade mit bemerkenswerter Zurückhaltung *nicht* gestellt hast. Und das heißt, du hast Recht. Es war falsch von ihm, mich zu bitten, Marsden zu ermutigen. In dem Punkt sind wir alle einer Meinung. Eines allerdings finde ich komisch. Ich war die leichtgläubige Idiotin, und trotzdem winseln alle um Gnade.«

»Mir tut es leid, dass ich Recht hatte«, sagte Julianna, und Annabelle lachte über diesen Satz, der doch so gar nicht zu ihrer Freundin passte.

»Übertreib es nicht, Julianna«, warnte sie lächelnd.

»Nein, wirklich. Ich will, dass du glücklich bist. Und Knightly soll es auch sein. Aber nur, wenn er dieses Glück bei dir findet. Und ja, ich weiß, dass es vermutlich falsch ist, das zu sagen. Aber ich habe eben nicht so ein gutes Herz wie du, Annabelle. Und meine eigenen Erfahrungen mit Knightly waren … schwierig.«

»Liegt das an ihm oder eher an dir?«, warf Annabelle ein.

»Eliza sagt auch … Was willst du damit sagen?«

»Ich will damit sagen, dass es früher so viel leichter war. Ich bewunderte ihn, er ignorierte mich …« Annabelle zögerte. »Aber jetzt sieht es so aus, als würde er mich nicht nur wahrnehmen, sondern ich sehe ihn auch so, wie er ist und nicht so, wie ich ihn mir immer vorgestellt habe.«

»Liebst du ihn denn immer noch?«, fragte Julianna.

»Ist das denn wichtig?«, entgegnete Annabelle. Sie zuckte mit den Schultern. »Er hat mich geküsst, Julianna. Und trotzdem besucht er jetzt Lady Marsden und hält vermutlich in diesem Moment um ihre Hand an. Ich weiß nicht, wie viel ich noch ertragen kann.«

Ihre Liebe zu Knightly, die Freude über ihren Erfolg und die Angst, trotzdem alles zu verlieren, verlangte Annabelle inzwischen viel ab. In dieser vergangenen Woche hatte sie nach dem Streit mit ihren Freundinnen und Knightlys Kuss stundenlang gegrübelt, nachgedacht und sich viele Fragen gestellt. Und deshalb hatte sie kaum gegessen oder geschlafen. Klüger war sie deshalb noch nicht.

Und dann das Wissen, dass Knightly Lady Marsden besuchte, nachdem er sie geküsst hatte. Er war wirklich ein Krautkopf.

»Hast du diesen Kuss genossen? Fühlte er sich einfach herrlich an?«, fragte Julianna mit strahlenden Augen.

»Ja«, antwortete Annabelle schlicht. Die genauen Details – sein Geschmack, die Wärme seiner Berührungen –, all das gehörte ihr, und sie wollte es bis in alle Ewigkeit in Erinnerung bewahren. Trotzdem … »Allerdings fürchte ich, ich könnte verrückt werden, wenn ich versuche zu ergründen, was das alles bedeutet. Was weißt du über ihn und Lady Marsden?«

»Würdest du mir glauben, wenn ich behaupte, nichts zu wissen?«, fragte Julianna. Sie schien in ihrem Sitz zusammenzuschrumpfen.

»Auf keinen Fall«, erwiderte Annabelle. Vielleicht war sie doch nicht so dumm.

»Das ist zum Teil auch der Grund, warum ich mich so schrecklich verhalten habe. Jeder glaubt, sein Antrag steht unmittelbar bevor. Die *Morning Post* hat berichtet, er sei dabei gesehen worden, wie er in der Burlington Arcade einen Juwelier aufsuchte. Er hat aber nichts gekauft.«

Das war noch so eine Sache, die schwer auf Annabelles Gemüt drückte: der Brief von Lady Marsden. Seit Tagen lag er gut versteckt in einem Buch auf dem obersten Regalbrett. Sie hatte noch nicht darauf geantwortet.

Aber Annabelle kannte den Inhalt auswendig: *Ich liebe einen ungeeigneten Mann, denn er steht weit unter mir. Mein Bruder wünscht, dass ich einen anderen heirate …*

Sie sollte wirklich auf den Brief antworten. Oder zumindest zugeben, dass sie nicht wusste, was zu tun war. Oder sie tat das einzig Richtige und gab ihr den Rat, sich an die große Liebe zu halten.

»Wird ihr Bruder das denn erlauben?«, fragte Annabelle. Lord Marsden hatte ihr Blumen geschickt und würde vielleicht die Ehe verbieten, die all ihre Hoffnungen und Träume zerstören würde. Sie mochte ihn.

»Er ermuntert diese Verbindung sogar! Er will Knightlys Vermögen und Einfluss, weißt du? Ich bin so wütend, weil ich kein Wort über dieses Drama schreiben darf«, sagte Julianna. Sie runzelte die Stirn und rang verzweifelt die Hände. »Und natürlich kann man sich nicht der Tatsache verschließen, dass Knightly vermutlich mit dieser Verbindung versucht, seine Zeitung zu schützen.«

Jetzt mochte sie Lord Marsden nicht mehr. Es gab nicht genug pinke Rosen auf der Welt, um sie zu trösten, falls er seine Schwester dazu zwang, ihre große Liebe zu heiraten … selbst wenn Knightly sonst riskierte, das zu verlieren, was ihm am meisten bedeutete.

Doch halt!

Annabelle runzelte die Stirn und dachte über diese zwei Informationshäppchen nach. Das widersprach sich doch, oder? Lady Lydia liebte den einen Mann und wurde gezwungen, einen anderen zu heiraten … Annabelle war immer davon ausgegangen, Lady Lydia liebte Knightly, weil … nun, natürlich liebte sie ihn. Sie fand, jede Frau müsste ihm diese Gefühle entgegenbringen. Aber Lady Lydia sagte auch, sie werde dazu gedrängt, einen Mann zu heiraten, den sie nicht liebte. Wenn ihr Bruder sie bedrängte, Knightly zu heiraten … nun, das hieß, dass sie Knightly nicht liebte.

Was durchaus wichtig war, denn …

»Wer ist dann ihr Geliebter?«, fragte Annabelle. Wenn ihr Schluss richtig war, wollte Knightly sich in eine lieblose Ehe stürzen. Und das klang für sie unglaublich traurig.

»Worauf willst du hinaus?«, wollte Julianna wissen und beugte sich leicht vor.

»Lady Marsden liebt jemanden, aber derjenige ist nicht Knightly. Wer dann?«, wollte Annabelle wissen.

»Woher weißt du das?«, fragte Julianna.

»Das ist nicht wichtig.« Annabelle winkte ab. »Ich vermute, es ändert nichts an den Tatsachen. Er macht ihr den Hof, und Lord Marsden befürwortet die Verbindung. Knightly soll sie heiraten, zusammen werden sie ein nobles, modernes und aristokratisches Paar sein. Und ich soll mir bis ans Ende meiner Tage den Buckel für Blanche krumm arbeiten.«

»Ich will dir mal was Wichtiges sagen, Annabelle.« Julianna klang sehr ernst. Sie beugte sich vor und nahm Annabelles Hand. »Wenn du ihn liebst, musst du um ihn kämpfen.«

»Aber wenn ich nun mal will, dass er um mich kämpft?«

Und dann verstand sie, warum der Kuss sie im Nachhinein ebenso wenig befriedigte wie ihre bisherigen Fortschritte. Sie hatte ihn die ganze Zeit gelockt und seine Aufmerksamkeit geweckt. Hatte ihn verfolgt und gejagt, obwohl sie eigentlich wollte, dass er ihr nachstellte.

»Warum dieses Gerede übers Kämpfen, wenn wir über die Liebe reden? Annabelle, du musst doch zugeben, dass du die ganze Zeit gewartet hast. Und es ist genau gar nichts passiert. Jetzt bist du endlich aktiv geworden, du setzt ihm nach, und er hat dich geküsst. Ehrlich, ich weiß nicht, warum dich jetzt der Mut verlässt.«

»Ich bin hinter ihm her und er hinter Lady Lydia«, erklärte Annabelle schlicht.

»Und die Bessere möge gewinnen«, fügte Julianna hinzu. »Du hast deinen Lesern gegenüber eine Verpflichtung, Annabelle. Du musst diesen Weg jetzt bis zum Ende beschreiten. Morgen Abend ist der Wohltätigkeitsball der Gesellschaft zur Unterstützung gefallener Frauen. Knightly wird auch dort sein.«

»Woher weißt du das? Wie kannst du immer *alles* wissen?«, fragte Annabelle.

»Weil ich weiß, dass er jedes Jahr eine großzügige Spende macht. Insgeheim ist er sehr wohltätig, dein Mr. Knightly. Außerdem habe ich der Gastgeberin Lady Wroth mit den Einladungen geholfen und weiß darum, dass er eingeladen wurde. Und dann habe ich vielleicht einen kleinen Blick in Brysons Kalender geworfen, den er für Knightly führt. Darum weiß ich, dass er kommt.«

»Julianna!«

»Kann ich was dafür, wenn er den Kalender unbeaufsichtigt lässt, weil er dem Rauchgeruch nachgehen muss?«, fragte Julianna gespielt unschuldig und zuckte mit den Schultern. Offensichtlich war ihr nicht mehr zu helfen.

»Es gab keinen Rauch, stimmt's?«, fragte Annabelle. Julianna grinste nur frech, und Annabelle fügte hinzu: »Natürlich nicht. Wie schaffst du das nur immer, Julianna? Wenn ich so viel Mumm hätte wie du …«

»Du schreibst über deine Irrungen und Wirrungen der Liebe und unterhältst damit ganz London. Ich behaupte mal, das verrät eine Menge Mumm. Die ganze Stadt hofft für dich auf einen Erfolg, Annabelle.«

Tränen brannten in Annabelles Augen. Sie konnte unmöglich die ganze Stadtbevölkerung enttäuschen, wenn sie jetzt aufgab. Wenn Knightly Lady Lydia heiratete, dann schwor sie sich, dass er zumindest erfahren sollte, was sie für ihn empfand, bevor er diesen Schritt tat.

Kapitel 29

Lady Lydias Geheimnis wird enthüllt

EINER, DER SICH AUSKENNT

Während die Gesellschaft inzwischen Lady Lydias verlängerte Abwesenheit und ihre Rückkehr nach London als Tatsache akzeptiert hat, folgen ihr die Gerüchte weiterhin auf Schritt und Tritt.

LONDON TIMES

Knightly dachte auf dem Weg zum Anwesen der Marsdens an Annabelle. Genauer gesagt dachte er darüber nach, dass er viel lieber zum Haus der Swifts fahren würde. Und um es ganz konkret zu sagen, hätte er Annabelle am liebsten neben sich in der Kutsche sitzen.

Warum zum Teufel dachte sie, er wolle sich für den Kuss entschuldigen?

Was glaubte sie denn, was er für ein Mann war? Egal, was sie dachte – er war definitiv kein Mann, der sich dafür entschuldigte, ihnen beiden Vergnügen bereitet zu haben.

Irgendwie in seinem Hinterkopf – dort, wo sein Anstand geparkt war, der im Moment vor allem von dem Gedanken an die Lust übertönt wurde – ging ihm auf, dass er plante, die eine Frau zu verführen, während er der anderen den Hof machte.

Außerdem fiel ihm auf, dass das nicht gerade das beste Beispiel für das anständige Verhalten eines Gentlemans war.

Ziemlich niederträchtig von ihm.

Aber die Tatsachen waren folgende:

Tatsache Nummer Eins: Die *London Weekly* war für ihn das Wichtigste.

Tatsache Nummer Zwei: Wenn er um Lady Lydias Hand anhielt, stellte er sicher, dass Marsden nicht gegen die schändlichen Recherchemethoden seiner Reporter vorging. Es hatte erneut eine Festnahme gegeben – dieses Mal ein Reporter vom *Daily Register.*

Tatsache Nummer Drei: Eine Ehe mit Lady Lydia würde ihm eine hervorragende gesellschaftliche Stellung ermöglichen. Wie schon seinem Vater vor ihm. Der Neue Earl könnte ihn dann nicht länger ignorieren.

Tatsache Nummer Vier: Nach Annabelles Kuss wollte er am liebsten fünfunddreißig Jahre voller Entschlusskraft beiseite wischen, um sich mit ihr zu vergnügen – hemmungslos und ohne einen Gedanken an ein Morgen.

Tatsache Nummer Fünf: Er würde auf keinen Fall fünfunddreißig Jahre voller Entschlusskraft wegen eines Kusses wegwerfen. Das wäre die Tat eines Wahnsinnigen. Er hingegen war der Inbegriff eines besonnenen, logisch und praktisch denkenden Mannes.

Zumindest war er das einst gewesen. Knightly stieg aus der Kutsche, eilte auf das Anwesen der Marsdens zu und versuchte dabei, das schreckliche Gefühl in seiner Magengegend zu ignorieren.

»Mein Bruder ist nicht zu Hause«, erklärte Lady Lydia, als sie ihn im Salon empfing. Der Hinweis war durchaus gerechtfertigt, denn er hatte seine Besuche bei ihr oft mit einem Gespräch mit ihrem Bruder verbunden.

»Eigentlich bin ich gekommen, weil ich Sie besuchen wollte, Lady Lydia«, antwortete er.

»Natürlich sind Sie das«, sagte sie und seufzte. »Würden Sie gerne einen Spaziergang machen, Mr. Knightly? Ich habe den ganzen Tag im Haus gesessen, geplaudert und Tee getrunken. Ich fürchte, ich werde noch verrückt, wenn ich nicht bald frische Luft atmen kann. Ich muss nur rasch meinen Schal holen.«

Die Frauen immer mit ihren blöden Schals, dachte er. Annabelle hatte ihren mit Absicht vergessen, das war ihm klar. Aber hatte sie das wegen Owens gemacht? Oder gab es einen anderen Grund? Er wagte nicht, den Gedanken zu Ende zu denken. Nicht solange er bei Lady Lydia war.

»Lord Marsden ist im Parlament«, sagte sie, nachdem sie vor die Tür getreten waren und die Straßen von Mayfair Richtung Park entlangliefen. »Ich vermute, Sie haben von ihm einen Bericht erhofft.«

Ihre Worte ärgerten ihn. Ihre Bekanntschaft war nicht von einer besonderen Zuneigung geprägt, doch das musste sie ihm ja nicht so offen zeigen. Obwohl die romantische Ader, über die er verfügte, tief in ihm vergraben war, blieb Knightly das Ergebnis einer großen Liebe (wenngleich es nie zu einer Hochzeit gekommen war), und diese unterkühlte Art bereitete ihm Unbehagen. Wie sollte er das sein Leben lang aushalten, wenn sie den Bund der Ehe eingingen? Daran hatte er bisher nicht gedacht. Er hatte nur die unmittelbare Bedrohung vor Augen und nicht sein lebenslanges Glück.

Es geht um deine Stellung in der Gesellschaft, ermahnte er sich. Er wäre jetzt ein verdammter Earl, wenn das Schicksal ihm nicht so übel mitgespielt hätte. *Werft den Bastard raus. Er gehört nicht hierher.*

O doch, er gehörte dazu. Knightly biss die Zähne zusammen. Er würde es schon bald beweisen.

»Würden Sie mir glauben, wenn ich sage, dass meine Absichten Ihnen gegenüber nicht darauf abzielen, irgendwelchen Klatsch auszugraben?«, fragte er Lady Lydia. »Ich werde mit Marsden persönlich sprechen. Aber ich will nur wissen, ob seine Berichte mit denen meiner Reporter übereinstimmen.«

Das war die andere Sache. Marsden war nicht der Einzige, der über Informationen verfügte. Owens war an dem Fall dran und Grenville ebenfalls. Die Details, die sie dabei ausgruben, waren … interessant. Verfänglich. Hinweise auf Erpressung und Bestechung. Es sah so aus, als habe Marsden enorme Bestechungssummen gezahlt, bis ihm das Geld langsam ausging.

Worum es bei diesen explosiven und teuren Geheimnissen ging, entzog sich ihm bisher.

Lady Lydia bedachte Knightly mit einem langen Blick aus den großen braunen Augen, die ihn an ein erschrockenes Reh denken ließ.

»Sie fürchten sich nicht vor ihm. Das unterscheidet Sie von den meisten«, sagte sie. Er hatte sie wohl beeindruckt.

»Die meisten Leute haben auch nichts, das er haben will«, erwiderte Knightly lässig.

»Und was könnte das sein?«, erkundigte sich Lady Lydia. Was konnte ein Geschäftsmann besitzen, das ein Peer haben wollte? Er hörte den Spott in ihrer Stimme. Jetzt wollte er sie erst recht heiraten, damit er ihr und allen anderen beweisen konnte, dass er nicht weniger wert war als sie alle.

»Ich besitze ein Vermögen«, antwortete Knightly. »Und Einfluss.«

Danach schwiegen beide und dachten über die Gerüchte nach, die sich um die Marsdens rankten – von ihrer verpassten Saison bis zu den schwindenden Geldern. Und der Möglichkeit, diesen Verfall aufzuhalten.

»Die meisten Zeitungen fürchten sich vor ihm«, entgegnete sie. Ihm fiel auf, dass sie seine Annahme, das Geld könnte verlockend für ihren Bruder sein, nicht korrigierte. So verlockend, dass man vielleicht über seinen niederen Stand hinwegsehen könnte.

»Niemand, der auch nur etwas Verstand hat, liest diese Schmierblätter«, antwortete er, was Lady Lydia zum Lachen brachte.

»Aber wenn Sie nicht hergekommen sind, um über Zeitungen und meinen Bruder und seinen Feldzug zu reden – was hat Sie dann hergeführt?«, fragte sie. Unter einem Baum blieb sie stehen und zog den Schal enger um die Schultern. »Ich weiß, mein Bruder möchte mich mit Ihnen verheiraten. Aber was ist mit dem, was ich mir vielleicht wünsche?«, fragte sie. Er konnte die Verzweiflung deutlich heraushören. *Was wird aus mir?*

»Was für Wünsche haben Sie denn?«, fragte er.

Lady Lydia zögerte. Sie starrte ihn mit offenem Mund an, bis ihr einfiel, dass sie eine Dame war, und ihn schloss. Offensichtlich war er der erste Mann, der sie nach ihren Wünschen fragte.

»Meine Wünsche werden von der Gesellschaft nicht unterstützt«, sagte sie steif.

»Haben Ihre Wünsche etwas mit Ihrem ausgedehnten Aufenthalt auf dem Land zu tun?«, fragte er. Der Journalist in ihm scheute vor solchen Fragen nicht zurück, selbst wenn sie wirklich unsensibel waren. Außerdem schien Lady Lydia ein offenes Wort zu schätzen. Das gefiel ihm an ihr.

»Vielleicht. Sie wissen natürlich, dass der Reporter von der *Times* hinter mir her war«, sagte sie. Er wusste nicht sicher, worum es gegangen war, doch zusammen mit dem, was er von Brinsley wusste, ergab es Sinn. Ein langer Aufenthalt auf dem Land. Eine verpasste Saison ... Ja, jetzt wusste er ziemlich genau, welches Geheimnis sie hütete.

Doch Knightly sagte nichts dergleichen. Stattdessen fragte er: »Was genau meinen Sie?«

»Spielen Sie nicht den Ahnungslosen, Knightly. Das steht Ihnen nicht. Es gab Gerüchte über mich, dass ich ein Kind erwarte. Wie kann man diese besser bestätigen, als wenn man sich als Arzt verkleidet?«

»Oder man wartet einfach ab?«

»Normalerweise genügt das, stimmt. Aber es ist nicht so lukrativ, wenn man abwartet. Die Gerüchte waren so schon schlimm genug, aber es war die Erpressung von Schweigegeld, das uns fast in den Bankrott trieb. Und trotzdem ... das Gerede war fürchterlich. Ich musste einfach fort.« Sie erschauderte, und Knightly fühlte sich direkt schuldbewusst, weil er seit Jahren Nutznießer dieser Klatschgeschichten war. Damit hatte er ein Vermögen verdient, das jetzt Marsdens Rettung sein könnte. Schon lustig, irgendwie.

»Sie machen mich neugierig, Lady Marsden«, sagte er. Und stimmte das nicht? Das Netz aus Geheimnissen und Intrigen war dicht um ihn gewoben. Er musste sich nur vorstellen, wie Julianna reagieren würde, wenn sie dieses Gespräch hätte belauschen dürfen.

»Sie können mich ruhig Lydia nennen. Obwohl das die Gerüchteküche bestimmt weiter anheizt«, erwiderte sie und lächelte ironisch.

»Sie haben mir nie auf meine Frage geantwortet, ob Sie wünschen, dass ich Ihnen den Hof mache«, sagte Knightly.

»Ich bin erstaunt, dass Sie wieder darauf zurückkommen nach dem, was ich Ihnen gestanden habe.«

»Ich will ehrlich sein, Lady Lydia. Wir sollten uns nichts vormachen. Es geht bei uns beiden nicht um die Liebe. Sie und Ihr Bruder werden von meinem Vermögen profitieren, und die Karriere Ihres Bruders wird außerdem einen großen Nutzen aus meinem Einfluss ziehen. Und ich will einen Platz in der Gesellschaft. Diese Heirat wäre also für uns alle von Vorteil. Aber wenn wir wollen, können wir gut miteinander auskommen.«

Als Heiratsantrag ging dies wohl als Paradebeispiel für »unromantisch« oder »den schlimmsten vorstellbaren Antrag« durch. Aber seine Worte entsprachen der Wahrheit.

Und es war nicht das, was sie hören wollte.

Lady Lydia zwinkerte und fragte dann: »Aber was ist, wenn ich aus Liebe heiraten will?«

Kapitel 30

Der Held bei der Arbeit

NEUIGKEITEN AUS DEM INLAND

Zwei weitere Zeitungen – der Society Chronicle und Tittle Tattle – haben den Betrieb eingestellt, nachdem zu viele ihrer Reporter wegen des Verdachts unlauterer Methoden im Rahmen von Lord Marsdens Ermittlungen festgenommen wurden.

LONDON WEEKLY

Die Redaktionsräume der London Weekly

Lady Lydia hatte nicht Ja gesagt. Doch bisher hatte sie auch nicht Nein gesagt. Sein Schicksal lag nun in den Händen einer Adeligen, die Geld brauchte, sich aber nach einer Liebesheirat sehnte – vermutlich mit einem verarmten geheimnisvollen Liebhaber.

Und dann war da immer noch Annabelle …

Seine Gedanken kehrten immer wieder zu ihr zurück.

Er schmeckte sie noch auf den Lippen, egal wie viel Wein oder Brandy er trank.

Es war bereits spät, doch Knightly saß immer noch an seinem Schreibtisch. Die Kerzen waren weit heruntergebrannt. Ein Stapel neuer Artikel forderte seine Aufmerksamkeit, doch er konnte sich nicht konzentrieren. Ein Bogen Papier quälte ihn besonders. Liebe Annabelle.

Lieber Gott, Annabelle …

Es ist nur ein Artikel. Irgendein Weiberkram, der auf Seite 17 zwischen den Anzeigen für Medikamente gegen dubiose Leiden und Kurzwaren stand. Zumindest redete er sich das ein, obwohl er genau wusste, dass die Kolumne die Hoffnungen und Träume einer wunderschönen Frau in Worte fasste. Eine Flut vernichtender Worte in ihrer mädchenhaften Handschrift. Eine Liebesgeschichte, die fast ganz London fesselte.

Er nahm das Blatt zur Hand und redete sich ein, nur auf Grammatik und Rechtschreibung zu achten.

Würde sie über den Kuss schreiben?, fragte er sich. Und wenn sie darüber schrieb … er lehnte sich zurück und fuhr sich mit den Fingern durchs Haar.

Letztlich stellte sich ihm vor allem eine Frage.

War er der Krautkopf?

Zweifel blieben. Sie lauerten irgendwo in der hintersten Ecke seines Verstands, und Knightly gab sich große Mühe, sie zu ignorieren.

Er redigierte Grenvilles zwölfseitige Niederschrift der Parlamentsdebatten. Er korrigierte die Grammatik in Owens' Nachrichten über Brände, Raubüberfälle und andere Verbrechen. Er glättete die zu heftigen Aussagen in Lady Juliannas »Geheimnisse der Gesellschaft«. Dann schenkte er sich einen Brandy ein und machte alle anderen Artikel fertig.

Schließlich blieb nur noch Annabelle übrig.

Zwischen den anderen Artikeln lag auch ein kleines Porträt von ihr, das er in Auftrag gegeben hatte – teils von Drummonds und Gages Besessenheit und Neugier angeregt, teils von den Männern, die sich die Zeitung vorlesen ließen. Die Skizze sah hübsch aus. Sie wirkte ruhig, schüchtern. Er legte das Blatt beiseite. Wenn das Porträt gedruckt wurde und ihre abscheulichen Verwandten diesen unverwechselbaren Beweis sahen, dass sie eines der schreibenden Fräulein war, könnte sie mächtig Ärger bekommen. Darum legte Knightly die Zeichnung in die oberste Schublade seines Schreibtischs. Und als es sich nicht länger vermeiden ließ, widmete er seine Aufmerksamkeit der neuesten Ausgabe von »Liebe Annabelle«.

Liebe Leser,
Ihre Vorschläge werden immer ausgefallener und amüsieren vor allem die anderen schreibenden Fräulein und mich. Von Mondscheinserenaden bis zu Porträts, die ich in Auftrag geben soll, oder eine schlichte Liebeserklärung in dieser Kolumne … Ein Leser schrieb allerdings etwas, das ganz einfach klingt und zugleich unglaublich riskant ist: Tun Sie nichts …

O nein, sie konnte doch unmöglich nichts tun, wenn er gleichzeitig nach einem Hinweis, einer Bestätigung lechzte. Wenn er sich fragte, was er für Annabelle war. Sich fragte, ob er überhaupt jemand für sie war.

Sie hatten sich geküsst und seitdem schien die ganze Welt aus den Fugen geraten zu sein, als wäre die Achse gekippt und würde sich nun in die andere Richtung drehen. Diese neue Welt übte eine ungeahnte Faszination auf ihn aus, obwohl Knightly wusste, dass er die alte Welt dafür hinter sich lassen musste …

Aber was ist, wenn ich aus Liebe heiraten will? Lady Lydias Frage war berechtigt, doch die Konsequenzen waren verheerend. Wenn sie ihn heiratete, tat sie es nur widerstrebend, und er würde nie wieder Annabelles Lippen schmecken. Wenn sie nicht heirateten, musste die *London Weekly* aus eigener Kraft und dank ihrer Popularität in einem zunehmend feindlichen Klima überleben, in dem jedes gedruckte Wort seine Autoren ins Gefängnis bringen konnte. Das waren die konkreten Tatsachen, mit denen er seinen verwirrten Verstand ablenken konnte.

Knightly schloss das Büro ab und machte sich auf den Weg nach Hause. Nach einem Spaziergang an der kalten Luft hatte er hoffentlich wieder einen klaren Kopf und fand irgendwo zwischen der Fleet Street und Mayfair heraus, was er im Hinblick auf Lydias Wunsch nach einer Liebesheirat, seine Zeitung und die ständige Sehnsucht nach der Süße von Annabelles Kuss tun sollte.

Die Häuser in Mayfair waren hell erleuchtet, und in manchen fanden zu so später Stunde rauschende Bälle und Soireen statt. Knightly bahnte sich den Weg durch Straßen, die von Kutschen und betrunkenen Feiernden verstopft waren, bis er ein bestimmtes Haus erreichte.

Dieses eine Haus hatte bereits allen Earls of Harrowby gehört. Hier hatte sein Vater mit seiner anderen Familie gelebt. Knightly hatte nie die hohen Hallen betreten. War nie vor den Schreibtisch im Arbeitszimmer seines Vaters zitiert worden, um über seine Schulstunden zu berichten oder eine Strafe zu bekommen. Nie war er durch die Porträtgalerie geschlendert und hatte die Gemälde der Jahrhunderte bewundert, die Verwandte zeigten, deren Namen und Geschichten für ihn stets ein Mysterium blieben. Nie hatte er in einem der Kinderzimmer geschlafen, war nie im Garten auf einen Baum geklettert oder hatte den Dachboden erkundet. Ein ganzes Leben, das er nie gelebt hatte.

Wie die Dinge jetzt standen, würde er auch nie mit seinem Bruder im Familiensitz speisen. Sie würden nie Zigarren schmauchen und Portwein nippen und alberne Wetten platzieren, während die Damen im Salon ihren Tee einnahmen. Sie würden sich nicht gemeinsam an den Vater erinnern. Sie würden überhaupt nicht miteinander reden.

Das alles würde nie passieren. Es sei denn, er machte eine gute Partie.

Wenn er jedoch der Krautkopf war … dann würde er Annabelles Herz brechen, wenn er sich Zutritt zum Haus seines Vaters verschaffte.

Es war doch nur ein Kuss. Er versuchte, sich selbst davon zu überzeugen, doch es gelang ihm nicht. Es war so viel mehr als Lippen, die sich eines Nachmittags überraschend trafen. Wenn er der Krautkopf war, dann war Annabelle der Preis, den er zahlen musste, um einen lebenslangen Traum zu leben.

Kapitel 31

Annabelle verliebt sich

EINER, DER SICH AUSKENNT

Es ist nur ein schwacher Trost, dass Lady Harrowby nicht mehr lebt und darum nicht zusehen muss, wie der illegitime Sohn ihres Mannes rasch die soziale Leiter hinaufklettert. Wie peinlich wäre es für die Countess gewesen, bei einer zivilisierten Veranstaltung wie einer Soiree mit dem Sprössling ihres Mannes konfrontiert zu werden. Man muss fast Mitleid mit Earl Harrowby haben, der dieser Familienschande mit beängstigender Regelmäßigkeit über den Weg läuft.

LONDON TIMES

Annabelle kam mit Julianna zum Ball, doch sie wurde schon bald sich selbst überlassen, da ihre Freundin ihre Zeit damit verbrachte, an den privaten Alkoven und anderen spärlich beleuchteten Bereichen vorbeizuschlendern, wo neuer Klatsch und Skandale lauerten. Verlegen und auf sich selbst gestellt stand Annabelle neben einer Palme und versuchte herauszufinden, in welcher Ecke sich die Mauerblümchen und alten Jungfern zusammenrotteten. Dort wollte sie dann hin.

Ein Gespräch, das sich direkt zu ihrer Linken entspann, fesselte ihre Aufmerksamkeit. Für den Moment ließ sie ihren Plan fallen, als hoffnungslos verzweifeltes Mädchen zu den anderen unzulänglichen zu gehen. Sie drückte sich hinter die Topfpflanze in den Schatten und belauschte lieber das Gespräch.

»Heutzutage lassen sie auch jeden hier rein, oder?« Der Mann, von dem diese Bemerkung kam, war groß und hatte die dunklen Haare aus dem Gesicht gekämmt. Er hatte strahlend blaue Augen. Alles an ihm schrie überheblicher Aristokrat, vom perfekten Schnitt seines Abendanzugs bis zu seiner aufrechten Haltung.

»Es ist ein Wohltätigkeitsball, Harrowby. Jeder, der sich eine bedeutende Spende leisten kann, ist eingeladen«, sagte der Freund und betonte dabei das Wort »leisten«.

Annabelle spähte hinter der Palme hervor auf diese beiden … Snobs. Doch dann wurde ihr Blick von Knightly angezogen, der ganz in der Nähe der Männer stand. Den Mund hatte er zu einem schmalen Strich zusammengepresst, und die Hand, die sein Getränk hielt, hatte er fast zur Faust geballt. Er hatte gehört, was die beiden Männer sagten, und schien zu glauben, sie redeten über ihn. Ihr Blick ging zwischen ihm und dem Sprecher hin und her, und dabei fiel ihr eine gewisse Ähnlichkeit auf.

»Was ist nur aus dieser Welt geworden?«, fragte der Mann namens Harrowby seinen Freund. Doch es war Knightly, der antwortete.

»Willkommen in der Zukunft, Harrowby. Wo Talent die Dummköpfe übertrifft, die nicht mehr vorweisen können als eine lange Ahnenreihe«, sagte er leichthin. Doch Annabelle sah, wie er nach wie vor krampfhaft sein Glas umklammert hielt. Sie wäre nicht überrascht, wenn er das Kristallglas mit der bloßen Hand zerdrücken würde.

»Eine Ahnenreihe, für die Sie alles tun würden«, erwiderte Harrowby mit so viel Abscheu, dass Annabelle hinter einem Palmwedel zusammenzuckte. »Ich kann nicht glauben, dass Sie die Dreistigkeit besitzen, mich anzusprechen.«

Er schaute sich unbehaglich um, als wollte er wissen, wer ihre kleine Auseinandersetzung belauschte. Annabelle drückte sich hinter der Palme weiter in den Schatten.

»Es geht doch nichts über die Familie, nicht wahr?«, bemerkte Knightly jovial. Doch er klang zugleich, als wollte er sein Gegenüber provozieren. Annabelle ließ seine Hände nicht aus den Augen. Sie hielten das Glas so fest gepackt, dass die Fingerknöchel weiß hervortraten. Er war alles andere als entspannt, egal wie locker er sich gab.

»Offensichtlich nicht«, sagte Harrowby mit eisiger Stimme. »Denn mein Vater hat seine *richtige* Familie für eine Dirne und ihren Bastard im Stich gelassen.«

Wenn sie das Gespräch richtig verstand – und etwas Derartiges setzte Annabelle nie als selbstverständlich voraus –, dann hatte Knightly offenbar einen Bruder. Oder, wenn sie es genau nahm, einen Halbbruder. Hatte sie je etwas über seine Familie gehört? Er schien kein Mann zu sein, der eine Familie hatte. Als wäre er schon so geboren worden – erwachsen und mit großer Macht ausgestattet.

»Reden Sie über mich wie Sie wollen, aber lassen Sie meine Mutter aus der Sache heraus«, sagte Knightly. Zumindest glaubte Annabelle, ihn so verstanden zu haben. Seine Stimme war gedämpft und die Miene bedrohlich. Aber er hielt der Anfeindung stand. Sie wäre an seiner Stelle längst zurückgewichen.

»Sie sind ein Schandfleck auf dem Namen Harrowby«, erklärte Harrowby boshaft. Sie schnappte nach Luft. Doch Knightly stand aufrecht, die Schultern nach hinten genommen, als störten ihn diese Worte nicht im Geringsten. Annabelle empfand aufrichtige Ehrfurcht.

»Fort, verdammter Fleck, fort!«, witzelte der dritte Mann. Die beiden anderen starrten ihn an. Als sie merkten, dass ihre Bewegungen identisch waren, wandten sich beide abrupt ab und verschwanden in unterschiedlichen Richtungen in der Menge.

Es war für Annabelle ein Wunder, dass Knightly so entspannt bei dem Halbbruder, der ihn offensichtlich verabscheute, hatte stehen bleiben und schneidende Bemerkungen austauschen können. Sie wäre an seiner Stelle im Boden versunken oder hätte sich diesem Mann schon im Vornherein nie genähert.

Nicht so Knightly. Er war wie ein Fels in der Brandung und voller Selbstbewusstsein. Er riskierte etwas und bewies dabei auch noch Witz und Eleganz.

Darum liebte sie ihn so sehr.

»Warum suchen Sie hinter einer Topfpalme Schutz, Miss Swift?«

»Oh! Lord Marsden! Guten Abend«, antwortete sie und spürte, wie ihre Wangen rot wurden.

»Vielleicht möchten Sie ja lieber mit mir den nächsten Walzer tanzen?« Marsden bot ihr seine Hand, und Annabelle nahm seine Einladung gerne an.

Auf der Terrasse im Mondschein

Später an diesem Abend schlenderte Annabelle an Knightly vorbei und warf ihm einen koketten Blick über die Schulter zu – oder das, was sie für beiläufig und kokett hielt, wie »Flirten in der Finchley Road« ihr geraten hatte.

Knightlys Blick traf ihren für eine winzige, intensive Sekunde. Ihre Haut schien von einem seltsamen Feuer erfasst zu kribbeln, als würde sie aus dem Winterschlaf erwachen. Oder war das Vorfreude? Ihr Herz begann schneller zu schlagen. Ob er ihr folgen würde?

Sie schlenderte nach draußen, wo alle möglichen Gefahren und romantischen Situationen ihr begegnen konnten, wenn man den Romanen glauben durfte. Sie versuchte, entspannt an der kühlen Steinbalustrade zu lehnen, wie sie es schon bei Knightly beobachtet hatte. Und dann stand er plötzlich vor ihr, und sie nahm nichts anderes um sich herum wahr.

»Annabelle.« Knightly sprach ihren Namen leise aus. Es war zugleich Begrüßung, Frage und Feststellung. »Ich wusste nicht, dass Sie heute Abend hier sind.«

»Ich bin mit Julianna von Roxbury gekommen. Doch ich habe sie offensichtlich verloren, denn es ist schon eine Weile her, seit ich sie gesehen habe …«

»Ich habe Sie mit Lord Marsden tanzen gesehen«, sagte Knightly tonlos. Annabelle dachte an den Rat, einen Rivalen zu etablieren. Oder den Tipp einer anderen Leserin, sich von ihm fernzuhalten und nicht ihr Herz seiner Gnade auszuliefern. Und an einen dritten Tipp, wonach sie kokett sein sollte.

»Ich vermute, die meisten Gäste, die am heutigen Abend hier sind, haben das gesehen«, bemerkte die neue Annabelle.

»Was ich getan habe, war dumm, Annabelle. Es tut mir leid, dass ich Sie gebeten habe, dass Sie sich bei ihm für die Zeitung einsetzen«, sagte Knightly schnell. Immer noch machte ihm seine hastig vorgetragene Bitte von vor ein paar Tagen zu schaffen. Sie war nach seiner aufrichtigen

Entschuldigung längst darüber hinweg. Und nachdem er sie geküsst hatte, war all das in Vergessenheit geraten. Das war ihre Art zu verzeihen.

»Wer behauptet, ich würde ihn für Sie oder die *Weekly* ermutigen, Mr. Knightly? Und was hätte das schon für eine Bedeutung?«, fragte sie. Er hatte sich entschuldigt, sie nahm die Entschuldigung an, und sie gingen jeder ihres Wegs, richtig? Oder worum ging es sonst?

»Ich weiß nicht, Annabelle. Ich weiß es wirklich nicht«, sagte er und klang schrecklich frustriert.

Sie atmete tief durch und richtete sich gerade auf, als könnte sie damit genug Mut fassen, um ihm eine verzwickte Frage zu stellen.

»Machen Sie Lady Lydia wegen der Zeitung den Hof? Damit sie bei ihrem Bruder für Ihre Sache ein gutes Wort einlegt?«

»Es ist sogar noch komplizierter«, antwortete Knightly. Diese Antwort warf leider nur noch mehr Fragen auf. Liebte er sie? Wie gerne hätte sie ihrem Zweifel und ihrer Neugier Ausdruck verliehen, indem sie einfach nur fragend eine Braue hob.

»Ich wünschte wirklich, ich könnte nur eine Augenbraue heben«, sagte sie wehmütig. Knightly lachte. Ihr Gespräch verlief ohnehin viel zu ernst. »Sie können es, Julianna kann es. Alle Helden und Heldinnen in Liebesromanen können es.«

»Es ist ganz einfach. Sie müssen nur überheblich und herrisch wirken. So zum Beispiel.« Wenn Knightly es vormachte, sah er irgendwie so aus, wie er immer aussah. Hochmütig, unerreichbar, unverschämt attraktiv und geheimnisvoll.

»Wer ist Harrowby?«, fragte sie. Knightly bekam einen Schreck, das sah sie ganz deutlich. Aber wie konnte sie ihm die Frage nicht stellen, nachdem sie die beiden belauscht hatte? »Ich habe gesehen, wie Sie mit ihm geredet haben. Und wenn ich sage, ich habe es ›gesehen‹, heißt das im Grunde, dass ich Ihr Gespräch mit ihm belauscht habe. Es tut mir leid.«

»Ich habe Sie gar nicht gesehen«, erwiderte Knightly, und Annabelle musste dabei schief grinsen. Sie blickte in sein Gesicht, das ihr so vertraut war und das sie so sehr liebte – die schrägen Wangenknochen, das feste Kinn, das dunkle Haar und die strahlend blauen Augen, die von dunklen Wimpern umrahmt wurden.

»Habe ich Ihnen nicht erzählt, dass ich die Übersehene Miss Swift bin? Vielleicht stand zufällig eine Topfpalme zwischen mir und dem Ballsaal«, räumte sie etwas zerknirscht ein. »Ich habe jedenfalls so viel verstanden, dass Sie und dieser Lord Harrowby irgendwie verwandt sind?«

»Sie stellen verdammt viele persönliche Fragen heute Abend, meine liebe Annabelle.« Knightly schob ihr eine verirrte Strähne aus dem Gesicht. Seine Finger streiften dabei nur flüchtig ihre Wange. Es war die Vertrautheit dieser Geste, die ihren Herzschlag beschleunigte. Und das besitzergreifende *meine* in *meine liebe Annabelle*, das sie erregte.

Sie erinnerte sich noch gut, wie er vor gar nicht allzu langer Zeit einen Brief an sie mit »Miss Swift« überschrieb. Wie weit sie seither gekommen waren!

Sie war *seine* »liebe Annabelle«, nicht wahr? Das war sie schon immer gewesen, seit er die Kolumne so genannt und ihr damit eine neue Identität geschenkt hatte – sie war nicht länger die altjüngferliche Tante oder eine unglückselige, mittellose Verwandte.

Die »liebe Annabelle« war eine Frau, die er erschaffen

hatte. Sie gehörte zu ihm, und das schon seit drei Jahren, sieben Monaten, einer Woche und fünf Tagen. Und endlich sah auch er das.

»Das ist bestimmt Juliannas schrecklicher Einfluss, wissen Sie«, erklärte Annabelle. »Sie ermutigt mich immer, mehr Mumm zu haben.«

»Und wie fühlt sich das an, Annabelle?« Knightly lehnte sich gegen die Balustrade. Sie liebte es so sehr, wenn er irgendwo lehnte, denn er wirkte dann so ganz mit sich selbst im Reinen, selbst wenn sie wusste, dass es nicht so war. Wie war es wohl, wenn er völlig entspannt war? Wie war es, neben ihm einzuschlafen und mit ihm aufzuwachen …?

Also wirklich, sie sollte langsam aufhören, sich so etwas auszumalen, wenn er direkt neben ihr stand. Oder zumindest sollte sie bei dem Gedanken nicht rot werden. Denn Knightly beugte sich jetzt zu ihr herunter, musterte ihre geröteten Wangen und grinste frech, als könnte er ganz genau ihre Gedanken lesen.

»Es fühlt sich berauschend an, und zwar immer. Aber keine Sorge, ich werde nicht darüber schreiben«, versprach sie ihm.

»Da wir schon von Ihrem Schreiben sprechen – wie kommen Sie denn mit dem Krautkopf voran? Konnten Sie seine Aufmerksamkeit wecken?«, erkundigte sich Knightly. War das nicht die Frage der Stunde, der Woche, des Monats, des Jahres und des Moments?

Annabelle lächelte und ihre Wangen brannten. Wie sollte sie auf *diese* Frage bloß antworten? Und während sie schwieg und nachdachte, glaube sie zu bemerken, wie sein Atem stockte, als wäre die Antwort tatsächlich für ihn von Bedeutung. Als hielte er die Luft an, während er auf ihre Antwort wartete. Nur ihr konnte dergleichen auffallen, nachdem sie all die Romane gelesen hatte, in denen solche Details beschrieben wurden. Nachdem sie Stunden um Stunden damit zugebracht hatte, sich der Aufgabe zu widmen, ihn zu lieben und kennenzulernen.

Der Atem stockte einem nur, wenn die Antwort wirklich wichtig war. Und warum sollte sich Knightly für die Identität des Krautkopfs interessieren? Es sei denn …

Es sei denn, er hatte auf den Ausgang der Geschichte gewettet oder dergleichen. Nein, das traute sie ihm nicht zu.

Oder er vermutete, selbst der Krautkopf zu sein? Wie um alles in der Welt konnte sie ihm jetzt noch die Wahrheit sagen, nachdem sie ihm diesen schrecklichen Spitznamen gegeben hatte? Sie sollte einfach nie wieder in gereizter Stimmung an ihrer Kolumne schreiben.

Annabelle spürte, dass sie sich leicht in Knightlys Richtung beugte, wie magisch angezogen von seiner Wärme. Sie wagte es sogar, einen unsichtbaren Fussel vom Jackenaufschlag zu wischen, wie es »Liebevoll in der All Saints Road« es ihr schon vor Wochen in einem Brief empfohlen hatte.

»Lesen Sie denn meine Artikel nicht, Mr. Knightly?«

»Natürlich lese ich sie«, antwortete er, und seine Stimme klang amüsiert, als wäre es völlig abwegig, sie nicht zu lesen. Er neigte den Kopf zu ihr herunter und flüsterte ihr etwas ins Ohr. »Vielleicht möchte ich gerne das Geheimnis erfahren, Annabelle. Vielleicht will ich die unveröffentlichte Version der Geschichte lesen.«

»Das ist aber schrecklich anspruchsvoll von Ihnen, Knightly«, sagte sie leise. Oh, er war jetzt so dicht vor ihr. Sein Mund war nur Zentimeter von ihrem entfernt. Nah genug, dass ein Kuss möglich schien.

»So bin ich nun mal, liebe Annabelle«, murmelte er. Himmel! Sie spürte das tiefe Vibrieren seiner Stimme am ganzen Körper, bis in ihr Innerstes.

»Sie haben mir gesagt, ich soll mit der Sache weitermachen«, erinnerte sie ihn atemlos. Sein Finger streichelte ihr Kinn und fuhr langsam an ihrem Hals hinab. Knightly berührte sie. Eine leichte Berührung, eine Kleinigkeit im Grunde, doch sie ging ihr durch und durch.

»Und wenn ich sage: Zum Teufel mit der Kolumne?«, fragte er und hob eine Braue. Sie konnte nicht anders und lächelte, obwohl ihr Herz vor Aufregung in der Brust hämmerte.

»Und wenn ich diese Scharade genieße, Mr. Knightly?«

Sie wollte nicht, dass der Moment zu Ende ging. Sie wollte hierbleiben, irgendwo zwischen Wissen und Nichtwissen, hier wo alles wunderbar war. Sie war noch nicht bereit, das letzte Risiko auf sich zu nehmen.

Knightly fuhr mit dem Finger über ihr Schlüsselbein und ließ ihn sogar noch weiter nach unten gleiten, dorthin, wo der tiefe Ausschnitt ihres Dekolletés verlief und zarte Spitze auf ihrer Haut ruhte. Wie konnte eine winzige Berührung so besitzergreifend sein? Ihre Haut fühlte sich fiebrig an, und sie fragte sich, ob er das spürte.

»Gefällt Ihnen das? Warten, Begehren, Vorfreude?«, fragte er. »Wollen Sie nicht Erfüllung finden?« Seine Stimme klang rau.

»Wenn ich mir dessen sicher bin«, flüsterte sie. Dieser Moment war einfach zauberhaft und wunderschön. Sie hatte eine Ahnung, von welcher Art Erfüllung er sprach. Eine, von der sie spätnachts immer träumte …

Aber es gab noch andere Formen der Erfüllung, und obwohl Bettler nicht wählerisch sein durften, wollte sie, dass er sich in sie verliebte. Und nicht nur ihre Liebe zu ihm entdeckte.

Knightly ließ die Hand sinken, und Annabelle vermisste sogleich seine Berührung.

»Was ist mit Marsden? Ist er Teil Ihres Spiels?« Ihr Herz schlug hart in ihrer Brust. Knightly stellte verdammt viele Fragen, die der Wahrheit immer näherkamen. Wusste er etwa …?«

»Vielleicht genieße ich einfach das Gespräch mit ihm und liebe seine Gesellschaft«, antwortete Annabelle. »Und die pinken Rosen, die er mir geschickt hat.

Aber sie fand, auch ihr stand es zu, Fragen zu stellen. »Wer ist nun Harrowby?«

»Harrowby ist mein Halbbruder«, sagte Knightly schlicht und fügte hinzu: »Ich hoffe, Juliannas Einfluss auf Sie hat nicht abgefärbt. Es wäre mir nicht recht, wenn darüber geredet wird.«

Annabelle zählte in Gedanken bis drei und nahm all ihren Mut zusammen, um ihm die Frage zu stellen, von der sie wusste, dass sie zum Kern der Sache vordrang.

»Es wäre *Ihnen* nicht recht? Oder wäre es *ihm* nicht recht?« Er lachte leise und mokant.

»Besteht da ein Unterschied?«, fragte er skeptisch.

»Ein himmelweiter Unterschied«, antwortete sie. Alles, was sie bisher gesehen und gehört hatte – und was Knightly ihr anvertraut hatte –, verriet ihr, dass er die Information auf der Titelseite der *London Weekly* bringen würde, wenn nicht Harrowby die Verwandtschaft der beiden beständig leugnen würde.

Wenn es eines gab, das ihr vertrauter war als ihre Liebe zu Knightly, dann der verzweifelte, treibende Wunsch nach Anerkennung. In all den Jahren hatte sie geglaubt, Knightly bräuchte dergleichen nicht. Er verhielt sich, als wäre ihm das alles völlig egal.

Und jetzt erkannte sie, dass Knightly nicht immun war. Auch er suchte nach Anerkennung und wollte als der gesehen werden, der er war. Plötzlich war er kein entrückter Gott mehr, sondern ein Mann, der vielleicht mehr Ähnlichkeit mit ihr besaß, als sie bisher gedacht hatte.

Er wollte dazugehören, genauso wie sie.

Das war der Moment, in dem sie sich wahrhaftig in Knightly verliebte. Sie verliebte sich mit Haut und Haaren. Sie verliebte sich auf eine Art und Weise, die den Menschen sah und nicht eine Traumvorstellung von ihm.

»Ich will nicht über Harrowby reden«, erklärte er rundheraus, und Annabelle brauchte einen Moment, um den Namen einzusortieren und sich wieder an ihr Gespräch zu erinnern. Sobald sie wieder wusste, worum es ging, wuchs in ihr der Verdacht, Knightly wolle vor allem nicht darüber reden, dass er wie alle anderen ein Mensch war. Denn er gab sich immer große Mühe, sich selbst als einen Mann darzustellen, der über jede weltliche Anfechtung erhaben war.

»Tut mir leid, dass ich es angesprochen habe«, sagte sie automatisch. »Oder nein, tut es nicht. Wissen Sie, man sagt so leicht, etwas tue einem leid. Dabei versuche ich, mich nicht mehr für alles zu entschuldigen. Es ist einfach so eine Angewohnheit und …«

»Annabelle?«

»Ja?« Sie blickte zu ihm auf, und er drückte die Hand in ihren Rücken und zog sie an sich. Und dann war Knightlys Mund auf ihrem, und er küsste sie. Im Mondschein. Lieber Gott, wie romantisch!

Annabelle schloss die Augen und versuchte alles auszublenden: den Ballsaal hinter ihrem Rücken und den Mond am Himmel. Es gab nur noch Knightlys Mund auf ihrem, heiß, forschend und verlangend. Sie spürte auch das Beben und das Lodern einer Leidenschaft, die drohte, sie zu überwältigen …

Doch insgeheim fragte sie sich, ob er sie nur küsste, weil sie über ein Thema plapperte, über das er nicht länger diskutieren wollte, und er sie so am effektivsten zum Schweigen bringen konnte. Oder war er von der Leidenschaft überwältigt? War es denn wichtig, mit welcher Absicht er sie küsste? Warum zum Teufel konnte sie es nicht einfach genießen? Wie schaltete man bloß sein Gehirn ab?

Knightly zog sich etwas von ihr zurück. Seine Hände umfassten ihr Gesicht, und er vergrub die Finger in ihren Locken. Ihre Frisur ruinierte er damit nachhaltig, doch das war ihr egal. Er blickte ihr ernst in die Augen. Sie waren selbst im Mondlicht so blau …

»Nur damit eins klar ist, Annabelle«, sagte er mit der ruhigen und selbstsicheren Stimme, die sonst Tatsachen und Befehlen vorbehalten war, »ich küsse dich, weil ich es will und nicht, um dich vom Reden abzuhalten oder dem Gespräch aus dem Weg zu gehen. Und du musst aufhören, ständig darüber nachzudenken.«

»Woher weißt du, dass ich …«

»Ich lerne dich allmählich kennen, Annabelle«, sagte er und lächelte wissend. Sie fragte sich, ob es wohl Worte gab, die ähnlich magisch waren. *Ich lerne dich kennen, Annabelle …* »Und nun genieß es einfach, denn ich habe lange genug mit mir gerungen und will das hier ausgiebig genießen.«

Seine Lippen trafen wieder hart auf ihre, und er verdeutlichte seine Absichten. Annabelle konnte nicht länger denken, dass der Kuss nur ein Versehen war oder dass Knightly sich von der Romantik des Monds hatte überwältigen lassen.

Konnte irgendwas mehr zählen als Knightlys Arme um sie? Wie ein sicherer Hafen, von dem sie bisher nur geträumt hatte …

Er drängte sie, sich ihm zu öffnen, und intensivierte den Kuss. Sie reagierte mit einem Eifer, der den Jahren der Sehnsucht und Einsamkeit entsprach. Knightly schlang die Arme um sie, presste sie enger an sich. Sie legte die Arme um seinen Hals und klammerte sich nicht nur an den Mann, sondern auch an diesen Moment. Davon hatte sie immer geträumt.

Doch dieser Moment, dieses reale Erleben war so viel besser als ihre Träume.

Sie schmeckte ihn und ließ ihn von sich kosten. Jede seiner Berührungen brachte sie zum Auflodern. Eine stille, langsam wachsende Wärme breitete sich in ihrem Unterleib aus und strahlte in ihren ganzen Körper aus. Mit ihrem ganzen in Seide gehüllten Körper drückte sie sich an ihn und spürte durch den Stoff, wie seine Erregung sich hart an sie presste. Ihre Wangen wurden heiß und rot, und dann kroch die Röte weiter über ihre Haut, und sie fühlte sich überall auf eine verruchte, wunderbare Art fiebrig.

»O Derek …«, seufzte sie seinen Namen. Sie wollte ihm so viel sagen. Wie sehr sie ihn liebte, dass er dieses heiße, drängende Verlangen in ihr weckte und dass sie *alles* mit ihm tun wollte. Doch sie fand keine Worte und war damit zufrieden, seinen Namen ein zweites Mal zu seufzen.

Knightly schmeckte ihr Seufzen und wusste, welche unausgesprochenen Gedanken und Gefühle darin mitschwangen. Er spürte dieses Seufzen überall. Nie hatte er sich so geliebt gefühlt, und deshalb genoss er diesen Kuss so, der alles änderte. Er wollte nicht verführen, beeindrucken oder sie für sich gewinnen. Er wollte sie nur küssen, als wäre es das Erste und Letzte, was es auf dieser Welt zu tun gab.

Diese Überlegungen wollten ihm durch den Kopf gehen. Doch dann verließ ihn jede Logik, und es blieb nur ein Gedanke: Keine Frau konnte ihn mit so viel Leidenschaft küssen wie Annabelle. Keine Frau konnte seinen Namen so seufzen. Und wenn eine Andere es täte, hätte es doch keine Bedeutung für ihn. Dieser Kuss hatte etwas zu bedeuten. Was genau, wusste er nicht. Er konnte nicht klar denken. Er wollte unbedingt ihre weiche Haut kosten. Dort, wo Annabelles Hals in die Schulter überging. Er drückte den Mund auf diese Stelle. Sie seufzte leise, und er fühlte sich wie ein König.

Seine Finger fuhren durch ihr Haar. Er liebkoste die Rundung ihrer Hüfte, ließ die Hände weiter nach unten gleiten und drückte sie an sich. Annabelle hatte etwas an sich, das ihn behutsam vorgehen ließ. Und diese Zurückhaltung ließ jede Berührung und jedes Seufzen sich tausendmal so intensiv anfühlen.

Er wollte sie spüren. Überall. Wollte sie ohne das Seidenkleid erkunden, ohne einen Faden am Leib … Doch sein Verstand war nicht vollkommen ausgeschaltet, und er wusste nach wie vor, dass sie auf einem Ball waren. In der Öffentlichkeit. Er sollte lieber damit aufhören.

Aber er wollte nicht.

Kapitel 32

Wütende Frauen stürmen die Büroräume
der London Weekly

EINER, DER SICH AUSKENNT
Endlich ein Hinweis, wer der Krautkopf ist!
LONDON TIMES

Am nächsten Tag

Knightly war sich ziemlich sicher, dass andere Zeitungsbesitzer nicht von Frauen heimgesucht wurden, die unangekündigt und voller Dramatik das Büro stürmten.

Dramen gehören in die Zeitung.

Offensichtlich galten diese Regeln nicht für Frauen, dachte er ironisch.

Zuerst kam Julianna. Ein Sturmwind mit Feuerhaaren und spitzer Zunge in einem grünen Kleid. Das war eben ihre Art. Aber heute hatte er keine Lust, sich von ihrem Auftritt beeindrucken zu lassen, weil er verdammt gute Laune hatte. Auf dem Weg ins Büro hatte er ein fröhliches Liedchen gepfiffen. Diese Wirkung hatte Annabelles Kuss auf ihn.

Nun, unter anderem. Denn außerdem hatte der Kuss in ihm ein zügelloses, unnachgiebiges Verlangen erweckt. Trotzdem fühlte es sich an, als hätte ihm jemand die Augen geöffnet. Und er wollte, was er sah. Er wusste außerdem, dass er mehr über Annabelle erfahren wollte und dass ihn diese Neugier viel kosten würde. Ihm stellte sich also die Frage, ob er bereit war, diesen Preis zu zahlen: Lady Lydia einen Korb zu geben und damit Lord Marsden zu erzürnen.

Das war eine vertrackte Frage und darum pfiff er lieber fröhlich vor sich hin und dachte daran, wie er Annabelle küsste.

»Also wirklich, Knightly«, sagte Julianna mit vor Sarkasmus, Wut und Enttäuschung triefender Stimme. Sie warf eine Zeitung auf seinen Schreibtisch, wo sie mit einem dumpfen Laut landete.

Knightly verging das Pfeifen. Er starrte auf die Zeitung.

»Die *London Times*, Julianna? Wirklich? Kein Wunder, dass Sie so schlechte Laune haben, wenn Sie diesen zweitklassigen Dreck lesen.«

»Lesen Sie selbst.« Ihre Stimme klang eisig.

Neugierig nahm er die Zeitung zur Hand.

Auf Lady Wroth' Wohltätigkeitsball für die Gesellschaft zur Unterstützung gefallener Frauen wurde der Eigentümer der London Weekly, *Derek Knightly, dabei beobachtet, wie er sich ausgiebig im Mondschein mit einer Frau vergnügte, bei der es sich um die »liebe Annabelle« desselben Blatts handelt. Die Leser dieses überladenen Schmierblatts werden wissen, dass sie in aller Öffentlichkeit versucht, die Aufmerksamkeit eines Mannes zu wecken, der bisher in ganz London als »der Krautkopf« bekannt war.*

Der Mann, der sich auskennt, würde sich nicht im Geringsten darum kümmern, was zwei Schreiberlinge treiben, wenn nicht allgemein bekannt wäre, dass Knightly

Lady Lydia Marsden den Hof macht. Oder hat diese von Skandalen geplagte Frau schon wieder einen Verehrer – mit sowieso etwas unpassenden Verbindungen – verloren (die »passenden« Verbindungen haben sich von ihm distanziert)?

Hinter welcher Frau ist dieser Bastard von einem Zeitungskönig her? Will ihn jetzt jede, weil er so offen die Zuneigung von zwei verschiedenen Frauen erringt? Oder zeigt sich hier sein adeliges Blut in seiner schlimmsten Form? Denn welcher Peer ist schon komplett, solange er nicht eine Ehefrau und *eine Mätresse hat?*

»Das haken wir lieber unter Beleidigung ab. Oder unter Aufhetzung«, erklärte Knightly. Er lehnte sich in dem Bürosessel zurück und gab sich betont entspannt.

Der Artikel könnte sich als katastrophal erweisen. Doch er bewahrte Ruhe, denn so war er nun mal. Anders als Julianna, die sich schon bei der geringsten Kleinigkeit heftig erregen konnte.

»Ich würde es gerne unter verleumderischem Unsinn abhaken, denn ich nehme an, das ist es?«, fragte sie scharf.

»Ganz im Gegenteil«, erwiderte Knightly gelassen. »Ich muss der *Times* gratulieren, denn sie haben endlich mal einen Sachverhalt richtig dargestellt.«

»Ich bin außer mir. Absolut außer mir«, schnaubte Julianna. »Diese Kolumne ist … Also, ich bin sprachlos vor Wut – und das heißt schon was, das müssen Sie zugeben.«

»Kein Kommentar«, sagte Knightly. Das war vermutlich besser so.

»Mir sind Lady Lydias Gefühle in dieser Sache ja völlig gleichgültig«, setzte Julianna an.

»Was mir absolut klar ist, nachdem Sie in letzter Zeit

nur Kolumnen eingereicht haben, die sich über meine eindeutige Anweisung hinwegsetzten, nicht über sie zu schreiben.«

»Lenken Sie nicht ab, Knightly. Hier geht es um Annabelle. Und um Sie.«

Seine Wut flammte auf. Er beugte sich vor, stützte beide Hände auf den Tisch und funkelte sie an.

»Sie geben also zu, dass es Sie nichts angeht?«, wollte er wissen.

»Wie bitte?« Jetzt hatte er sie verblüfft. Er musste an sich halten, um nicht zu triumphieren. Das hatte sie nun davon, sich in seine persönlichen Angelegenheiten einzumischen.

»Das ist, wie Sie so schön sagen, eine Sache zwischen Annabelle und mir. Es geht Sie nichts an.«

»Sie geben also zu, dass zwischen Ihnen was ist«, erwiderte sie und neigte den Kopf zur Seite. Sie schien sich für ziemlich clever zu halten.

»Kümmern Sie sich um Ihren eigenen Kram, Julianna«, blaffte er.

»Ich bin bei Ihnen angestellt, weil ich das Gegenteil tun soll, vielen Dank auch. Meine Aufgabe ist es, mich für den Kram anderer Leute zu interessieren.«

»In diesem Fall entbinde ich Sie von dieser Aufgabe«, erwiderte Knightly, schob die *London Times* beiseite und nahm ein paar Unterlagen zur Hand. Er begann zu lesen und zeigte Julianna damit, dass für ihn diese Diskussion beendet war.

Wäre sie ein Mann, hätte so eine ärgerliche und lästige Person wahrscheinlich schon längst jemand erschossen.

Julianna legte ihre Hände auf den Tisch und beugte sich vor. Ihre leise Stimme klang bedrohlich.

»Verhalten Sie sich wie ein Gentleman, Knightly. Seien Sie vorsichtig. Sie ist zerbrechlich.«

Doch das stimmte nicht. Annabelle mochte eine zarte Blume sein, die man mit äußerster Vorsicht behandelte und am besten nur mit Glacéhandschuhen anfasste. Aber er hatte die Erfahrung gemacht, dass sie sehr viel mehr aushielt, als man auf den ersten Blick vermuten könnte. Wenn man sie zu sanft anfasste, wäre dies zu niemandes Vorteil. Die kühne Annabelle war eben völlig anders. Sie stellte Fragen, die sie zuvor niemals formuliert hätte, küsste ihn mit einer Hingabe, die in ihm ein Gefühl der Macht und zugleich den Wunsch nach *mehr* weckte. Ihr Kuss ließ ihn vor sich hinpfeifen, wenn er durch die Straßen ging.

Er bedauerte all jene, die diese Annabelle nicht sahen.

»Wir reden vermutlich über zwei verschiedene Annabelles«, erklärte Knightly Julianna. »Obwohl ich eigentlich gar nicht über Annabelle reden will.«

»Was soll ich ihr denn sagen, wenn sie das hier liest?«, fragte Julianna und zeigte mit gekrümmtem Finger auf die *Times*.

»Sagen Sie ihr, was Sie wollen. Denken Sie aber daran, dass meine persönlichen Angelegenheiten genau das sind – persönlich.«

Julianna verließ wutschnaubend das Büro. Sobald sie die Tür hinter sich zugeknallt hatte, trat er an den Schrank und schenkte sich einen großzügigen Brandy ein.

Es gab eine lange Liste von Frauen, deren Gemüt beruhigt werden musste. Und das alles nur wegen des »verfluchten Manns, der sich auskennt«. Höchste Zeit, sich etwas Mut anzutrinken.

Lady Marsden würde sich vermutlich nicht darum scheren, solange er ihr Geheimnis wahrte. Er feixte, denn er wusste, warum sie die zweite Saison verpasst hatte und Julianna nicht. Er sollte das ihr gegenüber mal beiläufig erwähnen, quasi als Rache, weil sie sich in seine Angelegenheiten einmischte.

Was er allerdings mit Annabelle machen sollte … Je besser er sie kennenlernte, umso klarer wurde ihm, was für ein großes Herz sie hatte. Sie konnte so viel empfinden, dass es schon fast übertrieben war. Sie plapperte drauflos, wenn sie nervös war, und besaß eine extrem lebhafte Fantasie. Wenn er sie küsste, konnte er spüren, wie sie nachdachte, überlegte, sich in Gedanken Fragen stellte und gleichzeitig versuchte, jede Sekunde aufzusaugen.

Doch mit ein bisschen Bestärkung – die er in eine Anweisung verpackt hatte – schmolz sie unter seiner Berührung dahin. Andere Frauen reagierten auch auf ihn, aber mit Annabelle fühlte es sich an, als hätte das Ganze eine Bedeutung, und das schenkte ihm ein Gefühl von … *mehr.* Wenn jede Berührung der Lippen zählte, wenn jedes Streicheln einen Sinn hatte, wenn jedes Flüstern und Seufzen für sich schon ein Vergnügen darstellte …

Was zum Teufel war bloß mit ihm passiert?

Knightly nahm einen großen Schluck vom Brandy und konzentrierte sich auf das Brennen. Erst auf der Zunge. Dann im Rachen. Hinab bis in seinen Magen.

Wenn ein Mann so ausgiebig über den flüchtigen Kuss mit einer Frau nachdachte, wie es ihm jetzt ständig passierte, dann … nun, dann war er wohl vernarrt, anders konnte man das nicht umschreiben. Oder schlimmer noch – er fühlte sich ihr *verbunden*. Und es war nicht nur ein flüchtiger Kuss. Es war einer dieser alles verändernden Küsse, bei denen die Welt Kopf stand.

Er war wirklich in sie vernarrt. Verdammt.

In diesem Moment erschien seine Mutter in der Tür und trat ihm wie eine teuflische Fee mit Feuerhaaren entgegen. Wenn er sich jemals gefragt hatte, wie Julianna wohl in dreißig Jahren aussehen würde, hatte er jetzt die Antwort.

Höllenfeuer und Verdammnis. Mehitable, ein gewaltiger Mann, den er allein deshalb angestellt hatte, um ihn vor solchen unwillkommenen Besuchen erzürnter Leser zu schützen, war heute wohl betrunken zur Arbeit gekommen. Oder es war eine Meuterei im Gange.

»Was hat das hier zu bedeuten?«, fragte sie und wedelte mit einer Ausgabe der *London Times* vor seiner Nase.

Knightly kippte den Rest seines Drinks und kehrte an den Schreibtisch zurück.

»Mutter, dieses Gespräch habe ich bereits mit Lady Roxbury geführt. Es ist vielleicht das Beste, wenn du das Gespräch mit ihr suchst, denn ich nehme an, ihr beide interessiert euch sehr viel mehr für das Thema als ich. Außerdem möchte ich hinzufügen, dass es mich *entsetzt*, wie viele Frauen, die mit der *Weekly* in Verbindung stehen, mir gerade indirekt gestehen, dass sie Leser der *London Times* sind.«

Seine Mutter setzte sich vor seinen Schreibtisch auf einen Stuhl.

»Absolut entsetzt«, wiederholte er und widmete sich dann wieder seiner Arbeit. Oder tat zumindest so. Er starrte auf die Seite, doch er konnte nicht ein einziges Wort von dem lesen, was da stand, egal wie sehr er es versuchte.

»Dir ist schon bewusst, dass ganz London die ›liebe Annabelle‹ vergöttert«, sagte seine Mutter. »Sollte sich herausstellen, dass du der Mann warst, hinter dem sie her war …« Knightly hielt den Atem an. Warum lähmte ihn der Gedanke nur immer wieder? Seine Mutter schien nichts zu merken und sprach weiter.

»… nun, ich vermute, dann wird ein Mob wütender Londoner vor deiner Tür auf dich warten.« War es falsch von ihm, wenn er sich darüber insgeheim freute, weil dieser Mob eine Bestätigung für Annabelles Kolumne und deren Erfolg war?

»Mehitable wird sich um den wütenden Mob kümmern«, antwortete er. Nachdem er ein ernstes Wörtchen mit ihm über wütende Frauen geredet hatte.

»Dann solltest du wissen, dass Mehitable diesen Mob möglicherweise anführen wird«, forderte sie ihn heraus.

»Nein, wird er nicht. Ich bezahle seinen Lohn«, erklärte Knightly sachlich. Er sollte Mehitable bei Gelegenheit daran erinnern.

»Egal. Welche Absichten hast du?«, hakte seine Mutter nach. »Denn wenn du die ›liebe Annabelle‹ sitzen lässt, in die du ja offensichtlich verschossen bist …«

»Offensichtlich?«

»Entschuldige. Hast du die Angewohnheit, hübsche junge Frauen im Mondlicht zu treffen und zu küssen, obwohl du sie *nicht* magst? Zumal du dir bereits mit einer anderen jungen Dame einig geworden sein sollst. Hast du tatsächlich mein schauspielerisches Talent geerbt oder wie muss ich das verstehen?«

»Geht dich das überhaupt etwas an?«, fragte er zunehmend wütend.

»Was hat das eine mit dem anderen zu tun?«, erwiderte seine Mutter. Sie schien gänzlich überrascht von dem Gedanken, sich um ihren eigenen Kram zu kümmern. Das machte ihn sprachlos. In sein Schweigen hinein sagte sie: »Auf jeden Fall erinnert mich die Sache daran, dass ich dir dringend etwas über deinen Vater erzählen muss. Bevor du einen Fehler machst.«

Damit weckte sie seine Aufmerksamkeit. Er legte die Papiere beiseite.

»Dein Vater hat uns geliebt«, sagte sie schlicht.

»Das weiß ich, aber ...« Sie schnitt ihm mit einer Handbewegung das Wort ab.

»Nein, hör mir zu. Er hat uns geliebt. Und er hat *sie* nicht geliebt, und das wussten sie. Was glaubst du, wie es sich für den Jungen angefühlt hat? Er kam für seinen Vater immer an zweiter Stelle. Kannst du dir das vorstellen, Derek?«

So hatte er das noch nie gesehen.

Der Erbe, der immer hinter dem Bastard zurückstehen musste. Er stellte sich vor, wie der Neue Earl seine Schulaufgaben zeigen wollte oder nach seinem Vater fragte, der nie zu Hause war. Allmählich dämmerte Knightly, wie jämmerlich sich der Neue Earl gefühlt haben musste. Er war ignoriert, übersehen worden, war immer der Zweite gewesen. Knightly hatte immer gewusst, dass er geliebt wurde.

»Und Lady Harrowby war zwar verheiratet, hatte aber nie einen Ehemann. Doch sie hat sich für diesen Weg bewusst entschieden. Dein Vater hat ihr vor der Hochzeit von uns erzählt.«

»Warum hat er sie dann überhaupt geheiratet?«, fragte Knightly. Und wenn seine Eltern sich geliebt hatten – warum hatten sie es dann nicht offiziell gemacht? Wen kümmerte es, dass seine Mutter Schauspielerin war? Machte das nicht den halben Spaß aus, wenn man Adeliger war – das zu tun, worauf man verdammt noch mal Lust hatte?

»Pflichtgefühl. Schulden. Fehlender Mut im entscheidenden Moment«, sagte sie und blickte aus dem Fenster auf die geschäftige Fleet Street. Sah er etwa Tränen auf ihrem Gesicht? Steckte mehr dahinter? Hatte seine Mutter etwa seinen Vater gebeten, *nicht* eine andere zu heiraten?

Hatte sie ihn angefleht, sein Pflichtgefühl und die Ehrbarkeit zu vergessen und sich stattdessen für die Liebe zu entscheiden?

Seine Mutter hatte sich wieder gefasst und wandte sich ihm zu. »Sie stammten aus derselben Welt, Derek. Einer Welt, in der Liebe nicht zählte.«

Er dachte an Lady Lydias traurige Frage. *Aber was ist, wenn ich aus Liebe heiraten will?* Er hatte keine Antwort für sie, aber jetzt verstand er die Frage besser.

»Ich denke, ich brauche nicht zu betonen, wie sehr ich dir diese Liebe wünsche«, fuhr seine Mutter fort. »Und wenn du immer noch wegen des Geldes oder der gesellschaftlichen Stellung heiraten willst, tue es nicht, um wie dein Vater zu sein. Es würde uns beide verletzen.«

Kapitel 33

Ein Missverständnis mit dem Marquis

NEUIGKEITEN AUS DEM INLAND
Die Anzahl der festgenommenen Reporter: 38.
Die Anzahl der Zeitungen, die den Betrieb eingestellt haben: 4
Nur die London Weekly scheint vom Skandal gänzlich verschont.
LONDON TIMES

White's Club für Gentlemen
St. James' Street

Es kam für ihn nicht in Frage, Marsdens Einladung auszuschlagen, mit ihm im White's einen Drink zu nehmen. Sie mussten über etwas Geschäftliches reden, und da war es egal, wo es passierte und wann. Dass Marsden ihn an einem Ort treffen wollte, an dem er seinen Rang und seine Macht demonstrieren konnte, entging Knightly nicht. Das war auch schlau, denn der Club würde ihn daran erinnern, wie viel er erringen oder verlieren konnte.

Ich sollte auch hierher gehören, dachte Knightly und stieg die vier Stufen zur Eingangstür dieser exklusiven Lokalität hoch.

Das Erste, was er sah, war der Neue Earl, der mit ein

paar anderen Gentlemen beim Kartenspiel beisammensaß. Der Blick in Knightlys Richtung rief ihm wieder jene Worte von der Trauerfeier in Erinnerung. *Werft den Bastard raus. Er gehört nicht hierher.*

Doch dieses Mal erkannte Knightly nicht nur Hass in den funkelnden Augen, sondern auch den Schmerz und die Verwirrung. Als der Neue Earl sich zu seinem Sitznachbarn beugte und ihm eine Schmähung zuflüsterte und dabei seine Blicke sich wie Dolche in Knightly bohrten, fragte er sich, welche Beziehung dieser junge Mann zu dem gemeinsamen Vater gehabt hatte. Hatten sie auch so lange Gespräche geführt? Hatten sie denselben trockenen Humor? Gingen sie zusammen ins Theater?

Seine Mutter hatte Schulden erwähnt, die ein Grund für die Hochzeit waren. War mit der Mitgift der Countess seine Ausbildung zum Gentleman bezahlt worden? Stammte aus diesem Vermögen das Erbe, mit dem er die *London Weekly* erworben hatte?

Das waren Fragen, die er sich bisher nie so gestellt hatte. Seine Mutter war einfach in sein Büro gestürmt, hatte ihn mit diesen Informationen versorgt und war mit eleganter Plötzlichkeit wieder davongezogen. Ein würdiger Auftritt für Londons beste Schauspielerin.

Der Marquis hatte einen Tisch in einer dunklen Ecke des Clubs ausgewählt. Er saß dort brodelnd und mit unbeugsamem Blick. Wenn er bedrohlich wirken wollte, dachte Knightly, musste er sich mehr anstrengen. Oder durfte sich nicht länger um die anderen Anwesenden scheren.

»Ich dachte, wir hatten eine Übereinkunft«, begann Marsden, ohne ihm einen Drink anzubieten. Also wollte er das Gespräch auf diese Art führen. »Ich dachte, ich hätte unmissverständlich klargemacht, dass ich die Untersuchung im Parlament von den bekanntermaßen widerlichen Recherchemethoden bei Ihrer Zeitung ablenke, wenn Sie meine Schwester heiraten.«

Nachdem er nun alle Details kannte – insbesondere den Grund, weshalb Lady Lydia noch nicht verheiratet war –, wusste Knightly natürlich, was für ein Kuhhandel das Ganze war. Und das meinte er nicht wegen ihrer Vergangenheit und weil sie deshalb nicht länger einem reinen Ideal entsprach, sondern weil ihr Herz an einem anderen hing. Dies wäre der Garant für eine kalte und unglückliche Ehe. Und das genügte definitiv nicht, um seinen dritten Grundsatz zu verletzen: *Fühle dich niemandem verpflichtet.*

Doch das war ein Wissen, das er nicht preisgeben wollte. Noch nicht.

»Wir haben noch keinen Termin festgesetzt«, konstatierte Knightly.

»Und das ist der Grund, warum ich hier bin«, sagte Marsden. Wenigstens war er der Typ Mann, der ganz ruhig blieb, auch wenn es in ihm kochte. Er plusterte sich nicht auf wie geringere Männer – wenngleich das vermutlich amüsanter gewesen wäre. »Es gibt noch keinen Hochzeitstermin. Noch nicht mal einen Antrag. Und ich habe gehört, dass Sie ein intensives und privates Intermezzo mit Miss Swift hatten.«

»Sie beziehen sich vermutlich auf den Artikel, der heute früh in der *London Times* erschienen ist. Erstaunlich, welche Informationen so ein zweitklassiges Schundblatt enthüllen kann, nicht wahr?«

Seine Bemerkung traf ins Schwarze. Marsden wurde sichtlich rot. Jetzt wussten sie beide, dass Knightly von seinem Beinahe-Bankrott wusste. Von den Bestechungsgeldern an die *Times*, die letztlich der Grund für die Untersuchung waren, weil ihm das Geld ausgegangen war.

»Ich habe Sie gesehen. Mit Annabelle«, stieß Marsden zwischen zusammengebissenen Zähnen hervor.

Nun, das war wirklich interessant. Nicht, dass er ihnen hätte auflauern müssen, denn Knightly hatte sich auch keine Mühe gegeben, sich zu verstecken – warum auch? Keiner von ihnen gehörte dem Teil der Gesellschaft an, in dem der Ruf mehr zählte als alles andere. Aber das interessierte Marsden einen feuchten Dreck.

»Ich glaube, Sie beziehen sich auf Miss Swift«, korrigierte Knightly ihn.

»Verdammt, Knightly. Wir hatten eine Vereinbarung«, knurrte Marsden.

Knightly zuckte nur mit den Schultern und sagte: »Wir haben keinen Termin ausgemacht, bis wann ich um ihre Hand anhalten sollte. Es geht hier nicht um eine Liebesheirat oder darum, Romantik vorzutäuschen, die es gar nicht gibt. Wir hatten zwar eine Vereinbarung, doch die genauen Eckpunkte haben wir nicht festgelegt.«

»Ich ging davon aus, Ihr Wort als Gentleman zu haben«, sagte Marsden angespannt.

»Das war Ihr erster Fehler, Marsden«, sagte Knightly und lachte. Er blickte durch den Raum zum Neuen Earl. »Wir wissen doch alle, dass ich kein Gentleman bin.«

Marsden verstummte. War er schockiert, weil Knightly so unverhohlen auf seine uneheliche Herkunft anspielte, für die er sich doch eigentlich schämen sollte?

Während beide Männer schwiegen, wurde Knightly bewusst, dass er tatsächlich kein Gentleman war. Er gehörte nicht hierher. Nicht in diesen Club. Er vermisste das Kaffeehaus und seine raubeinigen Kumpane, das Rascheln der

Zeitungen und den Kaffeeduft und Zigarrenrauch. Er mochte es, wie entspannt man dort miteinander umging. Und er mochte das Fehlen wütender Blicke in seine Richtung.

»Wirklich schade«, sagte Marsden nachdenklich. »Wir Gentlemen beschützen einander. Und wir unterdrücken all jene, die ... *nicht* dazugehören.«

Die Art, mit er der das Wörtchen »nicht« betonte, war bemerkenswert. »Nicht« klang nach Ratten, Misthaufen, Dreckpfützen und verwesenden Leichen.

Als Knightly antwortete, sprach er gedehnt und affektiert wie ein gelangweilter Mann. Unter den Blicken des Neuen Earls (die jetzt, nachdem er Mitgefühl für ihn entwickelt hatte, nicht mehr ganz so schwer zu ertragen waren) und angesichts Marsdens anmaßenden Verhaltens sowie der Stille, die plötzlich im Club herrschte, spürte Knightly, wie ihm die Brust eng wurde. Als würde sich ein tausend Tonnen schwerer Amboss auf seine Brust legen und ihm die Luft zum Atmen rauben.

Er musste gehen. Musste sich in den geschäftigen Straßen Londons davonstehlen, bis Nacht und Stille sich über die Stadt senkten. Er brauchte die Welle kalter Luft auf seiner Haut. Er musste über Lydia nachdenken, über Annabelle und die *London Weekly* und über die Familie, die er nie gehabt hatte. Und über Liebe musste er auch unbedingt nachdenken.

Er hatte weder Zeit noch Geduld, um sich mehr über Lord Marsdens faulen Handel anzuhören.

»Marsden, wenn Sie mir etwas zu sagen haben, das ich nicht bereits weiß, würde ich es gerne hören. Aber die überhebliche, starke Hand der Oberschicht ist für mich nicht neu. Und wenn etwas nicht neu ist, habe ich daran kein Interesse.«

»Oh, aber ich habe eine Neuigkeit für Sie, Knightly«, verkündete Marsden und grinste gehässig. »Aber ich denke, das lasse ich Sie lieber morgen in der Zeitung lesen. In der *London Times*, um genau zu sein.«

Kapitel 34

Liebeskranke Frau greift zu verzweifelten Methoden

Entwurf:

Liebe Annabelle,
wie soll man sich angemessen verhalten, nachdem man in einer kompromittierenden Situation ertappt wurde?
Verfasst von Miss Annabelle Swift, ohne Genehmigung von Mr. Derek Knightly

Redaktionsräume
der London Weekly

Knightly musste doch inzwischen wissen, dass er der Krautkopf war. Kein Mann, der es so weit gebracht hatte wie er, konnte so begriffsstutzig sein. Ihre Seufzer, roten Wangen und das Gestammel konnte man schon mal jahrelang übersehen, das räumte sogar Annabelle ein. Aber sie hatten sich geküsst. Zweimal sogar.

Außerdem hatten die Klatschkolumnen darüber berichtet und ihr damit freundlicherweise den Beweis geliefert, dass dieser köstliche Moment tatsächlich passiert war und nicht einer Laune ihrer Fantasie entsprang.

Trotzdem kam Knightly mit demselben Lächeln in die wöchentliche Redaktionssitzung und äußerte das gewohnte

»Zuerst die Damen«, wie er es seit Anbeginn der Zeit jedes einzelne Mal getan hatte. Er verhielt sich nicht anders. Kein Hinweis auf etwas Bedeutendes, das ihm widerfahren war.

Annabelles Miene verfinsterte sich. Warum nur war das alles so schwer mit ihm?

Ein Zuzwinkern hätte Wunder bewirkt. Das Heben einer Braue wäre ein einfaches, unauffälliges Zeichen gewesen, das sie als Einzige verstanden hätte. Oder ein wissendes Lächeln vielleicht? Und wer brauchte noch diskret sein, nachdem die *London Times* alle saftigen Details abgedruckt hatte? Fast jeder in London wusste jetzt Folgendes:

Erstens: Bei dem Wohltätigkeitsball zugunsten der Gesellschaft zur Unterstützung gefallener Frauen hatten Knightly und sie ein ausgedehntes Intermezzo im Mondschein genossen, das gekrönt wurde von einem leidenschaftlichen Kuss. Jeder Londoner stellte sich bestimmt jetzt lebhaft vor, wie sie beide sich der Leidenschaft hingegeben hatten.

Zweitens: Knightly war ein wilder Schürzenjäger, der einerseits mit einem nicht standesgemäßen Mädchen herumtändelte (nämlich Annabelle), während seine sehr standesgemäße Zukünftige (Lady Lydia) sich im Ballsaal vergnügte.

Als er ihr heute über den Weg lief, hatte Owens die Hand auf ihren Rücken gelegt und sich zu ihr gebeugt, um sie nach dem Verlauf des ausgiebigen Zwischenspiels mit Knightly zu befragen. Ihre Antwort war ein atemloses »schön«, denn sie war wegen seiner Zuneigungsbekundung und Besorgnis zu aufgeregt. Sie blickte in die warmen braunen Augen und suchte nach einem Grund, warum er so viel Interesse an den Irrungen und Wirrungen ihres unbedeutenden Liebeslebens zeigte.

Wie sollte man das alles nur im Nachhinein begreifen?

Wenigstens der Hauch von etwas, das im Entferntesten an ein Bekenntnis zu ihr erinnerte, hätte ihr viel bedeutet. Hatte denn Knightly ihr nach dem Artikel in dem Revolverblatt nichts zu sagen? Es zu ignorieren, war jedenfalls eines Gentlemans unwürdig. Um nicht zu sagen unsportlich. Außer sein Schweigen *war* die Antwort.

Sophie plapperte über Hochzeiten und die neuesten Modetrends, Eliza berichtete weiter über die Abenteuer des tätowierten Dukes, das lange ahnungslose Objekt ihrer Arbeit, das inzwischen ihr Ehemann war.

Argwöhnisch richtete Knightly seine Aufmerksamkeit auf Julianna.

»Welche anzüglichen Geschichten erwarten uns nächste Woche in Ihrer Kolumne, Julianna?«

»Ich dachte, ich bringe einen Kommentar zu der letzten Kolumne vom ›Mann, der sich auskennt‹. Vielleicht stelle ich die Sache richtig?« Sie hob bei dieser Frage herausfordernd die Brauen.

»Ich wüsste nicht, was man dazu noch sagen sollte«, erwiderte Knightly und lehnte sich gegen den Tisch. Annabelle wollte heftig protestieren. Es blieb noch jede Menge zu sagen, fand sie. Knightly fügte hinzu: »Ich bin sicher, jedes Mitglied der Aristokratie ist derzeit mit weitaus skandalöseren Aktivitäten befasst, die für unsere Leser von größerem Interesse sein werden.«

Mit anderen Worten: Schreiben Sie nicht darüber. Es gibt nichts dazu zu sagen. Oder auch: Wenn wir das Thema einfach ignorieren, ist es auch bald wieder vom Tisch.

Juliannas Miene verfinsterte sich, und auch Annabelle runzelte die Stirn. In diesem Moment richtete Knightly seine Aufmerksamkeit auf sie.

»Annabelle, welche Pläne haben Sie für diese Woche?«

Ihr lag es auf der Zunge, sie wolle ein paar Ratschläge für Gentlemen verfassen, wie sie sich verhalten sollen, nachdem sie eine Frau bei einem Stelldichein auf einem Ball leidenschaftlich geküsst haben. Aber ach, die kühne Annabelle war noch nicht so weit, ihre persönlichen Angelegenheiten in der Öffentlichkeit zu diskutieren. Obwohl sie sich inzwischen verruchte und freche Antworten ausdenken konnte, fiel es ihr noch schwer, diese auch zu äußern.

Stattdessen sagte sie: »Ich glaube, es könnte der Moment für drastische Maßnahmen gekommen sein.«

»Sind Ihre Bemühungen denn bisher so erfolglos gewesen?«, fragte Knightly und hob eine Augenbraue. Spielte er damit auf ihr Gespräch an oder war das schlicht Gewohnheit? Und warum musste er so unverschämt gut aussehen, wenn er sich gegen ein Möbelstück lehnte?

»Oh, es gab schon ein paar *kleinere* Erfolge«, antwortete sie und versuchte, stolz und abweisend zu klingen. »Jedoch nichts Großes, was mich wirklich *befriedigt* hätte.«

Neben ihr erstickte Julianna fast an ihrem unterdrückten Lachen und Annabelle ertappte Owens, der sie mit offenem Mund anstarrte. Sie fühlte Stolz in sich aufwallen.

»Was haben Sie also vor, liebe Annabelle?« Knightly lächelte ebenfalls. Sie sah es daran, wie seine Mundwinkel leicht nach oben gingen. Doch vor allem funkelten seine Augen.

»Das werden Sie schon sehen, wenn Sie meine Kolumne lesen«, erklärte sie frech. Dabei war das nur viel Lärm um nichts, denn sie hatte keine Ahnung, zu welchen drastischen Maßnahmen sie greifen sollte.

»Vorher nicht?«, fragte Knightly beiläufig. Oh, er musste es einfach wissen! Aber sie brauchte mehr Bestätigung als das Heben einer Augenbraue oder eine beiläufige Frage vor einem Raum voller Menschen.

Annabelle hob den Kopf und antwortete: »Einige meiner Leser haben mir zugeredet, ich solle eine geheimnisvolle Aura aufrechterhalten. Und manche sagen sogar, wenn der Krautkopf nicht von allein drauf kommt, verdient er es auch nicht, Bescheid zu wissen.«

Nach der Sitzung gingen die schreibenden Fräulein sofort in den Eissalon Gunther's und holten sich Eiscreme. Sie stellten Sophies offene Kutsche im Schatten eines Baums ab und führten bei Erdbeereis diese wichtige Diskussion weiter.

»Welche verzweifelte Maßnahme hast du im Sinn?«, wollte Sophie wissen.

»Nun, ein paar Möglichkeiten habe ich noch«, sagte Annabelle und kramte in ihrem Retikül. Sie zog einen Packen Briefe heraus. »Ich habe Dutzende Vorschläge erhalten, aber diese hier sind die gewagtesten. Hier zum Beispiel steht, ich soll in meiner Kolumne einfach die Wahrheit schreiben.«

»Ziemlich direkt, aber nicht besonders aufregend«, antwortete Julianna.

»Es sei denn, du kannst dabei sein, wenn er sie liest«, fügte Sophie hinzu. »Wie faszinierend das wäre, seine Reaktion zu beobachten! Ich frage mich, ob er es nicht in Wahrheit weiß und kühl eine Braue hebt und dann …«

»… einen Kommafehler korrigiert, ehe er weitermacht«, vollendete Julianna breit grinsend.

»Wenn er die Kolumne überhaupt liest«, grollte Annabelle.

»Du bist immer noch verärgert darüber?«, fragte Eliza. »Ich geh jede Wette ein, er analysiert zur Zeit jedes deiner

Worte.« Das konnte Annabelle nur hoffen. Wenn er sich jetzt noch nicht fragte, ob sie ihn meinte, war er ein viel größerer Krautkopf, als sie angenommen hatte.

»Vielleicht. Auf jeden Fall gibt es noch sehr viel dramatischere Vorschläge, als es ihm einfach zu sagen. Zum Beispiel schlägt diese Leserin vor, ich solle ihm meine Gefühle vor aller Augen bei einem Ball gestehen.«

»In einem Ballsaal versteht man oft das eigene Wort nicht«, merkte Sophie nachdenklich an. »Und wenn er im Kartenzimmer ist oder im Waschraum, wenn du zu der großen Ansprache ansetzt, wäre das für nichts und wieder nichts.«

»Nach sorgfältiger Planung könnte es aber funktionieren«, sagte Julianna. »Das wäre schrecklich unterhaltsam.«

»Wenn ich nicht vorher vor Scham sterbe«, sagte Annabelle. Allein beim Gedanken erschauderte sie. In aller Öffentlichkeit reden? Noch dazu ihre tiefsten Geheimnisse vor fremden Menschen offenbaren? »Und noch ein Vorschlag: Ich soll ein Sonett verfassen, das seine Identität und meine Liebe zu ihm enthüllt, dieses dann tausendfach drucken lassen und sie ›wie Blätter im Wind‹ aus einem Heißluftballon auf die Stadt werfen.«

»Schrecklich viel Aufwand«, bemerkte Eliza. »Aber ich wüsste, wo du einen Heißluftballon herbekommst.«

Die anderen schreibenden Fräulein musterten sie neugierig und beschlossen wohl, lieber nicht nachzufragen.

»Die Leute haben wirklich einen Hang zur Dramatik«, bemerkte Julianna und wickelte eine Haarsträhne um den Finger. Eliza zuckte mit den Schultern, beugte sich vor und nahm ein paar der Briefe aus Annabelles Schoß.

»Aber ihnen fehlt der Sinn für Aufwand und Kosten dieser Unternehmungen«, sagte Sophie. »Das trifft insbesondere dann zu, wenn sie nicht dafür bezahlen müssen. Ich kann es ihnen kaum verdenken.«

»Wenn ich in dieses Unternehmen investieren will, kaufe ich lieber mehr Seidenkleider und Unterwäsche«, sagte Annabelle. »Ich werde es bestimmt nicht für den tausendfachen Druck eines Flugblatts oder Heißluftballons verschleudern.«

»Das passt wunderbar zum Vorschlag dieses Lesers«, sagte Eliza. »Du sollst am helllichten Tage durch die Stadt rennen mit nichts am Leib als deiner Unterwäsche und mit lauter Stimme deine Liebe verkünden.« Sophie zog jetzt auch einen Brief aus dem Stapel und las ihn.

»Dieser hier schlägt vor, deine Liebe von den Dächern der Stadt auszurufen«, sagte sie und lachte.

»Sie werden mich nach Bedlam ins Irrenhaus schicken!«, rief Annabelle entsetzt.

»Da klingt dieser Vorschlag fast schon vernünftig«, sagte Eliza und schaute von dem Brief auf. »Du sollst dich einfach um Mitternacht in sein Schlafzimmer schleichen.«

»Und was dann?«, fragte Annabelle.

»Annabelle, bitte!«, rief Julianna mit einer gehörigen Portion Verzweiflung in der Stimme. »Das kommt bestimmt oft genug in deinen Liebesromanen und unseren Gesprächen vor. Wenn nicht, schäme ich mich für unsere Diskussionen und deinen Lesestoff.«

»Knightly wird dich entweder vernaschen oder auf direktem Weg nach Hause schicken«, erklärte Sophie.

»Aber wie sage ich es ihm? Und vor allem *was*?«, fragte Annabelle ängstlich. Es war wirklich allerhöchste Zeit für eine Aussprache. Wenn Knightly nicht endlich klar wurde, dass er der Krautkopf war und *das Richtige tat*, dann musste sie es ihm klarmachen, und ihm bliebe dann nichts anderes übrig, als sich seinerseits zu erklären. Trotzdem war sie nicht sicher, wie genau sie so eine Erklärung formulieren sollte.

»Ich kann es förmlich vor mir sehen ›Oh, guten Abend Knightly! Ich dachte, ich komme mal zu dieser ungewöhnlichen und unpassenden Stunde vorbei und lasse Sie wissen, dass Sie der Krautkopf sind.‹«

»Für Unklarheiten oder Missverständnisse wäre in diesem Fall jedenfalls kein Raum«, wandte Julianna ein.

»Oh, er wird natürlich in dem Moment, in dem sie vom Fenstersims auf seinen Teppich fällt, wissen, dass er der Krautkopf ist«, sagte Sophie. »Warum sonst sollte sie sich um Mitternacht in sein Schlafzimmer stehlen?«

»Wir müssen eine Hose für dich finden«, sagte Eliza aus heiterem Himmel.

»Warum?«, fragte Annabelle, obwohl sie die Antwort bereits ahnte.

»Weil du an einem Baum bis ins erste Stockwerk hochklettern musst«, sagte Eliza so sachlich, dass Annabelle fassungslos war.

»Bist du verrückt?«, rief sie. »Hosen! In den ersten Stock klettern! Weißt du überhaupt, ob es einen Baum gibt, an dem ich hochklettern kann?«

Um Gottes willen, bis vor Kurzem waren ein tiefer Ausschnitt und eine vorgetäuschte Ohnmacht noch das Gewagteste gewesen, was sie jemals getan hatte. Das hier war schon ein ganz anderes Kaliber.

»Große Gesten, Annabelle«, sagte Julianna und erinnerte sie: »Denk nur an die geniale Story, die sich daraus ergibt. Die Leser werden deine Kolumne verschlingen, und wenn sonst nichts dabei herauskommt, so wird Knightly dich lieben, weil für ihn nichts über herausragende Verkaufszahlen geht.«

Da hatte sie natürlich auch wieder Recht. Und trotzdem … Annabelle war nicht überzeugt. Hindernisse. Sie musste logische und unüberwindliche Hindernisse präsentieren, um diesen hirnrissigen Plan zu verhindern.

»Ich kenne seine Adresse nicht«, wandte sie ein.

»Bruton Street 10. Das rote Backsteinhaus«, antwortete Julianna leichthin.

»Und ich hab keine Hose«, fügte Annabelle hinzu.

»Ich schon«, sagte Sophie. »Sie hat mal Brandon gehört. Du kannst sie dir leihen.«

»Das ist wirklich lieb von dir. Aber ich habe keine Ahnung, wie man einen Baum oder eine Wand erklimmt«, sagte sie verzweifelt.

»Das ist einfach, ich zeige es dir«, sagte Eliza und lächelte verschmitzt.

Und so kam es, dass Annabelle sich unsicher auf dem Fenstersims vor Knightlys Schlafzimmerfenster niederließ. In einer Hose zur Mitternachtsstunde.

Kapitel 35

Annabelle allein auf weiter Flur

Liebe Annabelle,
im Interesse Ihrer Leser schlage ich vor,
Sie greifen jetzt zu drastischen Maßnahmen.
Penelope aus Piccadilly
LONDON WEEKLY

Annabelle war grundsätzlich davon überzeugt, sich auf die positiven Dinge des Lebens zu konzentrieren. Und das tat sie auch, als sie gefährlich in dem Baum vor Knightlys Haus hing. Wenigstens kein Heißluftballon, dachte sie. Sie befolgte die Tipps zum Klettern auf Bäume, die Eliza ihr gegeben hatte, und hielt sich immer irgendwo mit mindestens einer Hand fest. Sie dankte ihrem Glücksstern, weil sie außerdem Handschuhe angezogen hatte. Aber ihre Freundin hatte vergessen zu erwähnen, dass sie bei dieser Aktion besagte Handschuhe ruinieren würde. Aber Handschuhe konnte man kaufen. Wenngleich das nur ein schwacher Trost war.

Denn dafür musste sie erst mal überleben.

Als Annabelle sich immer weiter vom Boden entfernte, gingen ihr ganz andere Gedanken durch den Kopf. Brauchte die Liebe denn immer große Gesten? Fand man sie nicht vielmehr in den kleinen Dingen wie Händchenhalten oder einem gemeinsamen Abend vor einem munter flackernden Kaminfeuer? Auf jeden Fall im Innern eines Hauses und mit Boden unter den Füßen.

Als der Moment gekommen war, um sich von dem spröden Ast auf den Steinsims zu schieben, erschien Annabelle die Idee, nur mit Unterwäsche bekleidet durch die belebten Straßen der Stadt zu laufen, gar nicht mehr so abwegig. Bestimmt wäre das nicht lebensgefährlich.

Endlich erreichte sie das Fenster, hinter dem sich hoffentlich Knightlys Schlafzimmer befand. Gleichzeitig hoffte ein kleiner Teil von ihr, sie würde dahinter ein leeres Zimmer vorfinden und könnte sich unbemerkt davonstehlen und so tun, als sei die ganze Sache nie passiert.

Sie hielt sich an einem Ast fest und streckte die andere Hand vorsichtig aus, um das Fenster zu öffnen. Doch dann traf sie eine schreckliche Erkenntnis.

Das Fenster war verschlossen.

»O nein«, murmelte sie. »Nein, nein, nein, nein, nein.«

Ein unheilvolles Knacken des Asts unter ihr ließ sie zusammenzucken. Die Art von Knacken, die normalerweise erklang, bevor der Ast abbrach und in die Tiefe stürzte.

»Nein«, sagte Annabelle streng. »Bleib da.«

Sie spürte, wie der Ast unter ihrem Gewicht nach unten sackte. Sie zog sich mühsam hoch und verlagerte ihr Gewicht auf die Fensterbank.

Einige Steinchen und Mörtel bröckelten vom Sims und fielen in die Dunkelheit.

Verzweifelt und behutsam versuchte sie erneut, das Fenster zu öffnen. Es war groß, schwer und fest verriegelt.

Sie hätte wirklich lieber in Unterwäsche durch die Stadt rennen sollen.

»Okay, Annabelle. Du hast jetzt drei Möglichkeiten«,

sagte sie. Ja, so weit war es gekommen. Sie sprach mit sich selbst. Wenn sie das hier überlebte, würde sie auf direktem Weg nach Bedlam gehen und sich dort einweisen lassen. Damit sie selbst und alle Bäume der Stadt in Zukunft vor ihr sicher waren.

Erste Option: Sie versuchte, den Baum wieder herabzuklettern, und konnte danach hoffentlich so tun, als wäre nichts passiert. Und sie würde sich nie wieder über einen Mangel an Romantik oder großen Gesten beklagen. Im Moment schien ihr beides ziemlich überbewertet zu sein, und es war ihre noble Pflicht, jede junge, romantisch veranlagte Frau zu warnen, damit sie nicht auf dumme Ideen kam.

Zweite Option: Um Hilfe rufen. Denn wenn man schon in einer so peinlichen Situation war, musste man unbedingt die ganze Nachbarschaft auf sich aufmerksam machen. Die zweite Option verwarf sie also rasch.

Dritte Option: Ans Fenster klopfen. Und darum beten, dass ihr ein sehr blinder und stummer Diener ins Haus half und ihr sofort den Ausgang zeigte, damit niemand etwas von ihrem Aufenthalt erfuhr.

Das Geräusch von splitterndem Holz zerriss die Nachtluft. Der Ast wies bereits erste Risse auf. Annabelles Herzschlag setzte für einen Moment aus.

Vierte Option: In Knightlys Garten in den Tod stürzen. Das wäre ein schreckliches Durcheinander, und vermutlich wäre der Schreck für ihn am nächsten Morgen fürchterlich. Ach, sie hasste es so sehr, anderen Leuten Umstände zu machen … Aber dann wäre sie ja tot und müsste sich nicht länger mit solchen Sorgen herumplagen.

Letztendlich klopfte Annabelle an die Fensterscheibe. Und wartete. Sie klopfte erneut.

Irgendwo in der Nähe miaute eine Katze. Eine dunkle Wolke schob sich vor den kühl leuchtenden Mond. Ein kalter Wind ließ die Blätter rascheln.

Das war doch sein Schlafzimmerfenster, oder nicht? Es war nur eine Vermutung, die Julianna angestellt hatte, nachdem sie Lady Pettigrew besucht hatte, die zwei Türen weiter wohnte.

»Ach, verdammt«, murmelte Annabelle.

Der Ast ächzte und knarzte erneut.

»Verflucht«, schimpfte sie. »Zum Kuckuck, verdammt noch mal!«

Annabelle klopfte erneut ans Fenster. Und endlich, endlich öffnete Knightly das Fenster. Nie war sie so froh gewesen ihn zu sehen. Nie hatte sie sich weniger gewünscht, ihn zu sehen.

»Annabelle?« Er rieb sich die Augen, als könnte er nicht glauben, dass sie gefährlich über dem Abgrund zwischen Fenstersims und Baum hing.

»Hallo«, sagte sie. *Hallo? Um Himmels willen!* Sie war auf seinem Fenstersims gefangen und fürchtete um ihr Leben, da war *Hallo* wohl das Falscheste, was sie sagen konnte. *Hilfe* wäre wohl eher angebracht.

»Was zum Teufel machen Sie da?«, fragte er. Eine berechtigte Frage. Aber leider nicht unbedingt der beste Zeitpunkt.

»Hmm, eine große, romantische Geste?«, schlug sie vor. Er hob eine Augenbraue und sagte nichts. Dieser verflixte Kerl ließ sie erst ins Plappern kommen, ehe er ihr half. Nun, in dem Fall würde sie ihm den einzigen Grund nennen, den er akzeptieren würde. »Ich mache gerade Recherche für meine Kolumne in der *Weekly*.«

»Ich weiß, wo Sie arbeiten, Annabelle.«

»Einer meiner Leser hat es vorgeschlagen …« Ihr Mund wurde trocken, als sie sah, dass er nicht vollständig angezogen war. Er trug eine Hose. Und ein Hemd, das er sich nachlässig übergeworfen hatte, ohne es zuzuknöpfen. Kein Knopf geschlossen. Sie sah seine nackte Brust. Seine muskulöse, nackte Brust. Sie war sehr flach bis auf all die definierten Muskeln. Sie stellte sich vor, die Finger darüber gleiten zu lassen … ihn zu spüren …

Und das wäre das Letzte, was sie je in ihrem Leben tat. Sie würde in den Tod stürzen, weil sie den Ast losließ, um Knightlys nackte Brust zu streicheln.

»Ich verstehe, dass diese Situation für Sie unerwartet kommt und ziemlich unangenehm ist«, sagte Annabelle. »Ich habe überlegt, vom Baum zu steigen und so zu tun, als wäre nichts passiert, aber der Ast unter mir gibt nach … Es tut mir sehr leid. Sie können mir das vom Lohn abziehen.«

Sie machte eine Pause und holte Luft. Wie viel kostete wohl ein einzelner Ast? »Also, auf jeden Fall wäre ich Ihnen sehr zu Dank verpflichtet, wenn Sie mir hineinhelfen. Es hat sich herausgestellt, dass ich, vor die Wahl gestellt, lieber vor Scham sterben möchte, als von einem Baum zu fallen und mir dabei das Genick zu brechen.«

»Kommen Sie herein, Annabelle. Aber Sie werden mir einiges erklären müssen.«

Knightly streckte ihr die Hand entgegen. Sie zögerte. Die Aussicht, ihm erklären zu müssen, dass er der Krautkopf war und dass sie die Leser der *Weekly* eingespannt hatte, um ihn zu verführen und sie dabei fast ihren Hals riskiert hatte, während er nur mit einer Hose und einem offenen Hemd bekleidet vor ihm stand, war … unvorstellbar, unmöglich und absolut beängstigend.

Sie hätte wirklich die Sache mit der Unterwäsche machen sollen. Sie waren schließlich in London, da hätte keiner deswegen auch nur zweimal hingeguckt.

Aber der Ast ächzte erneut, und vielleicht kreischte sie vor Angst.

Sie griff beherzt nach seiner Hand.

Annabelle taumelte in seine Arme. Warm und sinnlich, verführerisch und aufreizend.

Sie war eine verwirrende Mischung aus langen, schlanken Gliedern und verlockenden Rundungen. Ihre weichen Locken streiften seine Wange, und er atmete ihren Geruch ein, der ihn an Rosen erinnerte. Er entsann sich noch allzu lebhaft, wie sie bei dem kleinen Kutschenunfall in seine Arme gefallen war. Damals hatte er sie gewollt. Und jetzt wollte er sie auch.

»Was haben Sie hier zu suchen, Annabelle?« Er musste die Frage stellen, obwohl er nicht sicher war, ob er die Antwort hören wollte. Widerstrebend ließ er sie los und machte einen Schritt nach hinten.

Sie biss sich auf die Unterlippe und blickte zu ihm auf. Dann seufzte sie so schwer, als ob sie von der Welt, ihrem Schicksal und insbesondere von ihm enttäuscht wäre. Er spürte einen dumpfen Schmerz in der Brust. Er wollte sie nicht verletzen.

»Wissen Sie das wirklich nicht?«, fragte sie und wählte dabei jedes Wort mit Bedacht.

»Was weiß ich, Annabelle?« Diese Wahrheit war zu wichtig, um sich nur auf Annahmen zu verlassen. Zu viel hing davon ab, um es dem Zufall zu überlassen. Sie musste es laut aussprechen.

Sie murmelte etwas, das er fast nicht verstand.

»Ich bin *ein* Krautkopf oder *der* Krautkopf?«, hakte er nach. Ein winziger, aber wichtiger Unterschied.

»Der einzig Wahre«, sagte Annabelle leise.

»Ich bin der Krautkopf«, wiederholte er, und sie nickte langsam. *Ja.* Er atmete aus. Alle Vermutungen und Ängste wurden bestätigt. Nach so vielen Jahren, in denen sie ihn aus der Ferne bewundert hatte, während er sie nicht bemerkte, war es so weit gekommen.

Knightly konnte im Moment noch nicht all die tiefgreifenden Verwicklungen begreifen, die mit dieser einfachen, verheerenden Wahrheit einhergingen. Er war der berüchtigte Krautkopf, er war der Mann, den Annabelles Herz begehrte. Und das schon seit einer ganzen Weile. Er konnte sich aber nur auf die Fakten konzentrieren, die jetzt vor ihm standen.

Annabelle nämlich. Das Mondlicht fiel in sein Schlafzimmer, und sie stand in diesem Licht. In Hosen. Nach Mitternacht.

»Und Sie haben gedacht, Sie informieren mich darüber am besten, indem Sie mitten in der Nacht durch das Fenster meines Schlafzimmers in mein Haus einsteigen?«

»Nun, wenn Sie mich früher bemerkt hätten, wäre ich nicht gezwungen gewesen, solch drastische Maßnahmen zu ergreifen«, tadelte sie ihn.

»Sie wollen sagen, ich habe diesen … diesen …« Er fuhr sich mit den Fingern durchs Haar. Warum konnte er keinen klaren Gedanken fassen? Er war der Krautkopf, das waren ihre Worte. All ihr Seufzen, die Ohnmacht, die tiefen Dekolletés und liebevollen Berührungen hatten ihm gegolten. Sie hatte sich im wahrsten Sinne des Wortes für ihn weit aus dem Fenster gelehnt und ihm so ihre Gefühle offenbart.

Und jetzt wurde von ihm erwartet, seine Gefühle zu zeigen.

Er spürte Begehren. Und eine Million andere Dinge, die für ihn keinen Sinn ergaben.

»Dann mache ich mich mal wieder auf den Weg«, sagte sie und steuerte die Schlafzimmertür an.

»Das ist alles?«, fragte er. Sie war so weit gekommen und wollte jetzt wieder gehen?«

»Die anderen sagten, Sie würden mich entweder vernaschen oder nach Hause schicken. Wenn *das hier* Vernaschen ist, wird es aber ziemlich überbewertet«, sagte sie. Er verschluckte sich fast vor Entsetzen und Lachen zugleich.

»Annabelle«, sagte er, weil er irgendwas sagen musste. Oh, er hatte so viel zu sagen! Aber jetzt fehlten ihm tatsächlich die Worte. Er bemerkte den einladenden, warmen Schimmer ihrer Haut im Licht der Kerzen. Doch es schien nicht der richtige Moment zu sein, um das anzusprechen.

»Meine Kühnheit hat Sie sprachlos gemacht«, sagte Annabelle und seufzte. Als hätten sich hier wieder mal all ihre niedrigen Erwartungen bestätigt.

Aber das war im Moment nicht das Thema.

»Ihre Kühnheit?« Er klappte den Mund auf. Diese närrische Frau war eben fast vor seiner Haustür in den Tod gestürzt. Offenbar hatte sie sich aus ihrem Schlafzimmer in Bloomsbury geschlichen, war auf eigene Faust quer durch London gelaufen – allein! Mitten in der Nacht! – und dann auf den Baum in seinem Garten geklettert und in sein Schlafzimmer eingebrochen. Welcher Irrsinn oder Verzweiflung sie dazu trieb, wollte er gar nicht wissen. Obwohl er das Gefühl hatte, dass er es bereits wusste.

Und das Gerede über ignorante Krautköpfe und drastische Maßnahmen. Er hatte sie geradezu herausgefordert.

»Kühnheit. So kann man es auch beschreiben«, erklärte er, nachdem er langsam ein- und wieder ausgeatmet hatte. »Ich denke eher, es war eine verdammt große Dummheit. Haben Sie eine Ahnung, wie gefährlich diese Nummer war?«

Knightly ertappte sich, wie er auf und ab lief und mit den Fingern durch seine Haare fuhr, als wollte er sie sich am liebsten gleich ausreißen vor Frustration.

Sie hätte sich verletzen können. Sie hätte sterben können! Dieser Gedanke zwang ihn, sich eine Welt ohne Annabelle vorzustellen … Für einen Moment setzte sein Herzschlag aus, und er kam erst wieder zur Besinnung, als sie das Wort ergriff. *Eine Welt ohne Annabelle* … Ohne sie wäre alles trostlos und einsam und kalt. Wie hätten ihm die furchtlosen Versuche dieser jungen Frau, langsam aus ihrem Schneckenhaus zu kommen, gefehlt!

Er wollte nicht wissen, wie eine Welt ohne Annabelle war.

»Ja, das ist mir durchaus bewusst«, erwiderte sie. »Aber es schien mir doch besser als eine Fahrt im Heißluftballon. Oder ohne Kleider durch die Stadt zu rennen.«

Knightly blieb stehen und starrte sie an.

»Was hat das eine mit dem anderen zu tun? Nein, sagen Sie's mir nicht.« Er schüttelte den Kopf. »Ich will es gar nicht wissen.«

»Das sind die Vorschläge meiner Leser, wie ich die Aufmerksamkeit des Krautkopfs wecken kann«, erklärte sie leise.

»Ich bin der Krautkopf«, sagte Knightly, weil er es noch einmal laut hören wollte. Irgendwann würde er die Wahrheit auch begreifen und sie fassen können.

»Stehe ich nicht mitten in der Nacht in Ihrem Schlafzimmer, nachdem ich mein Leben riskiert habe?« Das stimmte. Sie stand hier mitten im Mondlicht und riskierte vor allem auch ihre Tugend.

Sie hatte auch vom Vernaschen gesprochen und ihm das Wort wie einen Köder hingeworfen. Dabei brauchte sie das gar nicht. Die Anwesenheit von Annabelle in seinem Schlafzimmer genügte schon. Zumal sie so gekleidet war, dass ihre Kurven ihn nur noch mehr lockten. Annabelle sagte auf so vielfältige Weise, dass sie ihn wollte. Und das verwirrte ihn.

»Wie durch ein Wunder sind Sie hier und liegen nicht als Häuflein Knochen in meinem Garten«, sagte er. Noch immer raubte ihm der Gedanke an eine Welt ohne Annabelle den Atem.

»Ich dachte, das könnte eine gute Story für die *Weekly* ergeben«, erklärte sie.

»Haben Sie denn nicht daran gedacht, wie viel dabei passieren kann?« Er erhob die Stimme. Darin schwang vor allem Angst darüber mit, dass er sie fast verloren hatte. Ja, vielleicht verlor er sie jetzt immer noch. Die Entscheidung, der er bisher immer aus dem Weg gegangen war, stand nun direkt in seinem Schlafzimmer und sagte Worte wie »vernaschen« mit diesen vollen Lippen, die er überall auf seinem Körper spüren wollte.

Würde er sich für sie entscheiden? Oder für Ansehen und Geld?

»Natürlich habe ich daran gedacht! Als ich zwischen diesem Ast und Ihrer Fensterbank festsaß, habe ich viel darüber nachgedacht. Aber ich wäre nicht dort gewesen, wenn Julianna und Eliza mir nicht versichert hätten, dass es absolut in Ordnung sei.«

»Ach, die beiden nun wieder. Sie bringen jeden in Schwierigkeiten. Und diese Hosen …« Knightly gönnte sich einen ausgiebigen Blick auf ihre Beine, die in schicken Wollhosen steckten. Wie sündig der Stoff ihre Hüften und Schenkel umschmiegte!

Er sollte nicht hinsehen.

Doch er konnte kaum den Blick abwenden. Gott, er wollte ihr die Hose runterreißen, wollte die vielen Zentimeter ihrer blassen Haut entblößen, die im Mondlicht silbrig schimmerte.

»Ich bin nicht sicher, ob Ihre Hose eine gute Idee war, um bei Nacht im Baum herumzukraxeln. Was, wenn jemand Sie gesehen hätte?«, fragte er. Weit hinten in seinem Verstand regte sich der Gedanke, dass nichts von alledem jetzt noch von Bedeutung war. Sie war in Sicherheit, und niemand hatte sie gesehen. Aber etwas Bedeutsames würde passieren. Er und Annabelle würden sich lieben. Für ihn gab es keinen anderen Weg. Vermutlich war es von vornherein unvermeidlich gewesen. Er wollte ihr nahe sein. Er wollte das mehr als alles andere.

Mehr als alles andere …

Und er brauchte etwas Zeit, um sich an den Gedanken zu gewöhnen, dass sich alles änderte.

»Die Übersehene Miss Swift, schon vergessen? Die altjüngferliche Tante aus Bloomsbury. Und wenn mich jemand gesehen hätte – was hätte ich schon zu verlieren?« In ihrer Stimme schwang etwas Gequältes mit, doch sie stand trotzig vor ihm. »Niemand *sieht* mich, Knightly. Schon gar nicht Sie. Darum muss ich so verrückte und gefährliche Sachen machen, damit Sie mich sehen. Und hier stehe ich nun, meine Absichten sind klar und deutlich. Was haben Sie dazu zu sagen?«

Er hatte sie gesehen – oder hatte zumindest in den vergangenen Wochen angefangen, sie wahrzunehmen. Und erst in den letzten Tagen hatte sie ihn von allem anderen abgelenkt. Er dachte an all die Jahre, in denen sie sich einmal pro Woche sahen und sie jedes Mal seufzte, wenn er den Raum betrat. Und er hatte sich nichts dabei gedacht. Hatte es nicht mal bemerkt.

Natürlich musste sie auf einen Baum klettern und an sein Schlafzimmerfenster klopfen, um seine verdammte Aufmerksamkeit zu erregen. Sie hatte für ihn ihr Leben und ihr Herz aufs Spiel gesetzt.

»Ich bin der Krautkopf«, sagte er erneut.

»Mir tut dieser Name furchtbar leid«, sagte sie und lächelte verlegen.

»Das darf ich Ihnen eigentlich nicht durchgehen lassen«, sagte er scharf. Lieber Gott, wenn das jemand erfuhr, würde ihn dieser Name immer wieder einholen.

»Das würde ich auch nicht«, sagte sie und zuckte mit den Schultern. Aber sie wussten beide, wie verdammt groß ihr Herz war. Sie liebte die Menschen und konnte fast alles vergeben. Selbst einem Mistkerl wie ihm.

»Ich hatte schon eine Vermutung«, fügte Knightly hinzu. »Aber Owens und Marsden haben mich auf die falsche Fährte gelockt. Und wahrscheinlich wollte ich es nicht sehen. Aber ich hatte den Verdacht.«

»Trotzdem haben Sie mich gezwungen, so weit zu gehen?«, fragte sie entsetzt. Er verstand sie gut.

»Letzte Woche sind Sie nur in meinen Armen ohnmächtig geworden, Annabelle. Jetzt riskieren Sie Leib und Leben und brechen mitten in der Nacht in mein Schlafzimmer ein? Woher sollte ich wissen, dass Sie so große Risiken eingehen wollen?«

Hätte er das kommen sehen … Hätte er gewusst, dass

sie auf so eine Idee verfiel … Ja, was hätte er dann getan? Er stöhnte innerlich auf, denn ihm fiel auf die Schnelle nur ein, dass er den Garten dann mit Matratzen ausgepolstert hätte.

Die Wahrheit war jedoch: Er wusste nicht, was er getan hätte. Der Anblick von Annabelle in Hose und einer dünnen weißen Leinenbluse befeuerte auch nicht gerade seine Vernunft.

»Ich muss mich Ihnen an den Hals werfen, obwohl Sie von meinen Gefühlen wussten!« Annabelle verschränkte die Arme vor der Brust und stampfte auf. Das war so verdammt hinreißend!

»Ich habe es vermutet«, stellte er klar. »Aber ich war mir nicht sicher. Ich hatte keine Fakten, und ich handle nur auf Faktenbasis.«

»Sie haben vorgeschlagen, ich solle die Scharade aufgeben«, erklärte Annabelle. Es klang wie eine Anklage. Als hätte er sie hergelockt. Sie kam auf ihn zu. Er schluckte hart. »Sie haben gefragt, ob ich nicht nach Erfüllung strebe«, flüsterte sie.

»Seien Sie vorsichtig mit dem, worum Sie bitten, Annabelle«, warnte er sie.

Noch ein Schritt in seine Richtung. Wenn sie noch näher kam, konnte er für nichts mehr garantieren. Ein Mann konnte nur einem gewissen Maß an Verführung widerstehen. Und im Moment sah es so aus, als würde seine Selbstbeherrschung auf eine harte Probe gestellt.

Er wollte ihren Mund erkunden, seine Finger in ihrem Haar vergraben und ihr die Hose ausziehen. Er wollte ihre Haut spüren, heiß und nackt unter seinen Händen. Er wollte sehen, ob bei Annabelle sich nicht nur die Wangen röteten. Er wollte sich tief in ihr vergraben. Wollte sie kennenlernen, sie in Besitz nehmen und sie so ausgiebig lieben, dass es ihr danach unmöglich war, sich zu bewegen.

»Nun, ich habe die Scharade aufgegeben«, sagte Annabelle nur.

Es gab Gründe – gute Gründe! –, warum das, was er wollte, nicht passieren durfte. Doch im Moment fiel ihm kein einziger ein.

»Du suchst Erfüllung, Annabelle?« Er blickte sie an. Sie hatte ihm das Gesicht entgegengehoben. Ihre großen Augen suchten etwas in seinem Blick. Die Lippen so voll, rot und leicht geöffnet.

»Ich glaube schon«, antwortete sie und enthüllte damit ihre umwerfende Unschuld. Sie bot ihm das alles an – zusammen mit ihrem Vertrauen. Darum jagte ihm Annabelle auch Angst ein. Darum hatte er sich lange geweigert, die Wahrheit zu sehen.

Mit Annabelle zählte alles, hatte alles einen Sinn.

Danach gab es kein Zurück. Keine Hochzeit in die Aristokratie. Nie die Gleichstellung mit dem Neuen Earl. Er wollte das alles nach wie vor. Aber in diesem Augenblick wollte er Annabelle mehr.

Als Knightly eine Entscheidung traf, geschah es rasch, und er folgte dieser Entscheidung, ohne noch einmal zurückzublicken. Auf der Stelle und in diesem Moment wählte er Annabelle.

Die Ambitionen eines ganzen Lebens warf er aus dem Fenster für die Möglichkeit, sich in ihrem Kuss, ihrer Berührung, ihrem Seufzen zu verlieren. So sehr wollte er sie.

»Oh, du willst die Erfüllung, Annabelle. Und wie du sie willst«, versprach er ihr mit rauer Stimme. »Ich zeige sie dir.«

Er begann nicht mit einem Kuss. Sie hatte ihn seit Wochen hingehalten, hatte sein Verlangen stetig wachsen lassen. Heute Nacht sollte sie dasselbe erleiden … obwohl er verdammt sicher war, dass sie jede Sekunde genießen würde. Dafür würde er sorgen.

Ihre Locken hatte sie zu einem festen Knoten aufgesteckt, und er begann damit, die Haarnadeln herauszuziehen, die ihr Haar zusammenhielten. Eine wilde Mähne aus blonden Locken fiel auf ihre Schultern. Annabelle mit offenem Haar …

Sein Atem stockte. Er hatte gewusst, wie hübsch Annabelle war. Aber so war sie wunderschön. Wie eine Göttin. Als wäre es unmöglich, dass er sie all die Jahre nicht bemerkt hatte …

Nun, aber dafür bemerkte er sie jetzt. Er wollte in einer Nacht die Jahre wieder wettmachen, die sie verpasst hatten.

Sie blickte zu ihm auf, und dieser Blick zerrte an seinem Herzen. So hatte ihn noch nie eine Frau angesehen. Sie war nervös und legte ihr Schicksal in seine Hände. Sie hatte wirklich Leib und Leben für ihn riskiert, kein anderer war je dazu bereit gewesen. Und jetzt stand sie vor ihm und wartete …

Annabelle leckte über ihre Unterlippe. Eine nervöse Geste, die er unglaublich erotisch fand. Sie würde über Nacht bei ihm bleiben, und er dachte erregt, wie sehr ihr das gefallen würde.

»Annabelle.« Er umfasste ihr Gesicht mit beiden Händen. Es gab so vieles, was er sagen sollte. So viele Gefühle, für die ihm die Worte fehlten. Diese Frau machte ihn sprachlos und raubte ihm den Atem. »Annabelle.«

Sie schmeckte süß und verheißungsvoll. Eine faszinierende Mischung. Zögernd erwiderte sie seinen Kuss, und er spürte, wie langsam ihre Zurückhaltung und Nervosität nachließen. Er hatte nicht gewusst, dass ein Kuss dafür schon genügte. War er trunken von dieser Kraft? Oder von Annabelle?

Sie küssten sich im Mondlicht, bis er es nicht länger ertrug – eine Minute lang, vielleicht zwei. Er wollte sie unbedingt erkunden. Wie weich war ihre Haut? Wie klang sie, wenn er ihr Genuss bereitete? Wie schmeckte sie überall? Wie fühlte es sich an, in ihr zu sein?

Knightly musste das wissen. Er suchte nach Antworten.

Man konnte eine Frau nicht richtig lieben, wenn sie noch wie ein Junge verkleidet war. Er zerrte an der Bluse und zog sie ihr aus der Hose und über ihren Kopf. Knöpfe sprangen in alle Richtungen davon. Er hörte sie über den Fußboden schlittern.

Annabelle verschränkte die Arme vor ihrer Brust.

»O nein, meine liebe Annabelle«, murmelte er. »Ich muss dich ansehen.«

Das musste er wirklich. So sehr, wie er Luft zum Atmen brauchte. Er musste wissen, wie die echte Annabelle aussah verglichen mit der Vorstellung von ihr, die er spätnachts heraufbeschwor, wenn er alleine war. Er wusste, dieser Anblick würde alles Vorstellbare übertreffen.

Doch weit hinten in seinem Verstand war Knightly sich bewusst, dass es wahrscheinlich für sie das erste Mal war. Sie war schüchtern und unsicher. Er musste besonders vorsichtig sein.

Um ihr ein wenig die Angst zu nehmen, zog er sein Hemd aus und warf es achtlos auf den Boden.

Sie riss die Augen weit auf. Ihr Blick erkundete seine nackte Brust. Vielleicht machte es das etwas leichter für sie. Knightly konnte nicht anders und grinste. Dann zog er sie an sich und küsste sie. Ihre Arme legten sich um seinen Hals, wenngleich noch etwas zögerlich.

Langsam, ermahnte er sich. *Langsam.* Er wollte diesen Moment für sie perfekt machen. Und ihre zögernde Berührung entfachte seine Lust. Es war eine merkwürdige Vorstellung, eine Frau zu lieben, die vor ihm noch kein anderer geliebt hatte. Wenn er etwas in seinem Leben richtig machen wollte, dann war es dieser Moment. Sie war all das wert.

Als er die Anspannung nicht länger ertrug, führte er Annabelle zum Bett. Er wollte sie vollständig nackt spüren, in seinen Armen und unter sich. Er wollte sie lieben. Wollte dieses Gefühl auskosten. Als wäre er mit Blindheit geschlagen gewesen und könnte nun sehen und wollte nie wieder die Augen schließen.

Immer wenn Annabelle an diese Nacht gedacht hatte, nahm dieser Teil besonders viel Raum ein, wenn sie ehrlich war. Es war egal, dass es für sie das erste Mal war und ihr Wissen sich daher allein aus den gelegentlichen erhellenden Gesprächen der anderen schreibenden Fräulein speiste. Sie wusste, was jetzt passieren würde. Und sie hatte sich immer gefragt, wie sich das wohl anfühlte.

Sie hatte ja keine Ahnung. Himmel, sie hatte ja keine Ahnung gehabt …

Jemandem so nahe zu sein und sich so gewollt zu fühlen, weckte für einen Moment in ihr den Gedanken, wie kalt und einsam ihr Leben bisher gewesen war. Doch Knightly schaffte es, dieses Gefühl zu verjagen. Er sagte ihren Namen mit heiserer Stimme, musterte sie mit unverhohlenem Verlangen. Nicht zu vergessen seine Küsse, die ihren Körper und ihren Verstand entflammten. Und seine Berührungen, die das Feuer weiter anheizten.

Knightly führte sie zu seinem Bett. Sie fielen gemeinsam auf die Federmatratze. Seine nackte Haut presste sich heiß gegen ihre. Sie liebte das Gefühl. Liebte, wie er besitzergreifend und schwer auf ihr lag. Seine Finger verschränkten sich mit ihren. Das war das Süßeste, was er in diesem Moment tun konnte – einfach ihre Hand halten, obwohl sie bereits Haut an Haut beisammenlagen. Sie wusste gar nicht, wo sie aufhörte und er begann.

»Ich kann dein Lächeln spüren, wenn wir uns küssen«, murmelte er. Sie lachte leise. Knightly knabberte ganz sanft an ihrem Ohrläppchen, und ein Schauer durchlief ihren Körper.

»Ich wollte ...«, flüsterte sie, verstummte aber. Sie wollte ihm sagen, wie sehr sie sich nach ihm gesehnt hatte. Nach diesem Moment ... Doch Knightlys Hand umschloss ihre Brust und liebkoste sie gekonnt. Er verlagerte sein Gewicht, und ihr Protest ging in ein entsetztes Keuchen über, weil sein Mund sich um die dunkle, empfindliche Spitze schloss.

Knightly machte dasselbe mit der anderen Brust. Annabelle schnappte nach Luft, und dann seufzte sie und besann sich auf etwas, das sie beim Training für ihre gespielte Ohnmacht gelernt hatte: Sie ließ einfach los. Das Seufzen ging in ein Flüstern über, und sie wand sich unter ihm. Es war so herrlich, was er mit seinem Mund machte ... Er hinterließ eine Spur aus brennend heißen Küssen von ihren Brüsten bis hinab zu ihrem Bauch, küsste ihre Taille und ging noch tiefer. Die Stoppeln auf seinen Wangen rieben sich an ihrer weichen Haut.

Und dann küsste Knightly sie genau dort. Das hatte sie sich bestimmt nie vorgestellt ... Sie wusste nicht einmal ... Er leckte an der Knospe ihres Geschlechts, ganz langsam erst. Plötzlich schien es ihr unmöglich zu atmen. Und dann umkreiste er in langsamen Kreisen die Blüte, und in ihr baute sich eine ganz besondere Wärme auf, die zunehmend Druck ausübte.

Annabelle packte das Bettlaken mit beiden Händen. Sie konnte nicht atmen und stand in Flammen. Als könnte sie im nächsten Moment explodieren. Die Lust war so intensiv und ging so tief, überwältigte sie … Sie konnte nicht länger dagegen ankämpfen und tat es auch nicht. Sie ließ sich gehen und schrie ihre Lust mit aller Macht heraus.

Sie hatte hierfür ihr Leben riskiert. Hatte seine Ablehnung und die Demütigung durch den Mann billigend in Kauf genommen, den sie mehr liebte als alles andere. Und das war es wert.

»Annabelle«, sagte Knightly. Seine Stimme klang vor Erregung rau. »Ich will dich.«

Sie richtete den Blick auf Knightly. Die dunklen Haare fielen ihm verwegen in die herrlich blauen Augen. Wie sehr sie sich gesehnt hatte, diese Worte von ihm zu hören. Sie hatte sich danach verzehrt, ihn so zu sehen – verzweifelt um sie bemüht.

Sie grinste frech – das durfte sie inzwischen wohl – und küsste ihn. Jetzt war er es, der seufzte.

»Annabelle, ich brauche dich«, flüsterte er. Sie spürte seine Erregung warm und hart, die sich gegen den Eingang zwischen ihren Beinen presste. Sie bog den Rücken durch und kam ihm entgegen. Das Gefühl erfasste sie mit voller Wucht. Knightly stöhnte, dann legte er den Mund wieder auf ihren. Sie spürte, wie die Hitze wieder anwuchs. Spürte das Kribbeln. Sie wollte mehr davon.

»Sag mir, wenn ich aufhören soll«, keuchte er. Sie schlang die Arme um ihn und verschränkte die Beine mit seinen. Sie wollte ihm noch näher kommen. Es musste noch mehr geben. Sie mussten sich näher kommen. Sie wollte es so sehr.

»Ich will ganz dein sein«, flüsterte sie. »Ich will dich.«

Als Annabelle diese Worte flüsterte, gab es kein Zurück. Selbst wenn Knightly hätte aufhören wollen, hätten weder der Teufel noch alle Engel im Himmel ihn dazu gebracht. Er drang langsam in sie ein. Er wollte ihr nicht wehtun und wollte keinen Augenblick davon verpassen. Dieses eine Mal, dieser eine Moment.

Sie war warm und feucht und für ihn bereit. Er schob sich in sie, bis er sie vollständig ausfüllte. Bis es kein Zurück mehr gab. Bis er und Annabelle endlich eins waren.

»O Gott, Annabelle«, keuchte er und begann langsam, in sie zu stoßen. Sie keuchte vor Lust auf. Er stieß härter in sie, und sie stöhnte. Und dann wieder und wieder. Er verlor sich im Rhythmus, in ihrem Duft und dem Klang ihrer leisen Schreie der Lust. Verlor sich in dem Geschmack ihrer Haut und ergab sich dem überwältigenden Verlangen, sie mit allem, was er war, zu lieben und in Besitz zu nehmen. Er schrie, als er seinen Höhepunkt erreichte. Sie schrie auch. Er hörte ihre Lustschreie und spürte, wie sie sich um ihn krampfte. Dann verlor er sich in diesem Moment, in dem er Annabelle mit allem, was sie war, endlich bemerkte.

Kapitel 36

Der Morgen danach

NACHRICHTEN AUS DEM PARLAMENT

Es gibt Gerüchte, denen zufolge Lord Marsdens Ermittlungen schlimmer werden – viel, viel schlimmer.

LONDON WEEKLY

Annabelle wachte in Knightlys Armen auf. Er hielt sie fest an sich gedrückt, und ihr Kopf ruhte an seiner nackten Brust. Sie hörte seinen Herzschlag, der kraftvoll und regelmäßig ging. Einer ihrer Arme lag über seiner Brust, als wollte sie damit sagen *Du bist mein*.

Sie dachte, sie hätte vielleicht einen besonders realistischen Traum, in dem sie sogar seinen Geruch und das wundervolle Gefühl seiner nackten Haut auf ihrer nackten Haut spüren konnte. Aber es war real.

Das hier war real.

Die Welt musste irgendwann in der Nacht ihren Lauf geändert haben. Vielleicht drehte sie sich jetzt in die andere Richtung oder befand sich auf einer Bahn – um den Mond und nicht um die Sonne. Die Welt, wie Annabelle sie kannte, hatte aufgehört zu existieren.

Du lieber Himmel, dachte sie.

Und dieser wunderschönen neuen Welt wünschte sie einen guten Morgen.

Sie fühlte sich nicht oft so zufrieden. Normalerweise wachte sie etwas enttäuscht auf, denn sobald sie die Augen aufschlug, lag sie in der Kammer unterm Dach, und die Pflichten und die Ödnis eines neuen Tages warteten auf sie. Aber sie aktivierte jedes Mal ihre Hoffnung und ihr sonniges Gemüt und hoffte darauf, dass dieser Tag vielleicht etwas anders verlief.

Das Wort *Zufriedenheit* besaß für sie nun eine andere Bedeutung und definierte sich über Knightlys Arme, die um sie lagen. Es war das Gefühl, dass nichts und niemand zwischen ihnen war. Nicht mal ein Nachthemd oder eine Bettdecke.

Vielleicht war es aber auch *Glück*, überlegte Annabelle, als sie aus dem tiefen Schlummer langsam auftauchte. In den Armen des Mannes aufzuwachen, den man liebte. Was konnte besser sein?

Hmmm … Sie lächelte verschämt und wurde rot. Sie hatten sich geliebt. Sie hatte ja keine Ahnung gehabt. Überhaupt keine. Er hatte die neue Annabelle gereizt und sie zu Leidenschaften verführt, die sich die alte Annabelle nie hatte vorstellen können.

Sie seufzte. Dieses Mal war es ein absolut zufriedenes und lusterfülltes Seufzen.

»Guten Morgen«, begrüßte eine Männerstimme sie. In ihrem alten Leben war das nie passiert. Und es war Knightlys Stimme, noch ganz rau vom Schlaf.

»Guten Morgen«, antwortete sie. Das war tatsächlich ein »guter« Morgen. Sie räkelte sich und gähnte, ehe sie sich wieder an ihn kuschelte. Sie liebte ihn, und sie hatten sich geliebt. Ihr Herz hatte ihm schon immer gehört, aber jetzt traf das auch auf den Rest von ihr zu.

»Du bringst mich ganz schön in die Bredouille, Annabelle«, sagte er und drehte sich auf die Seite, um sie zu betrachten. Er strich ihr eine Strähne aus den Augen. Bestimmt waren ihre Haare völlig zerzaust. Aber das kümmerte sie nicht, solange er sie nur so ansah.

»Das hat mir noch niemand gesagt«, antwortete sie. »Das gefällt mir. Das sollte es eigentlich nicht, aber so ist es.«

»Gut«, knurrte er leise. Aber dabei grinste er, und dann legte er seinen Mund auf ihren. Er umfasste ihre Brust und sie bog den Rücken durch und drückte sich an ihn. Sie ermutigte ihn weiterzumachen. Sie wollte mehr davon.

»Du bringst mich wirklich in die Bredouille«, murmelte er und setzte federleichte Küsse auf ihren Hals. »Zum ersten Mal in der Geschichte komme ich zu spät ins Büro.«

»Wenigstens musst du dir keine Sorgen machen, deinen Job zu verlieren«, sagte Annabelle. Sie schlang die Arme um ihn und zog ihn an sich.

»Und ich habe einen sehr guten Grund für meine Verspätung«, murmelte er und legte sich auf sie. Sie öffnete die Beine und spürte, wie er bereits gegen sie drängte. Oh, er war so hart!

Sie liebten sich erneut und tauschten dabei den kalten Glanz des Mondes gegen das sanfte Licht eines neuen Morgens.

»Annabelle«, wisperte er und hielt sie an sich gedrückt, nachdem sie beide laut ihre Lust herausgeschrien hatten und einander in den Armen lagen. »Ach, Annabelle.«

Es war unvermeidlich, dass die Realität sich wieder zwischen sie drängte. In diesem Fall kam sie in Form von Knightlys Leibdiener, der diskret das Schlafgemach mit einem Tablett betrat und dampfend heißen Kaffee und einen Stapel Zeitungen brachte. Er stellte das Tablett auf das Nachttischchen und verschwand nebenan im Ankleidezimmer. Er schien dabei Annabelle im Bett seines Arbeitgebers nicht zu bemerken. Nackt. Nur mit einem Laken bedeckt.

»Ich würde mich besser fühlen, wenn dein Diener meine Anwesenheit wenigstens ungewöhnlich fände«, bemerkte Annabelle.

»Die undurchdringliche Miene gehört zu seinem Job. Auf jeden Fall versichere ich dir, dass ich nicht oft von Frauen überrascht werde, die mitten in der Nacht in mein Schlafzimmer schleichen.«

»Ich hoffe, es stört dich nicht«, sagte Annabelle schüchtern. Knightly lachte. Sie liebte sein Lachen. Unglaublich, sie lag nackt mit Knightly im Bett. Und sie lachten. Träume, von deren Existenz sie bisher nichts gewusst hatte, wurden wahr.

»Ach, Annabelle«, sagte er immer noch lachend. Er beugte sich zu ihr und küsste sie auf die Nase. »Ach, Annabelle …«

»Ich fasse das als ein Nein auf, wenn es dir nichts ausmacht«, sagte sie lachend.

»Gut«, sagte er. Doch jede Fröhlichkeit wich schlagartig aus seiner Stimme. Sie schaute ihm über die Schulter und erkannte die Zeitung, die er als Erstes zur Hand genommen hatte. Natürlich erkannte sie den Titelkopf eines gewissen Konkurrenzblatts.

»Die *London Times*, Knightly?«, fragte sie. Wahrscheinlich, weil er schon jedes Wort der *London Weekly* vor der Veröffentlichung kannte.

»Zum Teufel noch eins«, fluchte er.

»Was ist los?«, fragte sie und sah jetzt genauer hin. Sie las die Schlagzeile: DIE LONDON WEEKLY UNTER VER-

DACHT. »Oh. Das ist nicht gut«, sagte sie. Vermutlich die größte Untertreibung des Jahres 1825.

Er überflog rasch den Artikel.

»Ich muss los«, sagte er und warf die Zeitung beiseite und direkt in Annabelles Schoß. Er rieb sich die Augen und die Stoppeln am Kinn. Sie sah, wie sein Blick suchend durch den Raum glitt. Schlimmer noch, sie erkannte, dass jenes wunderschöne und magische Intermezzo vorbei war. Knightly war noch direkt neben ihr in diesem Raum, aber in Gedanken war er bereits bei der *Weekly*.

Er fand seine Hose und zog sie an, ehe er im Ankleidezimmer verschwand. Als er wenige Augenblicke später wieder auftauchte, war er angezogen und zurechtgemacht wie der Knightly, den sie seit Jahren kannte – perfekt, unnahbar, befehlsgewohnt und skrupellos.

»Bleib nur, solange du magst. Mein Personal wird sich um dich kümmern«, sagte er und küsste sie flüchtig auf den Mund. Ihre Lippen waren noch leicht geöffnet und wollten mehr, als er sich von ihr löste und zur Tür ging.

Er blieb dort noch einmal stehen, die Hand am Türknauf schaute er über die Schulter zurück. Seine blauen Augen blieben kurz an ihr hängen, als wollte er sich ihren Anblick einprägen. Als würde er sie so nie wieder sehen.

»Verdammt«, sagte er leise.

Die Tür fiel leise hinter ihm ins Schloss. Und dann war er fort.

Was hatte das nun wieder zu bedeuten? Sie zog die Decke etwas höher, als könnte sie in der Wärme Trost finden und die aufsteigende Kälte vertreiben, die jedoch nichts mit der Raumtemperatur zu tun hatte. Es war nur ein Gefühl wie Trauer, das sich ihrer bemächtigte. Wenn Knightly ging, fühlte es sich an, als hörte die Sonne auf zu scheinen.

Und jetzt war er fort, und sie lag immer noch allein und nackt in seinem Bett.

»Das ist schrecklich«, murmelte sie. Sie war ihr Leben lang ein braves Mädchen gewesen, und darum hatte sie nie einen Gedanken daran verschwendet, was sie tun sollte, wenn sie eines Morgens nackt im Schlafgemach eines Gentlemans zurückgelassen würde.

Ihr erster Gedanke war, sich irgendwas anzuziehen. Doch die einzigen Kleidungsstücke, die sie bei sich hatte, passten eher zu einem Jungen und lagen in einem wilden Haufen am anderen Ende des Raums.

Wenn eine Frau sich nachts als Junge verkleidete, war das die eine Sache. Etwas völlig anderes aber war es, wenn sie mitten am Tag in dieser Verkleidung durch Mayfair lief. Julianna hatte es schon mal getan … Doch Annabelle hatte nun mal nicht Juliannas erfrischend weit ausholenden Schritt.

Außerdem fürchtete sie, ihre Bluse könnte ein paar Knöpfe weniger haben als am Vorabend.

Gefährlicher als ein Spaziergang durch London in dieser Verkleidung war wohl nur, wenn sie so zu den Swifts zurückkehrte. Inzwischen hatten sie ihr Verschwinden vermutlich bemerkt – und sei es nur, weil das Frühstück nicht gemacht war, keiner die Feuer entzündet hatte und die Kinder nicht um Punkt sechs Uhr in der Früh geweckt worden waren.

Annabelle schaute auf die Uhr. Es war elf Uhr morgens!

»Herrje«, murmelte sie. Offenbar hatte sie sich von der Liebe und der Leidenschaft hinreißen lassen. Doch jetzt machte dieses angenehm matte Gefühl einer wachsenden Panik Platz.

Sie sollte doch wissen, was zu tun war. Sie war die »liebe

Annabelle« und wusste immer, was zu tun war. Praktische Fragen waren ihre Stärke. Nur in Liebesdingen war sie ein völliger Schwachkopf. In Gedanken formulierte sie ihr Problem wie einen Brief an die »liebe Annabelle« und überlegte, ob sie den Brief für Knightly hierlassen sollte.

Liebe Annabelle,
ein »Gentleman« hat mich nackt in seinem Bett liegen lassen, ohne Kleidung. Was soll ich jetzt tun?
»Gedemütigt in Mayfair«

Wenn Knightly doch bloß nicht so davongestürmt wäre und sie alleingelassen hätte!

Aber was hatte sie erwartet? Wenn es eines gab, das sie über Knightly wusste – eine Tatsache, die in Stein gemeißelt war –, dann wohl, dass für ihn die *London Weekly* immer an erster Stelle kam. Er verbrachte so viel Zeit in seinem Büro, dass die schreibenden Fräulein im Vorfeld hitzig diskutiert hatten, ob sie in sein Schlafgemach oder in das Büro der *Weekly* einsteigen sollte. Sie entschieden sich nur deshalb für das Schlafzimmer, weil es nachts in Mayfair sicherer war als in der Fleet Street.

Sie durfte das nicht persönlich nehmen. So war er nun mal – stürmte aus dem Zimmer und ließ sie nackt in seinem Bett liegen.

Es sei denn, er *wollte*, dass sie bei ihm blieb. Wie eine brave Mätresse, die seine Rückkehr erwartete. Und auch wenn es Schlimmeres gab, als den ganzen Tag im Bett zu liegen, während Knightlys Duft noch am Kissen haftete, wusste sie, dass sie unmöglich auf ihn warten konnte. Erstens war es würdelos. Und zweitens konnte es Tage dauern, bis er zurückkam.

Oje, was sollte sie bloß machen?

Sie zog an der seidenen Klingelschnur und wartete. Dann zog sie die Bettdecke bis an ihr Kinn, und im nächsten Augenblick öffnete eine alte Frau die Tür. Hinter ihr betrat ein Dienstmädchen mit einem Tablett das Zimmer.

»Mr. Knightly hat uns aufgetragen, uns um Sie zu kümmern. Ich bin Mrs. Featherstone, die Haushälterin.«

Die Frauen wirkten ziemlich unbeeindruckt angesichts einer nackten Frau im Bett ihres Arbeitgebers. Annabelles Miene verfinsterte sich. Er hatte bestimmt nicht wie ein Mönch gelebt, aber warum fand niemand diese Situation bemerkenswert außer ihr?

Sie wollte schon fragen, aber irgendwie wollte sie die Antwort auch gar nicht hören. Stattdessen bat sie darum, eine Nachricht zu Sophie schicken zu dürfen.

Kapitel 37

Das Herz eines Lebemanns gewonnen und doch verloren

GEHEIMNISSE DER GESELLSCHAFT
VON EINER LADY MIT KLASSE

Seit die »liebe Annabelle« über ihre Suche nach der wahren Liebe schreibt, gibt es unter den Debütantinnen dieser Saison einen Trend zu vorgetäuschten Ohnmachten und verführerisch tief ausgeschnittenen Kleidern. Mütter und begehrte Junggesellen sorgen sich schon, was Annabelle wohl als Nächstes ersinnt.

LONDON WEEKLY

Sophie kam zu ihrer Rettung und traf schon kurz darauf mit einem Kleid, Strümpfen, einem Hut und allen anderen notwendigen Accessoires ein, damit sie sich wieder in der Öffentlichkeit zeigen konnte. Es tat gut, nicht erklären zu müssen, warum sie um diesen Gefallen bat.

»Ich nehme an, es ist alles zu deiner Zufriedenheit verlaufen?«, erkundigte Sophie sich.

»O ja«, sagte Annabelle. Beim Gedanken daran kehrte das warme, prickelnde Gefühl zurück. Ihre Wangen röteten sich, wie es so oft bei ihr passierte. Dafür reichte schon der Gedanke an die vorangegangene Nacht. Doch dann fiel ihr wieder Knightlys abruptes Verschwinden ein. »Aber heute Morgen …« Ja, wie sollte sie den Morgen erklären?

»Ich vermute, ihr habt die Schlagzeilen gesehen. Die *London Weekly* wird jetzt ins Visier genommen«, sagte Sophie leise. »Hast du den Artikel gelesen?«

Das hatte sie tatsächlich, während sie einen Toast knabberte und Tee trank. Mrs. Featherstone hatte ihr eines von Knightlys Hemden gegeben, und sie hatte es nur widerstrebend wieder ausgezogen, als Sophie mit den Sachen kam, die für die Öffentlichkeit wohl besser geeignet waren.

»Es ist ziemlich schlimm, nicht wahr?«, fragte Annabelle. Die *London Times* berichtete, die Marsden-Untersuchung werde sich zukünftig alle Zeitungen vornehmen und dabei ein besonderes Augenmerk auf die *London Weekly* legen. Der Besitzer und Herausgeber der Zeitung wurde zur Zeugenbefragung vorgeladen. Ihm drohte eine Anklage wegen Verleumdung und er würde sich schon bald im Gefängnis wiederfinden, mutmaßte die Zeitung.

»Vielleicht verliert er seine Zeitung, Annabelle.« Sophie sagte es sehr leise, und ihre Miene wirkte bedrückt.

»Die Zeitung gehört ihm. Wie können sie sie ihm wegnehmen?«, fragte Annabelle. Vor allem gehörte die *London Weekly* Knightly auf eine Weise, die über bloßes Eigentum hinausging. Dieses Blatt war sein Herz, seine Seele.

»Nun, die Zeitung könnte ihn verlieren, wenn die Untersuchung ergibt, dass wir mit unseren Recherchemethoden das Gesetz gebrochen haben. Denk doch nur an Owens und Eliza …« Sophie verzog das Gesicht.

Der Teufel allein wusste, was Owens schon für seine Storys getan hatte. Sie wussten von seiner Verkleidung als Hilfspolizist, als Wachmann vor Windsor Castle und als Lakai in der Residenz des Duke of Kent.

Eliza hatte sich wochenlang als Hausmädchen im Haushalt des Duke of Wycliff verdingt und jede Woche seine intimsten Geheimnisse enthüllt (bevor er sie heiratete, übrigens).

»Sie können unmöglich eine Duchess in den Tower stecken.« Annabelles Herz zog sich schmerzhaft zusammen, als sie sich dieses entsetzliche Schicksal für die Menschen ausmalte, die sie liebte. Sie hatten doch wirklich nichts Falsches getan. Niemandem war etwas passiert.

»Es ist unwahrscheinlich, dass sie hinter Eliza her sind. Ich glaube wirklich, es geht Marsden vor allem um Knightly. Sei versichert, hinter den Kulissen arbeitet Brandon unablässig für uns, und sogar Roxbury und Wycliff haben sich herabgelassen, ihre Gesichter zum ersten Mal im House of Lords zu zeigen. Aber Marsden ist völlig außer Rand und Band.«

»Warum denn? Was hat Knightly ihm bloß getan?« Marsden, der ihr pinke Rosen geschickt hatte. Der den Begriff »Krautkopf« geprägt hatte. Der zu den wenigen Gentlemen gehörte, die ihr Aufmerksamkeit schenkten. Sie fühlte sich von ihm betrogen, weil sie ihn nett gefunden und bisher für einen Freund gehalten hatte. Weil sie Marsden gegenüber freundlich gewesen war, fühlte sie sich Knightly gegenüber wie ein Verräter. Und wie eine Idiotin.

»Marsden ist außer sich. Es sieht so aus, als sollte Knightly mit seinem Vermögen seine Schwester heiraten, die sonst keiner haben will«, sagte Sophie und fügte mit entschuldigendem Lächeln hinzu: »Dann wurde Knightly mit dir gesehen …«

»Oh«, sagte Annabelle leise. Sie dachte an den Kuss im Mondlicht auf der Terrasse beim Wohltätigkeitsball. Jener Moment, in dem sie sich in Knightly verliebte. Nicht in den Knightly ihrer Träume, sondern in den Knightly, wie er in der Realität war. Sie empfand diese Stunde als magisch und hatte nicht im Traum daran gedacht, dass sie so eine zerstörerische Kraft haben konnte.

Knightly hatte zuvor Lady Lydia den Hof gemacht und war dank der Gerüchte und der verpassten zweiten Saison für sie die einzige Chance auf Heirat. War sie jetzt wegen Annabelle zu einem Leben als alte Jungfer verdammt? Knightly hatte ihr auch den Hof gemacht, um so seine geliebte Zeitung vor Marsdens Untersuchungen zu schützen. Drohte ihm nun der Verlust der Zeitung, die für ihn das Wichtigste im Leben war?

Indem sie versuchte, ihr eigenes Lebensglück zu finden, schien sie das Leben zweier unschuldiger Menschen zu zerstören.

»O nein«, flüsterte sie. Allzu deutlich sah sie jetzt, welche Schuld sie auf sich geladen hatte – Marsdens Wut, Knightlys Kampf um die *Weekly,* Lady Lydias drohende Ehelosigkeit. Wenn sie nicht seinen Blick aufgefangen und über die Schulter geblickt hätte, wie ein Fremder es ihr geraten hatte, wenn sie nicht auf die Terrasse geschlendert wäre, wenn sie nicht angeblich ohnmächtig in seine Arme gesunken wäre oder den Schal vergessen hätte oder das Dekolleté bei jedem ihrer Kleider tiefer machte, weil sie hoffte, so seine Aufmerksamkeit und sein Herz für sich zu gewinnen …

Wenn sie sich ihm nicht Woche für Woche an den Hals geworfen hätte …

Wenn Knightly sie nie bemerkt hätte, würde er Lady Lydia heiraten und alles wäre in bester Ordnung. Es gäbe keine Untersuchung, keinen Prozess und keine drohende Gefängnisstrafe. Er müsste nicht den Verlust der Sache fürchten, die er von allen am meisten liebte.

Aber sie war in ihrer Einsamkeit selbstsüchtig und verzweifelt geworden. Sie hatte die Tricks und Pläne ihrer Leser ausprobiert, damit er sie bemerkte. Sie hatte ihn gezwungen, sie aufzufangen, als sie ohnmächtig wurde. Sie war mitten in der Nacht auf einen Baum geklettert und in sein Schlafzimmer gestolpert.

Annabelle war nie wirklich klar gewesen, dass sie ihn damit von etwas oder jemandem ablenkte.

Sie hatte nur seine Liebe gewollt. Und jetzt sah es ganz danach aus, als habe sie dabei sein Leben zerstört.

»Was mache ich denn jetzt?«, fragte sie. Irgendwie musste sie das wieder in Ordnung bringen. Denn diese ganze Katastrophe war allein ihre Schuld. Und weil sie ihn liebte, musste sie es richten.

»Abwarten und Tee trinken, nehme ich an …« Sophie zuckte mit den Schultern.

»Nein, ich muss das in Ordnung bringen«, schwor Annabelle sich. Und das würde sie. Koste es, was es wolle.

Kapitel 38

Die *London Weekly* sorgt für einen Skandal

GEHEIMNISSE DER GESELLSCHAFT
VON EINER LADY MIT KLASSE

Die älteren Damen der besseren Gesellschaft vereinen sich im Zorn gegen den abscheulichen Klatsch der »anständigen und ehrvollen« Zeitungsindustrie. Zumindest so lange, bis sie ohne ihre Skandalblättchen auskommen müssen.

LONDON WEEKLY

Galloway's Kaffeehaus

Hinter ihm lagen ein höllischer Tag und eine höllische Nacht. Die Dunkelheit kam und ging. Knightly erlebte beides an seinem Schreibtisch.

Er schlief kaum, aß kaum, trank kaum.

Dachte sogar kaum an Annabelle.

Oh, natürlich war sie bei ihm, auf eine gewisse Art – irgendwie hing ihr Duft noch immer an seiner Haut. Wenn seine Aufmerksamkeit nachließ und sein Blick auf die Uhr fiel, dachte Knightly: Zu dieser Stunde klammerte sich gestern um diese Zeit Annabelle in Todesangst an meine Fensterbank. Zu dieser Zeit kam Annabelle gestern in meinen Armen zum Höhepunkt.

Und ehrlich gesagt dachte er auch: Gestern um diese Zeit war ich noch so herrlich unwissend …

Er hatte nicht gewusst, dass die »liebe Annabelle« plante, ihn nach allen Regeln der Kunst zu verführen. Hatte nicht gewusst, dass Annabelle ihn liebte. Hatte sie nicht auf jene unwiderrufliche Art für sich beansprucht. Er hatte nichts dafür tun müssen. Aber jetzt stand es für ihn außer Frage, dass er wegen Annabelle etwas unternehmen musste. Doch er konnte nicht daran denken. Nicht heute Nacht, wenn ihm nur noch wenige wertvolle Stunden blieben, um auf den Angriff auf seine geliebte Zeitung zu reagieren.

Knightly und Owens hatten zum ersten Mal seit Gründung der Zeitung die Druckerpressen angehalten, damit sie die Ausgabe der *London Weekly* komplett umschreiben, neu setzen und drucken konnten. Inklusive eines Briefs des Herausgebers, mit dem er auf den Angriff reagierte.

Letztlich hatten sie fast die komplette Ausgabe neu geschrieben.

»Das wird nicht funktionieren«, hatte Owens gemurmelt und starrte auf den Entwurf des Vorworts, der auf dem Tisch zwischen ihnen lag. Die Abenddämmerung senkte sich bereits wieder über die Stadt, und sie hatten seit Tagesanbruch ohne Unterlass gearbeitet.

»Sie haben Recht«, stimmte Knightly ihm widerstrebend zu. Die Titelgeschichte traf einfach nicht den richtigen Ton. Sie sollte empört, trotzig und witzig zugleich klingen. Stattdessen waren seine Worte eine flapsige Belehrung darüber, wie wichtig eine freie Presse war.

Knightly rieb sich das Kinn. Er hatte Annabelle vor Stunden in seinem Haus zurückgelassen – ob sie noch in seinem Bett lag? Wie es sich wohl anfühlte, heimzukommen und zu wissen, dass Annabelle dort auf ihn wartete?

Er schob den Gedanken beiseite und stand auf, um sich und Owens einen Brandy einzuschenken.

»Wissen Sie, Owens, wir sollten ihnen zeigen, wie eine von der Regierung genehmigte Zeitung sich liest.«

»Sie meinen, wir sollen die ganzen saftigen Details streichen?«, antwortete Owens.

»Im Grunde schon. Und dann überarbeiten wir die Titelseite und erklären es ihnen. So in etwa: ›Die *London Weekly* gibt den Lesern, was sie wollen. Sie haben dieses Stück Dreck von einer Zeitung ja gefordert. Leser, die sich nun ärgern und das nicht akzeptieren wollen, wissen ja, an wen sie ihre Wut richten können. Viel Spaß.‹«

»Das gefällt mir«, sagte Owens und grinste. »Das nenne ich mal eine Aussage. Aber wir werden nicht genug Zeit haben, um die ganze Ausgabe umzuschreiben und neu zu setzen.«

»Dann schwärzen Sie die Stellen. Streichen Sie alles durch. So brauchen wir am Satz nichts zu ändern, und schwarze Linien stehen für all das, was sie vermissen«, sagte Knightly. Je mehr er darüber nachdachte, umso aufgeregter wurde er. »Können Sie es nicht schon vor sich sehen? Ein Großteil der Zeitung ist dann geschwärzt.«

»Genial. Lassen wir die Puppen tanzen«, sagte Owens. Er grinste breit. Knightly wusste, er stellte sich vor, wie diese Ausgabe mit den schwarzen Linien ihre Gegner herausfordern würde.

»So machen wir's. Auf unseren Untergang«, sagte Knightly und hob sein Glas.

Es war ein verdammt gefährliches Spiel. Gib ihnen, wonach sie krähen, lehn dich dann zurück und sieh ihnen zu, wie sie heulen. Marsden führte einen persönlichen Rachefeldzug gegen ihn, aber Knightly würde die Angelegenheit zu einem öffentlichen Spektakel machen. Darum ging er nach vierundzwanzig Stunden Arbeit auch nicht nach Hause ins Bett, sondern ins Kaffeehaus. Ins Galloway's. Seinen Club.

Er wollte sehen, wie die Leser reagierten. Wollte sehen, wofür er eine wunderschöne Frau in seinem Bett zurückgelassen hatte.

Später wollte er zu ihr gehen. Obwohl er nicht wusste, was er sagen sollte. Wie paradox! Ausgerechnet er, der Meister der Worte, war in diesem Fall sprachlos. Sie liebte ihn. Er hatte mit ihr geschlafen.

Dann wäre wohl ein Heiratsantrag angebracht, jedoch ... Was wurde aus dem Mädchen mit der Liebesheirat und einem Halbbruder, der sich weigerte, ihn anzuerkennen? Was war mit den Hoffnungen und Plänen, die er so lange verfolgt hatte? Der drohenden Gefängnisstrafe? Sie würden ihn bestimmt bald festnehmen. Besonders nach dem neuesten Kunststück, das er mit der Zeitung vollbracht hatte.

Knightly nippte am Kaffee, blätterte die *London Weekly* durch und musterte dabei verstohlen die anderen Stammgäste im Kaffeehaus.

Er bemerkte nicht ohne eine gewisse Befriedigung, dass die meisten Männer im Raum seine Zeitung lasen. Einige lachten. Andere hatten die Stirn gerunzelt und versuchten zu enträtseln, was in den verflixten Artikeln stand. Oder sie erkannten erst jetzt den Würgegriff, in dem die Regierung die Zeitungsbranche hielt. Und das war schlimmer als eine Briefmarkensteuer oder Fenstersteuer.

Das erinnerte Knightly daran, dass es hier nicht um einen persönlichen Kampf zwischen Marsden und ihm ging. Außerdem war die *Weekly* nicht bloß sein Lieblingsprojekt. Diese Zeitung wurde für jene Leute geschrieben, mit denen er aufgewachsen war – Kaufleute und Schauspieler, Anwälte und Geschäftsinhaber. Und es war die Zeitung für die Leute, mit denen er nur allzu gerne neue Verbindungen knüpfen wollte. Wie er selbst war seine Zeitung eine Mischung aus Oberschicht und gemeinem Volk. Er war weder das eine noch das andere, egal wie hochfliegend seine Ambitionen sein mochten.

Wie an jedem Samstag schlenderten Drummond und Gage herein und setzten sich zu Knightly an den Tisch am Fenster. Sie sahen auch ziemlich mitgenommen aus, vor allem Gage. Vermutlich lag eine lange Nacht hinter ihnen mit einem Theaterbesuch, an den noch eine Soiree in der Halbwelt anschloss. Diese Abendgesellschaften waren alles andere als anständig, musste Knightly zugeben. Doch sie machten so viel mehr Spaß als die Partys der besseren Gesellschaft.

Gage stützte den Kopf in beide Hände und stöhnte. Man konnte den Alkohol förmlich riechen, der aus seinen Poren strömte.

Drummond nahm die Zeitung und blätterte wortlos bis zu einer bestimmten Seite vor. Knightly beobachtete ihn mit offenem Mund und einem gewissen Entsetzen. All die Stunden Arbeit, die sorgfältigen Streichungen, die angehaltenen Druckerpressen und der zweite Druck, die Mitarbeiter, die sich bis zur Meuterei abplagten, und das an einem Tag, an dem er mit einer schönen, liebevollen Frau im Bett bleiben wollte – und dieser Mann blätterte sofort zur »lieben Annabelle« vor!

Jetzt stöhnte auch er auf.

»Liebe Annabelle«, sagte Drummond und seufzte. »Wie läuft's mit deiner Suche nach der Liebe?«

Knightly rieb sich das stoppelige Kinn. Er lehnte sich auf seinem Stuhl zurück. Das dürfte interessant werden.

Drummond strahlte, als er Annabelles Kolumne fand. Und dann lachte er über etwas, das sie schrieb. Knightly erinnerte sich, wie er die Kolumne mit wachsender Frustration redigiert hatte. Die exakten Worte waren ihm entfallen, doch geblieben war ein Gefühl von Verwirrung, ein inniger Wunsch und der Gedanke, dass sie unmöglich ihn meinen konnte.

»Was ist denn so lustig?«, fragte er.

»Sie ist in seinen Armen ohnmächtig geworden!«, erklärte Drummond mit unverhohlener Heiterkeit. »Hör dir das an«, sagte er und las vor: »›Recht viele Briefe haben mich erreicht, die mit mütterlicher Handschrift und aus Mayfair kamen und mich ermutigten, eine Ohnmacht vorzutäuschen und in die Arme des erwählten Gentlemans zu sinken. Ich verstehe durchaus, welcher Reiz in diesem Manöver liegt, denn es spricht die ritterliche Seite eines Mannes an. Aber wenn er ein anmutiges, junges Mädchen in den Armen hält, könnte dies auch seine niederen Instinkte ansprechen.‹«

»Das ist lustig«, murmelte Gage und hob nur für einen Moment den Kopf. Er war richtig grün um die Nase.

»Diese Frau …« Drummond schüttelte grinsend den Kopf. »Ich habe mich bereits in sie verliebt, obwohl ich sie noch nie gesehen habe.«

Knightly musste sich bemühen, seinen Freund nicht finster anzustarren.

Annabelle gehörte zu *ihm*.

Auf die einzige Art, die zählte.

Die Erinnerungen an die Nacht schlugen wie Wellen an einem Strand über ihm zusammen.

Annabelle im Mondlicht. Verzweifelt klammerte sie sich von draußen an sein Fenster. Er kannte den Ausspruch »wenn das Herz in die Hose rutscht«, doch bis zu jenem Moment hatte er sich nicht wirklich etwas darunter vorstellen können. Fast hätte er sie viel zu früh verloren.

Annabelle in Hosen, die ihre langen, schlanken Beine betonten. Später in jener Nacht schlang sie diese Beine um ihn, als er sich tief in ihr vergrub. Knightly schloss die Augen ...

Annabelle mit keinem Faden am Leib. Ihre Haut ... O Gott, ihre Haut war milchig weiß und so weich und rein. Eine sanfte Röte überall. Ihr Mund, ihr Kuss! Die vorsichtigen Berührungen, die immer kühner wurden, als er ihr die schwindelerregenden Höhen der Lust zeigte.

Er konnte sie noch immer spüren, konnte sie schmecken. Er sehnte sich nach ihr.

Es schnürte ihm die Brust zu, und er konnte kaum atmen. Und das lag nicht an der verrauchten Luft im Kaffeehaus.

Er begehrte sie noch immer, er wollte sie und brauchte mehr von ihr. Doch wie sehr brauchte er sie? Welchen Preis war er bereit zu zahlen für Annabelle in seinem Bett?

Drummond lachte leise und murmelte: »Niedere Instinkte. Gott, ich würde ihr nur zu gern zeigen ...«

Bevor er wusste, was er tat, hatte Knightly sich quer über den Tisch auf Drummond geworfen und packte seine Krawatte.

Eine Kaffeetasse kippte um, und die heiße Flüssigkeit strömte über den Tisch. Die Keramiktasse zerbrach in tausend Stücke, als sie auf den Holzboden prallte.

Drummonds Gesicht wurde puterrot.

»Huch! Einige von uns leiden wohl noch unter den Nachwirkungen ihres Alkoholgenusses«, mahnte Gage. Doch die anderen beachteten ihn gar nicht.

»Ich würde dir empfehlen, diesen Satz *nicht* zu vollenden«, sagte Knightly. In seiner Stimme schwang ein gefährlicher Unterton mit, den er so gar nicht kannte.

»Wirklich?«, fragte Drummond. Da er es sogar schaffte, Sarkasmus in dieses Wort zu legen, schien er noch zu viel Luft zu bekommen, befand Knightly. Er wickelte die Krawatte um seine Faust, bis Drummond nach Luft schnappte.

»Wirklich«, knurrte Knightly. Dann ließ er los, setzte sich und bestellte noch einen Kaffee.

»Du bist der Krautkopf, richtig?«, fragte Drummond.

»Halt die Fresse«, fuhr Knightly ihn an. Doch damit machte er einen Fehler, denn Drummond fühlte sich bestätigt. Sogar Gage hob den Kopf.

»Wie fühlte es sich an, als die ›liebe Annabelle‹ ohnmächtig in deine Arme sank?«, wollte Drummond wissen. »Wurden deine niederen Instinkte angesprochen?«

Gage schnaubte, lachte und stöhnte sofort wieder auf.

»Willst du das wirklich wissen?«, fragte Knightly und hob dabei eine Augenbraue.

»Ja, das interessiert mich. Wie konntest du sie all die Jahre übersehen?« Drummond stützte das Kinn in die Hand und den Ellenbogen auf den Tisch. Neben ihm legte Gage den Kopf auf die Tischplatte.

»Was stimmt nicht mit ihm?«, fragte Knightly und blickte ihren ziemlich verkaterten Freund besorgt an.

»Manche Leute halten es für eine gute Idee, sich auf eine Wette einzulassen, ob man eine ganze Flasche Brandy an einem Abend trinken kann«, erklärte Drummond abfällig.

»Ich hab gewonnen«, knurrte Gage.

»Aber um welchen Preis?«, grübelte Knightly.

»Lass uns nicht über Gages Blödheit reden. Von ihm erwarte ich nichts anderes«, sagte Drummond und wischte das Thema mit einer Handbewegung weg. »Ich interessiere mich mehr für *deine* Dummheit, Knightly. Wie konntest du Annabelle all die Jahre übersehen? Ist sie wirklich nicht so hübsch?«

»Sie ist hübsch«, sagte er angespannt. Und mit hübsch meinte er vielmehr herzzerreißend schön. So schön, dass ein Mann vor ihr in die Knie ging. Zumindest hatte er das letzte Nacht getan.

»Hübsch? Und du hast das wann gemerkt?« Drummond senkte die Stimme. »Gestern? Vor einer Woche, vor einem Monat?«

Als sie anfing, ihn auf sich aufmerksam zu machen. Als er sich inoffiziell mit der perfekten Frau verlobte, deren Persönlichkeit ihn so absolut nicht reizte; dafür lockten ihre Verbindungen zum Hochadel ihn. Als es viel zu spät war, sie zu bemerken.

Ganz genau. Er hatte Annabelle in all den *Jahren* nicht wahrgenommen, sondern damit gewartet, bis es so vollkommen unangemessen war. Kein Wunder, dass sie ihn als Krautkopf bezeichnete.

»Ich nehme an, du hast sie jetzt *bemerkt*, Krautkopf«, bemerkte Drummond.

Knightly warf sich erneut über den Tisch hinweg auf seinen Freund und zerrte an Drummonds Krawatte, die inzwischen nur noch ein schlaffer Fetzen Stoff war.

»Habt Gnade mit einem Mann«, flehte Gage. »Bitte. Um der Liebe für Annabelle willen.«

»Das meinst du ernst, nicht wahr?«, fragte Drummond,

nachdem Knightly ihn losgelassen hatte – nicht ohne ihm vorher einen drohenden Blick zuzuwerfen.

»Das geht dich verdammt noch mal überhaupt nichts an«, sagte Knightly. Und dennoch sprach Drummond unbekümmert weiter und provozierte ihn mit jedem weiteren Wort. Das war das Problem mit langjährigen Freunden. Sie nahmen sich Freiheiten heraus und gingen zu weit. Nur um dabei jeden Schritt zu genießen, den sie über die rote Linie machten.

»*Au contraire, mon frère*«, erklärte Drummond. »Annabelle geht ganz London etwas an. Wenn du die Sache mit dem Mädel verbockst, kriegst du es mit mir zu tun – wenn du der Krautkopf bist und nicht ein verzweifelter Heuchler. Ich liefere dich dann dem Mob aus. Und dann ziehe ich los und tröste Annabelle selber. Nackt.«

Dieses Mal schlug Knightly nach ihm, und seine Faust prallte schmerzhaft gegen Drummonds Kinn. Zufrieden, weil er seinen Standpunkt deutlich gemacht hatte, verließ Knightly das Kaffeehaus.

Kapitel 39

Ein Angebot, das sie ablehnen kann.

LIEBE ANNABELLE

Aufmerksamkeiten sind das eine, Zuneigung jedoch etwas völlig anderes. Die große Liebe kann man nicht mit Taschenspielertricks erkaufen. Ein tiefer Ausschnitt weckt das Interesse eines Mannes, aber deshalb schert er sich nicht um die Frau. Ein vergessener Schal verschafft beiden ein paar private Momente, doch das führt nicht zwangsläufig zu Liebe … und wenn es so wäre – wäre das gerecht? Die Autorin glaubt das nicht und ermutigt alle – vor allem »Skandalös Verliebt« –, stets nach der großen Liebe zu streben.

LONDON WEEKLY

Knightly erreichte später an diesem Nachmittag das Haus der Swifts, nachdem er von Albträumen geplagt ein wenig Schlaf nachgeholt hatte. Im Traum war Annabelle vom Baum gefallen, und er hatte sie nicht rechtzeitig aufgefangen.

Ein Dienstmädchen öffnete die Tür. Die böse Schwägerin gab ein paar abfällige und ekelhafte Bemerkungen von sich, als er das Wohnzimmer betrat. Dieses Mal waren auch die Kinder zugegen. Dicke, kleine Gesichter blickten von den Büchern und Spielen auf und musterten ihn mürrisch. Sie schienen über die Störung alles andere als erfreut.

Annabelles Bruder nahm nur widerstrebend die verfluchte Ausgabe der *London Times* (ausgerechnet!) und den Rest der Familie in einen Nebenraum mit. Aber erst nachdem Knightly darum gebeten hatte, mit Annabelle unter vier Augen sprechen zu dürfen.

Dieser Mann schien nicht im Geringsten neugierig zu sein, warum seine unverheiratete Schwester mit einem Gentleman ungestört sein wollte. Er hätte Knightly lieber beiseite nehmen und ihn nach seinen Absichten befragen sollen. Dass er es nicht tat, war für Knightly schon ein erster Minuspunkt, wenngleich es ihm in diesem Fall zugutekam.

Er musste sie unbedingt aus diesem Haus mit den schrecklichen Verwandten und unbequemen Möbeln befreien. Sie könnte einfach zu ihm in sein Stadthaus ziehen. Sie würden sich jede Nacht lieben, und tagsüber konnte sie gemütlich durch Mayfair zu den Häusern der anderen schreibenden Fräulein spazieren oder mit ihnen in der Bond Street einkaufen. Es würde ihr an nichts fehlen.

Vielleicht heiratete er sie sogar. Der Gedanke ging ihm durch den Kopf, und zum ersten Mal rebellierte sein Herz nicht dabei.

Knightly war froh, dass er ihr Blumen mitgebracht hatte. Pinke Rosen. Sie schien eine Frau zu sein, bei der pinke Rosen passten. Zumindest hatte sie mal von pinken Rosen gesprochen. Er hatte erst geschwankt, weil Marsden ihr schon welche geschickt hatte. Knightly hatte ja keine Ahnung gehabt, dass der Kauf von Blumen für eine Frau so ein Minenfeld sein konnte.

»Annabelle«, sagte er, sobald sie alleine waren. »Annabelle«, wiederholte er drängend und voller Leidenschaft, Angst und Zurückhaltung.

»Guten Tag, Derek«, sagte sie leise.

Sie lächelte schwach, nur leicht hoben sich ihre Mundwinkel. Die Augen wirkten mehr grau als blau – diese feinen Unterschiede fielen ihm jetzt auf. Irgendwas stimmte nicht mit ihr. Das wusste er, weil er sie jetzt kannte.

»Es tut mir leid, dass ich nicht eher gekommen bin«, sagte er.

»Das ist schon in Ordnung. Du hattest mit der Zeitung eine Menge zu tun, das verstehe ich«, sagte sie leise. Annabelle war stets so verständnisvoll und großzügig. In dieser Situation hätte ihn wohl jede andere Frau wie eine Furie angeschrien und gekreischt. Aber Annabelle wusste, wie viel ihm das hier bedeutete, und ließ ihn gewähren. Dafür bewunderte er sie – oder war es ein allzu nobles Opfer?

»Ich habe dir Blumen mitgebracht«, sagte er. Himmel, was war mit ihm los? Er sagte Dinge, die offensichtlich waren. Sonst konnte er knifflige Verhandlungen führen, erzürnte Leser in den Griff bekommen und Befragungen leiten, um Verdächtigen alle möglichen Verbrechen zu entlocken. Und jetzt?

»Danke«, sagte sie gedämpft. Sie nahm den Blumenstrauß und atmete tief und mit geschlossenen Augen den Duft ein. Die pinken Knospen warfen einen rosigen Schimmer auf ihre Haut.

Als sie die Augen öffnete, waren sie immer noch mehr grau als blau, und sie sah nicht glücklich aus, sondern gequält.

Er atmete ungeduldig aus und ärgerte sich über sich selbst. Er sollte dieses Gespräch wie eine geschäftliche Verhandlung führen. Das Ziel lautete, eine Übereinkunft zu finden, die beiden behagte.

Doch er hatte es mit einer Frau zu tun – mit Annabelle …

Es war höchste Zeit, ihr seine Gefühle zu gestehen. Aber da fingen die Probleme an. Er wusste nicht, wie er sie schlüssig erklären konnte. Und insgeheim hoffte er, sie würde seine chaotische Ehrlichkeit einem kunstvoll vorgetragenen Geständnis vorziehen. Er ergriff das Wort.

»Annabelle, was vorgestern Nacht geschehen ist …« Er umschloss ihre Hände. »Ich kann nicht aufhören, daran zu denken. An dich. Und jetzt, da ich vor dir stehe, will ich nie mehr die Augen schließen. Ich will dir nahe sein.«

»O Knightly«, flüsterte sie. Ihre gehetzten grauen Augen wurden feucht. Die Wimpern waren dunkel und glänzten. Waren das Freudentränen? Ein Mann konnte derlei nur hoffen, aber niemals sicher sein.

Knightly fühlte sich, als habe er soeben die Bühne am Premierenabend betreten, um in einem Stück eine Rolle zu spielen, das er nicht kannte. Er kannte seinen Text nicht, und es fehlte ihm an Hang zur Dramatik ebenso wie an einem gewissen Improvisationstalent.

Er hielt sich daher an die Fakten. Mehr hatte er nicht.

»Ich will dich um mich haben, Annabelle. Und ich will dich aus diesem schrecklichen Haus retten. Du kannst bei mir leben und tagsüber mit den schreibenden Fräulein zusammen sein und deine Ratgeberkolumne schreiben. Die langen Nächte aber gehören nur uns beiden.«

»Das klingt sehr schön«, sagte sie, und er hörte bereits das *allerdings* mitschwingen, das sie noch nicht ausgesprochen hatte. Dann seufzte sie – ein so schweres Seufzen, dass er es bis tief in seine Knochen spürte. Ein Seufzen voller Schmerz, das von einer grausamen, grausamen Welt erzählte und von einer vollkommenen Traurigkeit, die niemand auslöschen konnte.

Sie seufzte doch vor Glück, wenn er den Raum betrat.

Fassungslos fragte er sich, wann sich das geändert hatte und warum.

»Aber ich kann nicht.« Ihre Stimme war tonlos.

Sie sagte Nein.

Annabelle sagte Nein.

Eine Sekunde lang setzte Knightlys Herzschlag aus. Das Blut floss nicht länger durch seine Adern, sein Atem stockte. Er hätte schwören können, dass die Welt in diesem Moment aufhörte, sich zu drehen. Obwohl er festen Boden unter den Füßen hatte, glaubte er zu fallen. Er streckte die Hand nach Annabelle aus, doch sie entzog sich ihm und drehte sich von ihm weg.

Sein ganzer Körper versteifte sich, und er schluckte schwer. So hatte er sich schon einmal gefühlt, vor vielen Jahren, als er von der Beerdigung seines Vaters verbannt worden war. *Werft den Bastard raus. Er gehört nicht hierher.* Es war der verzweifelte, drängende Wunsch, aufgenommen zu werden. Es war das Verlassen- und Zurückgewiesenwerden von der Frau, von der er angenommen werden wollte.

In diesem Moment empfand er es als besonders verheerend, weil er nie mit einer Zurückweisung gerechnet hatte. Sie war die »liebe Annabelle«, die ihn, den Krautkopf, für sich gewinnen wollte. Ganz London wusste das. Ganz London hatte sie angefeuert. Dies war ihr großer Moment, und sie verweigerte sich ihm.

Er hatte gedacht, sie werde sich ihm sofort in die Arme werfen, ihn voller Liebe und Dankbarkeit küssen. Nie wäre er darauf gekommen, dass sie Nein sagen könnte.

Schlimmer, tausendmal schlimmer sogar war die Erkenntnis, wie sehr er sich gewünscht hatte, von ihr ein Ja zu hören.

»Du kannst nicht oder du willst nicht?«, fragte er scharf. Seine Brust fühlte sich eng an, Atmen war unmöglich.

»Ich habe mich dir aufgezwungen, und das war nicht richtig«, erklärte sie gequält. »Und jetzt, da diese schrecklichen Dinge bei der *Weekly* passieren …«

»Lass die Zeitung bitte da raus, Annabelle«, antwortete er ruppig. Er wollte weder irgendwelche Gefälligkeiten noch dass sie wider besseres Wissen handelte. Seine Wut flammte auf, und er gab sich keine Mühe, sie zu verhehlen. Er trat auf sie zu und ragte über ihr auf. In seiner Stimme klang nicht der Kummer mit, den er empfand. »Du hast dafür gesorgt, dass ich dich endlich bemerke. Du hast mir die Augen geöffnet, und jetzt kann ich nicht aufhören, an dich zu denken.«

»Aber ich war mir der Konsequenzen nicht bewusst!«, rief sie und wich zurück. »Du *sagst*, ich solle die Zeitung vergessen, aber das kannst du unmöglich ernst meinen. Ich kenne dich, Knightly. Ich kenne dich besser als jeder andere.«

Sie dachten beide daran, wie er am Morgen danach aus dem Schlafzimmer gestürmt war und sie alleine zurückgelassen hatte. Er hatte die Zeitung keine Sekunde lang vergessen. Selbst als diese schöne Frau nackt in seinen Armen lag, die ihn bedingungslos liebte, hatte er permanent daran gedacht. Nachdem sie ihr Leben und ihren guten Ruf und alles andere riskiert hatte, um zu ihm zu kommen.

Diese Tatsachen offenbarten eine brutale und wenig schmeichelhafte Wahrheit.

»Knightly … du solltest Lady Lydia heiraten, deine Zeitung retten und mich vergessen.« Sie sagte das so leise und kläglich. Aber er konnte jetzt nicht nachgeben.

Nicht, nachdem er entdeckt hatte, was er verlor, wenn er sie jetzt ziehen ließ.

Er fühlte sich wie ein Mann, der die Sonne erst zu würdigen wusste, nachdem einen Monat lang Regen aus grauem Himmel gefallen war. Und jetzt hatte er Angst, ihm stehe ein langer, dunkler Winter bevor.

Er war so wütend! Obwohl das kleinlich und grausam war, wollte er ihr das mitteilen.

»Ich kann nicht aufhören, an dich zu denken, Annabelle. Du hast meine Aufmerksamkeit gesucht und hast sie jetzt, nur um sie mir ins Gesicht zu schleudern.

»Es tut mir so leid«, sagte sie. Tränen rannen über ihre Wangen, und er wollte diese Tränen wegküssen. Wollte sie in die Arme nehmen und einfach festhalten. Wahrscheinlich wollten sie das beide. Aber sie würde es ihm nicht mehr erlauben, oder?

»Da sind wir schon zwei«, sagte er. Und mit diesen Worten verließ er sie.

Kapitel 40

Eine Frau ertrinkt (fast) in ihren Tränen

Wenn du etwas liebst, lass es los.
EINE HERZ- UND GEFÜHLLOSE PERSON

Annabelles Dachkammer

Annabelle saß an dem kleinen Schreibtisch. Einzelne Tränen rannen über ihr Gesicht. Zu ihrer Linken stand ein Strauß toter und vertrockneter pinker Rosen. Zur Rechten ein frischer Strauß, der seinen üppigen Duft verströmte. Vor ihr lag ein Bogen Papier neben ihrem Schreibzeug. Sie musste Lady Marsden antworten. Und dann schuldete sie London noch eine Erklärung.

Doch ihr Herz war gebrochen, und ihr Verstand weigerte sich, irgendwelche zusammenhängenden Sätze auszuspucken.

Sie hatte Knightly von sich gestoßen und ihn von jeder Verantwortung ihr gegenüber freigesprochen. Sie hatte das Richtige getan, das wusste sie.

Aber bei Gott, wie sehr es schmerzte! Es tat so weh wie damals, als sie ihre Eltern begraben hatten. Doch es war noch schlimmer, weil Knightly noch lebte. Wahrscheinlich hasste er sie jetzt. Das war nicht die Leidenschaft, die sie bei ihm hatte wecken wollen.

Sie konnte sich immer noch lebhaft daran erinnern, wie es sich in seinen Armen anfühlte. Sie konnte seinen Kuss noch schmecken, und ihr Körper erinnerte sich deutlich daran, wie es war, ihn in sich zu spüren. Von ihm gewollt und besessen zu werden. Es war … eine Art Triumph, der niemals seinesgleichen fand. Darum hatte sie Mr. Nathan Smythe von der Bäckerei am Ende der Straße einen Korb gegeben. Sie hatte auf das hier gewartet, und das war es wert gewesen.

Trotzdem hatte sie ihn abgewiesen.

Sie war verrückt, absolut verrückt!

Nein. Sie war eine gute Frau. Sie war Annabelle. Die Frau, die immer das Richtige tat. Die immer das Glück der anderen über ihr eigenes stellte. Egal ob alte Annabelle oder neue Annabelle, es war immer dasselbe. Ihr eigenes Glück stellte sie immer ganz hinten an. Vor allem im Hinblick auf die Frage, was richtig war und was falsch. Oder was für Knightly das Beste war.

Sie kannte die Wahrheit. Sie hatte ihn dazu verleitet, für sie Zuneigung zu entwickeln. Konnten sie denn jemals glücklich werden, wenn sie wussten, dass sie seine Liebe wie eine verruchte Zauberin heraufbeschworen hatte? Konnten sie glücklich werden, nachdem er sein Lebensziel für die Ehe mit der alten, bedeutungslosen Jungfer aufgegeben hatte und nie Teil der besseren Gesellschaft werden würde?

Annabelle glaubte nicht daran, dass ihnen unter diesen Umständen Glück beschieden wäre. Sie aber wollte das ganze Glückspaket für ihn.

So sehr sie ihn liebte, musste sie doch auch an sich denken. Sonst hätte sie sein Angebot angenommen. Sie hätte Körper und Seele dafür geopfert, seine Geliebte zu werden. Sie wäre dann seine kleine Mätresse, die diese niedliche

Ratgeberkolumne schrieb, bis er sie leid wurde und die Schwester eines Dukes oder die Tochter eines Earls fand, die er heiraten konnte.

Darum mussten sich ihre Wege hier trennen, egal wie sehr es schmerzte. Lieber Himmel, tat das weh.

Sie hatte ihn dazu gebracht, sie zu sehen. Aber sie hatte ihn nicht dazu gebracht, sie zu lieben.

Kapitel 41

Extrablatt! Der Krautkopf verliebt sich endlich

Liebe Annabelle,
wir, die Unterzeichnenden, finden, der Krautkopf hat Sie nicht verdient. Trotzdem wünschen wir, er würde endlich zur Besinnung kommen und Sie lieben.
Penelope aus Piccadilly (und zweihundert weitere Unterschriften)
LONDON WEEKLY

Sie hatte ihn dazu gebracht, sie zu wollen.

Sie hatte gegeben, sie hatte genommen. Er wollte sie.

Oh, er hatte ja keine Ahnung gehabt … bis es vorbei war, für immer.

Letzte Nacht hatte der Wind ums Haus gepfiffen, einen Ast gegen das Fensterglas geschlagen und am Fensterrahmen gerüttelt. Der Eifer, mit dem er aus dem Bett sprang und zum Fenster eilte, war schon fast peinlich. Natürlich war Annabelle nicht draußen und wartete auf seine Rettung. Nur der Wind und seine verwirrten Wünsche.

Er trank, wie ein Mann eben trank, wenn er sich mit seinen innigsten Gefühlen konfrontiert sah. Vor allem, wenn diese Gefühle an sein Innerstes rührten.

Er stürzte sich in die Arbeit, fand aber keine Freude darin. Nicht einmal dann, als die aufrührerische Ausgabe der

Weekly alle Verkaufsrekorde brach. Wieder hatte er sich selbst übertroffen. Sein Mantra – *Skandale bringen Verkäufe* – hatte sich wieder einmal als goldrichtig erwiesen. Doch er konnte sich darüber nicht freuen.

Es gab Gerüchte, er werde bald festgenommen. Das kümmerte ihn einen Dreck.

Als der Tag der wöchentlichen Redaktionssitzung kam, schlenderte Knightly in den Raum. Er war angespannt und versuchte, keine Gefühle zu zeigen.

»Zuerst die Damen«, sagte er und hoffte, sie nahmen ihm sein gespieltes Grinsen ab. Er schaute sich im Raum um und kämpfte gegen den Drang an, seinen Blick auf Annabelle zu richten. Doch er verlor. Da war sie.

Diesmal trug sie wieder eins der Kleider der alten Annabelle, einen scheußlichen Fetzen in einem besonders öden gräulichen Braun. Der Schnitt und die Passform schmeichelten ihr überhaupt nicht. Das konnte er mit Fug und Recht behaupten, denn er kannte nun die langen, schlanken Beine, die unter dem Rock verborgen waren. Er kannte den sanften Schwung ihrer Taille, die sich verbreiternden Hüften und die perfekten Rundungen ihrer Brüste.

Und das alles versteckte sie unter einem Sack, den sie vermutlich Kleid nannte.

Trotzdem raubte ihr Anblick ihm den Atem. Er spürte ein heißes, quälendes Begehren, das in ihm erwachte.

Sie ließ die Schultern nach vorne sinken und faltete die Hände im Schoß. Ihr Blick war nach unten gerichtet. Die Haltung entsprach der Annabelle, die immer übersehen wird.

Sie wollte nicht länger von ihm bemerkt werden.

Dennoch seufzte sie, als er den Raum betrat. Jede seiner Nervenfasern war zum Zerreißen gespannt, um diesen winzigen Hinweis zu bemerken, dass er ihr immer noch etwas bedeutete. Für ihn war das überlebenswichtig.

Die Sitzung nahm ihren Lauf. Knightly verhielt sich, als wäre zwischen Annabelle und ihm nichts vorgefallen. Hier stand sein Stolz ebenso auf dem Spiel wie sein Ruf, den er bei seinen Mitarbeitern genoss. Er war Mr. *London Weekly* Knightly – kühl, reserviert, rücksichtslos und undurchschaubar. Er sollte verdammt, verdammt, verdammt sein, wenn sie erfuhren, dass eine Frau ihn in die Knie zwang.

Er konnte sie allerdings nicht ignorieren. Nachdem die anderen schreibenden Fräulein die Storys der kommenden Woche vorgestellt hatten, wandte er sich an Annabelle und fixierte sie mit dem Knightly-Blick. Sie schrumpfte noch mehr in sich zusammen. Er hob den Kopf.

»Liebe Annabelle, was gibt's Neues von Ihrer Kolumne?« Er musste dagegen ankämpfen, damit seine Gefühle nicht in der Frage mitschwangen. Doch mit dem Blick in ihre blauen Augen verrauchte seine Wut.

»Ich glaube, in letzter Zeit habe ich zu wenig über Etikette geschrieben. Insbesondere den korrekten Einsatz von Fischmessern«, sagte sie.

Im Raum war es plötzlich still. Nervöse Blicke überall.

»Scheiß auf Etikette und Messerkunde. Was ist mit dem Krautkopf?« Die Frage kam ausgerechnet von Grenville. Vom alten, knurrigen, parlamentsbesessenen *Grenville*!

Alle Köpfe fuhren zum Miesepeter der Redaktion herum. Juliannas Mund klappte auf. Alistair hob nur kühl eine Augenbraue. Sophie und Eliza grinsten breit, und Owens blickte schockiert von seinen Notizen auf.

»Was denn? Bin ich die einzige Person, die Annabelles Liebesabenteuer liest?«, fragte Grenville missmutig. »Jeder, der das Gegenteil behauptet, ist ein Lügner.«

»Wir sind nur alle völlig baff, weil Sie sich für etwas anderes als das Parlament interessieren. Etwas … Menschliches«, stotterte Julianna.

»Ich bin noch nicht tot, oder? Ich weiß Annabelles tief ausgeschnittene Kleider genauso zu würdigen wie jeder andere Kerl.« Eine der Damen schnappte nach Luft.

»Grenville«, sagte Knightly warnend. So durfte niemand von ihr reden. Nicht in seiner Gegenwart.

»Mir gefiel die neue Annabelle mit ihren verrückten Plänen«, erklärte Owens liebevoll. Er lächelte sie an, doch sie bemerkte es nicht, denn ihr Blick war konzentriert auf die Tischplatte gerichtet. »Es ist die ideale Mischung aus Süße und Verruchtheit, wenn ihr versteht, was ich meine. Sie ist witzig.«

»Sie trug viel schönere Kleider«, fügte Alistair hinzu und verzog das Gesicht beim Anblick der graubraunen Scheußlichkeit.

»Ich bin hier, das ist Ihnen schon klar, oder?«, sagte Annabelle. Aber sie war die übersehene Annabelle, weshalb es ihrer Stimme auch an Kraft und Lautstärke fehlte. Ihre Haltung war auch nicht dazu angetan, die Aufmerksamkeit von irgendwem auf sich zu ziehen. Jetzt wurde ihm auch klar, warum sie seiner Aufmerksamkeit all die Jahre entgangen war. Angefangen mit der leisen Stimme bis zu den rasch abgewandten Blicken hatte Annabelle stets verstanden, mit dem Hintergrund zu verschmelzen.

»Ich für meinen Teil wünsche mir einen Abschluss der Geschichte«, sagte Grenville. »Selbst wenn sich herausstellt, dass der Krautkopf genau das ist. Oder Schlimmeres.«

Knightly biss sich auf die Zunge. Die anderen Autoren stimmten ihm eifrig zu, doch alle vermieden es, dabei in seine Richtung zu blicken.

»Die Geschichte ist vorbei«, sagte Annabelle. Dieses Mal tat sie es mit etwas mehr Nachdruck.

Alle Köpfe fuhren zu ihm herum – genau, zu *ihm* und nicht zu ihr.

In diesem Moment reifte eine entsetzliche Erkenntnis in ihm. Jeder Einzelne von ihnen hatte von Annabelles Verliebtheit gewusst. Seit Jahren.

All die Wochen, in denen Annabelle seufzte und er vollkommen ahnungslos weitermachte wie bisher, hatten sie es gewusst.

All die Wochen, in denen Annabelle ihre »verrückten Pläne« in die Tat umsetzte, hatten sie zugesehen und gewartet, damit er sie endlich, *endlich* wahrnahm.

Er war wirklich der Letzte in London, der davon erfuhr. Und darum verdiente er diesen Schmerz. Er hatte einen kurzen Blick auf das Glück werfen dürfen und hatte sie danach verloren.

»Aber es sollte ein glückliches Ende geben.« Das kam zu seiner Überraschung von Owens. Was zum Teufel scherte es einen frechen und raubeinigen jungen Reporter, ob eine Geschichte glücklich ausging? Aber selbst Knightly entging der liebevolle Blick nicht, den Owens Annabelle zuwarf. Sah ganz so aus, als habe die neue Annabelle auch seine Zuneigung gewonnen.

»Glückliche Ausgänge bringen Verkäufe?«, bot Julianna an.

»Das ist doch wohl allein Annabelles Entscheidung, oder?«, forderte Knightly sie heraus.

»Das kann aber nur ein Krautkopf denken«, stellte Grenville fest und schnaubte. Ringsum nickten alle anderen.

Knightly schaute Annabelle an. Sie wirkte so verloren und wehmütig und herzenskrank und trug dazu das scheußlichste Kleid, das er je gesehen hatte. Heute saß wieder die alte Annabelle mit ihnen am Tisch. Sie war ruhig und schüchtern und versuchte alles, damit man sie übersah.

Oh, aber er kannte eine andere Version von Annabelle. Eine, die zur Geisterstunde auf Bäume kletterte und ihn küsste, als wäre jeder Kuss ein süßes Versprechen und das Einzige, was zählte. Als wäre es gleichzeitig das erste Mal und das letzte Mal. Diese neue Annabelle hatte ihre geschmeidigen Beine um ihn geschlungen, als er tief in sie hineinstieß. Sie lehnte sich für ihn weit aus dem Fenster und das in mehr als einer Hinsicht.

Die neue Annabelle hatte ihn fasziniert und verhext.

Aber die alte Annabelle konnte sie nicht einfach abschütteln, richtig? Doch war das wirklich so schlimm?

Sie beeindruckte ihn damit, wie sie beharrlich und freundlich durch ihr Leben ging, obwohl die Welt häufig keinen zweiten Gedanken an sie verschwendete. Endlich sah er, dass Annabelle nur geben, geben, geben konnte und dafür nichts einforderte. Sie bot fremden Menschen ihren bedächtigen Rat an, passte auf die Bälger ihres Bruders auf und verdingte sich als Dienstmädchen bei ihrer Schwägerin.

Annabelle, die ganze Gefühlswelten in einen einzigen Seufzer legen konnte. Die jeden Grund hatte, verbittert zu sein, und doch alles mit Hoffnung und Süße durchwirkte.

Annabelle, die so oft übersehen wurde.

Jetzt sah er sie. Er würde sie immer sehen.

Plötzlich bekam er keine Luft mehr. Die Wahrheit traf ihn wie ein Hammer – was für eine erstaunliche Frau das war, die vor ihm saß und versuchte, unsichtbar zu werden. Sie war lieb, wunderschön, großzügig, mutig und witzig. Sie besaß die Courage, um Hilfe zu bitten und ihre kleinen Triumphe und großen Peinlichkeiten mit der ganzen Stadt zu teilen. Sie besaß die Stärke, stets das Richtige zu tun, selbst wenn es ihr schwerfiel. Das sah er jetzt.

In diesem Moment verliebte Knightly sich Hals über Kopf in Annabelle.

Kapitel 42

Was würde die »liebe Annabelle« tun?

BELAUSCHT

Wann immer ich in Schwierigkeiten gerate, stelle ich mir folgende Frage: »Was würde die ›liebe Annabelle‹ tun?«

IN EINEM KAFFEEHAUS BELAUSCHT

Galloway's Kaffeehaus

Er liebte sie. Der Gedanke wich nicht von ihm, aber das wollte er auch gar nicht. Die Frage, welche Absichten er bei dieser jüngst entdeckten Liebe hegte, war eine völlig andere Sache.

»Du solltest dich lieber für den Mob wappnen, Knightly«, sagte Drummond grimmig. Laut Drummond drohte demjenigen, der sich des Verbrechens schuldig machte, Annabelle zu verletzen, als Strafe ein langsamer und qualvoller Tod durch mittelalterliche Folterinstrumente.

Knightly wollte ihr nicht wehtun. Er wollte sie lieben.

»Wann hat sich bloß die ganze verdammte Welt in Annabelle verliebt?«, fragte er laut. Wie hatte ihm das entgehen können?

»Ich sollte dir echt eine verpassen, weil du diese Frage auch nur stellen kannst«, sagte Drummond. »Sie ist ein verdammt süßes Mädel und schreibt für deine Zeitung. Wie hast du das nicht kommen sehen?«

»Du hättest es vor allen anderen merken müssen«, ergänzte Gage. »Redigierst du die Zeitung eigentlich oder herrschst du nur über sie?« Er grinste.

»Bis vor Kurzem hat sie aber nicht gerade meine Aufmerksamkeit eingefordert, und ich hatte ganz andere Dinge im Sinn«, antwortete Knightly. Inzwischen wusste er ja, wie sie absichtlich die Schatten gesucht hatte. Es war faszinierend, wie sie mit dem Hintergrund verschmelzen konnte. Umso erstaunlicher, dass sie ins Rampenlicht getreten war.

»Ein spannendes Thema«, meinte Drummond nachdenklich. Er trank einen Schluck Kaffee und starrte Knightly auffordernd an.

»Mit spannend meint er, du kannst uns ruhig alles erzählen«, half Gage nach.

»Annabelle bringt alle Pläne durcheinander, die ich für meine Zukunft hatte«, gestand Knightly. »Ich wollte eine adelige Frau heiraten und so meinen Platz in der Gesellschaft einnehmen. Ich habe sogar bereits informell eine Verlobung geschlossen. Eine Übereinkunft, wenn man so will. All meine Ziele waren in greifbare Nähe gerückt. Aber ich hatte nicht mit Annabelle gerechnet.«

»Dann ändere deine Pläne«, sagte Gage und zuckte mit den Schultern.

»Hier geht es nicht um die Frage, was ich am nächsten Dienstagabend mache, Gage«, erwiderte Knightly. »Man gibt nicht den Lebensplan für eine Laune auf.«

»Nennst du Annabelle etwa eine Laune?«, wollte Drummond wissen. Er krempelte bereits die Ärmel seines Hemds hoch und ballte die Fäuste.

»Du kannst aufhören, dich als Beschützer von Annabelle aufzuspielen«, entgegnete Knightly. Das war jetzt seine Aufgabe. Oder sollte es zumindest sein.

»Ich glaube, das kann ich nicht. Jedenfalls nicht, solange du dich wie ein Krautkopf verhältst«, sagte Drummond grinsend. Knightly musste sich bezähmen, um ihm diese selbstgefällige Miene nicht mit einem beherzten Schlag aus dem Gesicht zu hauen.

»Den Namen werde ich ihr übrigens nie verzeihen«, murmelte er stattdessen.

»Ich liebe ihn«, sagte Gage und lachte. »Krautkopf.«

»Jedenfalls will Annabelle mich nicht mehr«, sagte Knightly schlicht. Drummonds Antwort war ziemlich knapp.

»Quatsch«, sagte er.

»Nein, wirklich. Sie hat mir gesagt, ich solle Lady Marsden heiraten, um die Zeitung zu retten. Nach allem, was sie getan hat, um meine Aufmerksamkeit zu erregen. Kaum gibt es ein Problem, lässt sie mich fallen.«

»Du liebst sie, nicht wahr?«, fragte Drummond. Seine Miene ließ Knightly seine Antwort mit Bedacht wählen.

Er zuckte mit den Schultern und trank einen Schluck Kaffee. Seine Reaktion kam einem Geständnis gleich.

»Das wird aber auch Zeit«, sagte Gage. »Du Krautkopf.«

»Was soll ich denn machen, wenn sie meint, sich für mich opfern zu müssen?«, fragte Knightly. Wenn die beiden Genies waren, sollten sie ihm eben einen Tipp geben. Seine einzige Idee sah so aus, ein vernünftiges, logisches Gespräch mit Annabelle zu führen und ihr die Fakten zu präsentieren: Sie liebten einander, sie sollten heiraten und das wäre für beide das Beste. Allerdings wusste selbst er, dass etwas mehr Romantik und Theatralik vonnöten war.

Dramen gehören in die Zeitung.

Jetzt nicht mehr.

»Lustig, dass du das fragst«, bemerkte Drummond großspurig. »Wenn ich mich in letzter Zeit in einem Dilemma befand, fragte ich mich einfach: ›Was würde Annabelle tun?‹ Ich finde, das ist das einzige Leitmotiv, das ich brauche.«

»Hmmm«, machte Knightly und trank einen Schluck Kaffee.

Was würde Annabelle tun?

Genauer: Was *tat* Annabelle, wenn sie das Interesse von jemandem wecken wollte?

Knightlys Mund verzog sich zu einem Lächeln, ehe er immer breiter grinste. Die Anweisungen für so einen Fall waren sehr detailliert und eindeutig in ihren Kolumnen hinterlegt. Sie trug tief ausgeschnittene Kleider. Versuchte sich an verführerischen Blicken. Vergaß etwas und kam zurück. Schäkerte mit einem Rivalen. Fiel in seinen Armen in Ohnmacht. Stieg in sein Schlafzimmer ein.

Annabelle mit ihrem unerschütterlichen Glauben an das Universum und ihrem unerschütterlichen Optimismus würde alles *versuchen*. Egal wie riskant oder beängstigend es war. Sie würde für die, die sie liebte, jedes Risiko eingehen.

Plötzlich lag der Weg deutlich vor ihm. Er würde Annabelles Zuneigung zurückgewinnen. Und dafür würde er auf alle Tricks zurückgreifen, die sie kannte.

Kapitel 43

Mode-Alarm bei der *London Weekly*

GEHEIMNISSE DER GESELLSCHAFT
VON EINER LADY MIT KLASSE

Besonders gefühlsbetonte Mädchen sind dazu übergegangen, sich pinke Rosen an ihre (recht tief ausgeschnittenen) Mieder zu heften, um so ihr Mitgefühl für Annabelle und ihren Liebeskummer wegen des Krautkopfs zum Ausdruck zu bringen. Man kann nur hoffen, dass sich noch alles wendet.

LONDON WEEKLY

Redaktionsräume der London Weekly

Annabelle konnte nicht aufhören, Knightly anzustarren. Das war nichts Neues. Neu war jedoch, dass er keine Krawatte trug und sein Hemd nicht vollständig zugeknöpft war, wie es sich gehörte. Ganz entgegen jeder Mode und jeglichem Anstand trug er das Hemd offen und zeigte einen V-Ausschnitt seiner nackten Brust.

Das lenkte sie ab, um es mal vorsichtig zu formulieren.

Sie hatte ihn dort geküsst. Hatte ihre Lippen auf seine heiße Haut gedrückt und ihn geschmeckt. Sie erinnerte sich, als wäre es erst gestern Nacht passiert. Lustig, wie die Erinnerung all diese Gefühle wieder zutage brachte. Sie hatte sich so sehr bemüht, die Gedanken daran beiseite zu schieben. Morgens, abends, den ganzen Tag, während der Sitzungen. Wirklich immer.

Sie hatte das Richtige getan, als sie ihm einen Korb gab. Das wusste sie tief in ihrem Herzen. Aber ihr Körper sehnte sich trotzdem nach ihm.

»Hast du gesehen, dass Knightly heute keine Krawatte trägt?«, fragte Julianna, als sie auf dem Weg nach draußen durch die Redaktionsräume gingen.

»Ist das die neueste Mode, Sophie?«, fragte Eliza die modisch bewanderte Freundin.

»Nicht, dass ich davon wüsste. Und es ist definitiv keine Mode, der mein Mann je folgen würde, auch wenn sie noch so verlockend aussieht«, antwortete Sophie. »Also, nicht dass ich mich von Knightly verlocken lassen würde.«

»Annabelle, du hast es doch bestimmt bemerkt«, sagte Julianna. Alle drei verstummten und blickten sie an. Sie kämpfte tapfer gegen eine verräterische Gesichtsröte an.

Natürlich hatte sie es bemerkt. Sie war fasziniert. Wenn man sie vor ein Erschießungskommando gestellt hätte, das nur dann nicht auf sie feuerte, wenn sie wenigstens *ein* Thema aus der Redaktionssitzung benennen konnte, hätte sie doch nur an dieses kleine Stück nackte Haut denken können, das sie vor nicht allzu langer Zeit geküsst und liebkost hatte. In jener wunderschönsten Nacht ihres Lebens.

Aber Annabelle sagte nichts dergleichen. Es tat zu sehr weh, wenn sie daran dachte, und sie ertrug es nicht, darüber zu sprechen. Außerdem standen sie vor der Tür zu Knightlys Büro, und er saß an seinem Schreibtisch und arbeitete. Eine dunkle Locke fiel ihm in die Augen. Sie krallte die Hände in den Rock, damit sie nicht in sein Büro eilte und ihm die Strähne aus dem Gesicht strich.

Dann würde er aufblicken, sie auf seinen Schoß ziehen, seinen Mund auf ihren legen und …

»Annabelle?«, fragte Sophie besorgt. »Ist alles in Ordnung?«

»Ich bin sicher, ihm war einfach warm«, antwortete Annabelle. »Oder die Krawatte hat sich gelöst, und sein Leibdiener war nicht da, um ihm zu helfen.«

Jenkins, der auch dafür bezahlt wurde, undurchschaubar zu sein. Ach, wieso wusste sie bloß all diese Dinge über Knightly? Im Laufe der Jahre, Monate, Wochen und Tage hatte sie sorgfältig viele Details über ihn gesammelt, ohne zu ahnen, wie sehr dieses Wissen sie nun quälen würde.

Knightly hatte die Frauen belauscht und vergrub jetzt den Kopf in den Händen. Nur mühsam widerstand er dem Drang, seinen Kopf gegen die Schreibtischplatte zu schlagen.

»Ach, Annabelle«, murmelte er. Dieses süße Mädchen durchschaute seinen Plan nicht – bisher. Zum ersten Mal bekam er eine Ahnung, wie Annabelle sich gefühlt haben mochte, wenn sie seufzte oder errötete und er es nicht bemerkte. Wie frustrierend! Wahnsinnig frustrierend. Er wollte heulen vor Frustration. Sie war schon unglaublich, diese Annabelle.

Knightly seufzte erschöpft und zog aus der obersten Schublade seines Schreibtischs ein Blatt Papier. Neben einer geladenen Pistole, einem Flachmann mit Brandy, Stiften und wichtigen Papieren bewahrte er dort eine Liste mit den Tricks auf, die sie angewendet hatte, um seine Aufmerksamkeit und Zuneigung zu gewinnen.

Er strich *tiefer Ausschnitt oder das männliche Äquivalent* von seiner Liste.

Kapitel 44

Ein Gentleman missachtet die Kleiderordnung

EINER, DER SICH AUSKENNT

Es sieht so aus, als sei Mr. Knightlys Werben um Lady Marsden zu einem Ende gekommen – allerdings ohne Verlobungsanzeige.

LONDON TIMES

Redaktionsräume der London Weekly

In der darauf folgenden Woche schleppte Annabelle ihr untröstliches und verlorenes Ich zu der üblichen Redaktionssitzung, weil sie überzeugt war, nicht schon genug gelitten zu haben.

Blanche war in letzter Zeit besonders erpicht darauf, sie zu quälen. Im Salon war nicht ordentlich Staub gewischt, behauptete sie. Oder sie konnte sich nicht im Silber spiegeln. Fleur war zuletzt besonders launisch, bekam oft Weinkrämpfe und schmollte, weshalb der ganze Haushalt sich nur auf Zehenspitzen bewegte. Watson und Mason hingegen stritten sich ständig, was für viel Lärm und Geschrei sorgte, das noch von Blanches Fischweibgezeter übertönt wurde, wenn sie ihre Ruhe wollte. Bruder Thomas las weiterhin die *London Times*.

Annabelle suchte in ihrer Dachkammer Zuflucht, wo sie

mit Briefen ihrer Leser konfrontiert wurde, die wütend darüber waren, wie sie mit der »Krautkopf-Situation« umging. Sie las alle Briefe und wünschte sich so sehr, dieses Missverständnis aufklären zu dürfen. Sie wollte ihnen erklären, dass sie ein großes Opfer brachte. Dass sie ihre Gefühle mit ihren Briefen verletzten. Und dass es sowieso keinen Sinn hatte.

Früher hatte man sie einfach übersehen. Aber sie war noch nie so brutal kritisiert worden.

Sie haben einen Fehler gemacht und werden noch den Tag bereuen, an dem Sie ihm seinen Antrag ins Gesicht geschleudert haben, schrieb Harriet aus Hampstead Heath.

Sie sind eine grausame, herzlose Frau. Wo kann ich mein Abonnement kündigen?, schrieb »Wütend in Amersham«.

Ihnen galt meine Sympathie, aber jetzt gilt sie dem Krautkopf, schrieb ein Feigling, der nicht mal mit irgendeinem Namen unterschrieb.

Hatte sie einen Fehler gemacht? Sie dachte darüber nach und vergoss reichlich heiße, salzige Tränen. Und dann dachte sie weiter nach (und vergoss noch mehr Tränen). Dann kam sie zu dem Schluss, dass sie das Richtige getan hatte, obwohl die wütenden Briefe ihr etwas anderes einreden wollten. Es wäre Liebe unter Vortäuschung falscher Tatsachen – wenn überhaupt! –, und das kam für sie nicht in Frage.

Sie hatte viel zu lange gewartet, um sich jetzt mit weniger zufrieden zu geben als wahrer, ewiger Liebe.

Die schreibenden Fräulein hatten darüber bei einer Kanne starkem schwarzem Tee und Ingwerkeksen hitzig diskutiert.

»Ich denke, du verhältst dich vollkommen irrational«, hatte Julianna zu ihr gesagt. »Aber das sagen sie immer von den Mutigsten.«

»Ich finde sie mit ihrem Vorgehen sehr weise und nobel«, sagte Sophie. »Besonders, nachdem sie sich von der Leidenschaft hat hinreißen lassen.«

»Du hast das Richtige getan, Annabelle«, tröstete Eliza sie und tätschelte ihre Hand. »Er wird irgendwann zu dir kommen.«

»Und wenn nicht …?«, fragte Annabelle. Sie versuchte, eine Augenbraue zu heben, doch es gelang ihr nicht. Sie hatte es so eifrig vor dem Spiegel geübt und hatte damit genauso viel Erfolg wie mit den anzüglichen Blicken. Was genau genommen hieß: überhaupt keinen. Verflixt.

Sie hatten darauf keine Antwort, was sie nicht im Geringsten beruhigte.

Wäre es wirklich das Ende der Welt, wenn Knightly sie nicht aufrichtig liebte?

Ja, stellte sie fest. Es war eine Sache, die alte Jungfer zu sein, deren Wohl von der leidigen Verwandtschaft abhing. Aber nachdem sie eine Nacht lang die köstlichste Leidenschaft und die atemberaubenden, ihre Seele und ihr Herz erschütternden Berührungen eines unglaublich attraktiven Mannes hatte erfahren dürfen, war es sogar noch schlimmer. Die Vorstellung, in das öde Leben der alten Annabelle zurückzukehren, war unerträglich.

Trotzdem ertrug Annabelle das alles. Weil Annabelle eben so war.

Darum nahm sie an den Sitzungen teil, obwohl sie inzwischen eine besonders große Qual für sie waren – wegen jenes Vergnügens, das sie erfahren hatte und das für immer verloren war.

Ihr kam allerdings nie der Gedanke, deswegen das Schreiben aufzugeben. Die Probleme anderer Leute lenkten sie von ihren eigenen ab. Und es fühlte sich gut für sie an, anderen Leuten bei der Wahl der richtigen Gabel, der richtigen Ansprache einer Countess, neuen Verwendungsmöglichkeiten von Essig oder der Lösung eines Streits zwischen zwei Schwestern zu helfen. Mit ihrem Schreiben machte sie andere Leute glücklicher. Und irgendwer sollte glücklich sein, wenn sie es schon nicht sein konnte.

Die Autoren hatten sich versammelt und warteten. Knightly kam immer als Letzter. Draußen rüttelte der Wind an den Fenstern. Ein leises Donnergrollen in der Ferne. Die Luft war elektrisch aufgeladen.

Knightly kam hereinspaziert.

»Zuerst die Damen«, sagte er mit einem Grinsen. Sie seufzte diesmal nicht, weil sie heute von seinem besonders schalkhaften Grinsen abgelenkt wurde. In seinen Augen stand so ein Funkeln ... Es verstand sich von selbst, dass sie jede Nuance in Knightlys Blick und seinem Verhalten im Detail kannte.

Die Sitzung lief ab wie so viele andere davor. Zumindest ging Annabelle davon aus, denn ihre Aufmerksamkeit wurde von dem nackten V-Ausschnitt von Knightlys Hemd abgelenkt. Wieder einmal setzte er sich über Mode und Anstand hinweg und verzichtete auf die Krawatte. Wie skandalös!

In Gedanken war sie wieder bei jener Nacht. Dieser einen skandalösen Nacht. Sie faltete die Hände im Schoß.

Nach der Hälfte der Sitzung zog er gemächlich sein Jackett aus. In jener Nacht hatte er sein Hemd von den Schultern gleiten lassen, an den muskulösen Armen hinab, bis es zu Boden fiel und seine breite Brust entblößte. Heute hängte er das Jackett über die Stuhllehne und machte ungerührt weiter. Er trug jetzt nur das Hemd und eine Weste, dadurch wurde seine Gestalt von den breiten Schultern bis zu den schmalen Hüften – und weiter hinab – aufs Vorteilhafteste betont.

Annabelles Wangen waren flammend rot, weil sie ziemlich verruchte Gedanken hegte. Knightly, nackt. Sie biss sich heftig auf die Unterlippe.

Kein Wunder, dass er das Jackett auszog, dachte sie. Es musste inzwischen zehn Grad wärmer im Raum sein. Doch als sie sich umsah, schien außer ihr niemand den Temperaturanstieg bemerkt zu haben. Sophie zog sogar den Schal enger um ihre Schultern. Vielleicht sollte Annabelle lieber einen Arzt aufsuchen. Sie hatte nämlich das Gefühl, förmlich zu verbrennen.

Knightly streckte die Arme, und sie hätte schwören können, dass sie sah, wie die Muskeln sich unter dem dünnen weißen Stoff abzeichneten. Ihr Mund wurde trocken. Sie fühlte sich plötzlich wie ausgedörrt.

Sie vermisste ihn. Das tat sie immer. Sie vermisste seine Stimme und sein Lächeln und sie vermisste es, den wahren Mr. Knightly zu entdecken. Sie vermisste seine Berührungen, und eine Menge recht undamenhafter Dinge vermisste sie auch.

Knightly krempelte die Ärmel seines Hemds hoch und entblößte seine Unterarme. Lieber Gott, jetzt konnte sie nur noch seine Arme anstarren. Wer war hier der Krautkopf? Aber diese Arme hatten sie festgehalten, und das hatte vor ihm niemand getan. Diese Arme hatten sie an seinen Körper gezogen und in ihr das Gefühl geweckt, geliebt und geschätzt zu werden. Und sei es nur für eine Nacht. Sie hatte damals beschlossen, dass Knightly der einzige Mann sein würde, der sie so halten durfte. Egal was die Zukunft brachte, es würde keinen anderen geben.

Die Hitze wurde immer schlimmer. Ihre Haut fühlte sich

inzwischen fiebrig an. Bestimmt waren ihre Wangen rosig und jeder wusste, was für verdorbene Gedanken sie hegte.

Vielleicht hatte sie einen Fehler gemacht. Vielleicht war sie zu wählerisch bei der Frage, wie genau die Liebe zu ihr kommen sollte. Das war doch verrückt, oder? Wer war sie denn, dass sie glaubte, in der Liebe die Regeln diktieren zu können?

Die Sitzung war vorbei, und Knightly ging. Sie spürte den Verlust beinahe körperlich, als sie ihn gehen sah. Sie blieb noch einen Moment sitzen.

Die anderen Autoren verließen den Raum, und Sophie trödelte noch beim Zusammensuchen ihrer Sachen. Die schreibenden Fräulein plauderten über die neuesten Gerüchte und die Pariser Mode und andere Dinge, die Annabelle nur am Rande mitbekam.

In der Ferne grollte erneut Donner. Es würde bestimmt gleich regnen, aber dann konnte sie sich auf dem Heimweg etwas abkühlen. Doch selbst der Gedanke an kalte Regentropfen, die auf ihre erhitzte Haut prallten, ließ ihren Atem stocken. Sie war in letzter Zeit wirklich zu empfindlich.

Und dann kam Knightly zurück.

»Ich habe mein Jackett vergessen«, knurrte er und lehnte in der Tür. Sie musste sich bezähmen, damit sie nicht nach Luft schnappte. Gott, sie liebte es, wenn er sich so in die Tür lehnte. Ihr Mund wurde trocken, sie fand keine Worte.

»Herrje, ist es schon so spät?«, rief Sophie. »Ich habe einen Termin bei der Schneiderin.« Annabelle brachte keinen Ton heraus. Dabei hätte sie einwenden können, dass ihre Freundin gar nicht wissen konnte, wie spät es war.

»Ja, und ich habe Roxbury versprochen …« Julianna folgte Sophie dicht auf den Fersen und schob sich an Knightly vorbei.

»Wycliff erwartet mich«, sagte Eliza und folgte den Freundinnen aus dem Raum. Zurück blieben nur Annabelle und Knightly. Ganz allein.

»Hallo Annabelle.« Seine tiefe Stimme ließ Schauer über ihren Rücken rinnen. Himmel, sie wappnete sich besser für solche Begegnungen, wenn ein schlichtes *Hallo Annabelle* schon genügte, dass sie fast dahinschmolz. Sie durfte nicht vergessen, dass er vermutlich Lady Lydia heiraten würde, um seine Zeitung zu retten.

Aber sie musste auf sein Hallo reagieren. Es wäre grob unhöflich, nichts zu sagen. Beide Annabelles, die alte wie die neue, waren überaus höflich.

»Hallo.« Ihre Stimme hatte noch nie so atemlos geklungen, als wäre sie soeben auf der Flucht vor einem ekelhaften Verführer und bösartigen Mörder durch den Hyde Park gerannt.

»Wie geht es dir?«, fragte er. Die Frage war der Inbegriff an Höflichkeit, und doch schaffte er es irgendwie, dass jedes Wort mit Verruchtheit getränkt schien.

»Mir geht es gut, vielen Dank. Und dir?«, erwiderte sie höflich. Junge Damen waren höflich. Aber junge Damen stellten sich dabei nicht vor, wie attraktive, spärlich bekleidete Männer die Tür hinter sich schlossen und sie direkt hier auf der Tischplatte vernaschten. Nun, diese junge Dame stellte es sich aber vor. Was war nur aus ihr geworden?

»Oh, mir geht es gut. Sehr gut«, sagte er und klang dabei so aufregend … Sie wollte sich frische Luft zufächeln.

»Gut«, wiederholte sie. Als könnte ihr Verstand keine komplexen Gedanken und vollständigen Sätze mehr formulieren. Sie konnte ihn nur ansehen, wie er sich gegen den Türrahmen lehnte. Sie sah die Muskeln seiner Brust, die sich unter dem dünnen Stoff des Hemds abzeichneten. Den V-förmigen Ausschnitt nackter Haut, der sie lockte und um ihre Berührung bettelte. Durch ihren Mund.

»Brauchst du jemanden, der dich nach Hause bringt?«, fragte er.

Seine Worte klangen immer noch höflich, doch sie versprachen ihr so vieles. Was für eine Folter wäre es, mit ihm in einer Kutsche zu sitzen, während er sie nach Bloomsbury fuhr und der Regen gegen die Fenster klatschte. Die Luft war so aufgeladen, und seine Augen funkelten herausfordernd. Was sollte sie nur tun?

Annabelle konnte sich kaum eine größere Qual vorstellen. Außer seine Hochzeit mit Lady Lydia, das durfte sie nicht vergessen. Und schon gar nicht durfte sie sich ausmalen, was in seiner Kutsche passieren konnte, wenn sie ungestört waren. Diese einladenden Samtpolster …

»Ich denke nicht. Warum?«, erwiderte sie misstrauisch.

»Weil deine Freundinnen bereits überstürzt aufgebrochen sind«, sagte er. »Darum dachte ich, du brauchst vielleicht eine Mitfahrgelegenheit.«

»Ich gehe einfach zu Fuß«, sagte sie, als wäre das überhaupt kein Problem. Als befände Bloomsbury sich nicht am anderen Ende von London. Denn im Ernst: Wie sollte sie sich zurückhalten, wenn sie mit ihm allein war? Wenn er sie so verführerisch anblickte und sie wusste, wie es sich anfühlte, ihn zu küssen, als hinge ihr Seelenfrieden davon ab? Plötzlich sehnte sich ihre Seele wie verrückt nach diesem Trost.

Erneut grollte der Donner. Der Wind rüttelte an den Fenstern, und Dunkelheit hüllte die Stadt ein. Der Regen fiel jetzt wie ein dichter Vorhang und klatschte gegen das Fenster.

»Wirklich? Du willst im strömenden Regen von der Fleet Street nach Bloomsbury laufen?«, fragte Knightly skeptisch.

»Bei dem Wetter nehme ich vielleicht eine Droschke«, erwiderte sie. »Ich bin ja nicht unvernünftig.«

»Ja, es gibt auch so viele freie Droschken bei diesem Wetter«, sagte er. Was natürlich Unsinn war. Wenn er sie wirklich unbedingt nach Hause bringen wollte, sollte er sie einfach hochheben, über die Schulter werfen und zur Kutsche tragen, überlegte sie. Ihr Protest wäre allerhöchstens halbherzig.

Sie war eindeutig dem Untergang geweiht.

»Das schaffe ich schon«, sagte sie. Denn das konnte sie immer noch am besten: Sie kam irgendwie zurecht. Schaffte es, ihre Leidenschaft zu bezähmen. Blieb höflich, wenn sie wüten wollte. Ja, sie kam wirklich gut im Leben zurecht.

»Komm mit mir, Annabelle«, sagte er leise. Er beugte sich zu ihr, lächelte sie an. Dann griff er nach ihrer Hand. Der Donner krachte, und der Regen rauschte noch lauter. Wie konnte sie da Nein sagen?

Kapitel 45

Beherrschte Liebe. Ach je …

STADTGESPRÄCHE

Es sieht so aus, als sei Mr. Derek Knightly der begehrteste Mann Londons – einerseits von der »lieben Annabelle«, andererseits als Ziel von Lord Marsdens Untersuchung.

MORNING POST

Die Kutschfahrt mit Knightly lief genauso ab, wie sie es erwartet hatte. Eine langsame, quälende Tortur, die ihre Entschlossenheit auf eine harte Probe stellte. Die Samtpolster fühlten sich unter ihren Fingern angenehm weich an. Der Regen klatschte sanft gegen die Kutschfenster, die von der Feuchtigkeit im warmen Innern der Kutsche beschlugen. Die Räder ratterten über Kopfsteinpflaster, so dass die beiden Insassen sanft und rhythmisch durchgerüttelt wurden.

Liebe unter Vortäuschung falscher Tatsachen ist keine Liebe, redete sie sich ein.

Selbst auf dem kurzen Weg von der Haustür des Redaktionsgebäudes zur Kutsche hatte Knightly es geschafft, komplett nass zu werden. Sein Jackett stand offen, und jetzt klebte das weiße Hemd feucht an seiner Haut und ließ jeden seiner definierten Muskeln deutlich hervortreten. Annabelle schaffte es irgendwie, nur ein paar verlegene Blicke zu riskieren. Sie betete, dass er es im dämmrigen Kutscheninneren nicht bemerkte.

Begehrten andere Frauen einen Mann so sehr wie sie? Nicht gerade ein Gesprächsthema, das sich für höfliche Gesprächsrunden eignete. Vielleicht wäre das ein gutes Sujet für ihre Kolumne … wenn sie einmal Lust darauf hatte.

Im Moment jedenfalls hatte sie Lust auf diesen Mann.

Doch sie wollte nichts Falsches tun. Sie wollte diesen Mann nicht, wenn sie ihn nur mit einer List bekommen konnte.

Rede dir das nur lange genug ein, Annabelle, sagte eine gemeine Stimme in ihrem Kopf.

Regentropfen klebten an seinen schwarzen Wimpern und fielen herab, um über die unglaublich hohen Wangenknochen zu rollen. Sie spürte das fremdartige Verlangen, sie abzulecken … ihn zu küssen und die Regentropfen zu schmecken, die von seinen Lippen warm waren.

Um Himmels willen, Annabelle!, ermahnte sie sich.

Sie faltete die Hände züchtig im Schoß, verschränkte die Finger und drückte die Handflächen zusammen, damit sie nicht der Versuchung nachgab, ihn irgendwie zu verführen. Sei. Brav. Sie würde brav sein. Sie würde höflich mit ihm plaudern und sich so von ihren lustvollen Fantasien ablenken, in denen sie auf seinem Schoß saß.

»Was gibt es Neues zum Skandal um die *Weekly*?«, fragte sie höflich.

»Darüber haben wir bereits in der Sitzung gesprochen, Annabelle«, sagte er grinsend. Als ob dieser verfluchte Mann wusste, dass sie überhaupt nicht aufgepasst hatte. Wie peinlich.

»Entschuldige. Ich muss in Gedanken woanders gewesen sein«, antwortete sie brav.

»Das ist mir aufgefallen«, sagte er mit verführerischer Stimme. Ihr Herz setzte für einen Moment aus. »Wo warst du mit deinen Gedanken, Annabelle?«

Ich habe dich abgeleckt. Dich geküsst. Habe mir dieses Wahnsinnsgefühl deiner Hände auf meiner Haut ausgemalt. Jede einzelne Empfindung von jener Nacht, die wir gemeinsam verbracht haben.

»Hausarbeiten, die Blanche mir aufgetragen hat«, log Annabelle schamlos. Manche Dinge sprach man eben nicht laut aus. Auch nicht die kecke Annabelle.

»Warum bleibst du dort wohnen?«, fragte Knightly. Die Frage überraschte sie nicht. Bestimmt waren auch ihre Freundinnen immer wieder versucht, die Frage zu stellen.

»Ich weiß nicht, wo ich sonst hinsoll«, antwortete sie mit einem Schulterzucken. Das entsprach nicht ganz der Wahrheit, aber sie wusste nicht, wie sie ihm den wahren Grund sagen sollte. Weil sie Annabelle damals fast ins Arbeitshaus gesteckt oder als Dienstmädchen irgendwohin geschickt hätten. Ein schüchternes, schlaksiges Mädchen von dreizehn Jahren, das dort nicht lange überlebt hätte. Sie arbeitete stattdessen für ihre eigene Familie und war *dankbar*, weil sie ihr ein schlimmeres Schicksal erspart hatten.

»Das ist nicht wahr«, sagte er leise. Sie wand sich unter seinem Blick, denn sie erinnerte sich an sein Angebot, bei ihm zu wohnen – aber als seine Mätresse, sein Haustier oder Spielzeug. Nicht mal die alte Annabelle würde sich dafür hergeben. »Ich bin sicher, eine deiner Freundinnen würde und könnte sich um dich kümmern.«

»Aber es wäre mir verhasst, mich einer von ihnen aufzudrängen. Außerdem werde ich zu Hause gebraucht und ich fühle mich dort nützlich. Sie sind meine Familie. Man sollte doch immer für die eigene Familie sorgen.«

»Das sind allesamt gute Gründe«, sagte er. Dann beugte er sich vor und blickte ihr tief in die Augen. »Sie wissen dich nicht zu schätzen, Annabelle.«

»Ich weiß«, sagte sie und schaffte es sogar, scheinbar sorglos mit den Schultern zu zucken. Natürlich wusste sie das. Aber nachdem sie so ihre liebsten Familienmitglieder verloren hatte, klammerte sie sich an die Familie, die ihr blieb. Selbst wenn es sich um Thomas handelte, den unaufmerksamsten Bruder der Christenheit, und seine Xanthippe von einer Frau. Annabelle konnte das nicht laut aussprechen und dass sie das bei Knightly auch gar nicht brauchte, war bitter und süß zugleich. Er sah es und wusste Bescheid.

»Fühlst du dich nicht bei deinem Halbbruder genauso?«, fragte sie und drehte so geschickt den Spieß um. »So sehr er dich auch verachtet, er ist immer noch deine Familie. Die Leute hängen an ihren Familien, in guten wie in schlechten Zeiten.«

»Er tut das nicht«, sagte Knightly tonlos. Und damit war das Gespräch beendet. Sie fühlte sich nicht schlecht, weil sie ein sensibles Thema angesprochen hatte. Schließlich hatte sie ihn sowieso schon verloren. Darum hatte sie auch nichts mehr zu verlieren.

Dennoch lastete die Stille schwer auf ihr.

»Und wie steht es nun um den Skandal?«, fragte sie.

»Es gibt Gerüchte, dass sie mich festnehmen werden«, sagte Knightly. Er sprach diese niederschmetternden Worte so beiläufig aus wie andere sagten: *Es gibt Gerüchte, dass es morgen wolkig wird.*

»Festnehmen?«, keuchte Annabelle.

Die Kutsche kam vor ihrem Haus zum Stehen. Was für ein schlechter Zeitpunkt!

Sie wischte über die beschlagene Scheibe und schaute nach draußen. Die Vorhänge am Fenster des Salons bewegten sich. Bestimmt beobachtete Blanche sie.

»Da sind wir ja schon«, bemerkte Knightly fröhlich, als hätte er ihr nicht gerade das schreckliche Schicksal offenbart, das ihm drohte. »Komm, ich bringe dich noch zur Tür.«

Sie rannten Arm in Arm durch den Wolkenbruch von der Kutsche zur Haustür. Dann standen sie unter dem Vordach und suchten Schutz, während der Regen um sie niederrauschte. Seine Augen wirkten in dem grauen Licht dunkler, doch er blickte sie unablässig an.

Es war ein Moment, in dem jeder Atemzug, jeder Blick voller Tiefe und Leidenschaft war. So viele Worte blieben ungesagt. Sie kannte diesen Moment aus zahllosen Romanen. Und nun erlebte sie diesen realen, herzerschütternden Moment tatsächlich.

Annabelle hob ihm ihr Gesicht entgegen und spürte, wie ihr Mund sich leicht öffnete und förmlich um seinen Kuss bettelte. Um fair zu sein, wirkte es in diesem Moment tatsächlich so, als wollte er sie küssen. Er strich eine nasse Haarlocke aus ihren Augen, und sein Knöchel streifte dabei ihre Wange. Seine Augen ließen dabei nicht von ihr ab.

Doch er küsste sie nicht. Sie hätte schwören können, dass er es wollte. Trotzdem …

»Lebwohl, Annabelle«, sagte er mit seiner sinnlichen Stimme. Sie blieb im Regen stehen und blickte ihm nach. Sein Gang hatte etwas Übermütiges, und das in Kombination mit dem gefährlichen Funkeln in seinen Augen warf für sie die Frage auf, was genau Knightly vorhatte.

Kapitel 46

Die Festnahme

Liebe Annabelle …

UNVOLLENDETER BRIEF AUF DEM SCHREIBTISCH VON DEREK KNIGHTLY

Knightlys Stadthaus in Mayfair

Es war ihm unmöglich gewesen, sie nicht zu berühren. Doch das gestattete er sich nicht, so sehr er es auch wollte. Es war Teil seiner Verführung. *Sie soll mehr wollen.* War das nicht auch Teil *ihres* Plans gewesen? Knightly wusste jetzt, dass ihre Tricks ihn zwar gereizt und gequält hatten, es für sie aber noch viel schlimmer gewesen sein musste. Verführung und die Willenskraft, die es dafür brauchte, waren kein Kinderspiel.

Dies waren seine Gedanken, während er von einem Raum in den nächsten wanderte. Er blieb vor dem offenen Kamin im Salon stehen und lehnte sich gegen den grauen Marmorsims. Annabelle, liebe Annabelle. Er sehnte ihre Berührung herbei und es bereitete ihm körperliche Schmerzen, so sehr verzehrte er sich nach ihr. Er fürchtete, sein Überleben könne davon abhängen, ob sie einander fanden. Und er wusste nicht, ob er es überleben *wollte*, wenn er sie nicht bekam.

Nach der Kutschfahrt, bei der sie beide die Qualen einer unerwiderten Liebe ausstanden, hatte Knightly sich erlaubt, eine feuchte Locke aus ihren Augen zu streicheln und die Berührung ihrer Wange zu genießen. Doch sofort stand er wieder in Flammen. Sie hatte ihn auf diese einzelne Berührung reduziert.

Sein Verlangen nach ihr war von dieser harmlosen Berührung nicht im Geringsten gestillt worden. Im Gegenteil: Sie erregte ihn noch viel mehr, weil er auf diese Weise daran erinnert wurde, wie weich ihre Haut war. Daran, wie er sie überall berührt hatte, wo sie vorher noch nie berührt worden war. Nicht einmal von Annabelle selbst. Das hatte er sofort gewusst. Gott, bei dem Gedanken wurde er wieder hart.

Trotzdem schlenderte er weiter vom Salon über die Marmorfliesen der Eingangshalle und weiter in das Esszimmer mit dem auf Hochglanz polierten Mahagonitisch. Er starrte auf sein verzerrtes Spiegelbild, das von der perfekt gewienerten Silberterrine reflektiert wurde. Ein Ölgemälde über dem Kamin zeigte eine nackte Frau im Bad. Er dachte sogleich wieder an Annabelle.

Normalerweise erfüllte ihn in seinem Haus ein großer Stolz. Es war die Manifestation seines Erfolgs – und seines Junggesellendaseins. Keine weibliche Hand hinterließ hier Spuren wie eine halb vollendete Stickerei oder zerbrechlichen Nippes, der einem Heim eine gewisse Behaglichkeit verlieh.

Das Haus fühlte sich regelrecht kalt an. Ja, es war ein regnerischer Abend. Doch in jedem Raum brannte in jeder Feuerstelle ein wärmendes Feuer. Das Gebäude wirkte trotzdem kalt und leer, weil Annabelle nicht hier war, um es mit ihrem Seufzen und ihrem Lachen, ihren Küssen und ihren todesverachtenden Eskapaden zu füllen … und einfach mit ihrer Anwesenheit.

Annabelle. Er wollte Annabelle. Er brauchte sie. Er sehnte sich nach ihr.

Er verstand nun, warum sie zu seinem von der Lust getriebenen Angebot Nein gesagt hatte. Warum sie nicht in dieses Museum zog und seine Mätresse wurde. Er hatte sie nur gebeten, sein Bett mit ihm zu teilen und stets verfügbar zu sein, wenn er sie wollte. Dabei verdiente sie so viel mehr. Das wusste sie, und darüber war er insgeheim froh.

Er wusste es jetzt auch. Er brauchte sie in so vielerlei Hinsicht.

Ein Verlust machte so etwas mit einem Mann. Er erkannte nun auf verdammt schmerzhafte Art, was ihm fehlte. Und weil er nicht verlieren konnte, hatte er sich darangemacht, um sie zu werben. Er wollte sie zurück.

Aber verflixt, es ging wirklich langsam voran. Er fragte sich, wie sie das all die Jahre und Monate und Wochen und Tage ertragen hatte. Er befasste sich erst seit vierzehn Tagen mit diesem Spiel der Verführung und der Liebe, doch schon jetzt waren seine Nerven zum Zerreißen gespannt, und sein Verlangen war überwältigend. Sein Geduldsfaden drohte bei nächster Gelegenheit zu reißen. Und dennoch: Sie hatte ihn unerschütterlich all die *Jahre* geliebt und geduldig auf ihn gewartet.

Was für ein Krautkopf er gewesen war! Vielleicht konnte er ihr sogar irgendwann diesen unglücklichen Namen verzeihen. Er verdiente bestimmt Schlimmeres, und auch deshalb schimpfte er in Gedanken mit sich. Diese Qual des Wollens und Wartens geschah ihm ganz recht. Das Schlimmste daran: Er kannte das, worauf er wartete, ganz genau.

Knightly presste die Stirn gegen das kühle Glas des Fensters im Salon im oberen Stockwerk seines Hauses und starrte in den Garten. Er entdeckte den Baum, den Annabelle so schamlos hinaufgeklettert war.

Ein Hämmern an der Haustür hallte unheimlich durch das Haus. Vergeblich fragte er sich, wer wohl in einer so gottverlassenen Nacht bei dem Wetter vor die Tür ging. Sein Butler Wilson würde die Tür öffnen.

Etwa Annabelle? Sein Herzschlag beschleunigte sich.

Nein, das waren nicht Annabelles Schritte, die über den Marmor in der Eingangshalle polterten und die Treppe hinaufkamen. Das klang eher nach einer Armee. Schwere Stiefel. Männer, die einen Auftrag hatten.

Die Tür sprang auf, Holz splitterte, und das Türblatt knallte gegen die Wand. Knightly drehte sich langsam um und sah die Eindringlinge an. Als hätte er alle Zeit der Welt. Als könnte man ihn nicht zur Eile treiben.

»Sie hätten auch den Türknauf bemühen können. Oder anklopfen«, bemerkte er trocken.

»Das macht nicht ganz so viel Eindruck, finden Sie nicht?«, knurrte Lord Marsden. Er stand breitbeinig in der Tür und hatte die Arme verschränkt.

»Ich bin jedenfalls nicht eingeschüchtert, wenn Sie das damit erreichen wollten«, sagte Knightly. Er nahm einen kleinen Schluck Brandy und genoss das, was bestimmt für einige Zeit der letzte Geschmack von Freiheit war.

»Ich bin auch erst der Anfang«, erklärte Marsden. Ohne sich umzudrehen, bellte er den Offizieren, die hinter ihm standen und warteten, seinen Befehl zu. »Nehmt ihn fest.«

»Mit welcher Begründung?«, erkundigte Knightly sich, während seine Hände mit kalten Handschellen hinter seinem Rücken gefesselt wurden. Das Brandyglas war zu Boden gefallen, der Brandy tränkte den teuren Aubussonteppich.

»Die gute, alte Verleumdung«, sagte Marsden. »Wir bringen Sie nach Newgate.«

»Großartig. Darüber habe ich schon viel Gutes gehört«, bemerkte Knightly.

»Jetzt können Sie diese Gerüchte auf ihren Wahrheitsgehalt überprüfen«, sagte Marsden. Er klang glücklich, verdammt glücklich, weil er Knightly mit einer so fantasielosen Anklage festnehmen konnte. Wie ein gewöhnlicher Krimineller wurde Knightly abgeführt. Die Festnahme und die Haft würde Knightly stoisch ertragen, doch er würde Marsden nicht das letzte Wort überlassen. Zu sehr durfte er die Situation auch nicht genießen.

»Wilson«, rief er seinem Butler zu, als sie ihn abführten. »Kümmern Sie sich um die Tür und den Teppich. Die Rechnung für die Reparaturen geht an Lord Marsden. Obwohl ich nicht sicher bin, ob er sie sich leisten kann.«

Kapitel 47

Eine exklusive Reportage aus Newgate

EIGENTÜMER DER LONDON WEEKLY FESTGENOMMEN!
SCHLAGZEILE DER LONDON WEEKLY, LONDON TIMES,
MORNING POST UND ZWÖLF ANDERER ZEITUNGEN

Newgate

Das Gefängnis war so feucht und widerlich, wie die Geschichten es einen gern glauben ließen – inklusive jener Storys, die die *London Weekly* veröffentlicht hatte. Eliza hatte einst zwei Tage hier drinnen verbracht, um anschließend Mad Jacks ungeheuerliche Flucht nachzustellen. Der Gedanke ging Knightly jetzt durch den Kopf – denn Zeit hatte er genug, um jede Menge Gedanken zu wälzen. Eine Flucht könnte seine Situation zwar vorübergehend verbessern, würde aber nur das Unausweichliche aufschieben. Außerdem konnte er bei seinen anderweitig gefassten Plänen ruhig eine Weile hier drin bleiben.

»Die Zeitung muss weiter erscheinen«, erklärte er Owens, der als Erster zu Besuch kam, sobald die Nachricht von der Festnahme zu ihm gedrungen war.

»Ich nehme an, wir entschuldigen uns nicht untertänigst für unsere Taten und so weiter?«, fragte Owens. Er klang so, als hoffte er auf das Gegenteil.

»Haben Sie sich irgendwie eine Kopfverletzung zugezogen?«, erwiderte Knightly.

»Ich wollte nur sehen, ob Ihr Humor noch funktioniert«, antwortete Owens. »Also, wie lautet die Story? Wie ziehen wir die Sache auf?«

»Ich bin bereits im Gefängnis, und mir droht ein Prozess. Wir können also ruhig alles aufs Spiel setzen«, bekannte Knightly freimütig. »Ich muss Lady Marsden sehen. Und dann Lady Roxbury. Wir müssen ein paar skandalöse Geheimnisse preisgeben.«

»Wie man es von der *Weekly* gewohnt ist«, sagte Owens fröhlich. »Skandale bringen Verkäufe.«

»Und dann müssen Sie mir noch was zum Schreiben bringen, oder ich muss Ihnen etwas diktieren. Es wird einen Brief des Herausgebers geben, direkt aus dem Gefängnis. Wie klingt das? Außerdem muss ich die Kolumne unserer ›lieben Annabelle‹ übernehmen.«

»Was?« Owens riss entsetzt den Kopf hoch.

»Schreibt sie immer noch diesen Quatsch über Tischmanieren und Etageren?«, fragte Knightly. Nach ihrer so inspirierenden Serie mit dem Ziel, sein Interesse zu wecken, schrieb sie jetzt darüber, wie man eine Teekanne beim Einschenken richtig anhob, sowie ausgiebige Abhandlungen über die Vorteile von Zucker gegenüber Milch im Tee.

»Die Krautkopfgeschichte scheint ja ein unglückliches Ende gefunden zu haben, und jetzt werden wir mit öden Artikeln zu Teegesellschaften gequält«, sagte Owens. Dabei warf er Knightly einen tödlich beleidigten, geradezu blutrünstigen Blick zu.

Knightly blieb keine Wahl. Er musste sich einigen Tatsachen stellen. Erstens: Jeder hatte von Annabelles Liebe zu ihm gewusst. Zweitens: Annabelle hatte viele Fürsprecher.

Drittens: Er war tatsächlich ein Krautkopf. Und viertens: Diese Fürsprecher würden ihn verdammt noch mal daran erinnern, dass er der Krautkopf war. Das war für ihn absolut in Ordnung, denn fünftens: Er würde sie für sich gewinnen und für immer lieben.

»Ganz im Gegenteil, Owens. Die Krautkopfgeschichte wird jetzt erst so richtig interessant«, sagte Knightly und grinste.

Kapitel 48

Die Zeitung muss weiter erscheinen!

UNFÄLLE UND VERGEHEN

Ein Stein wurde durch das Salonfenster von Lord Marsdens Anwesen am Berkeley Square geworfen. Am Stein war ein Zettel befestigt, auf dem stand: »Lasst Knightly frei!«

LONDON WEEKLY

Redaktionsräume der London Weekly

Die Autoren der *London Weekly* mussten handeln. Von Grenville bis zu den ganz kleinen Schreiberlingen drängten sich alle im Sitzungsraum, weil sie hören wollten, was Owens zu sagen hatte.

»Knightly wurde festgenommen, und ihm droht eine Anklage wegen Verleumdung. Er ist in Newgate«, teilte er ihnen mit. Einige schnappten nach Luft, andere stellten leise Fragen und so mancher Fluch ging durch den Raum. Annabelles Herz setzte aus. Es war ihr unmöglich zu atmen, zu denken, sich zu rühren oder irgendwas zu empfinden. Knightly. Inhaftiert.

»Newgate!«, rief Julianna über den ganzen Tumult. Auch sie war schockiert. Newgate war ein abscheulicher, dreckiger Ort, und Annabelles geliebter Knightly wurde dort festgehalten. Eingesperrt wie ein gewöhnlicher Krimineller, obwohl er das überhaupt nicht war.

»Was haben Sie denn erwartet, dass man ihn in den Buckingham Palace bringt?«, erwiderte Grenville. Julianna brachte ihn mit einem vernichtenden Blick zum Schweigen.

»Was sollen wir jetzt machen?«, wollte sie wissen. »Es muss doch irgendwas geben, das wir tun können.«

»Ich kann ihm zur Flucht verhelfen«, schlug Eliza vor. »Ich habe einige Artikel darüber geschrieben, wie man aus Newgate fliehen kann. Was er gar nicht schnell genug tun kann. Dort ist es einfach nur schrecklich.«

»Wir werden bei dieser Gelegenheit Ihre Tipps noch einmal abdrucken«, sagte Owens mit einem Grinsen. »Und wir machen auf jeden Fall mit der Zeitung weiter. Wie Knightly schon sagte, er sitzt ja bereits im Gefängnis. Wir können genauso gut alles auf eine Karte setzen.«

»Sie haben ihn gesehen?«, fragte Annabelle. Die Worte waren aus ihrem Mund, bevor sie es verhindern konnte. Alle verstummten und drehten sich zu ihr um. Jeder wusste schließlich, dass ihre Sorge sehr viel weiter ging als die der anderen.

»Ja«, bestätigte Owens leise.

»Wie geht es ihm?«, fragte sie gedämpft. Sie brauchte die Stimme nicht zu heben, denn im Raum herrschte gespenstische Stille. Alle wussten von ihrer Liebe. Sogar Knightly.

»Er ist kampfbereit«, antwortete Owens. Also ging es Knightly gut, und er war bester Laune. »Lohnschreiber, ihr wisst, was ihr zu tun habt. Grabt so viel Dreck über Marsden aus, wie ihr finden könnt. Besorgt jedes noch so kleine Detail. Lady Roxbury? Knightly möchte Sie sehen.«

»Mich?« Julianna schnappte nach Luft.

»Ja, irgendwas wegen Lady Lydia«, sagte Owens knapp.

Und dann verzog er das Gesicht, weil er zu spät bemerkte, was er da gesagt hatte und wer zuhörte. Annabelle erhielt mehr als ein paar besorgte Blicke.

»Was ist mit Lady Lydia?«, fragte Annabelle. Denn inzwischen stand es ihr zu, solche Fragen zu stellen. Trotzdem klang ihre Stimme kleinlaut und verzagt. Als sie wollte, dass Knightly Lady Lydia heiratete, war es nur eine vage Idee gewesen. Ein nobles Opfer, um die Zeitung zu retten. Aber jetzt war der Moment gekommen, da Knightly entweder ins Gefängnis wanderte oder eine hochwohlgeborene Frau ehelichte.

Sie würde ihn verlieren. Nein, sie hatte ihn bereits verloren.

»Er möchte sie sehen«, sagte Owens und wirkte sehr gequält, weil sie durch ihn von der Sache hörte. Und sie hatte Mitleid mit ihm, weil sie ihn in diese unmögliche Situation brachte. Sie wollte ihm versichern, dass alles in Ordnung sei.

Das ist nicht schlimm. Sehen Sie nur, mein Herz ist bereits gebrochen …

Stattdessen fragte sie: »Wollte er … sonst noch jemanden sehen?« Die Sehnsucht zu erfahren, ob er sich überhaupt um sie scherte, war größer als die Angst, vor einer Gruppe zu sprechen.

Owens schüttelte verneinend den Kopf. Er sah sie mitleidig an, und sie schämte sich, weil sie ihn in die Bredouille brachte. Aber sie musste es wissen. Knightly saß im Gefängnis und fragte nicht nach ihr. Wenn es noch irgendwelche Zweifel gab, was er für sie empfand, hatte sie hier ihre Antwort.

Es war richtig gewesen, ihm einen Korb zu geben. Dies war der Beweis. Doch das tröstete sie nicht im Geringsten.

»Was zieht man denn bloß an, wenn man jemanden in Newgate besucht?«, fragte Julianna und wechselte das Thema. Nicht gerade die taktvollste Frage, fand Annabelle. Knightly hatte nicht nach ihr gefragt. Aber die Taktlosigkeit ihrer Freundin war im Moment noch ihr geringstes Problem.

»Auf jeden Fall dein ältestes Kleid«, antwortete Sophie.

Annabelles Fantasie begann, schreckliche Bilder von Knightlys Haft zu malen. Sie stellte sich vor, wie Ratten und Mäuse um seine Füße huschten und an den Zehen toter Gefangener knabberten. Sie sah jämmerliche Gestalten, die in ihren Zellen heulten und stöhnten (warum, wusste sie nicht. Es schien ihr aber logisch.). Und das alles spielte sich in einer undurchdringlichen Dunkelheit ab, die nur von winzigen Streifen grauen Lichts durchbrochen wurde, das durch enge Schlitze weit oben in den Steinwänden, an denen das Wasser hinablief, in den Kerker fiel.

Dieses lebhafte Bild ließ sie vor Abscheu erschaudern.

Armer Knightly! Ihr Herz schmerzte, als sie sich die Qualen ausmalte, die er als Gefangener in Newgate in Gesellschaft von Mördern und Dieben ertragen musste.

Armer Knightly – in der Tat, dachte sie grollend. Fragte er doch nach Lady Lydia und wollte von ihr, Annabelle, nicht besucht werden. Offenbar wollte er um Lady Lydias Hand anhalten. Marsden konnte ja wohl kaum den Verlobten seiner geliebten Schwester einsperren. Manches gehörte sich einfach nicht.

Ein cleverer Schachzug, das musste sie ihm lassen. Obwohl ihr Herz bei dem Gedanken schmerzhaft pochte.

Sie hatte das Richtige getan. Zum tausendsten Mal redete Annabelle sich das ein. Wenn er eine Frau heiratete, nur um aus dem Gefängnis zu kommen, war er einfach kein

Mann, der lieben konnte. Und sie wollte Liebe – alles verzehrende, leidenschaftliche, feurige und Bis-dass-der-Tod-uns-scheidet-Liebe.

Wenn sie nach weniger streben würde, hätte sie auch Mr. Nathan Smythe aus der Bäckerei am Ende der Straße heiraten können. Obwohl es so aussah, als würde es nun dazu kommen.

Die schreibenden Fräulein versammelten sich nach der Redaktionssitzung bei Sophie zu Hause und warteten auf Julianna, die schnurstracks zu Knightly nach Newgate eilte.

»Annabelle, geht es dir gut?«, fragte Eliza. Ihre Miene war besorgt, und sie griff tröstend nach Annabelles Hand.

Nein, dachte Annabelle. Nein, es geht mir nicht gut, und mir wird es nie wieder gut gehen, denn ich habe die Liebe meines Lebens verloren. Ich hatte die Chance darauf und habe mich dagegen entschieden. Und jetzt muss ich mit dieser Reue bis ans Ende meiner Tage leben … Aber sie verkniff sich diese dramatischen Worte und sagte stattdessen: »Ich war schockiert, als ich die Neuigkeit erfuhr. Aber seit er nach Lady Lydia gefragt hat … ist mir klar, was ihm wichtiger ist.«

»Ich frage mich, was das alles soll«, sagte Sophie. »Es kommt mir merkwürdig vor, dass er nach ihr fragt. Es sei denn, er bittet sie, bei ihrem Bruder für ihn ein gutes Wort einzulegen.«

»Er plant natürlich, um ihre Hand anzuhalten«, erklärte Annabelle sachlich. Ob er einen Ring hatte? Oder kniete er einfach vor ihr nieder, wenn er sie fragte? Nun, vermutlich nicht in Newgate …

»Was für eine schreckliche Art, um die Hand einer Frau

anzuhalten. Ich würde ablehnen«, erklärte Sophie und erschauderte.

»Was hättest du getan, wenn Brandon im Gefängnis um deine Hand angehalten hätte?«, fragte Annabelle.

»Brandon wäre nie ins Gefängnis gekommen. Es sei denn, er wollte jemanden retten«, erwiderte Sophie.

»Nun, bei Knightly ist es anders. Er war dazu bestimmt, in einer Zelle zu landen«, erklärte Eliza freimütig. Sophie murmelte zustimmend. »Mich überrascht nur, dass es nicht viel eher passiert ist.«

Annabelle runzelte verärgert die Stirn. Sie fand einen Mann, dem Gefängnis drohte, irgendwie aufregend und wild. Er war kühn und abenteuerlustig und forderte die Obrigkeit heraus, als könnte er gleichermaßen ein Held und ein Bösewicht sein.

Du darfst keine Zuneigung empfinden, befahl sie sich. *Er macht vermutlich in diesem Moment einer anderen Frau einen Antrag.*

Aber dann dachte sie daran, wie es sich angefühlt haben musste, als er festgenommen wurde. Die fehlende Freiheit musste ihn unendlich frustrieren und verrückt machen. Wurde er wahnsinnig?

Nein, denn vorher würde er fliehen. Knightly würde einen Weg nach draußen finden. Wenn er etwas wollte, bekam er es auch.

Wenn er sie doch nur wollte …

Nein, sie war durch mit der Sache, ein für alle Mal! Sonst würde sie selbst verrückt.

Er heiratete Lady Lydia. Das war das Vernünftigste. Ob man sie zur Hochzeit einlud? Konnte sie lächeln, wenn er sein Eheversprechen abgab und einer anderen Frau ewige Treue schwor?

»Annabelle, geht es dir wirklich gut? Du siehst aus, als würdest du gleich weinen«, sagte Sophie und musterte sie besorgt.

In ihren Augen brannten tatsächlich heiße Tränen. Aber nein, sie würde auf keinen Fall weinen.

»Oder als müsstest du dich gleich übergeben«, fügte Eliza hinzu. Annabelles Magen fühlte sich tatsächlich an, als wollte er sich nach außen stülpen.

»Was passiert, wenn er Lady Lydia heiratet? Was mache ich dann?«, fragte Annabelle und versuchte nicht mal, den Kummer zu verstecken.

Sie hatte ihr ganzes Leben auf die große, wahre Liebe gewartet. Und seit sie vor drei Jahren, acht Monaten, einer Woche und drei Tagen Knightly begegnet war, hatte sie darauf gewartet, dass diese große, wahre Liebe zwischen ihnen beiden erblühte.

Sie konnte niemals einen Anderen lieben, davon war sie überzeugt.

Sie war immer davon ausgegangen, dass er sie eines Tages heiraten und lieben würde … aber zum ersten Mal sah Annabelle sich jetzt mit der Aussicht auf ein Leben – bis ans Ende ihrer Tage, dabei war sie doch erst sechsundzwanzig! – ohne Liebe konfrontiert. Ohne Knightly. Das waren wirklich düstere Aussichten.

Ein Leben voll verbaler Spitzen und Befehle und schnippischer Bemerkungen von Blanche. Für immer würde sie in einem Haushalt leben, in dem sie allenfalls geduldet wurde, weil sie selbstlos überall aushalf.

Ein Leben, in dem ihr Bruder – ihr eigen Fleisch und Blut! – sie ignorierte und sich hinter der *London Times* versteckte. Ausgerechnet diese Zeitung, Herr im Himmel!

Ihr blieb nur die Erinnerung an eine herrliche Nacht, in

der fast all ihre geheimen Wünsche und Träume sich erfüllt hatten … eine Nacht, in der sie nicht nur begehrt, sondern geliebt wurde …

Und dieser Nacht folgte ein Leben voller Reue.

»Dir geht es bald besser, Annabelle. Du wirst geliebt«, versicherte Eliza ihr flüsternd und drückte liebevoll ihre Hand.

Annabelle ließ die Hand nicht los. Eliza und Sophie plauderten weiter, und sie gab sich Mühe, dem Gespräch über Kleider und Skandal und Bücher zu folgen. Eliza plante mit ihrem abenteuerlustigen Ehemann eine Reise nach Timbuktu.

Aber Annabelle ließ derweil die Uhr nicht aus den Augen und lauerte auf Juliannas Rückkehr. Sie starrte auf die Uhr, bis sie glaubte, die Zeit würde stehen bleiben, wenn sie wegschaute. Endlich, nach zwei Stunden, neunundvierzig Minuten und sechsundzwanzig Sekunden kam Julianna in den Salon gestürmt.

»Ihr werdet nicht *glauben*, was ich jetzt weiß!«, rief sie atemlos. »O mein Gott. Ich muss erst mal mein Herz beruhigen. Holt das Riechsalz! Erinnert ihr euch, wie ich die alte Rawlings in dieser unvorstellbar tierischen Stellung mit dem unwahrscheinlichsten aller Männer ertappt habe?«

Sophie, deren Gesicht ihre Ehrfurcht widerspiegelte, fragte: »Du meinst jene Stellung, die du selbst als, ich zitiere, ›skandalöseste und kompromittierendste Situation deiner bisherigen Karriere – nach der Roxburys‹ bezeichnet hast?«

»Das hier ist *noch* besser«, versprach Julianna und grinste breit. »Besser noch als die Demaskierung des Mannes, der sich auskennt. Dies ist die größte Story meiner Karriere.«

Annabelle vermutete, Knightlys Antrag in Newgate könnte man als so interessant bezeichnen.

»Ich weiß jetzt, was während Lady Lydias verpasster Saison passiert ist! Sie hat es mir *persönlich* enthüllt. Und Knightly hat mir den *Befehl* erteilt, jedes saftige Detail dieser Geschichte zu veröffentlichen!«

Kapitel 49

Die skandalträchtigste Ausgabe der *London Weekly*

BRIEF DES (INHAFTIERTEN) HERAUSGEBERS
London – sei bereit! Empörendes steht auf diesen Seiten.
LONDON WEEKLY

Im Haus der Familie Swift

Diese Ausgabe der *London Weekly* wurde die seit Jahren am weitesten verbreitete und am heftigsten diskutierte Zeitung. Viele nannten sie in einem Atemzug mit Thomas Paines *Die Rechte des Menschen* oder der Unabhängigkeitserklärung der britischen Kronkolonien.

Sonst wurde von der Zeitung eine Auflage um die zwölftausend verkauft, und jede wurde von ein paar Lesern studiert und anschließend noch weiteren vorgelesen. Die Ausgaben, in denen Eliza die exotischen Geheimnisse des Mannes enthüllte, der als der Tätowierte Duke in die Geschichte einging, stellten neue Verkaufsrekorde auf, wie zuvor schon Juliannas Kampf mit ihrem Rivalen, dem Mann, der sich auskennt, und ihrem jetzigen Ehemann Lord Roxbury. Aber all diese lagen hinter dieser Ausgabe zurück.

Aus dem Gefängnis hatte Knightly den Kauf einer neuen Druckerpresse in Auftrag gegeben, um die erhöhte Nachfrage zu befriedigen.

Selbst während er hinter Gittern saß, gehörte die *London Weekly* ganz ihm. Seine Handschrift, seine Vision und seine Liebe waren in jeder einzelnen Zeile dieser skandalösen Zeitung spürbar.

Nun, wie skandalös genau war sie denn?

Selbst der Swift-Haushalt erwarb eine Ausgabe. Es war die zweite, die jemals über die Schwelle dieses Haus kam. (Die erste war jene Ausgabe, in der Annabelles Debütkolumne abgedruckt wurde. Allerdings hielt sie diese Seite zusammengefaltet in einer Ausgabe eines Jane-Austen-Romans versteckt.)

Dabei war es nicht Annabelle, die diese Ausgabe kaufte. Thomas, der sein Leben lang treuer Leser der *London Times* gewesen war, hatte sie am Vorabend mit nach Hause gebracht. Er murmelte, dass so ziemlich jeder in seinem Stoffgeschäft darüber geredet habe. Aber erst nach dem Frühstück konnte Annabelle die Zeitung ungestört lesen. Sie musste sie dafür aus dem Mülleimer fischen.

Auf der Titelseite war der aufsässige Brief des Herausgebers abgedruckt. Aus jedem Satz sprach Knightlys scharfer Witz und sein Können, mit dem er die Geschichte so darstellte, wie er wollte. Sie konnte seine Stimme förmlich hören, als stünde er direkt hinter ihr und läse ihr vor – selbstbewusst und befehlsgewohnt wie immer.

Natürlich liebte sie ihn. Aber sie bewunderte ihn auch, denn er ließ sich nicht unterkriegen, als die Welt sich gegen ihn wandte. Selbst im finstersten Loch zeigte er seinen Witz, seine Klugheit, seinen Trotz und Anmut. Sie liebte ihn für jedes seiner Worte nur noch mehr.

Annabelle goss sich eine Tasse Tee ein, setzte sich allein an den Frühstückstisch und begann, die *Weekly* zu lesen.

Brief vom (inhaftierten) Herausgeber

Ich schreibe diese Zeilen in Newgate, wo man mich wegen des Vorwurfs der Verleumdung festhält. Seit wann ist es ein Verbrechen, die Wahrheit zu schreiben?

Dank der Steuern sind Zeitungen sehr teuer, was der bewusste Versuch ist, Informationen von den einfachen Leuten fernzuhalten. Doch die Kaffeehauskultur in dieser Stadt blüht, und Zeitungen werden untereinander getauscht. So erreicht das gedruckte Wort viele Leser und regt sie zu Diskussionen an.

Es ist dumm, wenn nun versucht wird, diese Entwicklung aufzuhalten. Aber Narren werden weiterhin an ihrem Wahnsinn festhalten, nicht wahr?

Allgemein bekannt, ohne dass es ausgesprochen wird, ist die Tatsache, dass die Regierung Zeitungen für vorteilhafte Berichte und Politikerporträts bezahlt. Die London Weekly *hat nie auch nur einen Penny angenommen. Dieses Blatt fühlt sich nur der lesenden Öffentlichkeit verpflichtet.*

Die London Weekly *hat Ihnen, liebe Leser, jahrelang eine Mischung aus »Tapferkeit, Vergnügen und Unterhaltung« geliefert. Sie hat außerdem die Gleichheit hergestellt und sich stets die Wahrheit auf die Fahnen geschrieben. Das war das Geheimnis unseres Erfolgs – und führte zu meiner Inhaftierung. Ich stehe für jedes Wort ein, das in dieser Zeitung steht. Besonders in dieser Ausgabe.*

London, sei bereit! Empörendes steht auf diesen Seiten.

Annabelle ertappte sich, wie sie boshaft und vergnügt grinste. Ihr Herz raste. Wer hätte gedacht, dass eine Zeitung so abenteuerlich sein konnte? Knightly wusste es. Wie tausende Leser in ganz London es in diesem Moment taten, blätterte sie um und stürzte sich in die Lektüre.

Aber anders als der Rest von London war Annabelle von großem Stolz erfüllt, denn sie *gehörte* zu dieser Zeitung und war Teil einer so wagemutigen und großartigen Sache. Sie, die kleine, alte Annabelle Swift, war ein beliebtes Mitglied in einem exklusiven Club: dem Club der Autoren der *London Weekly*. Wenn sie sonst nichts erreichte, war dies doch etwas Großes.

Für sie war Knightly der Mann, der ihr die seltene Chance gegeben hatte, mehr zu sein als die altjüngferliche Tante aus Bloomsbury. Allein dafür wollte sie ihm danken. Allein dafür liebte sie ihn und schenkte ihm ihre unsterbliche Verehrung.

Auf der zweiten Seite fand sie Juliannas Meisterstück. Obwohl Julianna ihnen bereits atemlos jedes winzige Detail geschildert hatte, las Annabelle jetzt trotzdem die gedruckte Version. Sie wusste, dass Owens und Knightly den Artikel gnadenlos redigiert und alles gestrichen hatten, das sich nicht durch Fakten belegen ließ. Die Story war dennoch so saftig und detailliert, dass sie die komplette zweite Seite beanspruchte.

Geheimnisse der Gesellschaft

Von einer Lady mit Klasse

Das Geheimnis um Lady Lydia Marsdens verpasste Saison ist gelöst und wurde der Autorin dieser Zeilen von der Lady höchstpersönlich enthüllt. Es geht dabei natürlich um einen Liebhaber, wie es sich für eine gute Klatschgeschichte gehört. Wie im Märchen gibt es auch unglaub-

lich grausame Verwandte, auseinandergerissene Liebende und den Verlust der Unschuld. Doch wird diese Geschichte auch wie ein Märchen ein glückliches Ende nehmen?

Lady Lydia hatte einen Liebhaber. Einen Mann, der eingestellt worden war, um sie in der Kunst des Tanzes zu unterweisen. Schon oft wurde bemerkt, mit welch unvergleichlicher Grazie sie sich in den Ballsälen dieser Stadt über das Parkett bewegt, dass sie den Walzer besser beherrscht als jede andere Debütantin und eine so erhabene und königliche Haltung besitzt und die Schritte jedes einzelnen Tanzes selbst im Schlaf beherrscht. Selbst ausgefallene Volkstänze sind ihr nicht fremd. Jetzt wissen wir, warum. Sie hat zahlreiche Übungsstunden in den Armen jenes Mannes verbracht, in den sie sich schließlich verliebte.

Viele Jahre fand diese Liebe nur Ausdruck in den zärtlichen Blicken der heimlich Liebenden in den Stunden, in denen sie – durch den Ballsaal im Haus der Familie Marsden tanzend – einander nahe sein konnten. Irgendwann genügte ihnen das nicht mehr …

Bald kamen Gerüchte über Lady Lydias Zustand auf. Insbesondere nach einem Vorfall, bei dem sie beobachtet wurde, wie sie sich in einem Pflanzkübel während einer Frühstücksgesellschaft ihrer letzten Mahlzeit entledigte.

Ein bemerkenswert kühner Reporter von der London Times *wollte die Gerüchte über den Zustand der Lady bestätigen, indem er sich als Arzt ausgab (inzwischen verrottet er deswegen in Newgate und wartet auf seinen Prozess). Die fragliche Lady befand sich tatsächlich in anderen, äußerst unpassenden Umständen. Ihr langer Aufenthalt auf dem Land – jene berüchtigte zweite Saison, die sie verpasste – trug nicht dazu bei, die Gerüchte zum Verstummen zu bringen.*

Wie man sich vorstellen kann, war der Bruder der Lady außer sich, weil seine Schwester nicht nur ein Kind erwartete, sondern weil der Vater dieses Kinds ein Tanzlehrer von niedriger Geburt war. Noch mehr verärgerte ihn, wie die Liebenden sich ein glückliches Leben mit ihrem gemeinsamen Kind erhofften. Ach, dazu durfte es nicht kommen. Sie wurde im Turm des Landsitzes eingesperrt, ihr Liebhaber weggeschickt. Man drohte ihm mit der Deportation nach Australien, falls er es wagen sollte, seine Geliebte zu besuchen.

Und was wurde aus dem Kind? Ein Junge erblickte das Licht der Welt und wurde zu seinem Vater gebracht. Sie leben in bitterer Armut. Dies ist nicht nur die Geschichte einer jungen Frau und ihrer verpassten Saison, sondern die einer vereitelten Liebe. Und welche Lehre dürfen wir aus dieser Sache nun ziehen? Die Liebe kennt keine Regeln, keine Klassenunterschiede und keine Grenzen. Und wir hoffen, dass nur Narren sich der wahren Liebe in den Weg stellen.

Die Geschichte aus dem Mund der atemlosen Julianna zu hören, war die eine Sache. Etwas völlig anderes war es, sie schwarz auf weiß zu lesen. Hier klärte sich auch Lady Lydias Brief an Annabelle auf. Sie seufzte erleichtert, weil sie in ihrer letzten Kolumne eine persönliche Bemerkung hatte einfließen lassen. Sie ermutigte darin »Skandalös Verliebt«, ihr auch bekannt als Lady Lydia, auf die wahre Liebe zu warten. Und das war richtig.

Aber was mochte Knightly im Schilde führen, wenn er diese Geschichte abdruckte? Marsden war ohnehin schon außer sich vor Wut. Welchen Zweck mochte dieser Artikel haben – außer den Mann noch weiter zu provozieren?

Wollte Knightly etwa den Rest seines Lebens in Newgate verbringen?

Diese Fragen verloren jedoch schlagartig ihre Bedeutung, als ihr etwas anderes ins Auge fiel …

Die rechte Spalte auf der Seite …

Darüber die Überschrift »Liebe Annabelle« ….

Gewöhnlich erschien ihre Kolumne auf Seite 16 oder 17, irgendwo weit hinter den ernsthaften und wichtigen Nachrichten. Aber heute war sie prominent auf Seite 3 platziert. Das war seltsam, denn sie hatte keinen besonders interessanten Artikel eingereicht. Sie hatte Mrs. Crowley aus Margate auf die Frage geantwortet, wie man die Teekanne richtig hielt, und Mr. Chapeau aus Blackfriars beraten, mit welcher Feder er seinen Hut schmücken sollte, sowie einen Streit zwischen Nachbarn geschlichtet, bei dem es darum ging, wer den Bürgersteig zu fegen hatte. Mit anderen Worten: Es handelte sich vermutlich um die langweiligste Kolumne ihrer bisherigen Karriere.

Auf jeden Fall nicht wert, auf Seite 3 zu erscheinen. Und kein Grund, daneben ihr Porträt abzudrucken. Was hatte das überhaupt in der Zeitung zu suchen? Owens musste es dorthin gesetzt haben …

Irritiert begann Annabelle zu lesen.

Liebe Annabelle:
Eine Liebeserklärung vom Krautkopf

Liebe Annabelle,
du hattest Erfolg mit deinem Versuch, meine Aufmerksamkeit zu wecken. Ich kann Tag und Nacht an nichts anderes denken als an dich – und das liegt nicht daran, dass es im Gefängnis sonst nichts zu tun gibt. Oder nur an den tief

ausgeschnittenen Kleidern oder deinen anderen Tricks, damit ich dich bemerke. Du bist wunderschön, Annabelle, sowohl innerlich als auch äußerlich. Du faszinierst mich, Annabelle. Ich sehne mich nach dir, Annabelle. Du hast es geschafft, mein Herz zu gewinnen. Annabelle, ich liebe dich.

Die Leser haben sich lange gefragt, welchen stumpfsinnigen und geistlosen Idiot du bewunderst. Ich bin ein Narr, denn ich habe dich so lange nicht gesehen. Und ich bin ein noch größerer Narr, weil ich dich verloren habe, kaum dass ich dich fand. Liebe Annabelle, bitte gib mir einen Rat. Wie kann ich dich zurückgewinnen? Wie kann ich deine Gunst erringen und wie deiner Zuneigung gerecht werden? Damit es für uns eine gemeinsame Zukunft in Liebe gibt.

Immer der Deine,
D. Knightly, der Krautkopf

Sie konnte die wunderbaren Worte, die da, schwarz auf weiß, vor ihr standen, nicht fassen! Ihr Herz schlug hart, und der Atem stockte ihr. Heiße Tränen des Glücks brannten in ihren Augen, denn endlich, nach einer halben Ewigkeit, wurde ihr größter Wunsch an einem sonst so unauffälligen Samstag wahr.

Er liebte sie.

Mr. Derek Knightly, der Mann ihrer Träume, liebte sie.

Annabelle erkannte eine große Liebeserklärung, wenn sie in der Zeitung abgedruckt wurde. Ihr Herz hämmerte in der Brust, und der Atem stockte ihr. Knightly liebte sie! Und ganz London wusste Bescheid!

Sie musste zu ihm. Musste ihn finden, und wenn sie dafür Newgate stürmen musste. Sie musste Ja zu ihm sagen.

Kapitel 50

Ein Zeitungsmagnat vor Gericht

STADTGESPRÄCHE

Als wäre es ein Ball im Königspalast, will jeder beim Prozess gegen Zeitungsmagnat Derek Knightly dabei sein. Dichtes Gedränge herrscht, denn man vermutet nicht zu Unrecht, dass es sich um den aufsehenerregendsten Prozess des Jahres 1825 handelt.

Zumal viele fürchten, dass man darüber nichts in den Zeitungen lesen darf.

MORNING POST

Der Prozess

Knightly saß auf einem harten Holzstuhl vor einem einfachen Tisch und wartete auf den Beginn seines Prozesses. Um ihn herum strömten die Leute in den Gerichtssaal, suchten Plätze und flüsterten aufgeregt miteinander. Er ließ den Blick durch den Saal schweifen und suchte nach einer hübschen Frau mit milchweißer Haut, Augen so blau wie der Himmel, goldenen Locken und einem Mund, der zu sündigen Aktionen herausforderte und so süß lächeln konnte.

Seine Blicke wurden zunehmend hektischer, obwohl er die nagende Angst zu verbergen suchte. Doch Annabelle war nicht da.

Je nachdem wie dieser Prozess ausging, wurde er vielleicht für Jahre weggesperrt. Sein Vermögen würde dahinschwinden, und die bessere Gesellschaft hätte auch keinen Platz mehr für ihn. Für ihn hing so viel vom Ausgang dieser Farce ab.

Er würde sich selbst verteidigen. Dabei musste er absolut konzentriert sein, mit wachem Verstand und guter Beobachtungsgabe.

Trotzdem dachte er nur an Annabelle. Wo steckte sie bloß?

Hatte sie die *London Weekly* gelesen? Das musste sie. Owens hatte ihm versichert, jeder in London habe sie gelesen oder zumindest vorgelesen bekommen. Jeder hatte ausgiebig darüber diskutiert. Niemandem hatte der Inhalt verborgen bleiben können.

Hatte sie seine Version von »Liebe Annabelle« gesehen? Gab es etwas Quälenderes als ein öffentliches Liebesgeständnis, worauf man nichts als Schweigen erntete? Er würde unter Eid aussagen, dass er dies als quälender empfand als Newgate.

Erneut empfand Knightly tiefes und schmerzhaftes Mitgefühl für all das, was Annabelle in den langen Jahren hatte erleiden müssen, während sie geduldig auf ihn wartete. An sich zweifelte. Zuletzt hatte sie jede Woche ihre Taten und ihre riskanten Versuche veröffentlicht, wie sie seine Aufmerksamkeit auf sich ziehen wollte. Während er so ahnungslos wie eh und je war. Für ihn war dieses Vorgehen der Inbegriff von Tapferkeit. Sie hatte viel aufs Spiel gesetzt und einen tiefen Fall riskiert, während London ihr dabei zusah.

»Ruhe im Gerichtssaal!«, rief der Richter. Seine graue gepuderte Perücke wackelte bei seinem Ausruf. Der Hammer knallte auf sein Holzpult und hallte laut im Raum wider.

Knightly wollte sich selbst verteidigen. Das tat er mit der Überzeugung, dass es sich nicht um Verleumdung handeln konnte, wenn es sich um die Wahrheit handelte. Mit Owens' Hilfe hatte er eine Liste der Zeugen erstellt. Darunter auch Lady Lydia Marsden, die im Zeugenstand gegen ihren eigenen Bruder aussagen musste.

Hatte er ihre Aussage gekauft? Vielleicht. Er formulierte es lieber so, dass er in ihre Freiheit investierte. Im Gegenzug für ihre Geschichte hatte Knightly zu ihren Gunsten ein kleines Vermögen bereitgestellt, das ihr erlaubte, den Mann ihres Herzens zu heiraten und mit ihm und dem gemeinsamen Sohn einen anständigen Haushalt zu gründen, obwohl ihr Bruder genau das zu verhindern suchte. Sie hielten für den Anfang einen längeren Aufenthalt in Italien für das Beste. Mit der Zahlung, die er an sie leistete, konnten sie bequem Erster Klasse reisen. Er fand, es sei jeden Penny wert, wenn sie ihr Glück fanden – denn er wusste jetzt, was es hieß zu lieben.

Marsden hingegen würde heute einen ziemlich schlechten Tag haben.

Er sah die anderen Autoren der Weekly, die in den Sitzungssaal strömten und auf der Galerie Platz nahmen. Seine Mutter gesellte sich zu ihnen und strahlte ihn von ihrem Platz herab stolz an. Knightly beobachtete, wie seine Leute offenbar neugierig die Blicke schweifen ließen und sich dieselbe Frage stellten wie er. *Wo ist Annabelle?*

»Wir sind hier, um die Anklage gegen Mr. Derek Knightly, Herausgeber und Eigentümer der *London Weekly*, wegen Verleumdung zu verhandeln«, verkündete der Richter. Seine Stimme füllte den bis auf den letzten Platz besetzten Raum. Alle Gespräche verstummten.

Marsden saß auf der anderen Seite des Gerichtssaals und

hatte einen selbstgefälligen Gesichtsausdruck aufgesetzt. Offensichtlich hatte er keine Ahnung, dass seine Schwester – sein eigen Fleisch und Blut – gegen ihn aussagen würde, womit seine komplette Anklage in sich zusammenfiel.

Die Ausgangslage war ganz einfach. Es wurde behauptet, die *London Weekly* veröffentliche regelmäßig falsche, hetzerische und verleumderische Behauptungen. Knightly bot an, jede einzelne Aussage in jeder Ausgabe der Zeitung zu belegen.

Der Richter erklärte, das sei nicht nötig.

Marsdens Anwalt ergriff das Wort und erklärte, in der letzten Ausgabe habe ein Artikel gestanden, der aufs Übelste verleumderisch und falsch sei.

Knightly erklärte, er sei froh, dass speziell dieser Artikel zur Sprache käme. Auf seine Einladung trat nun Lady Lydia Marsden in den Zeugenstand. Im Gerichtssaal hörte man, wie alle nach Luft schnappten, ehe ein Tumult losbrach.

»Ruhe im Saal«, brüllte der Richter. Er ließ den Hammer knallen. *Tock. Tock. Tock.*

Lady Lydia blickte Knightly verzagt an. Sie hatte bereits für ihn eingestanden, und ihr Ruf war spätestens durch den Artikel nachhaltig beschädigt. Doch er hob eine Braue und fragte sie so: Wollen Sie lieber gehen?

Lydia schüttelte den Kopf. Irgendwann während ihrer arrangierten Verbindung hatten sie Frieden miteinander geschlossen, und daraus hatte sich sogar eine Art Freundschaft entwickelt. Er hatte ihre Gunst gewonnen, als er sie nach ihren persönlichen Wünschen fragte. Es war eine unglückliche Fügung ihres Lebens, dass er erst der zweite Mann war, der sie danach fragte – nach ihrem Geliebten. Als sie ihm ihren Wunsch nach einer Liebesheirat offenbarte, hatte er sie nicht ausgelacht oder fortgeschickt. Die Frage verfolgte ihn seither. Und dann hatte er sich selbst verliebt. Seitdem wusste er, dass es nichts Wichtigeres gab, als mit dem Menschen zusammen sein zu dürfen, den man liebte.

Indem sie ihre Geschichte erzählte, ermöglichte Lydia ihm, seine Lebensgrundlage zu erhalten. Und sein Vermögen würde ihr ein friedliches Leben mit ihrem baldigen Ehemann ermöglichen.

In dieser Lage trat Lady Lydia in den Zeugenstand und stellte sich all den Leuten, die hinter vorgehaltener Hand schmutzige Gerüchte über sie verbreitet und sie bei jeder sich bietenden Gelegenheit geschnitten hatten. Aber jetzt übernahm sie selbst die Kontrolle und konnte ihrer Geschichte das glückliche Ende verleihen, das sie verdiente.

Knightly stand auf und wandte sich an die Anwesenden.

Wo ist Annabelle?

»Lady Marsden, es wird behauptet, dass die *London Weekly* sich im Hinblick auf die Wahrheit gewisse Freiheiten herausnimmt. Können Sie bestätigen, dass Ihre Geschichte, wie sie in der jüngsten Ausgabe der *London Weekly* abgedruckt wurde, der Wahrheit entspricht?«

»Das ist die Wahrheit, wie ich sie erzählt habe«, sagte sie.

Der Gerichtssaal schien zu explodieren. Marsden wurde blass. Andere Männer riefen, mehr als eine Frau kreischte auf. Das kollektive Aufkeuchen schien wie ein starker Wind durch den Saal zu wehen.

Das Gesicht des Richters wurde puterrot, und er rief immer lauter um Ruhe. Einmal, zweimal, dreimal.

»Wie kann es Verleumdung sein, wenn es doch der Wahrheit entspricht?«, fragte Knightly den Saal. Sofort war es wieder mucksmäuschenstill. »Per Definition kann das nicht sein. Wenn Lady Lydias Geschichte, die zu den skandalösesten gehört, die in der *Weekly* je abgedruckt wurden, wahr ist – was verrät uns das über den Rest der Zeitung? Wir können gerne jede einzelne Zeile durchgehen. Oder wir können zu dem Schluss kommen, dass es hin und wieder eben nicht die Wiedergabe der Ereignisse ist, die unschmeichelhaft ist – sondern das Geschehen selbst.«

Der Prozess ging bis zum Ende des Tages, und es kam noch zu einigen sensationellen Höhepunkten, was Marsden abwechselnd zur Weißglut und in den Wahnsinn trieb. Knightly kämpfte gegen den Wunsch, auf und ab zu laufen und etwas zu trinken. Sein Blick glitt immer wieder über die Menge und suchte nach Annabelle. Wo war sie? Er machte sich langsam Sorgen – nicht um sein Schicksal, sondern um sie. Schließlich wurde er von den Geschworenen freigesprochen, und der Richter verkündete Knightlys Urteil: nicht schuldig.

Der Richter hämmerte wieder auf das Pult, um die Ordnung wiederherzustellen, ehe er die passenden Schlussworte sprach: »Einen schönen Tag noch, Mr. Knightly. Sie gehören nicht hierher.«

Kapitel 51

Die Identität der »lieben Annabelle« wird enthüllt

LIEBE ANNABELLE

Die Autorin dieser Zeilen rät niemandem, sich der großen Liebe in den Weg zu stellen.

LONDON WEEKLY

Früher an diesem Tag …

Annabelle hatte ihren Schal geholt und wollte gerade den Hut für den Weg nach Newgate aufsetzen, wo sie zu Knightly Ja sagen wollte. Es kümmerte sie nicht, dass es in Newgate geschah, dem vermutlich unromantischsten Ort Europas, vielleicht sogar der nördlichen Hemisphäre.

Er liebte sie. Sie liebte ihn.

Jetzt konnte nichts sie mehr aufhalten.

Ein Hindernis stellte sich ihr jedoch in den Weg: Blanche und ihre Freundin, die Hexe Mrs. Underwood. Sie kamen durch die Haustür und versperrten Annabelle den Weg.

»Was ist denn so Schreckliches passiert, dass du weinen musst? Ein Feuer in einem Waisenhaus?«, fragte Blanche, als sie die Tränen auf Annabelles Gesicht und die Zeitung bemerkte, die sie fest umklammert hielt. Mrs. Underwood lauerte hinter Blanches rechter Schulter. Ihre Augen funkelten gefährlich.

»Nichts«, behauptete Annabelle stur. Dann zuckte sie zusammen. Genauso gut hätte sie rufen können »Ich war's nicht!«, »Seht mich an!« oder »Fragt weiter!«

»Nichts? Nichts lässt dich wie ein dummes Schulmädchen weinen, das einen Schundroman verschlungen hat? Gib mal her!« Blanche riss Annabelle die Zeitung aus der Hand und überflog rasch die Schlagzeilen.

Es war das Porträt, das sie auf die richtige Spur brachte. Owens hatte es irgendwo aufgetrieben und neben Knightlys Brief gesetzt, um den Platz zu füllen. Ohne selbstverständlich zu ahnen, welchen Schaden er damit anrichtete. Knightly hätte sie niemals so bloßgestellt.

»Du bist die ›liebe Annabelle‹?«, fragte Mrs. Underwood ungläubig hinter Blanches Schulter. Sie musterte Annabelle von oben bis unten, ehe sie ungläubig das Gesicht verzog. »Das hätte ich dir niemals zugetraut.«

»Wer ist das denn?«, fragte Blanche.

»Du bist wirklich die Einzige, die die *London Weekly* nicht liest, Blanche. Und es sieht ganz so aus, als hättest du mit einer der *Weekly*-Hexen unter einem Dach gelebt.« Mrs. Underwood keckerte vergnügt.

»Ich nehme an, das hier ist das Werk dieses Gentlemans, den du bei seinem Besuch hier unterhalten hast«, sagte Blanche eisig.

»Was denn, der Krautkopf war hier?«, fragte Mrs. Underwood und überschlug sich fast vor Begeisterung. Bestimmt würde sie diese Geschichte noch Monate später ausschlachten. Und das gefiel Annabelle nicht. Sie spürte, wie Wut in ihr aufstieg. »Blanche, du hast ihn sogar kennengelernt? Ach du lieber Himmel! ›Unterhalten‹ kann man es auch nennen. Sie ist mitten in der Nacht durch das Schlafzimmerfenster in sein Haus geklettert!«

Bei allen gemischten Gefühlen, mit denen Annabelle in diesem Augenblick zu kämpfen hatte, empfand sie es als besonders ärgerlich, von einer Stammleserin ihrer Kolumne verraten zu werden. Sie hatte in ihrem unerschütterlichen Glauben an das Gute im Menschen angenommen, ihre Leser seien ihr wohlgesonnen. Vielleicht traf das ja auf die anderen zu. Aber nicht auf Mrs. Underwood. Sie versuchte, sich Richtung Tür zu schieben. Richtung Freiheit. Dort, wo die große Liebe auf sie wartete.

»Lass mich nur gerade die Fakten zusammenfassen«, sagte Blanche mit einer Stimme, die keinen Widerspruch duldete. »Du hast mit einem Mann geschäkert.«

»Leugne es nicht!« Mrs. Underwood drohte ihr mit dem Zeigefinger. »Ganz London weiß davon.«

Natürlich wusste die ganze Stadt Bescheid. Weil sie es für eine gute Idee hielt, ihre intimsten Gedanken und Handlungen in der am weitesten verbreiteten Zeitung der Stadt zu veröffentlichen. Weit verbreitet – wenn man von ihrem eigenen Haushalt absah. In ihrem Bauch begann ein Feuer zu lodern, weil man sie so ungerecht behandelte. Ja und? Warum sollte sie nicht mit einem Mann schäkern, den sie liebte und der ihre Liebe erwiderte? Sie war vor dem Gesetz eine freie Erwachsene, die tun und lassen konnte, was sie wollte. Aber das sahen Blanche und ihre schreckliche Freundin wohl anders.

»Du hast für dieses Schundblatt geschrieben!« Blanche schnappte entsetzt nach Luft, als habe Annabelle ihr soeben eröffnet, dass sie nachts auf dem Friedhof Leichen ausgrub und sie an die Wissenschaft verkaufte. Nicht der Akt an sich war in ihren Augen abscheulich, sondern sie glaubte nicht, dass Annabelle dazu überhaupt in der Lage war.

Vielleicht ja doch, dachte Annabelle. Das Feuer in ihrem Bauch loderte wild auf.

»Ich vermute, dann war auch das Gerede über Wohltätigkeitsarbeit eine Lüge«, fuhr Blanche fort und kniff die Augen zusammen. Annabelle konnte förmlich sehen, wie es in ihrem Kopf arbeitete, als sie die Puzzleteile zusammensetzte. Es hätte sie nicht gewundert, wenn aus ihren Ohren Dampf gequollen wäre und man das Rattern einer Maschine gehört hätte.

»Sie schreibt schon seit Jahren für die«, verkündete Mrs. Underwood. »Die Kolumne gibt es seit, na, vier Jahren?«, fragte sie. Annabelle beschloss, in ihrer nächsten Kolumne ausgiebig darauf einzugehen, wann man sich lieber um seine eigenen Angelegenheiten kümmerte.

Blanche atmete tief ein und straffte die Schultern. Sofort wirkte sie eindrucksvoller. Die Augen kniff sie zusammen, und den Mund presste sie zu einer schmalen Linie zusammen.

Annabelle wusste, dass sie peinlich berührt sein oder Schuld oder Scham empfinden sollte, weil sie vor ihren Verwandten ein Geheimnis gehabt hatte. Doch statt sich klein zu machen – wie es früher sicher der Fall gewesen wäre –, richtete sie sich zu ihrer vollen Größe auf. Was der brillante und couragierte Mann, den sie liebte, konnte, schaffte sie doch auch! Sie überragte Blanche deutlich und reckte den Kopf. Sie war Autorin bei der besten Zeitung der Welt, und ihr war die Liebe eines guten Mannes sicher. Eines Mannes, der trotzig und stolz war und nichts anderes von ihr erwartete.

»Drei Jahre, acht Monate, zwei Wochen und sechs Tage«, verkündete Annabelle und blickte Blanche an. Ohne zu blinzeln oder rot zu werden.

»Und in all den Jahren habe ich dir ein Dach über dem Kopf und eine warme Mahlzeit von unserem Geld bezahlt, obwohl du eigenes Einkommen hast?«, fragte Blanche ungläubig.

»Ja. Aber ich habe auch die Arbeit eines Dienstmädchens und einer Gouvernante zugleich übernommen«, sagte Annabelle. Sie spürte, wie Knightly ihr zujubeln würde, wenn er sie jetzt sehen könnte. Oh, sie freute sich schon so sehr darauf, zu ihm Ja zu sagen, aus ganzem Herzen. Was er wohl sagen würde, wenn sie ihm erzählte, wie sie das erste Mal für sich eingestanden hatte?

Er würde so stolz auf sie sein. Aber das war nichts verglichen mit dem Stolz, den sie selbst empfand.

Blanches Wutausbruch begann mit einem Schnauben, dicht gefolgt von einem *Hmpf*. Und dann heulte sie auf und packte Annabelles Haare, die dank Owens' Frisurentipps sogar hübsch aussahen, und riss daran. Annabelle schlug wild um sich und versuchte, Blanche aufzuhalten, ohne dabei allzu viele Haare und ihre Kopfhaut zu verlieren.

Mrs. Underwood hing zwischen ihnen und lachte hämisch.

Die Hand fest in Annabelles Haaren vergraben und die Fingernägel in die Kopfhaut gerammt, zerrte Blanche sie Richtung Treppe.

Annabelle stolperte die Stufen hoch und wurde nach oben gezerrt. Sie wurde getreten und geschubst und schließlich die schmale Stiege zu ihrer Dachkammer hochgeprügelt.

Erst dort ließ Blanche von ihr ab und stieß sie kraftvoll zu Boden, wo sie mit einem Dröhnen landete.

»Ich würde dich sofort vor die Tür setzen, wenn Thomas nicht wäre. Du bleibst hier, bis er nach Hause kommt«, zischte Blanche mit vor Wut funkelnden Augen. Thomas war auf einer Geschäftsreise. Es war nicht sicher, wann er zurückkam.

Mit diesen Worten schloss Blanche die Tür hinter sich und schob von außen den Riegel vor.

Kapitel 52

Wahre Liebe hält nichts auf

MISS HARLOWS HOCHZEITEN DER BESSEREN GESELLSCHAFT
Diese Autorin geht davon aus, dass schon bald eine lang ersehnte Hochzeit stattfinden wird.
Drei Jahre, acht Monate, drei Wochen und einen Tag nach der Liebe auf den ersten Blick.
LONDON WEEKLY

Der Baum, der praktischerweise vor Annabelles Dachkammerfenster wächst.
Mitternacht

Er war in der Stadt geboren und aufgewachsen, weshalb Knightly nicht besonders viel Übung beim Klettern auf Bäume hatte. Logischerweise musste das auf Annabelle auch zutreffen. Trotzdem hatte sie es geschafft, und deshalb sollte es ihm doch auch gelingen.

»Auf geht's«, murmelte er, packte den niedrigsten Ast und zog sich hoch. Er hatte ursprünglich vorgehabt, besonders leise zu sein, damit er Annabelles schreckliche Verwandte nicht weckte. Doch dann fand er es wichtiger, lebend bis zu Annabelle zu gelangen. Die Schlafqualität dieser Leute sollte ihn dabei nicht kümmern.

Wenn alles nach Plan verlief, würde es heute Nacht ohnehin laut werden, wenn Annabelle und er ihrer Lust freien Lauf ließen. Er liebte sie. Das musste er ihr sagen und zeigen. Die Vorfreude trieb ihn an, und er erklomm einen Ast nach dem nächsten. Mehr als einmal dankte er Annabelle in Gedanken, denn in ihrer Kolumne hatte sie auch Tipps verraten, wie man am besten nachts einen Baum erklomm.

Natürlich befand sich ihr Schlafzimmer ausgerechnet unterm Dach und damit zwei Stockwerke über dem Boden. Die anderen schreibenden Fräulein hatten ihm hocherfreut diese Information preisgegeben, als er von allen Vorwürfen freigesprochen worden war und sich auf die Suche nach Annabelle begab. Er wollte ihr Streben nach der Aufmerksamkeit und Zuneigung des Krautkopfs endlich zu einem glücklichen Ende bringen. Der Richter hatte ihn außerdem wissen lassen, er erwarte, in der nächsten Ausgabe der *London Weekly* über einen glücklichen Ausgang zu lesen.

Er hätte sie genauso gut morgen besuchen können. Er hätte ein Treibhaus plündern und sie mit pinken Rosen und Saphiren überschütten können, die so vortrefflich zu ihren blauen Augen passten. Doch für Blumen wäre ein anderes Mal Zeit. Er konnte jetzt nicht länger warten, um ihr seine Liebe zu gestehen und ihr zu zeigen, dass er alles tun würde, um bei ihr zu sein. Ja, auch in einer mondlosen Nacht auf einen alten Baum klettern.

Knightly hievte sich endlich auf den Fenstersims. Zum Glück war es eine warme Sommernacht, und das Fenster stand einen Spaltbreit offen. Warum sollte sie auch vermuten, dass jemand bis ins zweite Stockwerk zu ihr hinauf kletterte? Das war die Tat eines verzweifelten Mannes.

Schließlich taumelte er in ihr Zimmer. Irgendwo schlug eine Uhr Mitternacht.

Annabelle wachte sofort auf, als sie hörte, wie jemand vom Fenster in ihr Schlafzimmer purzelte. *Vom Fenster im zweiten Stock*. Sie lag still da und ihr Herz hämmerte. Mit angehaltenem Atem ging sie in Gedanken ihre Optionen durch.

Sie konnte sich schlafend oder tot stellen.

Sie konnte diskret nach dem Kerzenständer aus Blei auf ihrem Nachttischchen tasten und ihn als Waffe benutzen.

Oder sie konnte zu dem Schluss kommen, dass sie gegen den Eindringling nicht kämpfen musste. Denn wer auch immer mitten in der Nacht bis ins Dachgeschoss des Hauses kletterte, war offensichtlich wild entschlossen.

Oder er war verrückt. Sie tastete nach dem Kerzenständer und drückte ihn gegen die Brust. Die Tür zum Rest des Hauses war verriegelt, erinnerte sie sich. Darum musste sie entweder kämpfen oder durch das Fenster auf den Baum vor dem Haus klettern und sich im Nachthemd zu Boden gleiten lassen.

Sie wollte schon seufzen und laut ihr Pech verfluchen, als eine Stimme in der Dunkelheit zu ihr sprach.

»Annabelle, ich bin's.«

Sie kannte die Stimme. Ihr Herz hämmerte, aber nicht mehr vor Angst. Sie setzte sich im Bett auf. Die Decken bis zur Taille hochgezogen, die Haare ein wildes Durcheinander um ihre Schultern. Natürlich war er ausgerechnet in der Nacht in ihr Schlafzimmer geklettert, in der sie ein schlichtes, trostloses und altjüngferliches Nachthemd trug. Sie dachte an all die Seidenunterwäsche in ihrem Schrank und überlegte ernsthaft, ob sie ihn bitten konnte zu warten, bis sie sich umgezogen hatte.

Sie seufzte.

»Derek? Was hast du hier zu suchen?«, fragte sie. Den

Kerzenständer stellte sie zurück auf das Nachttischchen und zündete die Kerze an. Als das warme Licht die Kammer erhellte, blinzelte sie, denn sie konnte es kaum glauben. Ihr geliebter Knightly stand in ihrer Dachkammer.

»Nun, ich konnte ja wohl schlecht in deinen Armen ohnmächtig werden, oder?«, erwiderte Knightly und grinste. Sie fragte sich, ob das alles nur ein Traum war.

»Wovon redest du denn?«, fragte sie. Männer fielen nicht in Ohnmacht, und schon gar nicht in den Armen einer Frau. Das wäre unpraktisch und peinlich. Unschön. Sie musste wirklich träumen.

»O Annabelle«, sagte er. Sie hörte Wärme und Lachen in seiner Stimme.

»Es ist mitten in der Nacht, und du bist gerade in mein Schlafzimmer eingedrungen. Ich bin daher nicht sicher, ob ich wach bin oder träume. Hör also mit deinem ›O Annabelle‹ auf. Was ist hier los?«, fragte sie. Kurz nach dem Aufwachen war sie selten fröhlich und munter. Meist brauchte sie eine Viertelstunde dafür. »Ich dachte, du bist im Gefängnis.«

»Das war ich auch. Aber das Gericht hat mich für unschuldig befunden«, erzählte er ihr. Sie atmete aus. Unwillkürlich hatte sie die Luft angehalten.

»Und darum bist du hergekommen? Um Mitternacht?«, fragte Annabelle. Er liebte sie, das hatte er in der Zeitung geschrieben. Aber es war mitten in der Nacht, und sie verfügte über eine lebhafte Fantasie, weshalb sie fürchtete, sich das alles nur einzubilden.

Aber nein. Knightly durchquerte den Raum und setzte sich neben sie aufs Bett. Er strich eine Locke aus ihrem Gesicht und legte sanft seine Lippen auf ihre. Nichts an seiner Berührung war missverständlich.

»Es hat sich ergeben, dass ich mich in eine erstaunliche Frau verliebt habe und ihre Aufmerksamkeit erregen wollte«, sagte er. »Da ich ein Krautkopf bin, wusste ich nicht, wie ich das anstellen sollte. Also verließ ich mich auf die Erfahrungen einer gewissen, beliebten Ratgeberkolumnistin.«

In der Dunkelheit lächelte Annabelle. Tief unten in ihrem Leib erwachte eine Wärme, die in jeden Zentimeter ihres Körpers ausströmte. Es war die pure Freude, weil sie geliebt und umworben wurde. Weil sie die Frau war, für die Knightly um Mitternacht auf Bäume stieg.

»Nun, jetzt ergibt das alles Sinn. Die fehlende Krawatte …« Ein Lachen stieg in ihr hoch.

»Das männliche Äquivalent zu einem tiefen Ausschnitt«, bestätigte er und küsste sie sanft dort, wo der Hals in die Schulter überging.

»Und was war das an dem Tag, als du dein Jackett vergessen hast?«, fragte sie und neigte den Kopf.

»Ich besitze nun mal keinen Schal«, sagte Knightly. Sie lachte laut. Es war ihr egal, wer sie hörte.

»Und du bist in mein Zimmer eingestiegen. Um Mitternacht. Du liebst mich«, sagte sie. Zählte die Fakten auf. Wunderbare, herrliche Fakten.

»Das tue ich, Annabelle. Ich liebe dich«, sagte Knightly mit rauer Stimme. Er nahm ihre Hand in seine und drückte sie. Sein Mund fand ihren zu einem neuerlichen Kuss.

»Ich liebe dich«, erklärte Annabelle ihm. Freudentränen standen in ihren Augen, und ihre Stimme überschlug sich fast. »Ich liebe dich! Ich habe die Worte so oft gedacht, aber laut habe ich sie nie ausgesprochen. Und jetzt kann ich sie endlich sagen. Das war es wert. Ich liebe dich.«

Sein Mund presste sich auf ihren, und für den Rest der Nacht redeten sie nicht mehr viel.

»Bist du bereit, Annabelle?«, fragte Knightly. Seine Augen funkelten, und er grinste schelmisch. Er trug sie wie eine Prinzessin, wie eine Braut. Wie die Frau, die er für den Rest seines Lebens festhalten und lieben wollte.

»Ja, o ja«, antwortete sie und hielt sich an seinen Schultern fest.

Er stand vor der verdammten, verriegelten Tür ihrer Dachkammer. Sie beäugten das Hindernis argwöhnisch. Jenseits dieser Tür lag die Freiheit. Und das Glück bis ans Ende ihrer Tage.

»Auf drei«, sagte er. Sie nickte.

Knightly zählte nicht bis drei. Er atmete tief durch und trat kraftvoll auf zwei gegen die Tür, die sofort splitterte und nur noch halb in den Angeln hing. Ein zweiter, rascher Tritt beförderte die Tür die Treppe hinab, so dass sie erst auf dem Treppenabsatz landete und nach einem kurzen Moment in der Schwebe direkt die Haupttreppe hinabflog und im Eingangsbereich liegen blieb.

Die ganze Familie versammelte sich um die Tür und schaute sie neugierig an, bevor sie die Köpfe hoben und sahen, wie Knightly mit Annabelle in seinen Armen die Treppe hinabstieg.

Watson und Mason beobachteten mit weit aufgerissenen Augen und voller Ehrfurcht diesen Turm von einem Mann. Annabelle sah die Begeisterung in Fleurs Augen flackern, als sie erlebte, wie auf geradezu wundersame Weise in ihrem Haus ein Märchen wahr wurde.

Blanche war wie immer. Gewohnt verdrossen, entsetzt und wütend. Ihr Mund klappte auf, und sie schnappte wie ein Fisch auf dem Trockenen nach Luft. Kein Laut drang über ihre Lippen. Als brächte Annabelles Anblick sie zum Schweigen.

Sogar Thomas hatte sich aus dem Sessel in der Bibliothek bequemt, um zu sehen, was der Lärm zu bedeuten hatte. Er hielt eine Zeitung in der Hand. Annabelles Lächeln wurde noch breiter, denn es war die *London Weekly*.

»Thomas!«, kreischte Blanche, als sie endlich ihre Stimme wiedergefunden hatte. »Thomas, so tu doch etwas!«

»Ich denke, wir haben schon genug getan«, erwiderte er und nickte Annabelle zu, bevor er zurück zu seinem Sessel schlurfte, um weiterzulesen. Die Kinder drängten sich um ihre Mutter und zogen sie beiseite.

Knightly trug Annabelle über die Schwelle. Aus dem Schatten traten sie in das Licht eines wunderschönen neuen Tages. Hier begann ihr Glück, für das sie so lange gekämpft hatte.

Glücklich bis an ihr Lebensende

Zwei Jahre später

Es begann mit einem Brief. Und dieser Brief begann mit den schockierenden Worten: *Lieber Lord Harrowby.*

Es hatte Stunden gedauert, bis Knightly diese Worte zu Papier gebracht hatte. Er schrieb nicht *An den Neuen Earl* und auch nicht *Lieber Neuer Earl* und verzichtete auch nicht auf eine angemessene Anrede. Dass er sich überhaupt hinsetzte und diesen Brief schrieb, war ein Meilenstein.

Doch Annabelle hatte ihn dazu überredet, diesen ersten Schritt zu machen.

»Du kannst dein Leben lang darauf warten, dass jemand

dich bemerkt. Oder du tust etwas dafür«, drängte sie ihn. Dabei streichelte sie ihren wachsenden Bauch. Sie hatte natürlich Recht. Er war von den Beweisen schier umzingelt. Jeden Morgen wachte er neben seiner geliebten Frau in einem Heim auf, das vom gemeinsamen Glück erfüllt war. Und das alles nur weil sie es eines Tages gewagt hatte, das einzufordern, was sie wollte. Es hatte mit einem Schriftstück begonnen. Mit einem Brief an ihre Leser …

Er war jeden Tag aufs Neue dankbar für seine »liebe, liebe Annabelle«.

Schon bald bekamen sie ein Baby, und hoffentlich folgten diesem Kind noch viele Brüder und Schwestern. Knightly wollte ihnen die Entfremdung ersparen, die er erlitten hatte. Sie sollten immer das Gefühl haben, zusammenzugehören.

Darum schrieb er diesen verdammten Brief.

Lieber Lord Harrowby.

Knightly schrieb davon, wie er nie die volle Aufmerksamkeit seines Vaters genossen hatte – und wie sich dieses Gefühl bei seinem Halbbruder wohl ähnlich eingestellt hatte. Er schrieb von dem Gefühl, stets mit einem Gegenspieler konkurrieren zu müssen, mit dem er befreundet sein wollte. Er schrieb von seiner Hoffnung, Blut möge stärker sein als Kränkungen oder Zurückweisungen. Vielleicht hätte es dem gemeinsamen Vater gefallen, wenn sie sich aufeinander verlassen konnten.

Er unterzeichnete den Brief mit *D. Knightly*. Und er schloss mit der Einladung zu einem Ball, bei dem seine Erhebung in den Adelsstand gefeiert werden sollte. Der Titel Lord Northbourne war ihm vom König für seine Verdienste um die wachsende Zeitungsindustrie verliehen worden. »Der erste Zeitungsbaron!«, hatten die Zeitungen gejubelt.

Knightly schickte den Brief ab. Dann verließ er sein Büro in der Fleet Street Nr. 57 und lief durch die Straßen der Stadt nach Hause, während die Dämmerung hereinbrach. Nach Hause, wo seine geliebte Frau, die »liebe Annabelle«, auf ihn wartete.